ELLA SIMON

Bis wir wieder fliegen

Ella Simon

Bis wir
wieder fliegen

Roman

GOLDMANN

Sollte diese Publikation Links auf Webseiten Dritter enthalten, so übernehmen wir für deren Inhalte keine Haftung, da wir uns diese nicht zu eigen machen, sondern lediglich auf deren Stand zum Zeitpunkt der Erstveröffentlichung verweisen.

Dieses Buch ist auch als E-Book erhältlich.

Verlagsgruppe Random House FSC® N001967

1. Auflage
Originalausgabe Juli 2019
Copyright © 2019 by Ella Simon
Copyright © der deutschsprachigen Ausgabe 2019
by Wilhelm Goldmann Verlag, München,
in der Verlagsgruppe Random House GmbH,
Neumarkter Str. 28, 81673 München
Die Veröffentlichung dieses Werkes erfolgt auf
Vermittlung der literarischen Agentur Peter Molden, Köln.
Umschlaggestaltung: UNO Werbeagentur, München
Umschlagmotiv: FinePic®, München
Redaktion: Kristina Lake-Zapp
MR · Herstellung: kw
Satz: Buch-Werkstatt GmbH, Bad Aibling
Druck und Bindung: GGP Media GmbH, Pößneck
Printed in Germany
ISBN: 978-3-442-48851-3
www.goldmann-verlag.de

Besuchen Sie den Goldmann Verlag im Netz

Für meine Mama,
weil ich durch dich gelernt habe, was es heißt,
eine gute Mutter zu sein.

Prolog

Graham klammerte die Hände ums Lenkrad und versuchte, sich auf die finstere Straße zu konzentrieren. Seine Augen brannten, die weißen Bodenmarkierungen verschwammen zunehmend hinter einem grauen Schleier. Zu seinem Glück war die Landstraße wie ausgestorben, und so schaltete er das Fernlicht ein, um einen besseren Überblick zu behalten. Er stellte die Lüftung auf kalt und drehte das Gebläse so, dass es direkt auf sein Gesicht gerichtet war. So würde er wacher bleiben. Die kühle Luft tat gut, aber seine Augen brannten dadurch nur noch mehr.

»Und dann ist sie mit dem Einhorn geflogen, richtig geflogen, es hat goldene Flügel gehabt, war gar nicht mehr unsichtbar, und ihre Freundinnen haben nur so geschaut. So, Papa, siehst du das? So!«

»Ja, mein Schatz.« Er griff nach hinten auf den Rücksitz und berührte das Knie seiner kleinen Tochter, die von ihrem ersten Kinofilm immer noch ganz aufgeregt war. »Du kannst mir nachher beim Schlafengehen alles noch einmal genau erzählen, okay? Jetzt muss ich mich auf die Straße konzentrieren.«

»Weil es dunkel ist«, stellte sie mit allem Ernst einer Vierjährigen fest.

Graham nickte nur und nahm die nächste Kurve. Es war ihm schon während des Films schwergefallen, wach zu bleiben. Nachtschichten zu schieben, dann heimzukommen und sich um seine Tochter zu kümmern, zehrte zunehmend an seinen Kräften. Aber er durfte nicht schwächeln. Er musste weitermachen. Er musste für sie da sein und gleichzeitig genug Geld verdienen, um ihr alles bieten zu können. Er musste der Behörde beweisen, dass er das hinbekam. Er war nicht der erste alleinerziehende Vater, andere schafften es auch.

Sein Handy vibrierte, aber er wagte es nicht, den Blick von der Fahrbahn zu nehmen. Sein Magen krampfte sich zusammen. In letzter Zeit hatte dieses Geräusch nie etwas Gutes bedeutet. In zwei Tagen wollten Mitarbeiter der Behörde zu ihm nach Hause kommen, um zu überprüfen, ob das Wohl seiner Tochter gewährleistet war. Und in der Firma hatte er wegen Übermüdung Fehler gemacht. Sein Vorarbeiter hatte zwar Verständnis für seine Situation gezeigt, aber er konnte sich keinen einzigen Fehltritt mehr erlauben. Weder bei seiner Tochter noch bei der Arbeit.

Seine Lider wurden immer schwerer. Er atmete die kalte Luft und lehnte sich ein wenig nach vorne, um besser sehen zu können, blinzelte immer wieder, um den Schleier vor seinen Augen wegzubekommen. Es war nicht mehr weit, bald würden sie zu Hause sein.

Auf dem Rücksitz war es ruhig, vielleicht war sie eingeschlafen. Er hegte die Hoffnung, dass er sie sofort in ihr Bett tragen konnte und die Gute-Nacht-Geschichte heute ausnahmsweise ausfiel. Vielleicht bekam er dann noch zwei Stunden Schlaf vor seiner Schicht. Als Sarah da gewesen war, hatte er als Bauführer gearbeitet und war ständig unterwegs auf Montage gewesen. Das war jetzt nicht mehr möglich, und so hatte er in die Produktion gewechselt und versuchte, so oft wie möglich nachts zu arbeiten, damit seine Kleine nicht zu lange fremdbetreut werden musste. Eine enorme Umstellung. Aber wenn sie schon ohne Mutter aufwachsen musste, konnte er sie nicht noch den Großteil des Tages ohne ihre Familie verbringen lassen. Er musste sich einfach nur etwas mehr anstrengen. Nur noch etwas mehr ...

Plötzlich füllte ohrenbetäubender Lärm das Wageninnere. Reifen quietschten, Metall schrammte über Metall, ein hoher Schrei, ein Knall, ein Ruck ging durchs Auto, sein Körper flog nach vorne, ein Aufprall, Schmerz explodierte in seinem Kopf, er fiel hart in den Sicherheitsgurt, wurde zurückgeschleudert, grelles Licht blendete ihn, und dann war unvermittelt alles still.

Graham starrte durch die Windschutzscheibe, konnte aber nichts erkennen außer einem weißen Spinnennetz, das das Glas durchzog. An einer Seite entdeckte er ein Loch, Splitter lagen auf dem Armaturenbrett.

Atemlos vor Schreck fuhr er auf seinem Sitz herum. *Bitte sei nicht verletzt, bitte sei nicht verletzt,* betete er inständig und schluchzte verzweifelt auf, als er seine kleine Tochter immer noch angeschnallt in ihrem Kindersitz sah. Sie starrte ihn an, stumm vor Schock. Hektisch ließ Graham den Blick über ihren Körper wandern, um nach Verletzungen zu suchen.

»Bist du in Ordnung? Tut dir etwas weh?«

»Du blutest.« Sie rührte sich nicht, starrte nur wie gebannt in sein Gesicht.

Graham hob die Hand an seine Wange. Er spürte etwas Hartes, das in seiner Haut steckte, darum herum war alles nass. Aber das kam ihm nicht wirklich vor, und im Moment war es auch nicht wichtig.

»Das ist nicht schlimm, Schätzchen. Sag mir, ob dir etwas wehtut.«

Seine Kleine drehte langsam den Kopf und blickte aus dem Seitenfenster. »Da ist ein Auto.« Sie sprach sonderbar monoton, ihre Stimme klang fremd. »Es liegt auf dem Dach.«

Und dann hörte er das Weinen eines Kindes.

Kapitel 1

Anne nahm den Helm ab, warf sich den Rucksack mit den Medikamenten über die Schulter und kletterte geduckt aus dem Hubschrauber. Sie wusste, dass sie unter den dröhnenden Rotorblättern aufrecht stehen konnte, aber selbst nach zwei Jahren Einsatz bei der Flugrettung hatte sie immer noch das Gefühl, die schneidend scharfen Stahlblätter über ihr könnten sie einen Kopf kürzer machen. Dabei war sie ohnehin nur eins sechzig groß.

Die Hände wie Scheuklappen ans Gesicht gelegt, um ihre Augen vor dem aufwirbelnden Staub zu schützen, sah sie sich auf der beschatteten Landstraße zwischen den Einsatzfahrzeugen um. Sie hatten relativ nahe am Unfallort landen können, da es außer den Bäumen, die die schmale Fahrbahn säumten, keine Hindernisse für den Hubschrauber gab. Anne sah zwei Rettungsfahrzeuge, die Polizei und die Feuerwehr, aber wo war der verunglückte Wagen? Sie hatten kaum Informationen erhalten, nur dass es um einen Verkehrsunfall ging. Aufgrund der Lage des Unfallorts, der Geschwindigkeiten, die auf dieser Straße erlaubt waren, und der landschaftlichen Gegebenheiten mit den vielen Kurven und Bäumen war entschieden worden, den Hubschrauber zu starten.

Ein Unfall in dieser Gegend konnte kaum glimpflich ausgegangen sein.

»Dort, im Graben.« Ihr Partner Owen, der ihr aus dem Hubschrauber folgte, deutete auf die eingedellte Leitplanke und die dahinterliegende Böschung. Anne spürte, wie das Adrenalin durch ihre Adern schoss. Es hatte sich schon beim Einsatzruf bemerkbar gemacht, beim Flug verstärkt, und jetzt gesellte sich auch noch ein Flattern im Bauch dazu. Sie genoss das Gefühl, das ihr mittlerweile vertraut war. Ihr Körper vibrierte richtiggehend vor Erwartung, gleich Schreckliches zu sehen, während sie gleichzeitig wusste, dass sie in der Lage wäre zu helfen.

»Doktor.« Einer der Sanitäter aus dem bereitstehenden Rettungswagen lief auf sie zu. Er musste fast schreien, um sich über den Lärm des Hubschraubers hinweg Gehör zu verschaffen. Er hatte einen gewaltigen grauen Bart und ein rundes, freundliches Gesicht, und hätte er noch ein rotes Outfit und eine Zipfelmütze auf dem Kopf getragen, wäre er glatt als Weihnachtsmann durchgegangen. Anne konnte sich gut vorstellen, wie beruhigend er auf die Patienten wirkte.

»Anne Perry«, rief sie und deutete zur Sicherheit auf den gelben Querstreifen an ihrer roten Einsatzjacke, auf den ihr Name mit dem Zusatz »Critical Care Doctor« gestickt war. »Das ist Owen Baines, Sanitäter und mein Einsatzpartner. Ich hoffe, wir haben euch nicht zu lange warten lassen.« Sie wies zur Böschung. »Was haben wir hier?«

Santa bedeutete ihnen beiden, ihm zu folgen, und winkte einem Kollegen, der von seiner zarten Statur her einer seiner Weihnachtselfen hätte sein können. »Ihr kommt gerade rechtzeitig«, sagte er an Anne gewandt. »Ein angeschnallter Insasse, Mitte bis Ende zwanzig, nicht ansprechbar. Er scheint mit hoher Geschwindigkeit in der Kurve ins Schleudern geraten und von der Straße abgekommen zu sein. Die Jungs von der Feuerwehr haben alles vorbereitet, um ihn aus dem Wrack herauszuschneiden, sie warten nur noch auf Ihr Okay.« Er lächelte sie an, die Knollennase leuchtend rot vom kalten Wind. Unter grauen, buschigen Brauen zwinkerte er ihr zu. »Ich bin übrigens Derek.«

Anne erwiderte sein Lächeln, dankbar für ein wenig Normalität und Anteilnahme in dieser angespannten Situation. Sie war nie jemand gewesen, der wie eine Maschine funktionierte und kalt und nüchtern seinen Job erledigte. Sie wusste, dass ein Menschenleben auf dem Spiel stand, aber deshalb musste sie nicht aufhören, selbst ein Mensch zu sein.

»Irgendwelche offensichtlichen Verletzungen, Derek?« Anne ließ ihren Rucksack am Straßenrand zu Boden sinken und kletterte über die Leitplanke. Sie musste sich nicht umdrehen, um zu wissen, dass Owen zurückblieb. Er würde an einer geeigneten Stelle alles vorbereiten, um den Patienten in Empfang zu nehmen und zu versorgen. Zwischen ihnen herrschte fast so etwas wie Gedankenübertragung, was nicht zuletzt daran lag, dass sie schon seit gut zwei Jahren zusammenarbeiteten, seit Anne aus dem Krankenhaus zur walisischen Flugrettung gewechselt hatte. So kannten sie den anderen zumindest beruflich in und auswendig. Owen war Notfallsanitäter, sie Ärztin mit Spezialausbildung. Vor ihrem Wechsel hatte sie als Anästhesistin gearbeitet. Diese Fähigkeiten kamen ihr hier draußen zugute.

Anne bewegte sich vorsichtig den steilen Hang hinunter, Geröll löste sich unter ihren schwarzen Stahlkappenboots. Sie schob einzelne Strähnen ihrer langen, roten, zu einem Knoten geschlungenen Haare zurück, die sich im Wind gelöst hatten, dann zog sie Handschuhe aus ihrer Jackentasche. Die Feuerwehr hatte bereits einen Brandschutz errichtet und war dabei, ausgelaufenen Sprit zu binden. Bestimmt hatte sie den demolierten Sportwagen auch schon stromlos gemacht. Anscheinend hatte sich das Auto auf dem Weg die Böschung hinunter mindestens einmal überschlagen, die gesamte Front war zusammengeschoben.

Anne winkte den Feuerwehrleuten mit der hydraulischen Rettungsschere, die bereitstanden, um das Dach des Sportwagens abzuschneiden. »Hey, Jungs, ihr könnt gleich loslegen, ich sehe ihn mir nur schnell an.«

Vorsichtig trat sie an das Fahrzeug heran, warf einen Blick durch das scheibenlose Fenster der Fahrerseite und entdeckte einen angeschnallten, bewusstlosen Mann in Anzug und Krawatte, dessen helle Haare blutgetränkt an der Stirn und den glattrasierten Wangen klebten. »Du hattest es eilig, hm? Aber keine Sorge, das wird wieder.«

Er atmete sichtlich schwer, und als sie seinen Puls überprüfte, war sie nicht überrascht, nur ein schwaches Pochen zu fühlen. Die Airbags waren wieder in sich zusammengefallen, sodass sie den Fahrer gut sehen und auf weitere offensichtliche Verletzungen überprüfen konnte. Bis auf die Wunde am Kopf, bei der das Blut bereits geronnen war, und ein paar Schrammen konnte sie nichts feststellen, doch sie rechnete mit schweren inneren Verletzungen.

Atmung und Puls gefielen ihr gar nicht, weshalb sie ihn so schnell wie möglich aus dem Wagen haben wollte. Er brauchte dringend Sauerstoff, damit sein Gehirn nicht über eine längere Zeit hinweg unterversorgt war.

»Weiß man, wie lange der Unfall her ist?«

Derek trat an ihre Seite. »Soweit wir wissen, gab es keine unmittelbaren Zeugen. Eine Passantin hat den Wagen entdeckt und den Notruf gewählt. Keine Ahnung, wie lange er schon unbemerkt dort unten gelegen hat. Wir haben achtzehn Minuten gebraucht, bis wir da waren.«

Anne nickte. Achtzehn Minuten. Zuvor hatten die Einsatzkräfte zur Unterstützung den Hubschrauber angefordert, der nur knapp nach den anderen eingetroffen war. Nun erforderte es weitere Zeit, bis der Patient befreit werden konnte. Die »goldene Stunde«, die Zeit nach einem Trauma, in der die Überlebenschance bei frühzeitiger Behandlung am größten war, verging wie immer zu schnell.

»Komm mir nur ja nicht auf dumme Gedanken, Freundchen, gleich haben wir dich, du musst nur noch ein wenig durchhalten.« Anne zog eine Schere aus ihrer Rettungsjacke und schnitt den Anschnallgurt und die Krawatte ab. »Okay, holt ihn hier raus, und zwar so schnell wie möglich.« Sie trat ein kleines Stück zurück, um die Feuerwehr ihre Arbeit machen zu lassen, und hob das Funkgerät, das an ihrer Einsatzjacke an der Schulter befestigt war, an ihren Mund. »Leah, wir müssen den Patienten nach Cardiff bringen«, meldete sie der Pilotin im Hubschrauber, damit die bereits die Koordinaten eingeben konnte. Anschließend telefonierte sie mit dem Krankenhaus, um den Patienten anzukündigen, gab alle bekannten Details durch und schätzte die Zeit bis zu ihrer Ankunft ab, damit gleich bei der Landung ein Trauma-Team bereitstand. Mit dem Auto wäre es eine Fahrt von einer guten Stunde. Mit dem Hubschrauber, der hundertsechzig Meilen die Stunde in gerader Linie zurücklegte, würden sie vielleicht fünfzehn Minuten brauchen.

Während das Team der Feuerwehr daran arbeitete, den Eingeklemmten zu befreien, blieben ihr ein paar Augenblicke Zeit, um in Gedanken die nächsten Schritte durchzugehen.

Die Sanitäter brachten eine Trage mit Vakuummatratze, und kurze Zeit später lag der Verletzte bewusstlos darauf, wurde festgeschnallt und mühsam die Böschung hochgetragen. Anne hastete zu Owen, der bereits alles für die Anästhesie vorbereitet hatte.

Die Augen zusammengekniffen gegen die wenigen Sonnenstrahlen, die durch die tiefhängende, düstere Wolkendecke stachen, blickte er auf, als sie bei ihm eintraf. Anne sah, dass er einen Beutel 0 negativ in der Hand hielt, den er in einem tragbaren Flüssigkeitswärmer vorwärmen ließ, bevor sie ihn dem Verletzten verabreichten. Mit seinem pechschwarzen Haar, der eher blassen Haut und den stechend blauen Augen war Owen der Inbegriff eines Walisers. So mussten die Kelten ausgesehen haben, die einst diesen Landstrich bevölkert hatten. Sein Anblick half zumindest jungen Frauen, sich schlagartig besser zu fühlen, aber bei ihrem heutigen Patienten konnte sein fast schon absurd attraktives Gesicht leider nichts ausrichten.

»Intraossärer Zugang?«, fragte er mit seiner rauen Stimme, die klang, als würde er seine Nächte auf Rockkonzerten verbringen, und griff bereits nach den entsprechenden Instrumenten.

»Ja, wir müssen uns beeilen.«

Anne versuchte, das Gewicht des Patienten abzuschätzen, um die richtige Dosis für die Anästhesie festzulegen. Einer der jüngeren Sanitäter schnitt das Hemd auf, und Anne beugte sich über den Verletzten, um noch einmal den Puls zu messen und ihn abzuhören. »Verringerte Atemgeräusche auf der linken Seite.« Vermutlich eine Rippenverletzung, oder die Lunge hatte unter dem Schock des Aufpralls gelitten. Die Organe bewegten sich mit der enormen Geschwindigkeit des Körpers mit, bei einem abrupten Halt prallten sie dann gegen das Skelett. Das reichte aus, um schwere innere Schäden zu verursachen. Sie mussten wirklich schnell handeln.

Anne streckte die Hand nach dem Bohrer aus, den Owen ihr wortlos reichte, sie hatte gar nicht danach fragen müssen. Das Geräusch, das der Bohrer machte, erinnerte eher an eine Werkstatt als an einen Rettungseinsatz, und aus dem Augenwinkel bemerkte sie, wie einige der Polizisten unbehagliche Blicke tauschten. »Dass mir hier niemand in Ohnmacht fällt …«, warnte Anne, für die das surrende Geräusch eher beruhigend klang. Beruhigend, weil sie etwas tun konnte, um dem Verletzten zu helfen. Sie setzte den Bohrer an der einen Schulter an und bohrte die Nadel für den intraossären Zugang direkt in den Knochen. Dasselbe tat sie bei der anderen Schulter – eine schnelle Angelegenheit und sehr viel einfacher, als lange nach einer Vene zu suchen, die wahrscheinlich längst kollabiert waren und einen Zugang unmöglich machten.

Sie spritzte das von Owen vorbereitete Narkosemittel und intubierte den Mann, wobei sie darauf achtete, seine Zähne nicht zu beschädigen und die Stimmbänder im Rachen nicht zu verletzen. Somit war zumindest seine Atmung gesichert. Außerdem schloss die Intubation die Speiseröhre, sodass kein Mageninhalt in die Lunge gelangen konnte. Bei einer ungeplanten Narkose wie dieser mussten sie immer davon ausgehen, dass der Patient nicht nüchtern war und sich erbrach. Die Narkose machte aber nicht nur den Schlauch im Hals, sondern auch die Schmerzen und die folgenden Prozeduren erträglicher. Sie verringerte zudem das Risiko von weiteren Hirnschäden, falls er solche davongetragen hatte. Sein Kopf bekam eine dringend benötigte Pause.

Owen schloss den Mann ans Beatmungsgerät und ans EKG an, um sein Herz zu überwachen, während Anne bereits die Thoraxdrainage vorbereitete, um den Druck von seiner Lunge zu nehmen. Es mochte Luft oder Blut sein – eins von beiden gelangte in den Pleuraraum, den Bereich zwischen Brustwand und Lunge –, und ganz gleich, was davon es war, es musste weg, damit der Lungenflügel die Möglichkeit bekam, sich wieder zur Gänze aufzublähen.

Anne hörte das Geräusch von Automotoren; die Polizei hatte die Unfallstelle gesichert und führte den wenigen Verkehr langsam und geordnet an ihnen vorbei. Hoffentlich hatte niemand eine Handykamera bei sich und kam auf den Gedanken zu filmen. Die Bilder, wie sie mit ihrem Skalpell seitlich in die Brust des Mannes schnitt, dann zur Schere griff und anschließend mit den Fingern die Pleura untersuchte, erinnerten viele zweifelsohne an einen blutigen Horrorfilm.

Abschließend verabreichte sie dem Patienten noch das vorgewärmte Blut und Gerinnungsfaktoren. Owen immobilisierte ihn mit der Vakuummatratze, zog die Sicherheitsgurte an und half ihr dabei, die Wärmedecke über den Patienten zu legen. Dann kamen bereits die anderen Sanitäter herbei, um ihn in den Hubschrauber zu verfrachten.

»Großartige Arbeit.« Derek blickte dem eingepackten und glücklicherweise stabilen Patienten nach. »Er wird es schaffen.«

»Hoffen wir es«, bemerkte Owen trocken und fing an, das Equipment einzusammeln.

Anne verdrehte die Augen. Warum musste Owen auch immer so pessimistisch sein? »Er wird es schaffen«, bestätigte sie die Worte des Sanitäters und sah Owen eindringlich in die blauen Augen, die von unglaublich langen, dichten Wimpern gesäumt waren, um die ihn bestimmt viele Frauen beneideten. »Deine Frohnatur ist wie immer ansteckend.« Sie zwinkerte ihm zu, aber Owen wandte den Blick ab. Vorbei war es mit der Gedankenübertragung, jetzt ging es ja auch nicht mehr darum, medizinische Prozeduren gemeinsam durchzuführen.

»Wenn er es nicht schafft, dann bestimmt nicht wegen schlechter Versorgung, ich habe selten ein Team gesehen, das dermaßen perfekt aufeinander eingespielt ist«, bemerkte Derek, hob grüßend die Hand und wandte sich zum Gehen.

Gefolgt von Owen, kletterte Anne in den Hubschrauber, wo sie die Intubationstasche und den Rucksack mit den restlichen medizinischen Instrumenten in den vorgesehenen Fächern verstaute. Ohne die Monitore, an die der Patient nun angeschlossen war, aus den Augen zu lassen, setzte sie den Helm mit dem Headset auf und seufzte. Ja, sie und Owen waren ein gutes Team, wenn es darum ging, Leben zu retten, aber sobald die Arbeit erledigt war, waren sie wie Fremde. Sie wusste kaum etwas über ihn, und er war nicht gerade ein offenes Buch. Meistens fand sie Owens zurückhaltende Art nicht weiter schlimm, denn dadurch stellte er gewissermaßen einen Ruhepol zu ihrer manchmal übersprudelnden Aufregung dar. Trotzdem verspürte sie oft das kindliche Bedürfnis, ihn zu ärgern.

Sie wartete, bis alle ihre Plätze eingenommen hatten und abflugbereit waren, dann drehte sie sich zu ihrem Partner um und grinste ihn an. Er reagierte nicht. Der Hubschrauber hob ab, dröhnender Lärm umhüllte sie. Anne beobachtete, wie Owen die Vitalzeichen des Patienten überprüfte, die Daten eintrug und schließlich die Kabel und Zugänge checkte.

»Was ist?«, knurrte er schließlich, ohne sie anzusehen.

Anne zuckte mit den Schultern. Am liebsten hätte sie behauptet, dass sie ihn nur anschaute, weil er so gut aussah, denn dann hätte sie ihn in Verlegenheit gebracht, ihm vielleicht sogar ein kleines Lächeln entlockt, aber sie bezweifelte, dass er ihren Humor verstehen würde. Irgendetwas sagte ihr, dass er eigentlich nur unsicher war und sie ihm helfen konnte, ein wenig aufzutauen. Er brauchte bloß einen kleinen Schubs, etwas freundschaftlichen Spott, damit er aus seinem Schneckenhaus herauskam. Seit sie ihn kannte, hatte sie ihn noch nie mit Kollegen ausgehen oder Freundschaften knüpfen sehen, aber das konnte sich ja ändern. Schließlich brauchte jeder einen Freund.

»Vielleicht solltest du dich lieber auf deinen Patienten konzentrieren.« Seine raue Stimme klang übers Headset noch tiefer.

Unbeeindruckt erwiderte sie: »Ich bin eine Frau und daher durchaus multitaskingfähig. 15.32 Uhr – Puls 41, 15.41 Uhr – Puls 39, 15. 45 Uhr – Puls 44, Blutdruck 80 zu 50, Sauerstoffsättigung 91. 15.47 Uhr …«

»Was soll das?«

Anne lächelte liebenswürdig. »Ich habe den Patienten im Blick, Owen, aber wenn es dir damit besser geht, nenne ich dir gern jeden seiner Werte – wenn es sein muss, im Minutentakt.« Sie hob ihre Hand an die Schläfe. »Alles da drinnen gespeichert.«

Owen sah sie ein wenig verwundert an, schüttelte dann aber den Kopf und richtete den Blick wieder auf den Monitor. Anne beschloss, ihn vorerst vom Haken zu lassen, auch wenn sie sich lieber unterhalten hätte, anstatt sich zu fragen, ob der Patient womöglich bleibende Schäden davontragen würde. Manche von ihnen kamen nach ihrer Genesung zur Basis in Lliedi, einem kleinen Vorort von Fyrddin an der Küste, um sich zu bedanken, das freute sie jedes Mal. Sie wusste dann, dass es ihnen gut ging und dass ihre Arbeit und die der Ärzte im Krankenhaus wirklich etwas bewirkt hatte. Von anderen aber hörten sie nie wieder etwas, und Anne wollte auch nicht darüber nachgrübeln, wer von ihnen es geschafft hatte und wer nicht.

»Leah, wie lange waren wir vor Ort?«, fragte sie, den Blick auf den Monitor gerichtet, der nun bessere Werte anzeigte.

»Siebzehn Minuten«, antwortete Leah aus dem Cockpit, und Anne nickte zufrieden. Der Patient hatte gute Chancen. Für sie hieß es nun, ihn den fähigen Ärzten in Cardiff zu übergeben, die Papiere dort auszufüllen, zurück zur Basis zu fliegen, die Medikamente und das Equipment auf Vordermann zu bringen und weiteren Papierkram zu erledigen. Bis der Alarm das nächste Mal losging und alles wieder von vorne begann. Es gab keinen besseren Job.

*

Anne spritzte sich Wasser ins Gesicht und atmete tief ein. Es war ein erfolgreicher Tag gewesen, und sie fühlte sich erfüllt und zufrieden. Nach dem Verkehrsunfall waren sie für einen Patiententransfer in ein anderes Krankenhaus gerufen worden, und dann war ihre Zwölfstundenschicht bei den Flying Medics ausnahmsweise pünktlich um zwanzig Uhr zu Ende. Jetzt freute sie sich auf einen ruhigen Abend, darauf, dass das Gefühl der Bereitschaft, der Konzentration, von ihr abfiel. Solange sie sich auf der Basis aufhielt, hörte sie in Gedanken bereits das rote Telefon klingeln und den Alarm losgehen. Spürte ihre Beine kribbeln, stets bereit, sofort loszulaufen, zum Hubschrauber. Das Warten und die Ruhe waren für ihre Nerven oft schlimmer als unterwegs zu sein. Aber sie genoss die Anspannung auch, das Gefühl, jede Faser ihres Körpers zu spüren, wirklich da zu sein.

»Schaust du noch bei Evelyn vorbei?« Leah streckte den Kopf zur Tür des Ruheraums herein und sah sie hoffnungsvoll an. Auch sie hatte Zivilkleidung angezogen, trug wie immer dunkle Farben, um nicht groß aufzufallen.

Manchmal fiel es Anne schwer zu glauben, dass eine derart kleine, zarte Person in der Lage war, als Hubschrauberpilotin zu arbeiten. Leah steuerte diese enorme Maschine zu fast unmöglichen Landeplätzen, trotzte den schwierigsten Gegebenheiten, um so schnell wie möglich helfen zu können, und das so ruhig und abgeklärt, dass man meinen konnte, sie trage zwei Persönlichkeiten in sich – die unerschrockene Captain Edwards und die schüchterne Leah. Wer sie jetzt so dastehen sah, mit ihrem blonden Feen-Kurzhaarschnitt und den großen, weit aufgerissenen Augen, käme nie auf den Gedanken, dass sie Jahre beim Militär, darunter auch im Mittleren Osten, gedient hatte.

»Hast du ein heißes Date?«, fragte Anne lächelnd, auch wenn sie die Antwort bereits kannte.

Leah schnaubte wie erwartet und trat ein. »Evelyn wollte mir ein paar DVDs ausleihen, die möchte ich abholen, bevor ich nach Hause gehe und mir einen gemütlichen Abend mit Serienkillern und Popcorn mache.«

Anne schlüpfte in eine weiche, gemütliche Jeans, die sich wie eine zweite Haut an ihre Beine schmiegte, und zog ein kurzärmliges T-Shirt mit einem großen Strassherz über. Anschließend kämmte sie ihr langes rotes Haar aus und band es am Hinterkopf zu einem Knoten zusammen, dann stieg sie in ihre Stiefeletten und nahm Handtasche und Jacke vom Bett. Sie hätte Leah gern gesagt, dass sie auch ohne sie die DVDs bei Evelyn abholen könne und nicht auf sie warten müsse, aber sie wusste, dass Leah nie im Leben allein einen Fuß in Evelyns Pub setzen würde. Da waren zu viele Menschen, die sie ansehen oder – Gott bewahre – ansprechen könnten.

Oft fragte Anne sich, wie Leah wohl früher gewesen war, vor ihrem Auslandseinsatz, aber im Grunde war das unwichtig. Leah war ihre engste Freundin, hörte ihr immer zu, und sie war perfekt, so, wie sie war.

»Lädtst du mich denn wenigstens zu diesem Filmeabend ein?« Sie folgte Leah hinaus in den hell erleuchteten Korridor, von dem die Büro-, Trainings-, Besprechungs- und weitere Schlafräume für Bereitschaftsdienste abgingen.

Leah sah sie ungläubig an und schloss den Reißverschluss ihrer Sweatshirt-Jacke. »Hast du denn kein heißes Date? Was ist mit diesem Feuerwehrtyp von neulich? Wie hieß er noch gleich?«

»Luke Irgendwas.« Anne schauderte bei der Erinnerung. »Der wohnte noch zu Hause über der Garage, und für unser zweites Date wollte er mich zum Dinner einladen.«

»Herrje, du bist viel zu kritisch! Vielleicht wohnt er dort nur vorübergehend, und ein romantisches Abendessen ist doch nicht schlecht.«

»Bei seiner Mutter.«

Leah riss die Augen noch weiter auf als gewöhnlich, was Anne zum Lachen brachte. »Ja, offensichtlich macht seine Mutter den besten Lammbraten in ganz Wales.«

»Okay, ich weiß, warum ich bei Filmhelden bleibe.«

Anne seufzte und drückte die Tür auf. »Vielleicht sollte ich auch umsteigen und die ganze Daterei endlich aufgeben.«

»Irgendwann ist bestimmt der Richtige dabei.«

Das bezweifelte Anne, aber sie ging ja auch nicht mit Männern aus, um den Richtigen zu finden, sie war nur gerne unter Menschen. Allein zu Hause zu sitzen, hielt sie kaum aus. Außerdem ging sie für ihr Leben gern essen – allerdings am liebsten ohne Mütter.

Vor den Glasflügeltüren der Basis empfing sie ein grauer Frühlingsabend, die Wolken hingen tief am Himmel, die Bäume außerhalb der Umzäunung wogten im auffrischenden Wind. Ein unheimliches senffarbenes Licht fiel auf die mit struppiger Vegetation bewachsenen Hügel. Anne fühlte sich hier an der Küste stets ein wenig abgeschnitten von der Welt, frei. Die Basis lag am Rand des kleinen Dreieinhalbtausend-Seelen-Dorfes in der Nähe von Fyrddin, das ihr als Kind eine Heimat gegeben hatte. Es war ihr der liebste Ort der Welt, und als sie vor ein paar Jahren erfahren hatte, dass die walisische Flugrettung eine Basis ausgerechnet in Lliedi errichten wollte, hatte sie sich sofort beworben und dafür ihre Stelle in England aufgegeben. Sie war nach Hause zurückgekommen, was sie noch keine Sekunde bereut hatte.

Hinter ihr erstreckten sich unendliche Weiden mit ein paar wenigen dazwischengeworfenen landwirtschaftlichen Gehöften. Alles war friedlich, aber im Hinblick auf den nahenden Sturm, der in zwei Tagen auf die walisische Küste treffen sollte, überkam sie trotz der idyllischen Landschaft ein ungutes Gefühl. Lliedi lag nicht weit vom Meer entfernt, und Anne fürchtete, dass sie die volle Ladung abbekommen und Hubschraubereinsätze schwierig werden würden. Dann kamen wohl auch die beiden umgemodelten, knallig gelb-grün karierten Audis als Einsatzfahrzeuge zum Zug. Bei zu schlechtem Wetter war es nicht sicher, den roten Hubschrauber mit den grünen Flanken zu starten. »Ariannwyd gan bobl Cymru« stand in weißer Schrift darauf. »Finanziert durch die Menschen von Wales.« Denn ohne Spenden gäbe es die Flugrettung gar nicht.

»Tschüss, Owen!«

Anne zuckte bei Leahs Ruf zusammen. Sie sah zu dem elektronischen Tor hinüber, durch das man von der Basis auf die Straße gelangte, und erkannte Owen im Licht der Laternen auf seinem Fahrrad. Er drehte sich zu ihnen um, hob kurz die Hand und fuhr weiter.

»Und ich wollte ihn schon fragen, ob er mit in den Pub

geht«, scherzte Anne, ging zu ihrem Wagen und drückte auf die Fernbedienung für die Zentralverriegelung.

Leah sah sie ungeduldig an. »Du meinst, um eine Abfuhr zu bekommen, so wie die letzten dreitausend Mal?«

»Er kommt mir so einsam und allein vor. Es würde ihm guttun, mal unter Leute zu kommen, mit Kollegen Zeit zu verbringen, abseits der Arbeit.«

»Wenn er einsam ist, dann weil er es so möchte. Du hast ihm oft genug die Möglichkeit gegeben, Anschluss zu finden. Wenn er nicht will, dann will er nicht. Versteh mich nicht falsch, er ist ein ausgezeichneter Sanitäter, das weiß ich. Ich weiß auch, wie gut du mit ihm zusammenarbeitest, ihr seid unser Dream-Team. Aber mögen muss ich ihn deshalb trotzdem nicht.«

Anne legte gespielt entsetzt die Hand auf die Brust und lachte. »Wie kannst du nur so etwas sagen?« Sie warf ihre Jacke und ihre Tasche in den Kofferraum und stieg in ihren unscheinbaren kleinen Wagen. Sie war erleichtert, nicht direkt nach Hause fahren zu müssen, sondern zuerst bei Evelyn vorbeizusehen und dann bei Leah Zeit zu verbringen. Vermutlich schliefen sie beim Fernsehen ohnehin wieder ein, und da sie beide morgen freihatten, war das auch nicht schlimm.

»Wieso gibst du dir überhaupt solche Mühe?« Leah ließ sich auf den Beifahrersitz fallen und streckte ihre dünnen Ballerina-Beine aus. Anne konnte sie sich gut vorstellen auf einer Bühne, mit glitzernden Feenflügeln auf Zehenspitzen tanzend. Anne selbst war eher der Lauftyp. Sie rannte oft und viel, immer, wenn sie nichts anderes zu tun hatte und nicht allein in ihrem kleinen Apartment sitzen wollte. Zu Hause fühlte sie sich oft einsam, obwohl sie nur knapp zehn Autominuten von der Basis entfernt wohnte. Zu Evelyn war es noch näher. Wirklich große Entfernungen gab es in diesem Dorf ohnehin nicht.

»Niemand sollte allein sein«, beantwortete sie Leahs Frage und setzte den Wagen zurück. »Er wirkt auf mich einfach nicht so, als würde er das Alleinsein genießen. Er sieht immer so ernst aus, hast du ihn jemals lachen sehen?«

»Nein, aber ich weiß, dass es sinnlos ist, an dich hinzureden. Wenn du glaubst, jemand braucht Hilfe, bist du zur Stelle. Oder interessierst du dich für ihn, weil er so heiß ist?«

»Leah!« Anne wirbelte zu ihrer Freundin herum. Fast wäre sie durch den engmaschigen Zaun gefahren, der die gesamte Basis umgab.

»Was? Ich bin vielleicht nicht so eine Plaudertasche wie du, das heißt aber nicht, dass ich blind bin.«

»So ein Unsinn. Ja, er sieht gut aus, aber das tun andere auch, darum geht es nicht. Ich mag einfach diese Anspannung in der Basis nicht – er verbreitet eine komische Stimmung, findest du nicht auch?«

Leah seufzte schwer und lehnte sich auf dem Beifahrersitz zurück. »Annie, ich sage es nur ungern, aber hast du schon mal daran gedacht, dass es einen Grund gibt, weshalb er sich dir gegenüber so kühl verhält? Dass nicht alle Hilfe brauchen und nur darauf warten, von dir gerettet zu werden?«

Anne warf ihr einen ungeduldigen Blick zu. »Das weiß ich doch! Aber bei ihm ist das anders, das hab ich im Gespür, von ihm geht so eine … so eine Traurigkeit aus.«

»Als jemand, der selbst zurückhaltend ist, kann ich nur sagen, dass es eigentlich immer einen Grund gibt, warum man sich von anderen Menschen fernhält. Auch er wird einen haben, und ich ahne, welchen. Schließlich ist er ein Mann, und Männer sind alle gleich. Ich habe es selbst so oft erlebt, bin so oft dagegen angerannt.«

Anne lachte auf. »Wovon zum Teufel redest du?« Sie verließ die Basis, die von außen eher militärisch und daher vielleicht für andere wenig einladend aussah, aber inmitten der grünen Hügel war sie für Anne ein Juwel. Die Straße führte sie am Industriegebiet mit seinen Bürokomplexen, Werkstätten und Verkaufsräumen vorbei, aber selbst diese Gegend war nicht dicht bebaut. Auf die Gebäude, die umgeben waren von Grün, folgte der große Park mit dem Kinderspielplatz, Fußball- und Cricket-Feldern; es gab sogar mehrere Tennisplätze.

»Ich bin Hubschrauberpilotin, und das war ich auch im Ausland. Ein Job, den hauptsächlich Männer ausüben. Ja, es gibt viele, die sagen, sie finden das toll, eine Frau dabeizuhaben, die einen unterstützt und nicht im vorigen Jahrhundert lebt. Es gibt aber genauso viele, die der Meinung sind, Frauen hätten jenseits des Herds nur wenig zu suchen.«

»Ach, Leah, ich bitte dich.«

»Annie, du bist eine Frau und Ärztin mit einer ganzen Liste an Spezialausbildungen, Owen ist Sanitäter, und damit stehst du über ihm. So mancher Mann mag damit ein Problem haben. Er arbeitet mit dir zusammen, aber du sagst ja selbst, dass er dir ansonsten aus dem Weg geht. Du bist nicht einmal dreißig und hast einen Beruf, für den viele sehr viel länger brauchen.«

»Ich hatte eben Glück.«

»Schon als Kind Klassen zu überspringen und das Studium in Rekordzeit zu absolvieren, würde ich nicht unbedingt Glück nennen. Du hast die anderen überflügelt, und das finden nicht alle toll. Ich habe gehört, dass Owen auch Medizin studiert hat, aber er hat mittendrin abgebrochen und bloß die Ausbildung zum Sanitäter zu Ende gemacht. Vielleicht hat er es nicht geschafft, vielleicht war das Studium für ihn zu schwer, und dann kommst du daher, eine Frau, noch halb im Kindergarten, in einem Job, den meist sehr viel ältere Männer ausüben.«

Anne blickte in die zunehmende Abenddämmerung hinaus. Die Straßenlaternen beleuchteten die Weiden mit ihren herabhängenden Ästen am Straßenrand. Sie konnte kaum glauben, was Leah da sagte. Auf so einen Gedanken war sie bislang noch nie gekommen. Ja, ihre Freundin hatte recht, damals in der Schule waren nicht alle begeistert davon gewesen, dass sie Tests mochte, Zahlen faszinierend fand und ohne große Mühe gute Noten schrieb. Aber sie war nicht mehr in der Schule. Herrgott, sie war achtundzwanzig, im richtigen Leben, in der realen Arbeitswelt, und da sollte für kindischen Neid kein Platz mehr sein!

Sie war froh, als sie den Ortskern erreichten und Susan Llwynhan, die in dem kleinen Supermarkt an der Tankstelle arbeitete und mit einem Sanitäter der Flugrettung verheiratet war, mit ihrer kleinen Tochter am Straßenrand entdeckten. Der Gitarrenkoffer des Mädchens wirkte doppelt so groß wie das Kind selbst. Die zwei erkannten ihren Wagen und winkten, und Anne fühlte die vertraute heimelige Wärme, die stets in ihr aufstieg, wenn sie sich an ihre eigene wunderbare Kindheit erinnerte.

Sie bremste ab und ließ das Fenster hinunter. »Ich hoffe, ich bekomme eine Einladung zum Auftritt!«, rief sie, und die Kleine reckte strahlend den Daumen in die Höhe.

»Ich gebe sie Jimmy zur Basis mit!«, versprach Susan grinsend.

Kurz darauf hielten sie vor Evelyns gemütlichem Pub an, der das inoffizielle Dorfzentrum von Lliedi bildete.

Anne betrachtete das Gebäude mit seinen hohen Bogenfenstern und den Säulen, die das Vordach stützten. Es sah beinahe aus wie ein kleines Schloss. Der Pub war nach seiner Besitzerin benannt – »Evelyn's« –, und das passte, denn Evelyn war das Herz und die Seele nicht nur des Pubs, sondern des ganzen Dorfs. Oft kam es Anne so vor, als verbringe das halbe Dorf den Feierabend hier bei walisischem Ale und leckerem Essen, und sonntags nach der Kirche fanden sich alle zum Sunday Roast zusammen. Es war eine Tradition, die sie schon als kleines Mädchen geliebt hatte – genau wie sie den berühmten Sonntagsbraten ihrer Mum liebte.

Stimmengewirr und der Geruch nach Welsh Rarebit, einem mit Unmengen an Käse und leckeren Gewürzen überbackenen Toast, empfingen sie beim Eintreten.

Sie meinte, auch Cawl zu erschnuppern, ihren Lieblingseintopf, in dem Lamm, Lauch, Kartoffeln, Rüben und alles, was die Küche sonst noch so hergab, zu einer leckeren Suppe zusammengerührt wurden. Manchmal bereitete Evelyn ihn auch mit Meeresfrüchten zu. Als Kind hätte Anne am liebsten darin gebadet.

Es herrschte gedämpftes Licht, die Menschen in den Sitznischen am Rand waren kaum zu erkennen, die Bar hingegen war hell erleuchtet. Die Wände hinter dem Tresen zierten walisische Weisheiten und ermutigende Sprüche, als wäre dies ein Tempel des Trosts und der Motivation.

Und dort stand auch Evelyn, das schwarze Haar zu einem Pferdeschwanz zusammengebunden, der sie nicht wie Anfang fünfzig, sondern eher wie Mitte dreißig aussehen ließ. Vermutlich auch, weil sie immer noch eine jugendliche Figur hatte, die sie mit der hautengen Jeans und dem weit ausgeschnittenen Top betonte. Es war nicht verwunderlich, dass beinahe die gesamte männliche Single-Gemeinschaft des Dorfes die Bar besetzt hielt und sie anhimmelte. Sogar Pater Stephen war dort, aber Anne war überzeugt, dass der Pfarrer natürlich nur des Eintopfs wegen so oft hierherkam, den er auch jetzt gerade gierig in sich hineinschaufelte.

Anne bemerkte eine Frau, die sie noch nicht kannte. Die Frau war das genaue Gegenteil von Evelyn, wenn sie auch vermutlich im selben Alter war. Ihr Haar war grau und schütter, sie war knochendürr, und ihr eingefallenes Gesicht wirkte verlebt. Anne ahnte, woher sie kam.

»Annie! Leah!« Evelyn entdeckte sie beim Eingang und winkte sie freudestrahlend näher. Die Gäste an der Bar drehten sich zu ihnen um, und Anne spürte, wie sich Leah an ihrer Seite verspannte. Für ihre Freundin war das kleine Dorf, in dem es keine Anonymität gab, eine tägliche Qual. Sie war in London aufgewachsen und sprach auch nicht Walisisch wie die meisten hier. Dabei hatte Anne erst neulich eine Studie gelesen, in der das Volk der Waliser als das schüchternste und emotional instabilste Großbritanniens bezeichnet wurde. Vielleicht war Leah im tiefsten Inneren ja doch eine Waliserin. Llewellyn vom Postamt, der gerade an einem der runden Tische in der Mitte ein Volkslied anstimmte, hätte die Studie ruhig mal lesen sollen, denn als schüchtern konnte man ihn bestimmt nicht bezeichnen.

Am liebsten hätte Anne ihre Freundin an sich gedrückt, aber das würde alles nur noch schlimmer machen.

Stattdessen hakte sie sich bei Leah unter, um ihr ein wenig Halt zu geben, und zog sie zur Bar.

»Wir sind hier, um die DVDs abzuholen.« Anne stibitzte ein paar Erdnüsse aus den Schalen auf dem blankpolierten Tresen und ließ sich von Pater Stephen auf die Schulter klopfen. »Na, Annie, heute wieder Leben gerettet?«

»Nur eines«, erwiderte sie lächelnd und wandte sich Evelyn zu. »Hast du die DVDs hier oder in der Wohnung?«

»Oben, Darling«, winkte Evelyn ab, »aber jetzt komm doch erst mal her.«

Anne zog einen freien Barhocker für Leah heran, drei Hocker von den anderen Gästen entfernt, und wartete, bis diese hinaufgeklettert war, dann ging sie zu Evelyn hinter den Tresen.

Evelyn legte den Arm um Anne und drehte sie zu der fremden, verhärmten Frau um.

»Das ist sie, Josephine, das ist meine Annie«, erklärte sie stolz.

Anne fühlte eine Welle der Liebe über sich hinwegbranden. Sie streckte der fremden Frau die Hand entgegen. »Es freut mich, Sie kennenzulernen.«

»Josephine ist neu in meiner Gruppe«, erklärte Evelyn, womit sich Annes Verdacht bestätigte. Josephine war irgendeiner Form der Sucht erlegen und befand sich nun dank Evelyns Hilfe auf dem Weg der Besserung, denn Evelyn leitete neben dem Pub auch ein Suchthilfezentrum, das Menschen dabei unterstützte, aus der Spirale auszubrechen und ihr Leben neu zu beginnen.

»Deine Mutter hat mir schon viel von dir erzählt«, sagte Josephine mit einer heiseren Stimme, die klang, als hätte sie ihr ganzes Leben lang geraucht.

Anne lächelte. »Hoffentlich nicht, wie ich ihre Schlafzimmermöbel mit Permanent Marker verziert habe. Sie hat kein Wort gesagt, aber ich glaube, sie hätte mich damals am liebsten zurück ins Pflegeheim geschickt.«

Josephines Gesicht spiegelte Verwirrung. Offenbar wusste sie nicht, dass Evelyn nicht Annes leibliche Mutter war.

»Meine Mutter hat mich verlassen, als ich noch ganz klein war«, erklärte sie daher schnell. »Evelyn gehörte nicht zur Familie, war nicht einmal eine entfernte Verwandte, trotzdem hat sie mich bei sich aufgenommen und mir das beste Zuhause gegeben, das sich ein Kind …« Sie sah ihrer Pflegemutter in die verdächtig glänzenden Augen. »… und auch eine Erwachsene nur wünschen kann.«

»Oh, Annie.« Evelyn zog sie an sich und drückte sie fest, dabei hatte Anne gar nicht mehr gesagt als die Wahrheit. Evelyn war so viel mehr als eine Mutter für sie, denn es war die Pflicht einer Mutter, sich um ihr Kind zu kümmern. Evelyn dagegen hatte vollkommen selbstlos gehandelt. Sie war der herzlichste Mensch, den Anne kannte, und das sollten alle wissen. Andere Kinder pendelten ständig von einer Pflegefamilie zur nächsten, während Anne ihren Lebensplatz schon früh gefunden hatte. Nur dank Evelyn lebte sie jeden Tag mit den Erinnerungen an eine wunderbare Kindheit. Ohne diesen Rückhalt könnte sie ihren Beruf wohl nicht ausüben.

»Ich habe gehört, Sie arbeiten bei der Flugrettung«, ließ sich Josephine vernehmen und nippte an ihrem Saft. »Drüben bei der Airbase.«

Anne löste sich von ihrer Pflegemutter und zwinkerte Leah zu, die sich eine Erdnuss nach der anderen in den Mund warf. Wie konnte sie ihrer Freundin nur helfen, zumindest ein wenig aus sich herauszukommen? Sie war sicher, dass ihre Scheu, ja vielleicht sogar Angst, an ihren Erfahrungen im Ausland lag, denn Leah sprach nie über die Jahre, in denen sie fort gewesen war, kein Wort. »Sie sind Ärztin, nicht wahr?«, riss Josephines Stimme sie aus ihren Gedanken.

»Ja, ich bin Anästhesistin.«

»Ein schrecklicher Job.«

Anne hob fragend die Augenbrauen. »Eigentlich gefällt es mir bei der Flugrettung sehr gut.«

»Aber ihr werdet doch nur gerufen, wenn etwas so Schlimmes passiert ist, dass ein gewöhnlicher Krankenwagen nicht mehr reicht. Ich nehme an, ihr seht schreckliche Dinge – Stoff, aus dem Albträume gemacht sind. Und bestimmt verliert ihr jede Menge Patienten, entscheidet tagtäglich über Leben und Tod, strengt euch an und versucht alles, um sie am Leben zu halten, und dann sterben sie doch. Wie schafft man es da, morgens aus dem Bett zu kommen?«

Nun musste Anne lachen. Josephine hatte ja recht, aber dann auch wieder nicht. »Es kommt wohl auf die Sichtweise an«, erklärte sie und nahm dankend ein Glas selbstgemachten Apfelsaft von Evelyn entgegen, die sich zurückzog, um Leah Gesellschaft zu leisten. »Denn wenn wir losfliegen, haben die Menschen zumindest eine Chance. Die Unfälle, Krankheiten, was auch immer, passieren so oder so. Das war schon immer so, darauf haben wir keinen Einfluss. Aber wir können diesen Menschen helfen. Durch unsere Arbeit schaffen es einige von ihnen, zu überleben. Nicht immer, aber jeder Einzelne zählt – und das ist ein Geschenk und nichts Schreckliches.«

Josephine sah sie mit gerunzelter Stirn an. »Das nenne ich übersteigerten Optimismus.« Sie blickte an Anne vorbei zu Evelyn und rief: »Ich fürchte, deine Tochter ist nicht ganz normal!«

Evelyn drehte sich schmunzelnd zu ihnen um und sah

zwischen Anne und Josephine hin und her. »Hat sie dich mit ihren warmen Sonnenstrahlen gestreift, Josephine? Wärme dich daran, solange du kannst, zu oft werde ich sie nicht teilen.«

Anne verdrehte lachend die Augen und füllte die Nüsse nach, dann brachte sie Pater Stephen noch eine Schale Eintopf.

»Deine Mutter ist schuld, wenn ich bald nicht mehr in meine Jeans passe«, sagte er, schnupperte genüsslich und griff voller Vorfreude nach dem Löffel.

Anne lachte. »Solange das Messgewand noch passt, wird sie wohl keine Schwierigkeiten mit dem da oben bekommen.« Sie deutete zwinkernd gen Himmel, und Pater Stephen nickte zustimmend.

»Hey, Annie, zapf mir doch noch ein Bier, ja?« Llewellyn vom Postamt presste seinen kugelrunden Bauch gegen die Theke und streckte ihr einen Geldschein entgegen. »Aber bitte nicht wieder ein Glas voll Schaum, okay?«

»Ähm …« Anne sah sich hilfesuchend nach Evelyn um. Sie schaffte es, Saft einzuschenken, ja, sie könnte Llewellyn auch eine Wunde nähen oder Knochen einrenken, aber ein Bier zu zapfen, überstieg tatsächlich ihre Fähigkeiten. Leider war Evelyn nirgendwo zu sehen, vermutlich war sie in die Wohnung gegangen, um die DVDs zu holen, und so versuchte sie ihr Bestes. Der Schaum hielt sich in Grenzen, und sie überreichte Llewellyn das Glas mit einem triumphierenden Lächeln. Anschließend schenkte sie Josephine neuen Saft ein, wobei sie sie unauffällig musterte, um herauszufinden, wie es ihr mit all dem Alkohol um sie herum ging. Zu ihrer Erleichterung schien Josephine mit ihrem Saft ganz glücklich zu sein. Sie war nicht die Erste von der Suchthilfe, die Evelyn mit in den Pub nahm, und Anne war überzeugt, dass ihre Pflegemutter wusste, was sie tat. Vielleicht war das ein Meilenstein, den es zu überwinden galt, und Josephine sollte sich beweisen, dass sie der Versuchung widerstehen konnte.

Evelyn kehrte zurück, legte die DVDs vor Leah, dann verschwand sie nach hinten in den Kühlraum.

Anne schaute zur Pub-Tür, die sich soeben öffnete. Ein Mann um die vierzig mit Dreitagebart trat ein. Sie kannte ihn nicht, und das wollte in diesem Dorf etwas heißen. Die Hände in der Lederjacke, stolzierte er herein, als gehörte der Pub ihm, dabei konnte er ein leichtes Torkeln nicht verbergen. Er steuerte auf die Bar zu, und ehe Anne etwas unternehmen konnte, ließ er sich auf dem freien Stuhl neben Leah nieder.

Leah blickte auf und erstarrte, ihre Hände klammerten sich so fest um ihr Glas, dass die Knöchel weiß hervortraten und Anne fürchtete, es würde jeden Moment bersten.

»Ein Bier!« Der Mann winkte in Annes Richtung. Er strahlte Arroganz aus, Herablassung, was ihr sofort zuwider war.

»Soll ich ihn loswerden?«, raunte Llewellyn, der gerade mit seinem Getränk in der Hand an seinen Platz zurückkehren wollte.

Anne schüttelte den Kopf. »Ich kümmere mich schon darum, danke.«

Llewellyn prostete ihr zu und entfernte sich. Anne sah, wie sich der Typ Leah zuwandte, und wünschte sich, sie hätte Llewellyn gebeten zu bleiben. Sie spürte, wie ihr Beschützerinstinkt in ihr aufwallte, wollte aber keine große Szene veranstalten. So unauffällig wie möglich ging sie näher heran, lehnte sich gegen den Tresen und beobachtete die beiden aus den Augenwinkeln.

»Was willst du trinken?«, fragte der Typ Leah, als wären sie alte Freunde.

Leah hob den Blick und sah Anne mit ihren Rehaugen hilflos an.

»So eine Süße wie du trinkt bestimmt einen Sherry!«, fuhr der Mann fort.

»Nein danke.« Leah packte die DVDs zusammen und wollte gerade aufstehen, als der Mann seine Hand auf die Filme legte, was Anne augenblicklich in Alarmbereitschaft versetzte. »Wo willst du denn so schnell hin?«, fragte er. Seine Worte klangen leicht verschliffen. »Du hast doch nicht etwa vor, einen einsamen Abend vor dem Fernseher zu verbringen?«

»Doch. Genau das«, erwiderte Leah mit zusammengebissenen Zähnen.

»Das kann ich unmöglich zulassen. Nicht, wenn wir beide so viel Spaß miteinander haben könnten, kleine Elfe.«

Leah zuckte zusammen, was den Mann nur noch mehr anzustacheln schien. Er strich über die DVDs und fragte mit süffisanter Stimme: »Du stehst also auf Horror?«

Anne konnte nicht länger zusehen. Das Ganze musste

ein Ende haben, und zwar sofort. Entschlossen beugte sie sich über den Tresen und schob seine Hand zur Seite. »Nur im Film«, erklärte sie freundlich und stellte ein Glas vor ihm ab, dann deutete sie auf ein Kreideschild, das hinter ihr an der Wand lehnte.

»Hausgemachter Apfelsaft«, las der Typ mit der Lederjacke und zog fragend die Augenbrauen in die Höhe.

»Hier gibt es weder Bier noch Sherry, aber ich kann den Saft wirklich empfehlen. Vitamine können manchmal Wunder wirken und verhindern, dass auch noch der Rest an Gehirnzellen abstirbt.«

Der Mann richtete sich abrupt auf und sah sie aus blutunterlaufenen Augen an, die zeigten, wie tief er schon ins Glas geschaut hatte. »Ich will Bier!«, rief er und ballte die Hand zur Faust. »Schließlich sind wir hier in einem Pub und nicht im Kindergarten.«

Anne bekam es mit der Angst zu tun und sah bereits vor sich, wie er sie packte, über den Tresen zerrte und sie zu Hackfleisch verarbeitete. Da ließ Evelyn sie nur ein paar Minuten allein, und schon drohte eine Kneipenschlägerei. Was nun? Das Wichtigste war vermutlich, ruhig zu bleiben und sich nichts anmerken zu lassen.

»Nimm den Apfelsaft!«, rief Llewellyn von seinem Platz aus, als unterhielte er sich mit einem alten Bekannten.

»Er ist wirklich gut«, ließ sich auch Pater Stephen vernehmen, der besorgt über seine Schale Eintopf hinweg in ihre Richtung sah.

Der Kerl knurrte etwas Unverständliches, doch er machte keinerlei Anstalten, klein beizugeben.

Auf einmal meldete sich Josephine zu Wort. »Wir sind eine Gruppe von Alkoholikern, hier gibt es kein Bier, oder wir würden alle durchdrehen.« Anne sah sie überrascht an, doch die ausgemergelte Frau war noch nicht fertig. Sie lehnte sich ein wenig vor, kniff die Augen leicht zusammen und sah ihn fest an, bevor sie mit düsterer Stimme hinzufügte:»Glauben Sie mir, Sie wollen uns nicht durchdrehen sehen.«

Der Mann starrte sie abschätzig an, dann wandte er sich wieder Leah zu, die aussah, als würde sie am liebsten im Erdboden versinken.

Auf einmal stand ein junger Mann Anfang zwanzig von einem der Tische am Rand des Pubs auf, durchquerte den Gastraum und schob sich zwischen den Fremden und Leah. Er trug Jeans und eine dunkle Jacke, seine Haare hatten eine undefinierbare Farbe zwischen blond und braun und waren mit Gel verwuschelt, was ihn jünger wirken ließ. Doch er überragte den aggressiven Kerl um ein gutes Stück und sah so aus, als verbrächte er viel Zeit im Fitnessstudio.

»Was glaubst du eigentlich, wer du bist, Bürschchen?«, tobte der Betrunkene. »Geh mir aus dem Weg!«

»Ich glaube, ein deutliches Nein gehört zu haben, und da, wo ich herkomme, nimmt man ein Nein wörtlich. Nein heißt nein.«

Der Betrunkene verzog die Lippen zu einem widerwärtigen Grinsen, rutschte von seinem Barhocker und holte aus, erstaunlich schnell und präzise. Der junge Mann rührte sich nicht vom Fleck. Im nächsten Moment hatte er eine Faust im Gesicht und taumelte zurück gegen den Barhocker.

Leah schrie auf vor Schreck, Evelyn, die gerade aus dem Kühlraum zurückkam, blieb wie versteinert stehen, während Anne ungläubig von einem zum anderen starrte. Sie erwartete, dass der junge Mann zurückschlug, dass er zornig wurde, aber er hob nur seine Hand an die aufgeplatzte Lippe und wischte sich das Blut ab, ehe er sich erneut vor dem Betrunkenen aufbaute. »Einen habe ich Ihnen geschenkt, um hier drinnen keine Schlägerei anzufangen, aber jetzt sollten Sie besser verschwinden.« Von der Statur her hätte er den Kerl mit dem kleinen Finger unschädlich machen können, doch dass er das nicht tat, rechnete Anne ihm hoch an.

Evelyn trat mit dem Handy in der Hand näher. »Ich zähle jetzt bis drei«, sagte sie energisch, genau wie sie es getan hatte, wenn es darum ging, dass Anne ihr Zimmer aufräumte, »dann sind Sie hier draußen, oder ich rufe die Polizei.«

Der Betrunkene sah noch einmal in Leahs Richtung, überlegte sichtlich, ob es sich lohnte weiterzukämpfen, dann wankte er fluchend zum Ausgang, was ein kollektives Aufatmen zur Folge hatte.

»Arschloch!«, rief Josephine ihm hinterher.

»Es tut mir so leid.« Leah, die völlig in sich zusammengesackt war, richtete sich auf und betrachtete den Fremden mit einem mitfühlenden Blick. »Tut es sehr weh?«

Der junge Mann winkte ab. »Nicht der Rede wert. Und übrigens – mir tut es leid. Wenn ich solche schmierigen

Typen sehe, habe ich das Gefühl, mich im Namen meines ganzen Geschlechts entschuldigen zu müssen.«

Leah lächelte. »Das wird wohl nicht nötig sein. Aber ich bin bereit, mich im Namen meines Geschlechts für solche Ritterlichkeit zu bedanken. Das sieht man nicht mehr oft.«

Erneutes Lächeln. Erstaunt bemerkte Anne, wie die Augen ihrer Freundin anfingen zu funkeln. War das wirklich Leah, die vor einem Fremden auftaute?

Evelyn hatte ihr Handy beiseitegelegt, stellte ein Glas Saft vor Leahs Retter ab und reichte ihm ein Tuch mit darin eingewickelten Eiswürfeln. »Sie können gern ein Bier haben, wenn Sie wollen. Ritter in schimmernder Rüstung bekommen hier auch Alkohol.«

Der junge Mann grinste, was Grübchen in seine Wangen zeichnete, aber auch das Blut auf seiner Lippe betonte. Er nahm einen Schluck Saft und drückte sich dann den improvisierten Eisbeutel gegen den Mund. »Danke.« Er streckte Leah die Hand entgegen. »Ich bin übrigens Elvis.«

»Elvis?« Leah lachte ein unbeschwertes Lachen, das Anne noch nie in einem derart gefüllten Raum von ihrer Freundin gehört hatte, zögerte kurz und schlug ein. »Deine Eltern haben einen ... einzigartigen Geschmack, was Namen betrifft.«

»Den Namen haben die Behörden oder meine ersten Eltern Claudia und John verbrochen, das kann man nicht mehr so genau nachvollziehen.«

»Deine ersten Eltern?«

»Ich hatte insgesamt zwölf.«

Die Dorfbewohner tauschten bestürzte Blicke, und auch

Anne war überrascht. Sie kannte niemanden im Dorf, der wie sie in einer Pflegefamilie groß geworden war, zumindest nicht in ihrer Generation, aber das mochte nichts heißen, denn den jungen Mann vor sich kannte sie ja auch nicht. Ob er aus Lliedi kam? Vielleicht hatte es ihn zu einer seiner zwölf Pflegefamilien hierherverschlagen. Zwölf Pflegefamilien … Dankbar sah sie in Evelyns Richtung.

Elvis hingegen winkte lachend ab. »Das ist eine lange Geschichte! Ich hoffe, ich verliere meinen Status nicht als Ritter in schimmernder Rüstung mit Schimmel und Schwert und … was haben Ritter noch?«

»Bescheidenheit.« Leah kicherte. Plötzlich erweckte sie nicht mehr den Anschein, als wolle sie lieber früher als später von hier verschwinden.

»Sehe ich das richtig?« Evelyn trat an Annes Seite, das Staunen war ihrem Flüstern anzuhören.

Anne grinste. »Ich bin mir nicht sicher.«

»Unsere Leah mit funkelnden Herzen in den Augen. Erstaunlich!«

Anne lachte. »Meinst du nicht, dass es für Herzen etwas früh ist?«

»Ich habe mir sagen lassen, dass es das geben soll. Liebe auf den ersten Blick …« Evelyn zwickte ihr in die Seite. »Könnte auch für dich etwas sein.«

Allein der Gedanke klang absurd. Eine Beinahe-Schlägerei, ein schillernder Held … das war der Stoff aus Filmen und Büchern, nicht aus dem richtigen Leben, wenn sie auch zugeben musste, dass er durchaus etwas Romantisches hatte. Sie würde sich für Leah freuen. Zwar hörte

44

sie anders als Evelyn noch nicht die Hochzeitsglocken läuten, aber sie war froh, dass Leah ein wenig aus sich herauskam und es zumindest einen Mann auf dieser Welt zu geben schien, dem sie nicht mit Misstrauen und Abneigung begegnete.

»Annie, wir müssen los, wenn wir noch ein paar hiervon schaffen wollen.« Leah hob die DVDs hoch, und Anne war erstaunt, dass Leah sich überhaupt noch daran erinnerte.

»Die laufen uns schon nicht weg, oder?« Sie warf ihrer Freundin einen vieldeutigen Blick zu und nickte unauffällig in Elvis' Richtung. Elvis grinste verhalten in sein Glas Apfelsaft. Er hatte ganz offensichtlich auch nichts dagegen, wenn sie ihren Filmeabend sausen ließen.

Aber Leah glitt bereits vom Barhocker, die DVDs in der Hand. Vielleicht hatte Evelyn sich tatsächlich zu früh gefreut. »Danke noch mal.« Sie streckte Elvis die Hand entgegen, der sie sichtlich enttäuscht in seine nahm.

Er blickte zum Ausgang. »Dieser Typ könnte immer noch in der Nähe herumhängen, soll ich euch nach Hause bringen?«

»Danke, wir sind selbst mit dem Auto da.«

»Wirklich ritterlich«, flüsterte Evelyn Anne schmunzelnd zu und winkte ab, als Elvis ihr einen Geldschein für den Saft geben wollte. »Retter meiner Mädels zahlen hier nichts.«

Elvis bedankte sich und wandte sich wieder an Leah. »Dann lasst mich euch wenigstens rausbringen, um sicherzugehen, dass er weg ist.«

Anne nahm ihre Handtasche, küsste Evelyn zum Abschied auf die Wange und winkte Josephine und den anderen zu. »Wir nehmen das Angebot gerne an, auch wenn wir schon groß sind und selbst auf uns aufpassen können.«

»Das bezweifle ich nicht.« Elvis trat an Leahs Seite und legte ihr sanft die Hand in den Rücken, um sie nach draußen zu führen. Anne wartete beinahe schon darauf, dass Leah ihm auswich, aber ihre Freundin ließ seine Berührung zu. Gemeinsam gingen sie hinaus. Die beiden gaben ein tolles Paar ab, aber auch wenn Anne für gewöhnlich eine unverbesserliche Optimistin war, neigte sie in Sachen Liebe zum Gegenteil. So etwas wie das hier passierte nun mal nicht! Man traf nicht einfach einen Mann, es funkte sofort, und alles war perfekt. Trotzdem wünschte sie sich genau das für Leah.

Draußen auf der hell beleuchteten Straße war weit und breit nichts von dem Betrunkenen zu sehen. Anne atmete erleichtert auf. Sie hatte keine Lust darauf, doch noch Zeugin einer Schlägerei zu werden und dann vielleicht auch noch jemanden zusammenflicken zu müssen. Ihr Tag war lang genug gewesen, und nun hatte sie endlich frei.

»Darf ich dich nach deiner Telefonnummer fragen?« Elvis hielt Leah höflich die Autotür auf. Diese ließ sich auf den Sitz sinken und fragte verwirrt: »Meine Nummer? Wozu?«

Elvis zögerte kurz. »Ähm ... für Telefonstreiche?«

Leah starrte ihn an, als würde er plötzlich eine Fremdsprache sprechen.

»Das war ein Scherz.« Elvis wies auf Annes Mappe mit

ihren Dienstplänen auf dem Armaturenbrett, auf der das Logo der Flugrettung Wales prangte. »Arbeitest du dort?«, fragte er interessiert.

»Das ist nur eine Mappe«, wiegelte Leah freundlich ab. Gänzlich ablegen konnte sie ihr Misstrauen also nicht, dachte Anne und stieg ebenfalls ein. Zumindest nicht genug, um ihm ihren Arbeitsplatz zu verraten.

Elvis trat vom Wagen zurück. »Okay, verstehe. Na dann ... vielleicht sieht man sich mal wieder. Kommt gut nach Hause.« Er hob kurz die Hand, dann wandte er sich ab und ging den Gehweg entlang in die entgegengesetzte Richtung.

Leah schloss die Autotür und lehnte sich zurück. »Komischer Typ.«

Anne kicherte leise und startete den Motor. »Weil er so gut aussieht, so nett ist, dich so offensichtlich mag, oder weil er ein Fan der Flugrettung zu sein scheint?«

»Alles zusammen. Ich glaube, er wollte nur nett sein. Manche Männer wurden vielleicht doch zu Gentlemen erzogen. Noch ist nicht alles verloren.«

»Mag sein, trotzdem hat er dich angesehen, als wärest du nach diesem langen Winter ein köstliches Eis mit Schokoladensoße und einer Kirsche obendrauf.«

Leah prustete los. »Ich bitte dich, Elvis kommt gerade aus dem Kindergarten. Ich bin viel zu alt für ihn. Einer wie er würde doch niemals auf eine wie mich stehen ...«

»Rede erst gar nicht weiter.« Anne fuhr die vertrauten, von bunten Häusern gesäumten Straßen entlang, die im Licht der Straßenlaternen friedlich, beinahe malerisch wirkten. »Du bist gerade mal dreißig und Elvis bestimmt schon Mitte zwanzig, also weit entfernt vom Kindergarten. Und er könnte sich glücklich schätzen, eine so hübsche, intelligente, starke Frau wie dich zu bekommen.«

»Stark …« Leah sah aus dem Fenster, und Anne wusste ohne nachzufragen, dass alte Schatten sie heimsuchten.

»Ja, stark. Du bist Hubschrauberpilotin, Herrgott noch mal, du trotzt den Gesetzen der Natur und fliegst uns zu unmöglichen Orten, um anderen zu helfen, du behältst stets die Nerven, und du bist immer an meiner Seite, wenn ich dich brauche. Du bist die Stärke in Person!«

»Annie … du kennst mich noch nicht lange und …«

»… lange genug, um zu wissen, wer du bist.«

»Wer ich heute bin …«

Anne fuhr rechts ran und wandte sich ihrer Freundin zu. Sie sagte nichts, forderte sie nicht auf, darüber zu reden, stattdessen wartete sie darauf, dass Leah die Möglichkeit ergriff, Anne ihr Herz auszuschütten. Aber Leah schüttelte den Kopf.

»Lass uns fahren, Annie, bevor wir noch mehr Zeit verlieren und zu gar keinem Film mehr kommen.«

Anne nickte. Zeit – das war alles, was Leah brauchte, wie so viele andere auch.

*

Owen warf die Wohnungstür hinter sich zu und fluchte beim Anblick des Chaos, das sich ihm bot. Eine Sporttasche mit heraushängenden Klamotten und Schuhen versperrte ihm den Weg ins Apartment, und als er darüber hinwegstieg, musste er zwei Säcken Müll ausweichen. Auf dem Couchtisch im offenen Wohn-Essbereich standen dreckige Gläser und Teller, außerdem eine halb volle Pizzaschachtel und mehrere Chipstüten. Nasse Geschirrtücher lagen in der Ecke zwischen Wand und Küchentresen auf dem Fußboden, und auf der Arbeitsplatte klebte irgendetwas Rotes, vermutlich Soße, auch wenn er es im Grunde gar nicht so genau wissen wollte.

»Elvis?«

Keine Antwort.

Fluchend öffnete Owen ein paar Fenster, um frische Luft hereinzulassen, dann zog er sein Handy aus der Jackentasche. Er rief Elvis' Nummer auf, überlegte kurz und steckte es wieder weg. Er würde seinem kleinen Bruder nicht hinterherrennen, auch wenn er ihn am liebsten am Kragen gepackt und nach Hause gezerrt hätte. Nicht nur, damit er seinen Müll wegmachte, sondern weil er hier sicher war. Wer wusste schon, in was für Schwierigkeiten er sich heute wieder brachte? Es war Freitagabend, bestimmt trieb er sich mit diesem Abschaum herum, den er Freunde nannte.

Toll, er führte sich wieder auf wie ein besorgter Vater, aber gewissermaßen war er das die letzten zehn Jahre auch gewesen.

Mit einem Seufzen machte er sich daran, die Ordnung im Apartment wiederherzustellen und sich mit den dürftigen Resten im Kühlschrank ein Abendessen zu kochen. Er schaltete gerade den Geschirrspüler ein, als er hörte, wie die Wohnungstür aufging und ein Schlüssel laut klimpernd in der Schale auf der Kommode landete. Kurz darauf erschien sein kleiner Bruder in dem großen Raum, der Küche, Wohnzimmer und Esszimmer zugleich war, und warf sich auf die breite Couch.

Owen biss die Zähne zusammen. So viele Worte lagen ihm auf der Zunge, Vorhaltungen, Mahnungen, die Frage, wo Elvis gewesen war. Aber er riss sich zusammen, nahm den Topf mit dem Gemüse vom Herd und richtete die gebratene Hühnerbrust an.

»Das riecht schrecklich gesund!«, hörte er Elvis von der Couch aus rufen, wo er den Fernseher anmachte und dem lauten Knistern nach zu urteilen nach einer seiner Chipstüten griff. »Glaubst du wirklich, du würdest deshalb länger leben? Was ist mit all den Unfallopfern, zu denen du gerufen wirst? Sind die etwa nur verunglückt, weil sie sich von Burgern und Pommes ernährt haben?«

Owen stieg nicht darauf ein. Es war eine endlose Diskussion, und deshalb nahm er nur seinen Teller und setzte sich damit an den Esstisch in der Ecke hinter der Couch. Über ihm baumelte eine einsame Glühbirne, irgendwann sollte er sich wohl dazu aufraffen, eine Lampe zu kaufen. »Vergiss nicht, dass wir morgen für die Woche einkaufen. Der Sturm wird bald auf die Küste treffen, und du willst bestimmt nicht ohne Essen und Wasser im Dunkeln sitzen.«

»Ich habe den Tag mit goldenen Sternchen in meinem Kalender markiert.«

»Mach nur deine Witze, solange du nicht glaubst, aus

der Sache rauszukommen.« Meist drückte sich Elvis vor den Einkäufen, die sie einmal die Woche gemeinsam erledigten, aber Owen sah nicht ein, sich alleine zu Tode zu schleppen und seinen kleinen Bruder noch mehr zu bedienen als ohnehin schon. »Ich werde die nächsten Tage bei der Arbeit vermutlich rund um die Uhr eingespannt sein, morgen ist die letzte Gelegenheit.«

»Goldene Sternchen«, wiederholte Elvis, die Fernbedienung in der Hand, und drehte sich zu ihm um.

Owen verengte die Augen beim Anblick seines Bruders. Die aufgeplatzte Lippe fiel ihm sofort auf, und er konnte sich gerade noch davon abhalten, aufzuspringen, Eis zu holen und ihm eine Standpauke zu halten. Stattdessen pikste er mit der Gabel ein paar Erbsen auf und biss sich auf die Zunge. Elvis war erwachsen. Das musste er sich immer wieder vor Augen halten. Aber ihm gefiel nicht, wie Elvis ihn ansah. Etwas Sonderbares lag in seinem Blick, als heckte er irgendetwas aus. Owen beschloss, nicht weiter nachzufragen, und so aß er einfach weiter und griff zu der Zeitung, die auf dem Esstisch lag.

»Wie war die Arbeit heute?«

Owen hielt inne. Diese Frage hatte er nicht erwartet, vielleicht, weil er sie noch nie aus Elvis' Mund gehört hatte. Eher: »Kannst du mir Geld leihen?« oder: »Ich habe da einen Brief vom Gericht bekommen.«

»Arbeit eben«, sagte er und überlegte, worauf Elvis hinauswollte. Steckte er tatsächlich wieder einmal in Schwierigkeiten? Gab es Probleme in der Werkstatt? Sie hatten solches Glück gehabt, für Elvis dort eine Stelle zu bekommen. Owen hatte seine Beziehungen spielen lassen müssen und einen alten Gefallen eingefordert, um seinen vorbestraften Bruder dort reinzubringen. Wenn er das verbockt hatte …

»Mit wem arbeitest du eigentlich zusammen?« Elvis stand auf und setzte sich zu ihm an den Tisch. Er roch nach Eau de Cologne und Rauch, aber zumindest nicht nach Alkohol. Owen sah ihn misstrauisch an, für gewöhnlich gingen sie sich aus dem Weg und saßen nicht in trauter Zweisamkeit beim Essen. Sie wohnten nur zwangsweise zusammen, da Elvis noch nicht genug Geld verdiente, um sich etwas Eigenes zu suchen. Und Owen hatte gerne ein Auge auf ihn, auch wenn ihm bewusst war, dass er ihn irgendwann ziehen und sein eigenes Leben führen lassen musste. Elvis war nicht mehr der vierzehnjährige verlorene Junge von damals, der keine Regeln kannte und einfach nur das machte, was er wollte. Oder doch?

»Da gibt es ja so einige Berufe bei euch, oder? Im Büro, bei der Organisation, Presse, Buchhaltung, dann die Ärzte, Sanitäter wie du, Mechaniker …«

Owen legte die Gabel hin. Jetzt ahnte er, worum es ging. »Mechaniker? Was hast du angestellt?«

Elvis riss übertrieben schockiert die Augen auf und legte sich gespielt empört die Hand auf die Brust. Schalk blitzte aus seinen Augen. Genau so hatte er ausgesehen, als die Polizei an die Tür geklopft hatte, als wäre nichts auf dieser Welt ein Problem. »Wie kommst du denn darauf, dass ich etwas angestellt habe? Kann man seinen großen Bruder nicht nach seiner Arbeit fragen? Mich interessiert einfach, was du dort so machst, wie dein Tag aussieht, was sich auf der Basis so alles abspielt ...«

Owen schüttelte den Kopf und spürte, wie der altbekannte Zorn in ihm aufstieg. Zorn auf seinen Bruder, der nichts auf die Reihe bekam, vor allem aber Zorn, der gar nicht Elvis betraf, sondern viel tiefer rührte. Zorn auf seine ganze Situation, auf sein Leben, auf die Tatsache, dass er hier mit seinem Bruder in einem heruntergekommenen Apartment saß und es für ihn nichts anderes gab als die Arbeit und diese Momente. Zorn auf diejenigen, die das alles verursacht hatten, die immer wieder in sein Leben einzugreifen schienen, obwohl der Ursprung dieser vertrackten Situation schon so lange zurücklag. Die Wut ließ sich nicht abstellen, sie war das, was ihn am Laufen hielt.

»Ja, wir haben Mechaniker, kleiner Bruder, Hubschrauber-Mechaniker, wofür du wohl kaum geeignet bist. Hast du Ärger in der Werkstatt?«

Seufzend stand Elvis auf und ging zur offenen Küchenzeile. »Ich weiß, dass ich kein Hubschrauber-Mechaniker bin, Owen.« Er warf ihm über die Schulter ein Grinsen zu. »Ihr habt aber auch Autos, oder? Einsatzfahrzeuge.«

Er fing Owens entsetzten Blick auf und fing an zu lachen.

»Meine Güte, bei der Arbeit ist alles okay, ich brauche keinen anderen Job. Mich interessiert einfach nur, was so alles hinter dem einschüchternden Zaun passiert. Jeder redet über die Basis, sie ist das einzig Interessante an diesem Kaff. Bislang dachte ich, bei euch arbeiten nur Männer, aber das stimmt nicht ... Bei euch gibt es auch Frauen, oder?« Er öffnete den Schrank, um eine weitere Tüte Chips herauszuholen.

»Ja«, erwiderte Owen misstrauisch. »Auch Frauen arbeiten dort.«

»Kennst du die gut?«

Owens Kiefer spannte sich an, er ließ seinen Bruder nicht aus den Augen. »Manche.«

»Wie sehen die so aus?«

»Unterschiedlich.«

»Ist auch eine dort, die irgendwie ...« Er hielt im letzten Moment inne, schien kurz zu überlegen, dann schüttelte er den Kopf und warf sich wieder auf die Couch.

Owen stand auf. »Eine, die was? Sag mir bitte nicht, dass du mit einer meiner Kolleginnen was am Laufen hast.« Sein Bruder war ein Weiberheld, Mitglieder des anderen Geschlechts umschwirrten ihn wie Motten das Licht, nur um sich die Flügel zu verbrennen. Zwar hatte Elvis noch nie eine seiner Eroberungen mit nach Hause gebracht, aber wenn Owen seinen Bruder mal wieder aus einer brenzligen Lage hatte retten müssen, war immer irgendeine leicht bekleidete Frau im Spiel gewesen. Sei es, weil die Polizei eine Party gesprengt hatte und sein minderjähriger Bruder mittendrin gewesen war, weil er in einem Laden stand und seinen Einkauf für ein Date nicht bezahlen konnte, bei den Gerichtsterminen oder bei Schlägereien. Natürlich ging es auch jetzt wieder um eine Frau.

»Keine Sorge.« Elvis hob abwehrend die Hände. »Ich wollte nur wissen, ob es da irgendwen für dich gibt. Jetzt wohne ich schon seit zehn Jahren bei dir, und du hast noch nie eine Freundin mitgebracht. Vermutlich siehst du deshalb immer so aus, als wäre gerade dein Welpe überfahren worden.«

»Halte dich von meiner Arbeit fern, Elvis. Das meine ich ernst! Der Job ist alles, was mir noch …«< Er verstummte, sah, wie der Schalk in Elvis' Augen erlosch und etwas Hartes an seine Stelle trat. Sofort bereute Owen seine Worte, aber manchmal reizte sein Bruder ihn einfach so sehr, dass er sich nicht länger beherrschen konnte.

»Die Arbeit ist also alles, was du noch hast, hm?« Elvis nickte bedächtig. »Mum und Dad sind tot, und das Einzige, was sie dir hinterlassen haben, ist eine Last, einen Versager, für den du dein Medizinstudium abbrechen musstest. Und jetzt hängst du in einem Job fest, den du nicht mal machen willst. Der arme fleißige Sanitäter, der ein grandioser Arzt hätte werden können, wäre sein kleiner, missratener Bruder nicht aus einer Pflegefamilie nach der anderen geschmissen worden.«

Owen schüttelte den Kopf. »Red keinen Unsinn, du weißt genau, dass ich das nicht so gemeint habe.«

»Ach komm schon, du wirst doch nie müde, mir vorzuhalten, dass du meinetwegen alles aufgegeben hast, dass ich mich zusammenreißen und etwas aus mir machen soll, damit dein Opfer nicht umsonst war!«

»Ich gehe jetzt schlafen.« Owen nahm seinen Teller und ging zur Küchenzeile, aber Elvis folgte ihm.

»Genau, geh mir aus dem Weg, wie immer! Renn davon, das kannst du doch am besten. Glaubst du etwa, ich merke nicht, dass du mir nicht mal in die Augen sehen kannst? Du beobachtest mich ständig, weil du glaubst, ich stelle wieder etwas an, was dein Leben ruinieren könnte, aber ansehen kannst du mich trotzdem nicht.«

Owen wandte sich ihm demonstrativ zu und blickte ihm direkt in die Augen. Er wollte ihm und sich selbst beweisen, dass dem nicht so war, aber stattdessen spürte er bei Elvis' Anblick erneut den Zorn, vermischt mit aufsteigender Übelkeit. Er konnte nichts dagegen tun, sein Bruder war der lebende Beweis für alles, was er verloren hatte, für den Tag, an dem seine Welt zusammengebrochen war.

Er wusste nicht, warum er nicht darüber hinwegkam, es war dumm und kindisch, derart verbissen daran festzuhalten, aber die Erinnerung tagtäglich vor sich zu haben, half nicht unbedingt. Am schlimmsten war es, seit er die Arbeit bei der Flugrettung begonnen hatte und ihr begegnet war. Zuvor hatte er sich ganz gut im Griff gehabt, aber sie brachte alles wieder in ihm hoch, und er musste so tun, als wäre nichts gewesen, als hätten sie keine gemeinsame Vergangenheit. Sie war zu klein gewesen, gerade mal vier Jahre alt. Er dagegen war damals schon acht gewesen und erinnerte sich an alles. Er hatte nichts vergessen.

Kapitel 2

Ich schwöre dir, Elvis, wenn du nicht endlich von diesem Regal weggehst, schleife ich dich an den Haaren weiter.«

Elvis grinste ihn an und warf wahllos ein paar Packungen verschiedenster Süßigkeiten in den bereits übervollen Einkaufswagen. »Fertig. Bereit für die Apokalypse.«

Owen unterdrückte ein genervtes Stöhnen und schob den Wagen weiter, als unvermittelt eine füllige Gestalt mit einer Schürze vor ihn trat. »Huch, das ist aber alles andere als gesund«, stellte Carol, die Ladenbesitzerin, mit einem missbilligenden Blick auf den Wageninhalt fest. »Wenn ihr euch weiter so ernährt, Jungs, werdet ihr nicht mehr lange so aussehen. Glaubt mir, ab dreißig geht es abwärts.«

»Hörst du das, Owen?« Elvis riss dramatisch die Augen auf. »Wie alt bist du noch gleich? Dreißig? Ich fürchte, ab jetzt geht es abwärts mit dir. Adieu Sixpack.«

Owen ignorierte seinen Bruder und wandte sich an Carol, die er oft als »die Nachrichtensprecherin des Dorfes« bezeichnete. Dies war der einzige Supermarkt in Lliedi, und somit war Carol meist die Erste, die Neuigkeiten erfuhr und mit rasender Geschwindigkeit verbreitete. Sie konnte mitunter anstrengend sein, doch sie hatte ein Herz aus Gold und war einer der wenigen Menschen, die Owen in diesem verrückten kleinen Dorf mochte. Nicht nur, weil sie ihm stets das beste Bio-Gemüse auf die Seite legte. »Hast du alles für den Sturm vorbereitet?«, fragte er sie besorgt. »Kerzen, Wasser … Es kann sein, dass der Strom für längere Zeit ausfällt.«

»Ach, Schätzchen, das ist nicht mein erster Sturm.« Sie trat zu ihm und tätschelte mütterlich seine Wange. »Sieh du nur zu, dass du mit diesem Unding nicht vom Himmel fällst.«

Er grinste. »Das hab ich leider nicht in der Hand, ich steuere das ›Unding‹ nicht.«

»Dann richte der kleinen Pilotin von mir aus, dass sie auf dich aufpassen soll. Und du …« Sie zeigte mit dem Finger auf Elvis. »Pass du mir auf, wenn du mit deinem kleinen Flitzer durch die Straßen braust. Nicht, dass dich noch ein Baum erschlägt. Du hast gestern schon genug den Helden gespielt.«

»Den Helden?«, fragte Owen erstaunt, doch bevor Carol mit der Geschichte herausplatzen konnte, kam Elvis ihr zuvor.

»Ich werde mich bemühen«, sagte er eilig, beugte sich hinunter und drückte Carol einen Kuss auf die Wange. Er hatte als Teenager nicht nur einmal bei ihr geklaut, aber Carol hatte nie die Polizei gerufen, sondern ihn stattdessen zu Strafarbeiten verdonnert. Regale sortieren, Böden wischen und Fenster putzen hatten eine enorme Wirkung gezeigt.

»Jetzt müssen wir aber wirklich weiter«, erklärte Elvis und schien es plötzlich ganz eilig zu haben, »bevor der Laden noch leergekauft wird.«

»Ja, verrückt, nicht wahr? Als würde tatsächlich die Welt untergehen. Ich habe sogar die alte Mrs Forester gesehen, die verlässt ja ansonsten nie ihr Haus.« Carol streichelte noch einmal Owens und Elvis' Arm, dann drehte sie auf dem Absatz um und begrüßte mit überschwänglicher Freude eine Familie, die ebenfalls einen übervollen Einkaufswagen vor sich herschob. Ihre Stimme hallte durch den gesamten Laden.

Elvis marschierte in die entgegengesetzte Richtung davon. »Ich brauche noch Obst.«

»Du?«, fragte Owen erstaunt und folgte seinem Bruder. »Seit wann isst du etwas, das …« Sie bogen um die Ecke, und Owen blieb schlagartig stehen. Verfluchtes kleines Dorf, in dem man keine zwei Schritte machen konnte, ohne jemanden zu treffen, den man kannte! Leah Edwards und Anne Perry, seine Kolleginnen und die nervigsten Personen, die er kannte, standen vor ihm.

Annes Haar floss in schimmernden, leuchtend roten Wellen über die Schultern ihrer dunklen Windjacke. Es brachte alte Bilder in ihm hoch, die Erinnerung daran, wie ihm dieses Haar zum ersten Mal aufgefallen war. Es war nicht erdbeerblond, sondern glich einer wahren Feuersbrunst.

Jetzt sah sie ihn an, mit ihrem herzförmigen Gesicht, das die sanften Züge des Mädchens von damals behalten hatte, und den stets lachenden, kristallklaren grünen Augen. Alles in seinem Bauch verkrampfte sich.

»Verfolgst du mich etwa?«, neckte sie ihn und grinste ihr typisches »Ich habe zwei süße Grübchen und bin entschlossen, sie auch zu zeigen, denn sie erweichen alle«-Grinsen, mit dem sie ihn so oft bedachte. Was ihm ziemlich auf die Nerven ging. Manchmal, wenn sie ihn aufzog und ihn bewusst in Rage brachte, konnte er sich gerade noch davon abhalten, ihr die Wahrheit ins Gesicht zu sagen, die Wahrheit über die schrecklichste Nacht in ihrer beider Leben, um ihr das Grinsen aus dem Gesicht wischen. Zum Glück hatte er genug Selbstbeherrschung, um es nicht zu tun. Noch.

Elvis räusperte sich. »Hey, ihr zwei.« Er drängte sich an Owen vorbei und ging auf Leah und seinen wahrgewordenen Albtraum zu, als wären sie alte Freunde. Was sie anscheinend tatsächlich waren, denn er streckte den Frauen die Hand entgegen, die die beiden eine nach der anderen lächelnd ergriffen.

»Hi, Elvis! So schnell trifft man sich wieder.«

Was zur Hölle? Wie versteinert starrte Owen zu den dreien hinüber, die nicht in eine gemeinsame Welt zu gehören hatten und doch ziemlich vertraut beieinanderstanden. Gut, es war ein kleines Dorf, vielleicht waren sie sich schon einmal über den Weg gelaufen, versuchte er sich zu beruhigen. Andererseits hatte Elvis ihm noch nie erzählt, dass er Arbeitskolleginnen von ihm kannte. Er arbeitete in der Stadt, und auch seine Freizeit verbrachte er bevorzugt an lebendigeren Orten als in diesem verschlafenen Dorf. Carol war wohl eine der wenigen in Lliedi, die Elvis kannte, und das auch nur, weil Elvis sie beklaut hatte.

Anne sah an Leah und Elvis vorbei zu ihm und lächelte

ihn erneut an. Ja, es war das wohl süßeste Lächeln, das er je gesehen hatte, aber es verwandelte seinen Magen in einen Stein, wie so oft. »Hey, Owen. Rüstest du dich für den Sturm?« Sie wies auf den Einkaufswagen. »Du weißt, du wirst nicht oft zu Hause sein, um all das in dich hineinzufuttern.«

»Es ist auch nicht für mich allein«, brummte Owen.

Sie sah von ihm zu Elvis und dann wieder zurück zu ihm, und ihre Augen wurden groß, leuchteten, als blinkte plötzlich eine Glühbirne in ihrem Kopf auf. »Du und Elvis ...«

Owen hörte förmlich, wie es bei ihr klickte. Fast wäre ihm das Herz stehen geblieben. Herrgott, sie dachte, er und Elvis wären ein Paar!

»Wir sind Brüder«, stellte er schnell klar.

»Elvis ist dein Bruder?« Anne hätte nicht erstaunter aussehen können. »Wow, das hätte ich nicht erwartet. Ihr beide seid so ... verschieden.«

»Du meinst, weil ich ein so angenehmer Zeitgenosse bin und mein Bruder ... nicht?«, fragte Elvis unschuldig.

Anne schnaubte.

Owen verdrehte die Augen, seine Worte waren kaum mehr als ein Knurren. »Ich wusste gar nicht, dass ihr meinen Bruder kennt.«

»Wir sind ihm gestern Abend im Evelyn's begegnet«, erklärte Leah und warf Elvis einen Blick zu. »Er hat uns mächtig beeindruckt.«

Na, das war ja großartig! Dort hatte Elvis sich also rumgetrieben und sich offenbar auch geprügelt, um ein paar

Frauen zu beeindrucken, was seine aufgeplatzte Lippe erklärte. Carol hatte ja schon angedeutet, dass er den Helden gespielt hatte. Deshalb all die Fragen zu seiner Arbeit! Er interessierte sich für Anne oder Leah.

»Und ihr bereitet euch auch für den Sturm vor?«, fragte Elvis mit Blick auf den Wagen der beiden jungen Frauen, dessen Inhalt noch ungesünder war als das, was in Owens und seinem lag.

Leah winkte ab. »Nein, nur für die Fortsetzung unseres Filmemarathons, wir haben gestern nicht mehr viel geschafft.«

»Irgendwann musst du mich mal zu einem solchen Marathon einladen, ich bin ein echter Horror-Junkie«, sagte Elvis an Leah gewandt.

Leah sah ihn überrascht an, und Owen hätte ihm am liebsten einen Schlag auf den Hinterkopf verpasst. Ausgerechnet Leah hatte er sich als Flamme der Woche ausgesucht. Na, an der würde er sich die Zähne ausbeißen. Leah hatte für die Männerwelt nie auch nur ein Lächeln übrig. Zwar sah sie Elvis nicht ganz so unfreundlich an wie die meisten anderen Männer – Owen eingeschlossen –, aber sie sah sich ganz bestimmt nicht als eines seiner Betthäschen.

Jetzt blickte sie etwas hilflos zu Anne, als erhoffte sie sich, dass sie das Gespräch fortführte.

Anne hingegen musterte ihn durchdringend, was ihm unangenehm war, obwohl er eigentlich schon daran gewöhnt sein sollte. In der Art, wie sie ihn ansah, lag nie etwas Feindseliges, eher war es so, als sorge sie sich um ihn, was ihn fast wahnsinnig machte. Als wäre er eines ihrer Sozialprojekte.

»Ihr beide arbeitet also mit meinem Bruder zusammen«, stellte Elvis grinsend fest. »Der Glückliche.«

»Sogar ziemlich eng«, erklärte Anne, die Owen weiterhin anstrahlte, als hege sie immer noch die hirnrissige Hoffnung, dass er irgendwann zurücklächeln würde. »Wir drei sind ein Team, und morgen geht es wieder los – wenn die Meteorologen richtigliegen, steht uns ein ziemlich aufregender Tag bevor.« Sie legte Leah die Hand auf die Schulter. »Aber Captain Edwards hat bestimmt wie immer alles im Griff.«

»Captain Edwards?« Elvis wandte sich zu ihm um, ein dümmliches Grinsen im Gesicht. »Owen, du hast mir nie gesagt, dass du im Himmel arbeitest.«

»Wenn du da hinwillst, helfe ich gerne nach.«

»Seht ihr?« Elvis breitete die Hände aus. »Und so geht es von früh bis spät. Ich habe Mitleid mit euch, wie haltet ihr ihn bei der Arbeit aus?«

»Wir haben Zugang zu sehr vielen Drogen«, erklärte Anne grinsend, und Elvis lachte laut auf und hob die Hand zu einem High Five. Anne schlug etwas halbherzig ein. Ihr Blick schweifte zu Owen, als wolle sie sichergehen, dass sie ihn nicht verletzt hatte.

Als wäre ihm nicht völlig egal, was sie über ihn dachte, solange sie ihn nur endlich in Ruhe ließ. Sie arbeiteten zusammen, das war alles, auch wenn es ihm nicht leichtgefallen war, sich daran zu gewöhnen. Ihr nach seiner Ausbildung zum Sanitäter wiederzubegegnen, der Schock über die so lange verdrängten Erinnerungen hatten ihn beinahe alles hinschmeißen lassen. Noch mehr, als er festgestellt hatte, dass aus dem kleinen Mädchen mit dem Flammenhaar eine versierte Ärztin mit unerschütterlichem Optimismus geworden war. Er hatte gelernt, mit ihr zusammenzuarbeiten, ja, oft kam er sogar nicht umhin, ihre Fähigkeiten zu bewundern, aber außerhalb des Jobs, wo nicht die Konzentration auf die Aufgabe überwog, konnte er sie immer noch kaum ertragen.

»Captain … ihr seid also keine Sanitäter?«, riss Elvis ihn aus seinen Gedanken. Auch wenn er »ihr« sagte, war sein Blick fest auf Leah gerichtet.

Die Pilotin schüttelte den Kopf. »Ich fliege den Helikopter.«

»Wow. Wirklich?« Elvis drehte sich zu Owen um. »Auch das hast du nie erwähnt.«

»Weil es dich nichts angeht. Anne ist Notärztin«, sagte er schnell, bevor Elvis zu weiteren Begeisterungsbekundungen ansetzen konnte.

»Du bist sein Boss?«, fragte Elvis an Anne gewandt und grinste von einem Ohr zum anderen.

Sie schüttelte lachend den Kopf. »Nicht unbedingt, nur während eines Einsatzes. Allerdings verstehe ich mich nicht als seine Vorgesetzte, sondern als sein Partner.«

Elvis strich sich durch die verwuschelten Haare. »Hubschrauberpilot«, sagte er beinahe ehrfürchtig, »… das ist wirklich ein beeindruckender Job.«

»Wenn man die Schule zu Ende bringt und seine Hirnzellen nicht wegsäuft oder wegprügelt, kann man so einige beeindruckende Jobs machen«, entfuhr es Owen. Er hatte die Worte noch nicht ausgesprochen, als er sie auch schon bereute.

Leah blickte ihn bestürzt an, Anne sah aus, als hätte sie ihn am liebsten geohrfeigt, doch Elvis' Reaktion beschämte ihn am meisten. Sein kleiner Bruder nickte nur langsam, als sei er weniger überrascht oder getroffen, sondern nur noch resigniert. Verlegen wandte er sich Anne zu und sah die Fragen in ihren Augen. Er hatte gehört, dass sie so etwas wie ein Genie war, dass sie Klassen übersprungen und auch ihr Studium in Rekordzeit absolviert hatte. Vermutlich fixierte sie sich deshalb so auf ihn. Sie verstand nicht, wie ein Mensch auf ihre rosarote Glitzer-Freundlichkeit nicht reagieren konnte. Er war ihr ein Rätsel, das sie nicht lösen konnte, und das erfüllte ihn zumindest mit ein wenig Genugtuung. Sie würde nie Antworten bekommen. Zumindest nicht von ihm. Er konnte sich einreden, dass er aus Selbstlosigkeit schwieg. Dass er ihr keinen Kummer bereiten wollte, indem er aufrührte, was sie so erfolgreich verdrängt hatte. Aber das war nicht der einzige Grund. Er grollte ihr, auch wenn sie gar nichts dafürkonnte, sondern nur für die Schrecken des Erlebten stand. Er war auch nur ein Mensch, und gegen seine Gefühle konnte er nun mal nichts ausrichten.

»Nun, Leah …« Elvis setzte wieder sein Lächeln auf, das die Frauen haufenweise in Ohnmacht fallen ließ. »Ich hoffe, du bist nicht allzu enttäuscht, dass dein Ritter sich als einfacher Automechaniker erweist.«

Leah zuckte mit den Schultern. »Es ist im Alltag bestimmt praktischer, als einen Hubschrauber zu fliegen.«

»Und ich dachte schon, du könntest nicht noch perfekter werden.« Elvis lehnte sich vor und küsste Leah auf die Wange. Leah starrte ihn aus großen Augen an, Elvis starrte zurück, und Owen tauschte einen verblüfften Blick mit Anne. Für einen Augenblick herrschte verlegenes Schweigen.

»Hattest du es nicht eilig?« Elvis sah seinen Bruder an. Plötzlich schien er dringend von hier wegzuwollen, und Owen nutzte den Moment nur zu gern.

»Ja, wir müssen unbedingt weiter.«

»Wir sehen uns morgen!« Anne hob die Hand.

In Owens Brust und Bauch breitete sich ein unangenehmes Flattern aus. Zumindest wusste er, dass er morgen bei der Arbeit komplett abschalten konnte und nicht von seiner Vergangenheit eingeholt werden würde.

Die beiden Frauen gingen weiter durch die Gänge. Elvis sah ihnen hinterher, ein Funkeln in den Augen.

»Denk gar nicht dran.«

Elvis grinste. »Wieso nicht?«

»Leah ist nichts für dich. Sie hat Klasse.«

Übertrieben bestürzt legte Elvis sich die Hand aufs Herz. »Das tut weh, großer Bruder.«

»Halte dich einfach fern von ihr.«

»Wir werden sehen.« Elvis wies den Gang hinunter, in den Leah und Anne verschwunden waren. »Wir brauchen noch Toilettenpapier, oder?«, fragte er unschuldig.

Owen seufzte. »Ich warte an der Kasse auf dich.«

Es gab nur zwei Kassiererinnen, die die Tüten jedes Kunden selbst einpackten, was in Anbetracht des heutigen Ansturms ewig dauern würde. Vor allem, da Susan Llwynhan – eine der beiden Kassiererinnen – niemanden aus dem Laden ließ, bevor sie sich nicht nach der Gesundheit der ganzen Familie jedes einzelnen Kunden erkundigt hatte. Es war schwer, zwischen all den Menschen, die anscheinend den Weltuntergang fürchteten, voranzukommen, aber schließlich gelangte er in den Kassenbereich, nahm noch eine Packung Kaugummi und legte seine Einkäufe aufs Band. Zu seiner Überraschung saß aber nicht Susan an der Kasse, sondern eine Frau, die er nicht kannte. Vielleicht hatte Carol für dieses Wochenende noch jemanden als Aushilfe eingestellt.

»Hast du von der Studie gehört, in der gezeigt wird, dass im Supermarkt Warteschlangen mit einem hohen Frauenanteil schneller vorankommen?«, erklang plötzlich eine nur zu vertraute Stimme hinter ihm. Er musste sich nicht umdrehen, um zu wissen, wem diese Stimme gehörte, aber er warf trotzdem einen Blick über die Schulter. Anne war allein. Leah machte offenbar weitere Besorgungen oder war unglücklicherweise wieder über Elvis gestolpert.

»Interessant«, bemerkte er nur und wünschte die vielen Menschen vor ihm fort, um schneller voranzukommen.

»Ja, nicht wahr? In der Studie heißt es auch, dass Männer sich häufiger an der Kasse beschweren – über lange Wartezeiten oder weil sie etwas nicht finden konnten. Kannst du dir das vorstellen? Ich meine, sieh dich an. Es gibt wohl kein sonnigeres Gemüt auf der Welt.«

»Anne«, knurrte er und drehte sich zu ihr um, doch ehe er noch etwas hinzufügen konnte, kam Alice von der

Tankstelle zu ihnen, beide Hände voll mit Lebensmitteln, die sie hinter ihnen aufs Band fallen ließ.

»Was für ein Chaos. Ich musste mit der alten Mrs Forester um die letzte Packung Fertigsuppe kämpfen.«

Anne deutete schmunzelnd auf das Band, auf dem weit und breit keine Suppentüte zu sehen war. »Ich sehe, du hast dich tapfer geschlagen und deine Niederlage akzeptiert.«

»Nun, ich konnte sie wohl kaum niederringen, sie ist so groß wie meine Viertklässlerin und bringt auch genauso viel Kampfgewicht auf die Waage.«

»Sie hat dich einmal aus ihren verkniffenen Augen angesehen, und du hast das Weite gesucht, oder?«

»Ich habe sogar den Einkaufswagen zurückgelassen«, flüsterte Alice voller Grauen.

Anne lachte, und Owen war froh, dass sie nun von ihm abgelenkt war. Sie kam auch gar nicht mehr dazu, ihn weiter aufzuziehen, denn jeder Kunde, der sich hinter ihnen oder in der Nebenschlange anstellte, schien sie zu kennen.

»Grüß Evelyn von mir, Darling«, sagte ein älterer Herr, der einen kleinen Yorkshire Terrier in seiner Tasche versteckte. »Danke für den Tipp mit der Salbe«, kam es aus einer anderen Richtung von einer Frau mittleren Alters. Und sogar der Pfarrer winkte ihr von Weitem, streckte den Bauch raus und rieb darüber, was auch immer diese Geste bedeuten sollte. Manchmal fragte sich Owen, ob es auch nur einen Menschen in Lliedi gab, den Anne nicht kannte, so vertraut wirkte sie mit allen. Owen hingegen kannte die meisten nur vom Sehen, er tat sich schwer damit, mit

Fremden zu reden, blieb lieber für sich allein – Carol und eine Handvoll andere ausgenommen.

»Elvis ist also dein Bruder«, hörte er wieder Annes Stimme hinter sich und unterdrückte einen Fluch. Wieso ging es in dieser Schlange nicht endlich voran?

»Ja«, knurrte er abweisend.

»Er scheint nett zu sein.«

»Scheint so.«

Anne stellte sich so neben ihn, dass sie ihn anblicken konnte, und wieder sah er die Fragen in ihren Augen. Offenbar versuchte sie, seine Reaktion zu deuten, ihn zu verstehen, doch dann schüttelte sie den Kopf und legte ihrerseits die Einkäufe aufs Band. Schweigend. Vielleicht hatte sie aufgegeben, die Hoffnung starb bekanntlich zuletzt.

Zum Glück war jetzt nur noch eine Frau vor Owen, eine aufgestylte, dunkelhaarige Tussi mit riesigen Kreolen und eimerweise Make-up. Anders als die meisten anderen kam sie ihm nicht bekannt vor, und auch Anne schien sie nicht zu kennen, denn es begann kein reger Smalltalk zwischen den beiden.

Die Kassiererin fing an, die Einkäufe der Geschminkten über den Scanner zu ziehen. Owen hörte, wie die Frau einen leisen, angewiderten Laut von sich gab.

»Unglaublich, nicht wahr?«, flüsterte sie ihm zu. »Jetzt lassen sie schon solche arbeiten.«

Owen wusste nicht, was sie meinte. Er lehnte sich vor, um einen Blick auf die Kassiererin zu werfen, eine junge Frau, die dem Aussehen nach zu urteilen das Down-Syndrom hatte.

»Honey, die Schlange reicht schon bis Jerusalem, wie wär's also, wenn du einen Zahn zulegst?«, drängte die Kreolen-Tussi unwirsch.

Die junge Kassiererin nickte und bemühte sich, die Waren schneller über den Scanner zu ziehen, aber ihre Hände begannen zu zittern.

»Wenn du dieser Aufgabe nicht gewachsen bist, solltest du dir vielleicht einen anderen Job suchen.«

»Miss …«, versuchte Owen die Frau zu unterbrechen, aber sie redete einfach weiter.

»Versteh mich nicht falsch, ich bin voll und ganz dafür, Behinderten eine Chance zu geben und so weiter, aber bitte nicht so, dass andere beeinträchtigt werden. Hier sind jede Menge hart arbeitende Frauen und Männer, die nicht den ganzen Tag Zeit haben.«

»Miss!« Owens Stimme nahm einen bedrohlichen Ton an. Seine Hand schloss sich fester um den Wagen. Am liebsten hätte er diese unverschämte Tussi kräftig geschüttelt. Er sah die Kassiererin an, die voller Panik eine Nummer eintippte, da der Scanner das Produkt nicht erfasst hatte.

»Nur mit der Ruhe«, sagte er an die junge Frau gewandt und lächelte ihr aufmunternd zu. Plötzlich schob sich jemand zwischen ihm und seinem Einkaufswagen hindurch nach vorn. Er sah zuerst nur die rote Haarflut, dann baute Anne sich vor der Kreolen-Tussi auf.

»Gibt es denn gegen Ihre Behinderung irgendwelche Medikamente?«, stieß sie mit zornbebender Stimme hervor. »Ich habe meinen Rezeptblock im Auto und bin gerne bereit, Ihnen zu helfen.«

Die stark geschminkte Frau fuhr herum und starrte Anne erbost an. Owen spürte, wie ein sonderbarer Beschützerinstinkt in ihm aufwallte. Die andere Frau war beinahe so groß wie Owen und überragte Anne damit um fast einen Kopf. Doch Anne wich nicht einen Zentimeter zurück.

»Mischen Sie sich bitte nicht ein. Ich habe kein Problem mit Ihnen. Sie sind ja normal.«

Owen hörte Anne nach Luft schnappen. Jetzt wusste er nicht länger, wen er beschützen sollte – Anne oder die Tussi.

»Was man von Ihnen leider nicht behaupten kann«, fauchte Anne. »Seien Sie froh, dass Sie nicht mit Vorurteilen zu kämpfen haben. Es hätte genauso gut Sie treffen können oder jemanden in Ihrer Familie! Was sind Sie nur für ein Mensch? Ist da ein Herz in Ihrer Brust oder nur ein zuckender Muskel?«

Die Kreolen-Tussi wandte sich der Kassiererin zu. »Siehst du, Honey, jetzt verursachst du hier auch noch einen Aufstand und regst diese arme Frau unnötig auf.«

Die Kassiererin starrte sie erschrocken an, und Owen konnte richtiggehend spüren, wie Anne die Sicherungen durchbrannten. Sie machte einen Satz nach vorne und packte die Frau an der Kostümjacke. Mittlerweile hatte sich der halbe Supermarkt um sie herum versammelt, um bloß nichts von dem Spektakel zu verpassen.

Owen war klar, dass er etwas tun musste, also schloss er die Hand um Annes Arm und zog sie sanft zurück, damit sie die Frau losließ, auch wenn er sie viel lieber angefeuert hätte.

»Nehmen Sie Ihre Einkäufe und gehen Sie«, knurrte er und versuchte, sich zwischen Anne und die Frau zu schieben. »Nicht, dass dieser Rotschopf noch Kleinholz aus Ihnen macht.«

Die stark geschminkte Kreolen-Tussi sah Anne schockiert an, als hätte sie eine Irre vor sich, dann ließ sie den Blick über die Menge schweifen, und plötzlich änderten sich ihre Züge. Sie wurden weicher, ein Lächeln trat auf ihr Gesicht.

Owen blinzelte verwirrt. Was passierte hier? Im nächsten Augenblick schien ihm ein blendend helles Licht in die Augen, er sah den Umriss eines plüschigen Mikrofons auf einer langen Stange über die versammelten Menschen hinweg in seine Richtung schweben. Applaus brandete auf, vermischt mit Lachen. Die Kassiererin stand auf und trat zu der Tussi, dann drängte sich ein Mann zur Kasse durch, der aussah, als sei er einer Calvin-Klein-Werbung entsprungen, und der Owen irgendwie bekannt vorkam.

Anne stieß einen Fluch aus, den er ihr nie zugetraut hätte, und taumelte zurück gegen seine Brust. Ein Mann mit einer Kamera auf der Schulter schob sich durch die Menge, und Owen begann zu begreifen, was hier vor sich ging, auch wenn er es immer noch nicht so richtig fassen konnte.

»*Real Life – hart oder herzlich*«, erklärte der Calvin-Klein-Mann, den Owen tatsächlich schon mal im Fernsehen gesehen hatte. »Ich bin Jerry Stevens, der Moderator der Sendung, und das hier ist ein Sozialprojekt, in dem wir testen, wie Menschen in verschiedenen Situationen reagieren. Diese reizenden Damen ...«, er deutete auf die Kreolen-Tussi und die Kassiererin, »... sind Schauspielerinnen. Sie haben uns übrigens sehr beeindruckt.« Jerry Stevens wandte sich Anne zu, die sich jetzt so fest gegen Owen presste, als wollte sie in ihm verschwinden. Sie sagte kein Wort, stattdessen wischte sie sich verstohlen über die Augen.

»Die Situation war sehr emotional für Sie, wie ich sehe. Was ist in Ihnen vorgegangen, als Sie die junge Frau derart attackiert sahen?«

Anne schluchzte leise auf, ein Laut, der Owen durch und durch ging. Er kannte sie nur fröhlich, so fröhlich, dass einem schlecht werden konnte.

»Ich weiß es nicht. Es war einfach schrecklich, ich konnte es nicht glauben. Ich ... ich war wirklich kurz davor, ihr den Kopf abzureißen.« Sie schniefte, dann lachte sie erstickt auf. »Keine Angst, ich bin Ärztin, ich hätte ihn ihr wieder angenäht.«

Stevens und der Kameramann fingen ebenfalls an zu lachen. »Ja«, sagte der Moderator, »wir hatten tatsächlich den Eindruck, so schnell wie möglich eingreifen zu müssen, damit es unserer Schauspielerin nicht an den Kragen geht.« Der Moderator wandte sich Owen zu, dem das ganz und gar nicht behagte. »Sie haben ebenfalls einzugreifen versucht, wenn auch eher mit Ruhe und Vernunft. Womöglich in dem Wissen, dass Ihre Frau explosiv genug für Sie beide ist?«

Owen bekam einen Hustenanfall. »Meine Frau?«

»Oh, wir nahmen an ...«

»Nein, wir sind nur zufällig in derselben Schlange gelandet«, stellte er klar.

Jerry Stevens nickte, aber in seinen Augen standen Zweifel. »Nun, Sie waren ein perfektes Team.«

»Das hören wir nicht zum ersten Mal«, ließ sich Anne vernehmen, die langsam die Fassung wiedergewann.

Verdammt, warum hoben sich seine Mundwinkel?, fragte sich Owen, sauer auf sich selbst. Die ganze Situation war einfach absurd. Er stand hier vor einer Fernsehkamera, und die junge Kassiererin kam auf ihn zu, um ihm die Hand zu schütteln. »Vielen Dank. Wir haben dieses Experiment schon oft gemacht, und meistens haben die Menschen einfach weggesehen.«

»Ähm … gerne.« Owen schluckte. Wie schwer musste es für diese Frau sein, sich immer wieder aufs Übelste beschimpfen zu lassen, auch wenn es nur Show war? Es waren Worte, die Menschen wie sie im realen Leben ständig zu hören bekamen. Wenn er nun darüber nachdachte, hatte er es doch nicht so schwer, wie er immer angenommen hatte. Er hatte einen Bruder, einen Job, in dem er respektiert wurde, und er konnte einkaufen gehen, ohne schiefe Blicke zu ernten.

»Es tut mir leid«, sagte er, auch wenn er gar nicht richtig wusste, wofür er sich entschuldigte.

Die Kassiererin sah ihn dankbar an, und Anne schob ihre Hand in seine und drückte sie, als wäre es das Selbstverständlichste der Welt. Owens erster Impuls war es, seine Hand wegzuziehen, aber er rührte sich nicht, stattdessen erwiderte er den leichten Druck. Plötzlich verstand er. Es tat ihm nicht nur leid, wie diese fremde Frau im Alltag behandelt wurde, sondern auch, wie er sich Anne gegenüber verhalten hatte. Sie konnte genauso wenig für seine Vergangenheit wie die Kassiererin für ihr zusätzliches Chromosom. Das musste er endlich kapieren und in ihr die Frau sehen, die sie war. Eine grandiose Ärztin und ein noch besserer Mensch, wie er heute ein ums andere Mal hatte feststellen müssen.

»Haben wir etwas gewonnen?« Unvermittelt stand Elvis neben ihm und sah mit großen Augen zu, wie eine Produktionsmitarbeiterin mit einem Klemmbrett Annes Daten aufnahm und sie eine Einwilligungserklärung unterschreiben ließ. Leah tauchte an ihrer Seite auf und betrachtete verwirrt die vielen Leute und die Kamera.

»Ein wenig Weisheit«, murmelte Owen nachdenklich, ohne den Blick von Anne zu wenden. »Ja, ich denke, ich habe ein klein wenig Weisheit gewonnen.«

*

Anne sank auf die schwarze Ledercouch im Aufenthaltsraum für die Crew. Sofort fielen ihr die Augen zu. Die Übelkeit schwand nur langsam, aber die würde sicher bald vergehen. Es war wohl nicht besonders vorteilhaft in ihrem Job, dass ihr beim Autofahren schlecht wurde, und noch weniger, dass sie wegen des Sturms den ganzen Tag im Einsatzfahrzeug unterwegs gewesen waren. Sie hatten die Rettungskräfte unterstützt, wenn intensivmedizinische Versorgung notwendig gewesen war, und Anne hoffte, zwischen den Einsätzen eine kurze Pause einlegen zu können. Der Sturm hatte bereits Bäume entwurzelt und für Überflutungen an den Küsten gesorgt. Dem Lärm des Windes nach zu urteilen, würde sich daran auch so schnell nichts ändern – im Gegenteil, wahrscheinlich würde es noch schlimmer werden. Alle Teams waren im Einsatz oder zumindest in Bereitschaft, der Sturm leistete volle Arbeit.

Die Tür ging auf, und Anne öffnete zögerlich die Augen. Owen kam herein, das schwarze Haar zerzaust vom Wind, die Augen müde, der große, schlanke Körper in der roten Rettungshose und -jacke trotz der vielen Arbeit immer noch hoch aufgerichtet. Er nickte ihr kurz zu und ging zur Küchenecke, wo er sich eine Tasse und einen Teebeutel nahm. Vermutlich war er genauso durchgefroren wie sie.

Anne überlegte, ob sie etwas sagen sollte, vielleicht über die seltsame Situation mit dem Fernsehteam gestern. Aber eigentlich war ihr eher in Erinnerung geblieben, dass Elvis Owens Bruder war und dass ihre Beziehung gelinde gesagt angespannt schien. Sie war neugierig und wollte mehr wissen, doch vermutlich würde er sie ohnehin abblitzen lassen – wie immer. Von Elvis wusste sie, dass er bei verschiedenen Pflegeeltern gelebt hatte. War es Owen auch so ergangen? Und wieso hatte sie das nicht gewusst?

Seufzend entschied sie sich dafür, den Mund zu halten. Sie war zu erledigt, um gegen seine Mauern anzurennen, außerdem war es nicht das erste Mal, dass sie gemeinsam in einem Raum waren, ohne ein Wort zu sagen. Trotzdem empfand sie die Stille, die vom Rauschen des Wasserkochers nur noch mehr betont wurde, heute als zermürbend. Auch Owen wirkte angespannt. Er schien ihren Blick zu bemerken, vielleicht überlegte auch er, was er sagen konnte, um das Schweigen zu brechen.

Warum war er so verschlossen, warum hatte er nicht das geringste Interesse daran, Kontakte zu knüpfen? Sie könnte ihm ein Freund sein! Wenn auch er bei Pflegeeltern groß geworden war, hatten sie sogar etwas gemeinsam.

Der Wasserkocher schaltete sich aus, und Owen brühte den Tee auf. Plötzlich hielt er inne, die Hand mit den langgliedrigen Fingern schwebte über seiner Tasse. »Willst du auch einen?«

Anne sah ihn einen Augenblick lang erstaunt an, dann hoben sich ihre Mundwinkel zu einem Lächeln. »Gern. Danke schön.«

Owen nahm eine zweite Tasse aus dem Regal, studierte kurz die Teeauswahl, dann griff er nach der Kräutermischung, die Anne am liebsten mochte.

Einen Moment später kam er mit beiden Teetassen auf sie zu und blieb unschlüssig vor ihr stehen. Schließlich atmete er hörbar ein. »Elvis ist nichts für Leah, er wird ihr wehtun.«

Anne legte den Kopf ein wenig schief. Ein weiterer Satz – die zweite Überraschung des Tages. »Wie bitte?«

»Nun, er ist kein Typ, der feste Bindungen eingeht, er sucht schnelle Nummern und …«

»Was hast du nur gegen ihn?«, fiel Anne ihm ins Wort. »Er ist immerhin dein Bruder!«

»Hab einfach ein Auge auf Leah, okay?«

Sie nickte, immer noch viel zu perplex über seine unerwarteten Worte. Anscheinend hatte er doch Gefühle, auch wenn die nicht unbedingt positiv waren.

Owen reichte ihr den Tee und schickte sich an, den Aufenthaltsraum zu verlassen, aber Anne war schneller. Sie sprang auf und verstellte ihm den Weg. »Danke, Owen«, platzte es aus ihr heraus. »Wirklich, ich weiß das zu schätzen.« Sie legte ihre Hand auf seinen Arm und spürte, wie er sich augenblicklich verspannte. Sie ließ die Hand wieder sinken.

»Es ist nur Tee«, knurrte er.

»Nein, das meine ich nicht, obwohl ich auch dafür dankbar bin, der ist heute wohl mein Lebensretter. Ich meinte, danke, dass du dich um Leah sorgst.«

Seine blauen Augen verengten sich, der schwarze Wimpernrand ließ sie wie einen tiefen, undurchdringlichen Ozean wirken. »Ich sorge mich nicht um Leah. Ich will nur nicht schon wieder geradebiegen müssen, was mein Bruder verbockt. Schon gar nicht bei der Arbeit.«

Anne nickte. Sie glaubte ihm kein Wort, egal, wie kühl und unnahbar er sich gab.

In dem Moment heulte der Alarm auf und kündigte einen neuen Einsatz an.

Schlagartig spürte Anne das Adrenalin, das ihren Körper durchflutete, und auch Owens Gesichtsausdruck änderte sich. Er wirkte nicht länger gequält, die unsichtbare Mauer, die er um sich herum errichtet hatte, schien in sich zusammenzufallen. Er nahm ihr den Tee aus der Hand und stellte beide Tassen auf dem Esstisch ab. Anne griff nach ihrer Einsatzjacke mit dem Funkgerät an der Schulter, den Kugelschreibern, der kleinen Taschenlampe in der Armtasche und dem am Reißverschluss hängenden Klebeband. Dann rannte sie hinaus, Owen an ihrer Seite.

»Du kannst vorne sitzen, wenn du willst«, sagte er, als sie die Treppe hinunterliefen.

Anne legte gespielt gerührt die Hand ans Herz. »Das ist so aufmerksam von dir.«

Owen seufzte. »Du kannst deine Arbeit besser erledigen, wenn du nicht damit kämpfst, dein Mittagessen unten zu behalten.«

»Und so romantisch!«

Ein tödlicher Blick, den Anne mit einem Grinsen quittierte, dann erreichten sie auch schon den Korridor, der zum Hangar führte. Dort stand Leah neben dem weißen Wandverbau auf der linken Seite, an dem die Jacken hingen, die Helme lagen in den Regalen. Als sie sie kommen sah, schnappte sich Leah ihren Helm und stürmte ihnen voran durch die doppelflügelige Tür nach draußen. Anne überlegte nicht lange, nahm ebenfalls den Helm und folgte ihr. Der Sturm heulte durch die offenen Tore des Hangars. Anne blieb der Mund offen stehen, als sie den Hubschrauber in dem düsteren grauen Licht draußen auf dem vor Nässe funkelnden Asphalt sah. Sie sollten also tatsächlich fliegen. Plötzlich wünschte sie sich das Auto und die Übelkeit zurück.

Leah kletterte bereits ins Cockpit und begann mit den Safety Checks.

Owen an ihrer Seite fluchte. »Ein kleiner Rundflug mitten im verdammten Weltuntergang. Brillante Idee.«

»Sie würden uns nicht starten lassen, wäre es nicht sicher«, versuchte sie mehr sich selbst als ihn zu beruhigen, schulterte ihren Rucksack mit den Medikamenten und rannte gegen den Wind auf den Hubschrauber zu. Die Rotorblätter fingen bereits an, sich zu drehen, und wie immer duckte sie sich instinktiv. Anne nahm ihren Platz vorne an Leahs linker Seite ein, während Owen hinter ihnen in den Hubschrauber kletterte und sich anschnallte.

Anne setzte ihren Helm auf und aktivierte die Intercom-Anlage.

»Der Wind hat sich etwas beruhigt«, sagte Leah, was Anne laut auflachen ließ. Sie sah nach draußen, wo die Fahnen wild flatterten.

»Ach echt?« Nun, der Wind musste zumindest messbar, wenn auch nicht spürbar nachgelassen haben, ansonsten hätten sie tatsächlich keine Erlaubnis bekommen, den Helikopter zu starten. Selbst wenn ein Leben davon abhing, durften sie nicht ihre eigene Sicherheit riskieren, um zu einem Einsatz zu gelangen.

Es war früher Nachmittag, aber so dunkel, als wäre es bereits Abend. Schwarze Wolken hingen tief am Himmel, es nieselte, was ein gutes Zeichen war. Vorhin hatte es noch in Strömen geschüttet. Vielleicht ließ der Sturm tatsächlich nach.

»Rettungswagen sind unterwegs und ein Helikopter der Children's Wales Air Ambulance ebenfalls«, sagte der Operation Manager im Gebäude über Funk. Das klang alles andere als gut, es musste etwas sehr Schlimmes passiert sein, wenn so viele Einheiten gerufen wurden und sogar zwei Hubschrauber bei diesem Wetter losflogen. Wenn die Kinder-Flugrettung aus Cardiff kam, ging es um ein oder mehrere junge Patienten, was Annes Adrenalinpegel gleich noch etwas höher steigen ließ.

Der Helikopter hob ab, was für gewöhnlich kaum spürbar war. In der Regel gab es kaum Erschütterungen, daher galt ein solcher Flug auch als die sanfteste Möglichkeit, Patienten zu transportieren. Aber das war jetzt anders. Alles vibrierte, und sie hörte Owen über die Intercom stöhnen.

»Kämpfst du, dass dein Mittagessen drinbleibt?«, scherzte sie, doch wie erwartet reagierte er nicht. Ihr selbst wurde nicht übel, was eigentlich seltsam war, wenn man bedachte, dass der Flug wesentlich heftiger als eine Autofahrt war. Anne schaute hinab auf die sich im Wind biegenden Bäume, die von hier oben eher an Schilfhalme erinnerten.

»Ziel ist das Camp Evermore, unweit von Manorbier«, hörten sie über Funk, und Anne spürte, wie ihre innere Anspannung anstieg. Sie hatte schon von diesem Camp gehört. Es befand sich auf dem weitläufigen Gelände einer Farm und bot chronisch kranken Kindern und deren Eltern einen Urlaub unter medizinischer Aufsicht direkt am Meer, mit Pferden, Rugby und allem, was ein Kinderherz begehrte – gesponsert von irgendeinem Promi-Sportler, der sich dort mit seiner Familie ein neues Zuhause geschaffen hatte, nachdem er seine aktive Karriere an den Nagel gehängt hatte. Wenn dort ein Unglück geschehen war, wunderte es sie nicht, dass sie alle Geschütze

81

auffuhren. Es galt nicht nur Kindern zu helfen, sondern chronisch kranke Kinder zu versorgen.

»Bislang wissen wir von zwei verletzten Kindern, acht und dreizehn Jahre alt, sowie drei Erwachsenen. Ein Baum ist auf eine Scheune gefallen.«

Anne schloss die Augen, Bilder flackerten vor ihrem geistigen Auge auf – Kinder, begraben unter Trümmern. Nein, Kinder waren robust, das wusste sie, stärker als so mancher Erwachsener.

Unter sich sah sie nun weiß schäumendes Wasser, sie flogen direkt über die Carmarthen Bay. Ihr Stützpunkt lag auf der Ostseite der Bucht, ihr Ziel, Manorbier, auf der Westseite. Mit dem Auto müssten sie den langen Bogen rundherum fahren, aber so konnten sie einfach in einer geraden Linie übers Meer fliegen.

Anne spürte den schnellen Schlag ihres Herzens im Hals. Der Wind auf offener See kam ihr um einiges kräftiger vor, und sie hatte das Gefühl, in einem Spielzeughelikopter zu sitzen. Hier drinnen war sie vollkommen machtlos. Sie wagte es nicht, Leah anzusprechen. Anders als sonst blickte die Pilotin mit gerunzelter Stirn nach draußen, während sie dem Sturm trotzte; ihre Anspannung war nahezu greifbar. Für Anne war es ein Wunder, wie Leah sich bei den knapp vierhundert Knöpfen im Cockpit zurechtfinden konnte. Aber die Pilotin ließ sich nicht aus der Ruhe bringen und führte konzentriert jeden Handgriff aus, den Steuerknüppel zwischen den Beinen.

Vor ihnen kamen die schroffen Klippen in Sicht. Haushohe Wellen brandeten gegen die Felsen, Gischt spritzte in ungeahnte Höhen auf. Es war ein Bild von brutaler Gewalt, von einer wütenden See, wie Anne sie nicht oft zuvor gesehen hatte. Gleichzeitig war der Anblick aber auch wunderschön, Ehrfurcht gebietend.

»Einundfünfzig Grad, achtunddreißig Minuten und vierundvierzig Sekunden nördliche Breite, vier Grad, achtundvierzig Minuten und zwanzig Sekunden westliche Länge«, gab ein Ambulanz-Team über Funk an, das bereits vor Ort angekommen war. »Drei verletzte Erwachsene und zwei Kinder, Ausmaß noch nicht klar.«

Leah aktualisierte die Daten und überflog die furchterregenden Klippen. »Ich sehe die Scheune, aber dort sind überall Menschen, und die Häuser stehen zu dicht«, sagte sie angespannt, wie zu sich selbst. Anne blickte aus dem Seitenfenster, um sich ebenfalls nach einem Landeplatz umzuschauen, aber auch sie sah nur Dächer und Bäume, die wild im Sturm schwankten. Sie hielt nach Stromleitungen Ausschau, die oft nicht leicht zu erkennen waren und eine erhebliche Gefahr für einen Hubschrauber darstellten. Der Blick von oben gab ihr außerdem eine hilfreiche Perspektive auf das Geschehen und half ihr, die Lage vorab einzuschätzen.

Eine Menschentraube stand draußen vor der Scheune, die zum Glück nicht komplett eingestürzt war. Der gewaltige Baum lag auf dem Dach und hatte es zusammen mit einer der Außenwände eingedrückt. Vermutlich waren Bretter herabgestürzt und hatten ein paar der Kinder getroffen – kein schöner Gedanke, aber besser, als wenn die ganze Scheune in sich zusammengefallen wäre.

Anne erkannte in der Menge nicht nur die bereits eingetroffene Rettung, sondern auch Zivilpersonen, und wünschte sich, diese würden drinnen im Haupthaus Schutz suchen.

»Verdammt.« Leah änderte die Richtung und entfernte sich von der Unfallstelle. Es kam selten vor, dass ihre Freundin fluchte, aber sich von Verletzten zu entfernen, war eine Entscheidung, die sie nicht leichtfertig traf.

»Ich nehme die Weide«, sagte die Pilotin und hielt auf eine Wiese zu, die wohl als Pferdekoppel diente. »Sieht jemand Tiere?«

»Nein, alles frei.«

»Okay. Ich setze jetzt zur Landung an.«

»Alles klar, kein Problem.« Anne sah wieder aus dem Fenster und behielt den Zaun im Auge, an dessen Seite Leah langsam hinunterging.

»Linke Seite frei«, teilte sie der Pilotin mit.

»Heck frei«, kam es auch von Owen, und wenige Augenblicke später setzten sie sanft auf.

»Das war's, ihr könnt aussteigen, die Scheune liegt bei neun Uhr«, erklärte Leah.

Anne zog das Spiralkabel für die Intercom-Anlage aus dem Stecker. Sie kletterte aus dem Hubschrauber, setzte den Helm ab, an dem das Kabel noch befestigt war, und legte ihn ins Gras. Owen schulterte bereits den riesigen Rucksack mit dem Großteil der Ausrüstung, während Anne die zweite Tasche mit dem Intubationsset nahm, das bei schweren Kopfverletzungen nötig werden konnte.

Wind peitschte ihr ins Gesicht, nur dass er diesmal

nicht von den Rotoren über ihr kam, sondern ihr schräg entgegenschlug. Einen Augenblick lang konnte sie nicht atmen, Tränen schossen ihr in die Augen, und sie musste sich mit aller Kraft gegen den Sturm stemmen. Aber umso weiter sie sich vom Hubschrauber entfernte, desto besser kam sie vorwärts. Sie kletterte über den Weidezaun, da sie auf die Schnelle kein Gatter fand, und lief mit gesenktem Kopf, um sich wenigstens ein bisschen vor dem Wind zu schützen, zwischen Stallgebäuden hindurch in Richtung Scheune.

Sie entdeckte die Verletzten unter dem Dachvorsprung eines älter wirkenden Stalls, es waren bereits drei Sanitäter zugegen. Die Kinder saßen mit dem Rücken gegen die Mauer gelehnt, was ein gutes Zeichen war, ein Erwachsener kniete neben ihnen, eine blutige Schramme am Kopf, zwei andere lagen ausgestreckt am Boden, sie hatte es wohl am schlimmsten getroffen.

»Owen, schau dir die Kinder an, ich kümmere mich um die beiden Erwachsenen.«

Die Sanitäter blickten auf, als sie zu ihnen trat, zwei von ihnen versuchten, einen Mann am Boden zu halten, der Anne beim Näherkommen bekannt vorkam. Mit seiner kräftigen Statur und den halblangen blonden Haaren hätte er im Fernsehen gut und gern einen Wikinger spielen können, doch jetzt waren seine Haare großteils dunkel gefärbt von Blut, und auch um ihn herum, auf dem Asphalt, bildeten sich großflächige Flecken.

»Mr Rivers, bitte, Sie müssen liegen bleiben, damit wir Sie versorgen können.«

»Ich habe euch schon hundertmal gesagt, dass es mir gut geht.«

»Sie standen mitten in einem Trümmerregen, die Platzwunde am Kopf muss angesehen und genäht werden, sehr wahrscheinlich haben Sie auch eine Gehirnerschütterung.«

»Das wäre nicht meine erste.«

Anne starrte den Mann fassungslos an. Das war Reed Rivers, der Rugby-Star, der vor fast zwei Jahren nach einer Verletzung aus dem Sport ausgeschieden war! Er war es, dem die Farm gehörte. Jetzt meinte sie auch, sich zu erinnern, dass sie etwas über das fantastische Rugby-Programm im Camp gelesen hatte, das chronisch kranken Kindern die Angst vor körperlicher Anstrengung und Berührung nehmen sollte. Fast vergaß sie, warum sie hier war, so beeindruckt war sie, einer Berühmtheit wie ihm gegenüberzustehen.

Sie versuchte, ihr aufgeregtes Grinsen durch ein höflich-professionelles Lächeln zu ersetzen, als sie neben ihm in die Hocke ging. »Hi, Mr Rivers, ich bin Anne, die Ärztin der Helikopter-Crew. Wollen Sie mir erzählen, was passiert ist?«

Rivers sah sie aus genervten blauen Augen an. »Wozu der ganze Aufwand? Kümmert euch lieber um die anderen! Wir haben hier zwei verletzte Kinder, eines mit Epilepsie, das andere mit Diabetes, außerdem liegt meine hochschwangere Frau da drüben, und ich sage euch, wenn ihr oder meinem Baby etwas passiert …«

Anne legte dem Mann beruhigend die Hand auf die

Schulter und betrachtete die Kopfverletzung. Es war eine Platzwunde, nicht allzu tief. Sie hatte stark geblutet, was nicht ungewöhnlich war und die Verletzung meist schlimmer aussehen ließ, als sie war. »Haben Sie sonst noch irgendwo Schmerzen? Wo wurden Sie noch getroffen?«

»Mir geht es gut, wie oft soll ich das noch sagen?«

Anne seufzte und wandte sich an einen der Sanitäter, der vorhin noch mit dem Patienten gekämpft hatte, um ihn ruhig zu halten. »Gehen Sie sicher, dass er keine weiteren Verletzungen hat, untersuchen Sie ihn von Kopf bis Fuß; er steht unter Schock, vielleicht spürt er nicht alles. Sollte es ihm schlechter gehen, rufen Sie mich einfach.«

Sie richtete sich auf und sah über den Mann hinweg zu den anderen, um herauszufinden, wer ihre Hilfe am dringendsten benötigte. Sie hatte sich für den Patienten entschieden, der den Sanitätern Schwierigkeiten zu bereiten schien, aber Mr Rivers hatte recht: Er war nicht der dringendste Fall für einen Arzt, vor allem, da sie bislang nur einen hier hatten.

»Hören Sie, Mr Rivers, lassen Sie die Sanitäter jetzt ihre Arbeit machen, dann kann ich meine tun und mir Ihre Frau ansehen.«

Owen war bei den Kindern, die einen ganz munteren Eindruck machten und bei ihm in besten Händen waren, aber ein Blick auf die am Boden liegende Frau zeigte ihr, dass sie tatsächlich der schwerste Fall war.

Der Ex-Rugbyspieler nickte widerwillig und legte sich zurück. Anne eilte zu seiner Frau hinüber, die mit schmerzverzerrtem Gesicht am Boden lag. Der dritte Sanitäter war bei ihr und maß ihren Blutdruck, neben ihr kniete eine Frau mit blondem Pferdeschwanz und sah besorgt auf sie hinab. Offensichtliche Wunden konnte Anne an keiner der beiden erkennen.

»Mrs Rivers?« Sie kniete neben der Schwangeren nieder, die sie aus schreckgeweiteten Augen ansah.

»Mein Baby ...«

»Sorgen Sie sich nicht, wir kümmern uns um Sie. Ich bin Anne, Ärztin bei der Flugrettung. Wie heißen Sie?«

»Lynne«, stöhnte die Frau. Lichtbraune Locken breiteten sich um ihren Kopf herum wie ein Kranz aus, was ihr Gesicht noch blasser wirken ließ. »Das ist meine Schwägerin Alis.«

Die blonde Frau neben ihr sah Anne flehentlich an. »Lynne ist gestürzt, als Teile der Decke herunterkamen ...«

»Wurden Sie von Trümmern getroffen?« Anne warf einen Blick auf die Blutdruckdaten, die der Sanitäter ihr hinhielt und die in Anbetracht der aufregenden Situation viel zu niedrig waren. Der Puls dagegen gipfelte bei 150, ein Versuch des Herzens, den geringen Druck auszugleichen. Das war alles andere als gut für die werdende Mutter und ihr Ungeborenes, sie musste die Frau unbedingt beruhigen. Anne nahm Lynne Rivers' Hand und drückte sie.

»Nein, ich ... ich bin ausgewichen, aber mein Fuß hat sich im Mähdrescher verfangen. Ich bin nach vorne gefallen, auf meinen Bauch. Jetzt habe ich ein Ziehen im Unterleib, und ich ... ich spüre den Kleinen nicht mehr.« Tränen liefen ihre Wangen hinab.

Das war kein gutes Zeichen, und Anne musste sich alle

Mühe geben, sich ihre Besorgnis nicht anmerken zu lassen. Sie zog sich das Stethoskop vom Hals und hörte Lynne Rivers ab. Die Atemgeräusche waren gut, wenn auch wie erwartet sehr schnell. »In welcher Woche sind Sie, Lynne?«, fragte Anne sanft.

»In der einundvierzigsten.«

Anne lachte überrascht auf. »Oh, dann ist es ja höchste Zeit!«

»Ich hätte morgen den Termin im Krankenhaus gehabt, um zu entscheiden, ob sie die Geburt einleiten sollen, der Kleine hat es sich hier drinnen etwas zu gemütlich gemacht. Aber jetzt …« Sie verzerrte das Gesicht vor Schmerz und zog scharf die Luft ein. »Wir sind nur mit ein paar Kindern in die Scheune gegangen, um die Babykätzchen anzusehen. Der Strom war ausgefallen, und allen war langweilig. Wir dachten, hier auf der Farm seien wir in Sicherheit, zumal es gar nicht so stürmisch war.« Ein Stöhnen kam ihr über die Lippen. »Wir sind den Wind an der Küste gewohnt. Wie konnten wir nur so unvorsichtig sein! Die Sturmwarnungen laufen doch schon seit Tagen. Bitte … ihm darf nichts geschehen sein, ich kann nicht schon wieder ein Kind verlieren, ich kann nicht …«

»Du wirst ihn nicht verlieren.« Mr Rivers tauchte unvermittelt neben ihnen auf und ergriff die zitternde Hand seiner Frau. »Stimmt's, Frau Doktor?«

Anne versuchte, so viel Zuversicht wie möglich auszustrahlen. »Mr Rivers, ich dachte, wir hätten eine Abmachung.« Sie packte den Ultraschall aus, wohlwissend, dass der Muskelprotz sie mit kritischem Blick beäugte, aber sie ließ sich nicht einschüchtern. Er war ein Angehöriger wie jeder andere auch. Die blonde Frau, Alis, die seine Schwester sein musste, redete beruhigend auf ihn ein.

Anne wandte sich dem Sanitäter zu, der das weite Oberteil der Schwangeren hochgeschoben hatte und bereits das Gel für den Ultraschall auf dem Bauch verteilte. »Können Sie mir bitte einen Zugang vorbereiten?«, bat sie ihn und wünschte, Owen wäre an ihrer Seite – Owen, der stets wusste, was sie als Nächstes tun wollte, ohne dass sie es aussprechen musste. Aber sie kam auch so zurecht und atmete auf, als sie über den Fetal-Doppler die Herztöne des Babys fand.

»Sehen Sie, alles ist gut, das Herz Ihres Kleinen schlägt kräftig.« Nur leider nicht ganz so kräftig, wie sie es gern hätte. Es war durchaus möglich, dass das Baby schlief, und normalerweise würde sie kurz den Bauch schütteln, um es aufzuwecken und die Herztöne anschließend noch einmal abzuhören. Aber nach solch einem Sturz war eine Plazentaablösung nicht auszuschließen, und sie wollte nichts verschlimmern. Im Ultraschall war zwar noch keine Ablösung festzustellen, was aber nicht bedeutete, dass dies nicht doch stattfand und das Leben von Mutter und Kind gefährdete. Besonders im Hinblick auf die Werte der Mutter war eine innere Blutung nicht auszuschließen. Ihre Patientin musste so schnell wie möglich in ein Krankenhaus mit einer guten Neonatalstation gebracht werden.

Anne wischte den Bauch ihrer Patientin ab und reichte dem Sanitäter das Ultraschallgerät, damit er es wieder einpackte.

»Sie muss ins Krankenhaus?«, wollte der Rugbystar wissen, auch wenn seine Worte eher wie ein Befehl klangen.

Anne legte der Schwangeren die Hand auf die Schulter. »Sie dürfen sich freuen, Lynne, Sie haben einen Direktflug nach Cardiff gewonnen.«

Mr Rivers schob den Arm seiner Schwester fort. »Nach Cardiff? Ich komme mit!«

»Es tut mir leid, wir haben im Hubschrauber keinen Platz für Angehörige. Sie müssen mit dem Auto nachkommen. In Cardiff gibt es eine neonatale Intensivstation, die Ihrem Baby die bestmögliche Versorgung bietet. Im Moment sieht alles ganz gut aus, aber wir wollen auf Nummer sicher gehen.«

»Ich fahre dich«, sagte Alis und nahm die Hand ihres Bruders. »Du bist jetzt nicht in der Lage, dich zu konzentrieren, und das nicht nur, weil dein harter Schädel mal wieder demoliert wurde. Evan, Rhys und Sianna können hier die Stellung halten.«

Reed Rivers nickte abwesend, während seiner Frau Tränen in die Augen stiegen. Sie legte die Hand auf ihren Bauch. »Okay. Mir bleibt wohl nichts anderes übrig.«

»Alles wird gut.« Anne legte ihr den Zugang und bat den Sanitäter, die Elektrolytlösung anzuhängen. Diese würde die Patientin bei Kräften halten, vor allem in Anbetracht des bevorstehenden Blutverlusts. Sie legte auch noch einen Zugang am anderen Arm, falls sie in einem Notfall Medikamente verabreichen musste und einer der Zugänge nicht funktionierte.

»Ich ... ist es ein sehr schlimmes Zeichen, wenn ich

plötzlich … Nässe spüre?« Lynne deutete zwischen ihre Beine.

Anne sah an ihr hinab, konnte bei der dunklen Hose aber nichts erkennen. »Viel oder wenig?«

»Ähm … eher wenig?«

Anne nickte. »Dann werfen wir mal einen Blick darauf.« Sie griff nach einem sterilen Abdecktuch und legte es der Frau über die Hüften, dann zog sie ihr die Hose ein Stück weit hinunter und wechselte ihre Handschuhe. Lynne trug ein schwarzes Höschen, was es unmöglich machte zu erkennen, ob es sich bei der ausgetretenen Flüssigkeit um Fruchtwasser oder Blut handelte. Vorsichtig schob sie die Unterwäsche zur Seite und bemerkte, dass ihre Fingerkuppen rot wurden. »Ich überprüfe jetzt Ihren Muttermund, bitte erschrecken Sie nicht.« Sie spürte die Angst der Frau, doch sie blieb konzentriert und ruhig. »Okay, der Muttermund ist ein wenig geöffnet, aber noch nicht weit, und Sie verlieren etwas Blut. Das muss Sie nicht beunruhigen, das kann vorkommen. Wir packen Sie jetzt schön ein, und dann geht's ab ins Krankenhaus. Ich gebe Ihnen zusätzlich Sauerstoff, der wird Ihnen guttun.«

Sie wandte sich dem Sanitäter zu, der alles vorbereitete, doch sie wurde abgelenkt von einem lauten Dröhnen. Wind riss an ihren Haaren und ihrer Kleidung. Der zweite Hubschrauber aus Cardiff mit den Kinderspezialisten flog über sie hinweg und setzte ein Stück weit entfernt zur Landung an.

Anne sah zu Owen hinüber. Als hätte er ihren Blick gespürt, drehte er sich um und deutete auf das jüngere Kind an seiner Seite, ein blasses Mädchen, dem der Schreck noch ins Gesicht geschrieben stand. »Wir haben hier nur eine Schramme an der Schulter und am Arm, aber sie hatte nach dem Unglück einen epileptischen Anfall; die Vitalwerte sind inzwischen wieder gut. Sie sollte zur Sicherheit im Krankenhaus durchgecheckt werden und könnte mit dem Rettungswagen fahren.« Anschließend deutete er auf das ältere Mädchen, das sich mit einem Ärmel die Tränen vom Gesicht wischte. »Ein gebrochenes Schlüsselbein, auch hier nichts Kritisches, die Blutzuckerwerte sind okay.«

Anne nickte und überlegte kurz. Es wäre wohl besser, wenn die Crew von der Kinder-Flugrettung mit Mrs Rivers nach Cardiff zurückflog, denn ihr Stützpunkt lag ohnehin dort. Schließlich handelte es sich hier nicht nur um eine erwachsene Frau, sondern auch um ein Baby.

»Okay, Lynne, ich lasse Sie einen Augenblick lang in den Händen dieses netten Sanitäters und rede mit der anderen Helikopter-Crew. Bald sind Sie im Krankenhaus.« Sie stand auf, zog ihre Handschuhe aus und sah sich noch einmal um, um sich zu vergewissern, dass sie alles im Griff hatte. Dann lief sie dem Team entgegen, das ebenfalls auf der Koppel gelandet war. Sie erkannte den Doktor mit dem leuchtend roten Haar schon von Weitem, was sie in ihrer Entscheidung bestärkte, dass er den Fall übernehmen sollte. Er kam direkt von der neonatalen Intensivstation.

»Annie Perry, wieder einmal allen voraus«, begrüßte er sie und reichte ihr die Hand. Sie hatte eine Weile während ihrer Ausbildung unter ihm gearbeitet, und sie vertraute seinem Können voll und ganz.

»Ich habe eine schwangere Frau in der einundvierzigsten Woche, Sturz auf den Bauch, Schmerzen im Unterleib, geringe Blutung, pathologische Herztöne über Ultraschall. Ich halte es für das Beste, wenn ihr sie an ein CTG hängt und gleich nach Cardiff bringt.«

Dr. Lloyd sah an ihr vorbei zu den Lichtern des Ambulanzwagens. »Was ist mit den anderen Kindern? Es hieß, es gibt zwei Verletzte.«

»Keine, die mit dem Helikopter transportiert werden müssten.«

»Na, dann sehen wir uns die Patientin mal an.«

Anne folgte ihrem einstigen Mentor, insgeheim erleichtert, dass er das Ruder übernahm und dem Baby helfen würde. Lynne Rivers und ihr ungeborener Sohn wären in null Komma nichts in Cardiff und in Sicherheit. Mit einem Team, das genau für solche Fälle trainiert und ausgestattet war.

»Ich befürchte eine vorzeitige Plazentaablösung«, sagte sie, bevor sie die anderen erreicht hatten. »Im Ultraschall ist nichts zu sehen, aber der Blutdruck liegt bei 90 zu 60 und der Puls bei 150. Außerdem ist sie sehr blass und klamm.«

»Sie blutet vielleicht in die Gebärmutter. Ist der Bauch hart?«

Anne verneinte. »Aber es wäre bestimmt nicht verkehrt, Blut bereitzuhalten und im Krankenhaus das Protokoll zur massiven Hämorrhagie zu aktivieren.« Ihr war es lieber, es stand Blut zur Verfügung, das dann vielleicht doch nicht gebraucht wurde, als dass die Frau tatsächlich eine nicht erkannte Plazentaablösung durchmachte und verblutete. Eine vorzeitige Plazentaablösung passierte nur in weniger als einem Prozent aller Schwangerschaften, aber der Sturz auf den Bauch hatte das Risiko in die Höhe schnellen lassen, und wenn der Fall tatsächlich eintrat, starben zwölf Prozent der Babys. Manchmal war es nicht gut, sich Zahlen und Fakten so gut merken zu können, dachte Anne beklommen. Es war besser, sich auf den einzelnen Fall zu konzentrieren und darauf zu vertrauen, dass sie schnell genug waren, um der Patientin und ihrem Baby zu helfen.

Sie kehrten zu Mrs Rivers zurück, die von den Sanitätern zum Transport vorbereitet wurde, und Anne verabschiedete sich. »Machen Sie sich keine Sorgen, Sie sind in besten Händen.«

»Mir wäre es lieber, ich würde mit Ihnen fliegen«, flüsterte Lynne und warf Dr. Lloyd einen ängstlichen Blick zu. »Nichts für ungut.«

Anne strich ihr mit einem beruhigenden Lächeln das Haar zurück. »Glauben Sie mir, ich habe vieles, was ich weiß, von Dr. Lloyd gelernt, Sie könnten sich niemand Besseren wünschen.«

»Fragen Sie Dr. Perry nach den ersten hundert Nachkommastellen von Pi, und sie wird sie Ihnen alle aufzählen«, sagte Dr. Lloyd lachend. »Ich fürchte, ich konnte dieser jungen Dame nicht mehr viel beibringen, aber machen Sie sich keine Sorgen. Ich mag zwar kein fotografisches Gedächtnis haben, aber allzu übel bin ich auch nicht.«

Lynne lächelte, und die Sorge in ihrem Blick schwand

ein wenig. Es fiel Anne schwer, sie einem anderen Team mitzugeben, auch wenn es nicht das erste Mal war, dass sie einen Patienten nicht persönlich ins Krankenhaus begleitete. Heute jedoch hatte sie das Gefühl, ihre Arbeit nicht zu Ende gebracht zu haben. Da war noch etwas Unerledigtes, als hätte sie etwas vergessen.

Sie verabschiedete sich von Reed Rivers und drängte ihn, sich im Krankenhaus ebenfalls ansehen zu lassen, dann packte sie zusammen.

»Leah, wir kehren mit leeren Händen zurück«, gab sie über Funk Bescheid. Nichts war vorhersehbar in ihrem Job. Vorhin noch hatte sie das Schlimmste befürchtet, einen Einsatz vorausgeahnt, der sie alle an ihre Grenzen brachte. Stattdessen war er relativ harmlos verlaufen und jetzt schon wieder vorbei.

»Winnie?« Unvermittelt kam eine Frau vom Haupthaus gelaufen, die vorhin noch nicht da gewesen war. Sie hatte kinnlanges, dunkles Haar und abstehende Ohren, was sie ein wenig wie einen Kobold aussehen ließ, doch die Sorge in ihrem Gesicht war alles andere als lustig. »Winnie, wo bist du?« Sie entdeckte die Sanitäter, die die beiden Mädchen zum Rettungswagen brachten, damit sie im Krankenhaus durchgecheckt wurden. »Chiara, hast du Winnie irgendwo gesehen?«

Das ältere Mädchen schüttelte den Kopf. »Sie wollte Katzenfutter holen, bevor der Baum umfiel.«

Die Frau stieß einen verzweifelten Laut aus. »Wo steckt sie bloß? Ich habe sie nur einen Augenblick lang aus den Augen gelassen! Ihre Mum bringt mich um.«

»Vielleicht ist sie zum Hubschrauber gelaufen, um zuzusehen, wie er abhebt?«, schlug das Mädchen vor.

Anne ging näher heran. Ein vermisstes Mädchen in diesem Sturm war alles andere als eine gute Nachricht. »Wie sieht Winnie denn aus?«

»Sie ist elf Jahre alt, hat lange blonde Haare und trägt eine orangefarbene Jacke, sie sollte also nicht zu übersehen sein. Winnie hat Mukoviszidose. Es geht ihr gesundheitlich gut, aber wenn ihr irgendetwas passiert ist ...«

»Keine Sorge, wir finden sie.« Anne zog das Funkgerät von ihrer Schulter. »Leah, ist bei dir ein blondes elfjähriges Mädchen mit einer orangefarbenen Jacke vorbeigekommen?«

»Nein, ich habe niemanden gesehen.«

Anne überlegte. Der Hubschrauber war bestimmt sehr interessant für ein so junges Mädchen, vielleicht war sie doch irgendwo in der Nähe, und Leah konnte sie nur nicht sehen. »Owen, kannst du bei den Koppeln nachschauen? Ich laufe schnell zur Scheune, vielleicht ist sie dort.«

»Oh, vielen, vielen Dank.« Die Frau strich sich nervös durch die Haare. »Ich weiß, Sie haben nicht viel Zeit. Ich suche bei den Ställen nach ihr.«

»Ich bin sicher, dass wir sie ganz schnell finden.« Anne joggte los, auf die halb zusammengefallene Scheune zu, und umrundete den umgekippten Baum, um nachzusehen, ob sie irgendwo im Geäst gefangen war. Schließlich konnte es sein, dass der Baum sie erwischt hatte, aber zu Annes Erleichterung war sie dort nirgends zu sehen.

Die Babykätzchen! Winnie hatte Futter holen wollen,

bestimmt war sie noch dort. Anne blickte auf das Scheunentor und spürte, wie sich ein sonderbar dumpfes Gefühl in ihrem Magen breitmachte. Wie sicher war es da drin? Der Wind heulte nach wie vor kräftig und rüttelte am Baum, der sich auf dem Dachboden verkeilt hatte. Oh Gott, was, wenn die ganze Scheune in sich zusammenbrach und das Mädchen unter sich begrub?

Vorsichtig schob sie das Tor auf und sah nichts als Dunkelheit, durchbrochen von einzelnen, von Staubwirbeln durchzogenen Lichtstrahlen, die durch die teilweise zerstörte Decke fielen. Sie konnte die Umrisse eines Traktors und mehrerer anderer landwirtschaftlicher Gerätschaften ausmachen, aber kein Mädchen. Der Duft nach Heu stieg ihr in der Nase. Wäre sie ein Kind auf dieser Farm, würde sie wohl den ganzen Tag hier drinnen verbringen.

»Winnie?« Sie ging ein Stück weiter ins Gebäude hinein, zögerlich einen Schritt vor den anderen auf den Betonboden setzend. Dabei warf sie immer wieder misstrauische Blicke nach oben. Der Wind heulte durch die Ritzen, vom Dachboden ertönte ein lautes Knarzen.

»Winnie, hier ist Dr. Perry von der Hubschrauber-Crew – bist du hier drin? Wie wär's, wenn ich dir unser Cockpit zeige?«

Keine Antwort. Anne seufzte. Vielleicht irrte sie sich, und das Kind war gar nicht hier.

Ihr Blick fiel auf die herabgestürzten Bretter, die neben dem Traktor mit dem riesigen Aufsatz zum Wenden des Heus lagen. Dort irgendwo musste Lynne Rivers gestürzt sein.

»Winnie?« Sie sah hinter dem Traktor nach, wo wie erwartet niemand war, dann gab sie auf. Hoffentlich hatten die anderen mehr Glück, denn Anne konnte nicht länger hierbleiben und suchen. Sie musste zurück zur Basis, schließlich war ihre Schicht noch nicht vorbei. Winnies Verbleib würde ein weiteres Rätsel bleiben, genau wie sie wohl nie erfahren würde, was aus Lynne Rivers und all den anderen geworden war, von denen sie so gut wie nie mehr etwas hörte, nachdem sie sie in die Obhut von Kollegen und Kliniken gegeben hatte.

Anne umrundete den Traktor, froh, aus der Scheune herauszukommen, als sie eine Gestalt im offenen Tor stehen sah.

»Anne, komm da weg!«

Es war Owen. Sie war so überrascht, ihn zu sehen, so viel Angst in seiner sonst so gefühllosen Stimme zu hören, dass sie ihn nur perplex anstarren konnte. Auf einmal krachte es über ihr, dann fing das ganze Gebäude an zu zittern. Wie in Zeitlupe blickte sie erneut hoch zur Decke und spürte, wie ihr Herz für einen Schlag aussetzte. Der Boden unter ihren Füßen schien zu verschwinden, sie hatte das Gefühl zu fallen, obwohl es das Dach war, das mit rasender Geschwindigkeit auf sie herabfiel.

*

Owen sah Anne zur Scheune laufen, und obwohl er wusste, dass er nach dem verschwundenen Mädchen Ausschau halten sollte, konnte er nicht anders, als sich immer wieder nach ihr umzudrehen. Die Scheune sah alles andere als sicher aus, und vor seinem geistigen Auge sah er sie schon über Anne zusammenbrechen. Wieso musste sie da hineingehen? Sie sollten losfliegen, das Mädchen würde schon wieder auftauchen.

Der Wind nahm wieder an Stärke zu, zumindest fühlte es sich so an; hoffentlich war es Leah überhaupt möglich, zurückzufliegen. Er schmeckte Salz auf seinen Lippen, als trüge der Sturm winzige Wassertropfen vom Meer herein.

»Habt ihr sie gefunden?« Leah lehnte sich aus dem Cockpit, und Owen schüttelte den Kopf. Das ungute Gefühl ließ ihn nicht los. Er sah sich um in dieser grauen Düsternis und merkte, wie seine innere Unruhe beinahe unerträglich wurde.

»Wo ist Anne?«, hörte er Leah fragen, und als er nicht reagierte: »Owen?«

Sein Blick wanderte über die Koppel. Er versuchte, sich auf seine Aufgabe zu konzentrieren und nach einer orangefarbenen Jacke Ausschau zu halten, aber er dachte nur an Anne. Seit er sich vorgenommen hatte, die Vergangenheit ruhen zu lassen und nur noch den Menschen in ihr zu sehen, der sie heute war, war etwas in ihm an die Oberfläche gedrungen, das offensichtlich schon länger in ihm geschlummert hatte und ihm weitaus mehr Angst machte als die alten Erinnerungen.

Er sah wieder in die Richtung, in die Anne verschwunden war. Im Grunde traf er keine bewusste Entscheidung – seine Beine setzten einfach einen Schritt vor den anderen, fort von Leah, dem Hubschrauber, der Koppel, direkt auf das halb eingestürzte Gebäude zu. Der Baum drückte schwer auf die angeknackste Dachkonstruktion. Nicht mehr lange, und auch die übrigen Wände darunter würden nachgeben.

Owen fing an zu laufen. In der Nähe hörte er jemanden »Wir haben sie gefunden!« rufen, aber das interessierte ihn nicht. Er sah Anne vor sich, als kleines, verzweifeltes Kind auf der Straße. Er sah sie vor sich, als Erwachsene, bei der Arbeit, konzentriert und ruhig, ganz gleich, was passierte. Sah, wie sie ihn anstrahlte und einfach nicht damit aufhörte, egal, was er machte. Sah ihre roten Haare, die sanft um ihr Gesicht fielen ... Wenn sie da nicht mehr rauskam ... Ihm wurde übel. Nein, sie hatte damals überlebt, sie hatten beide überlebt, und jetzt waren sie hier, inmitten des Sturms, und alles, woran er denken konnte, war, sie aus der Scheune zu holen.

Er rannte noch schneller, schob sich durch das halb offene Tor und blinzelte, um seine Augen ans Zwielicht zu gewöhnen. Anne stand neben einem Traktor und starrte ihn an, das Knarzen der Holzbalken war hier drinnen noch lauter als draußen, Staub rieselte von der Decke.

»Anne, komm da weg!« Sein Herz hämmerte, in seiner Stimme schwang Panik mit. Sie rührte sich nicht vom Fleck, blieb wie angewurzelt auf der Stelle stehen. »Anne!«

Jetzt hob sie den Kopf und sah zur Decke. Das Gebäude knackte und ächzte, einzelne Bretter stürzten herab, gefolgt von Staub und Heu. Owen rannte los. Er sah, wie Anne die Hände über den Kopf hob, und spürte, dass ihn etwas an der Schulter traf, dann stürzte er sich auf sie und warf sie zu Boden. Jetzt trafen ihn am ganzen Körper Schläge, der Lärm wurde ohrenbetäubend, er konnte nichts sehen, konnte kaum atmen, hörte nur Annes Aufschrei und tastete nach dem Traktor. Vorsichtig schob er seinen Arm unter Anne und zog sich ein Stück weit unter die Metallstäbe des Heuwenders. Im nächsten Moment gab es einen Knall, und alles wurde dunkel.

Er wusste nicht, ob er tot oder lebendig war, aber dem Herzschlag nach zu urteilen, der laut in seinen Ohren pochte, musste er wohl noch leben. Hustend zog er sein T-Shirt über den Mund, um nicht allzu viel Staub einzuatmen, und versuchte, seine Glieder zu bewegen. Sein Bein war eingeklemmt. Als er versuchte, es zu befreien, durchfuhr ihn ein höllischer Schmerz.

»Owen …« Unter sich hörte er ein leises Keuchen und stützte sich schnell auf die Hände, da er Anne, die unter ihm lag, nicht erdrücken wollte.

»Bist du verletzt?« Er tastete nach ihrem Gesicht. Ihr Kopf lag halb unter seiner Schulter begraben.

»Die … die Scheune ist zusammengefallen.« Sie klang weniger entsetzt als verwundert.

»Ja, das ist sie«, bestätigte er und suchte ihren Blick. Langsam gewöhnten sich seine Augen an die Dunkelheit. Mühsam drehte er den Kopf, um sich ein Bild von der Lage zu machen. Die Trümmer hatten sich rund um den Traktor und den Heuwender verkeilt und ihnen eine kleine Höhle gelassen, aber bei dem Gedanken, dass ein ganzes Gebäude auf ihnen lag, spürte er, wie seine Brust eng wurde. Sein Atem beschleunigte sich, sein Körper fing an zu kribbeln. Sie waren hier eingeschlossen. Würden sie genügend Luft bekommen? Er konnte einen Streifen Licht sehen, schräg über ihm. Eine kleine Lücke, doch würde sie genügen und wenn ja, für wie lange? Jemand musste sie hier rausholen, und zwar so schnell wie möglich!

Unvermittelt zog Anne die Hände unter seinem Körper hervor und schloss sie um seine Wangen. »Ruhig bleiben«, sagte sie bestimmt und zwang ihn, sie anzusehen. Er versuchte, sich auf seine Atmung zu konzentrieren, versuchte, sich alles ins Gedächtnis zu rufen, was er aufgeregten Patienten sagte. Anne hingegen strahlte wie immer eine solche Zuversicht aus, als hätte sie das Ausmaß ihrer Situation noch gar nicht begriffen.

»Dein Optimismus ist unheilbar, was?«

Sie legte fragend den Kopf schief.

»Wir liegen hier unter den Trümmern einer verdammten Scheune begraben, und du ...«

»Ach, das liegt daran, dass ich alles geplant hatte. Ich wollte dich hier mit mir festnageln, damit ich dich endlich richtig kennenlernen und hinter all deine tiefsten Geheimnisse kommen kann.«

Owen schloss die Augen, er konnte es einfach nicht fassen. Was war nur los mit ihr? Konnte sie nicht einfach in Panik geraten wie jeder andere vernünftige Mensch auch?

»Anne?« Leahs Stimme drang verzerrt durchs Funkgerät an Annes Schulter. »Anne? Owen? Könnt ihr mich hören? Sagt etwas.«

»Oh, Rettung naht.« Mit einem schiefen Grinsen zog Anne das Funkgerät an ihr Gesicht. »Wir leben noch, Leah!«

»Ach Anne, bitte sag mir, dass ihr nicht unter diesem Schutthaufen liegt.«

»Wir liegen nicht unter diesem Schutthaufen.«

Ein Stöhnen. »Seid ihr verletzt?«

Anne sah ihn an. »Bist du verletzt?«

Owen schüttelte den Kopf.

»Uns geht's gut, Leah«, beschwichtigte Anne ihre aufgeregte Freundin, »es ist ein wenig eng, und ich hätte nichts gegen einen Latte macchiato, aber es ist alles noch dran. Wir würden nur sehr gerne hier raus.«

»Wir arbeiten dran. Die Feuerwehr ist unterwegs. Rührt euch nicht von der Stelle, ich melde mich wieder.«

Anne ließ das Funkgerät los und sah ihn an. »Hat sie gerade wirklich ›Rührt euch nicht von der Stelle‹ gesagt?«

Owen antwortete nicht. Wie konnte sie in einer Situation wie dieser bloß ihren Humor bewahren? Sollten sie versuchen, sich selbst zu befreien und aus den Trümmern zu graben? Das wäre wohl die dümmste Idee seit Menschengedenken. Die Alternative war allerdings auch nicht besser. Gefangen mit Anne Perry für unbestimmte Zeit. Was hatte er sich nur dabei gedacht, ihr in das einsturzgefährdete Gebäude zu folgen?

»Hast du etwas abbekommen?«, fragte Anne in seine Gedanken hinein.

Owen schüttelte den Kopf. »Nicht weiter schlimm.«

»Du weißt, der Schock könnte verhindern, dass du das Ausmaß deiner Verletzungen spürst. Du bist durch die herabfallenden Trümmer gerannt und hast mich mit deinem Körper abgeschirmt, weshalb du das meiste abbekommen hast. Du solltest wirklich in dich hineinhorchen, nur damit wir sichergehen können, dass nicht doch Schlimmeres passiert ist.«

»Mir geht's gut.«

Sie nickte, sah ihn aber weiterhin mit ihrem typisch prüfenden Blick an, der so durchdringend war, als versuchte sie, bis in seine Seele zu sehen. Und jetzt hatte er keine Möglichkeit, ihr auszuweichen.

»Wieso hast du das getan?«, fragte sie, immer noch verwundert. »Wieso bist du in die Scheune gerannt und hast dich auf mich geschmissen, um mich zu retten?«

»Reflex?«

»Du solltest doch eigentlich nach dem Mädchen suchen … Kann es sein, dass du mir nachgegangen bist?«

»Ich bin in die Scheune gekommen, um dich zu holen. Die anderen haben die Kleine gefunden, und es wird höchste Zeit, dass wir von hier verschwinden«, log er, auch wenn er nicht glaubte, dass sie ihm das abkaufte. Anne war einfühlsam und klug, sehr klug sogar, ein verdammtes Genie.

Anne strich ihm mit dem Daumen über die Wange. »Ich glaube, du bist gar nicht so kaltherzig, wie du uns immer glauben machen möchtest. Ich glaube, wir bedeuten dir etwas. Du hast dich um Leah gesorgt und jetzt das.« Sie legte ihre Hand auf seine Brust. »Wir sind in deinem Herzen«, flüsterte sie theatralisch, und Owen wünschte, die Trümmer der Scheune würden ihn endgültig begraben.

»Wie wäre es, wenn wir nicht reden?«, schlug er vor und verlagerte sein Gewicht von einem Arm auf den anderen.

Seine Muskeln begannen bereits zu brennen. »Warten wir einfach auf Hilfe und genießen die Ruhe.«

»Kein guter Vorschlag.« Anne bewegte ihre Schultern ein wenig hin und her, als würden sie schmerzen. »Wenn du mir nicht irgendetwas Interessantes erzählst, sterben wir hier noch vor Langeweile.«

»Hast du eigentlich gar keine Angst, dass wir hier nicht mehr heil rauskommen?«

»Doch. Aber wir können ohnehin nichts dagegen tun. Ob wir hier rauskommen oder nicht, liegt nicht in unseren Händen. Wir können nur warten.«

»Ich hätte nicht gedacht, dass du damit klarkommst, die Kontrolle zu verlieren.«

»Aha! Du hast also über mich nachgedacht.«

Er seufzte. Für sie war das Ganze nichts als eine harmlose Plänkelei. Wenn sie wüsste, wie oft sie in seinen Gedanken auftauchte, und zwar auf nicht sonderlich angenehme Art und Weise, würde sie wohl keine Witze mehr machen.

»Wie ist es bei dir?«, fragte sie unschuldig. »Verlierst du gerne die Kontrolle?«

»Nein.«

»Es kann aufregend sein, sich einfach mal überraschen zu lassen und zu sehen, was passiert.«

Er spürte, wie seine Haut anfing zu prickeln. »Meiner Erfahrung nach nicht.« Er hatte zu oft keinen Einfluss auf sein Leben gehabt, zu oft war alles aus den Fugen geraten, er hatte genug davon, wollte kontrollieren, was sich kontrollieren ließ.

Anne schwieg für gesegnete zwei Minuten, dann hörte

er sie seufzen. »Wie geht's deinen Armen?«, erkundigte sie sich.

Er widerstand dem Drang, erneut seine Position zu verändern, um den Schmerz zu lindern. »Bestens.«

»Tun die Arme noch nicht weh?«

»Nein.«

»Wie du weißt, bin ich nicht zerbrechlich – du kannst dir also ruhig eine Pause gönnen, ich werde schon nicht zerdrückt.«

Der Gedanke, sich einfach auf sie sacken zu lassen, ihr noch näher zu sein, ihre Wärme zu spüren, war zugleich verlockend wie auch beängstigend. »Nicht nötig. Mir geht's gut.«

»Wie du willst. So schnell kommen wir hier bestimmt nicht raus – also tu dir keinen Zwang an. Außerdem – so schwer bist du ja auch nicht. Von Bierbauch noch keine Spur. Soll der nicht ab dreißig kommen?«

Seine Mundwinkel zuckten, als hätten sie ein Eigenleben, und einen Moment lang dachte er an Carol, die dasselbe gesagt hatte. »Steht das auch in irgendeiner Studie?«, wollte er wissen.

»Keine Ahnung, das hab ich irgendwo gehört. Aber vielleicht kommt der Bierbauch ja auch eher mit vierzig. Oder mit fünfzig? Du hast bestimmt noch etwas Zeit.«

»Dann bin ich ja beruhigt.«

»Und wenn uns hier unten die Luft ausgeht, musst du dir über Bierbäuche ohnehin keine Gedanken mehr machen.«

»Kann man dich eigentlich auch mal abschalten?«

Anne zuckte mit den Schultern, so gut ihr das in dieser Position gelang. »Evelyn hat es immer wieder versucht, aber bislang ist es ihr nie gelungen.«

»Evelyn?«

»Meine Pflegemutter.«

Er nickte. Natürlich. Anne war auch im System gewesen.

»Ihr gehört der Pub im Dorf, das Evelyn's, vielleicht bist du dort schon mal vorbeigekommen?«

»Ich gehe nicht oft unter Leute.«

Ein Nicken, das wie so oft mehr ausdrückte als Worte. »Schon komisch, hm? Dass wir beide zusammenarbeiten und beide bei Pflegeeltern groß geworden sind. Ich meine, ich nehme an, dass du auch in einer Pflegefamilie warst, Elvis hat so etwas erwähnt. Komischer Zufall.«

»Ja, komisch.« Nur dass es kein Zufall war, wenn man bedachte, dass sie beide am selben Tag ins System gerutscht waren.

»Wie ist Elvis eigentlich zu seinem Namen gekommen?«, wollte sie wissen, und Owen gab allmählich auf. Er würde sie nie dazu bringen, einfach still zu sein und auf Rettung zu warten. Sie würde ihn so lange löchern, bis er explodierte und Dinge sagte, die nie mehr zurückgenommen werden konnten. Vielleicht sollte er sich auf das Gespräch einlassen und bei Belanglosigkeiten bleiben, die sie zufriedenstellten und ihn in Sicherheit wogen.

»Unsere Mum war ein großer Elvis-Fan«, antwortete er daher und versuchte, den Schmerz zu ignorieren, den die Erinnerung mit sich brachte.

»Eure Mum? Elvis sagte, er hätte den Namen von der Behörde oder von seinen Pflegeeltern bekommen. Nicht von eurer Mutter.«

»Das stimmt.« Er atmete tief durch, überlegte, was er sagen konnte, was er offenbaren wollte und sollte. Vielleicht ließ sie ihn vom Haken, wenn sie einen Teil seiner Geschichte kannte. Er musste ja nicht erwähnen, dass sie eine Rolle dabei gespielt hatte. Mit einem Seufzen verlagerte er das Gewicht und legte sich seitlich auf sie, dann vergewisserte er sich mit einem Blick, dass er ihr nicht zu schwer war. »Ich war acht, als meine Eltern und ich fürs Wochenende ans Meer fuhren«, erzählte er. »Wir hatten dort ein Cottage gemietet. Ich weiß noch, dass ›Fools rush in‹ von Elvis aus den Lautsprechern dröhnte und meine Mum aus voller Kehle mitsang. Dad beschwerte sich und wollte andere Musik einschalten, aber Mum ließ ihn nicht. Sie war schwanger, also lenkte Dad bereitwillig ein. ›Schwangere sollte man besser nicht reizen, merk dir das fürs Leben, mein Sohn‹, sagte er mit einem Blick in den Rückspiegel und grinste. Es war merkwürdig. Das Lachen meiner Eltern, dieser langsame, schnulzige Song und im nächsten Moment ...« Er schluckte, dann schloss er für ein paar Sekunden fest die Augen. »Wir hatten einen Unfall. Irgendein beschissener Alki oder Selbstmörder ist uns in den Wagen gekracht. Dad ... er starb gleich vor Ort, Mum später im Krankenhaus – sie konnten das Baby noch holen, in der vierunddreißigsten Woche. Mum trug eine Kette mit einem Anhänger, den sie hatte, seit sie ein Teenager war. Mein Dad hatte sich oft darüber lustig gemacht, aber sie wollte sich nicht davon trennen. Auf dem Anhänger stand ›I love Elvis‹, daher gaben die Krankenschwestern auf der Frühchenstation meinem kleinen Bruder den Namen Elvis. Und dabei blieb es. Wir hatten keine Großeltern mehr, also kam ich zu einer Pflegefamilie, und Elvis wurde adoptiert. Ein neugeborenes Baby findet leicht neue Eltern, und er hätte es bei Claudia und John wirklich gut haben können, doch als er acht war – genauso alt war ich, als ich Mum und Dad verlor –, da verlor er seine Eltern bei einem Unfall. Ein seltsamer Zufall.«

Anne zog hörbar die Luft ein, und auch Owen spürte, wie seine Augen anfingen zu brennen, wenn er daran dachte, was sein kleiner Bruder hatte durchmachen müssen. Das Schicksal konnte grausam sein, darüber machte er sich keine Illusionen. »Von da an wurde Elvis ebenfalls in Pflegefamilien untergebracht. Schon bald galt er als schwer erziehbar, und viele gaben ihn auf. Zumindest war es das, was ich hörte, denn wir kannten uns überhaupt nicht. Nach seiner Geburt hatten wir uns nie wieder gesehen. Als Elvis vierzehn war, verlor er wieder einmal eine Familie und geriet zunehmend in Schwierigkeiten – Schlägereien, Diebstahl. Ich war zweiundzwanzig, mitten im Studium und erfuhr durch Zufall, dass der Junge, der meinem Bekannten das Handy geklaut hatte, mein Bruder war. Du kannst dir bestimmt vorstellen, was für ein Schock das war. Alles, was uns passiert war, kam zurück, und auch wenn ich es am liebsten geleugnet hätte, war er nun mal …«

»… dein Bruder.« In ihrer Stimme schwang Mitgefühl mit, aber anders als sonst störte es ihn nicht.

»Ja. Ich beschloss, ihn zu mir zu nehmen, und bean-
tragte die Vormundschaft.«

»Deshalb hast du also dein Studium an den Nagel gehängt?«

Er seufzte bei der Erinnerung an den Entschluss, seinen Traum aufzugeben. »Elvis war eine echte Vollzeitauf-
gabe. Ich versuchte alles, um ihn auf der rechten Bahn zu
halten, und nebenher arbeitete ich im Lager eines Supermarkts in der Stadt, um uns zu ernähren. Als es mit Elvis
dann etwas aufwärts ging, begann ich die Ausbildung zum
Sanitäter. Ich wollte schon immer Menschen helfen, wollte
eine medizinische Laufbahn einschlagen, und das war der
Kompromiss.«

Anne legte ihre Hand auf seine Brust, diesmal nicht
spöttisch, sondern tröstend. »Es tut mir so leid.«

Er schüttelte den Kopf und spürte, wie sich sein Bauch
verkrampfte. »Das muss es nicht«, sagte er abwehrend.

»Was war mit dir?«, fragte sie vorsichtig nach. »Hattest
du mit deinen Pflegeeltern Glück?«

»Mehr als Elvis. Tess und Jared kümmerten sich gut
um mich, aber ich war wohl ... nun, ich wollte niemanden an mich ranlassen ... emotional. Für den Fall, dass ihnen auch etwas zustößt. Mit achtzehn zog ich aus und ging
meine eigenen Wege. Wir telefonieren ab und zu, aber im
Grunde haben sie mit meinem Leben nicht viel zu tun.«

»Ich kann verstehen, dass du niemanden mehr an dich
ranlassen wolltest. Aber wenigstens hast du Elvis.«

»Ja.« Seinen Bruder, den er kaum ansehen konnte, ohne
›Fools rush in‹ zu hören, gefolgt vom ohrenbetäubenden

Lärm quietschender Reifen, den Schreien seiner Mutter und dem unter die Haut gehenden Knirschen von reißendem Metall.

»Und du warst immer bei Evelyn?«, versuchte er von sich abzulenken.

Anne nickte. »Ja, ich hatte großes Glück.«

»Und warum warst du im System?« Er kannte zumindest einen Teil der Antwort, aber es interessierte ihn, was nach dem Unfall mit ihr geschehen war. Und vielleicht auch, wie ihre Sicht auf die Dinge von damals war, was genau sie noch wusste oder was man ihr erzählt hatte. Bei seiner ersten Begegnung mit Anne vor zwei Jahren in der Basis der Flugrettung hatte er sie sofort wiedererkannt. Ihr Name auf der Einsatzjacke, das rote Haar, die grünen Augen, das herzförmige Gesicht ... Er hatte keinen Zweifel gehabt und wäre fast umgedreht und nie wieder zurückgekommen. Zuerst hatte er angenommen, dass auch sie noch wusste, wer er war und sich genau wie er erinnern konnte, aber bald schon wurde ihm klar, dass sie keine Ahnung hatte. Wie auch? Sie war noch so klein gewesen.

Unbeschwert wie immer fing Anne an zu erzählen. »Ich kannte meine Mum nicht, sie hat mich verlassen, als ich noch ein Baby war. Also lebte ich bei meinem Vater, bis ich vier war, aber dann kam er ...« Sie schubste ihn leicht an. »Nicht, dass du jetzt Angst bekommst, aber er kam ins Gefängnis.«

Owen versuchte, sich nichts anmerken zu lassen, dabei wagte er kaum noch zu atmen. Gleichzeitig wunderte er sich, dass er keine wirkliche Genugtuung darüber verspürte. »Weißt du, wieso?«, fragte er mit seltsam rauer Stimme.

Anne schüttelte den Kopf. »Ich weiß nicht viel, nur dass er nicht sehr lange im Gefängnis war. Evelyn dachte immer, er würde zurückkommen und mich holen. Aber das tat er nicht.«

Was vermutlich besser war, dachte Owen, zumindest für Anne. Solch einen Menschen brauchte niemand in seinem Leben. Annes Dad war grundlos auf die andere Straßenseite gefahren. Er war ihnen mit irrsinnigem Tempo entgegengekommen, und wäre sein Dad nicht ausgewichen, hätte es wohl einen Frontalcrash gegeben, bei dem auch er und Elvis keine Chance mehr gehabt hätten, genauso wenig wie Anne. Aber so war der andere Wagen genau in die Fahrerseite gekracht, und sie hatten sich in den Straßengraben überschlagen.

Anne und ihrem Dad war nichts passiert, sie hatten nicht mehr als ein paar Kratzer und ein Schleudertrauma davongetragen. Vermutlich hatte der Fahrer unter Alkoholeinfluss gestanden. Owen hatte nie Details darüber erfahren, aber er konnte es sich gut vorstellen. Wieso sonst sollte man auf einer verlassenen Straße plötzlich die Spur wechseln, wie irre beschleunigen und auf einen anderen Wagen zuhalten? Oder war es etwa versuchter Selbstmord gewesen, mit dem Wunsch, andere mit in den Tod zu reißen? Owen wollte es gar nicht genauer wissen. Seine Eltern waren tot, die Gründe dafür spielten keine Rolle. Die würden sie auch nicht wieder zurückbringen.

»Anne?« Rauschen übers Funkgerät und Leahs Stimme.

»Habt ihr uns schon vergessen?«, fragte Anne. Ihre Stimme klang eher belustigt als besorgt.

»Anne, ich muss jetzt zurückfliegen, aber ich komme nach Schichtende sofort wieder her und …«

»Nach Schichtende? Wollt ihr uns so lange hier liegen lassen?«

»Es wird gerade diskutiert, ob sie die Trümmer langsam abtragen, um zu euch zu gelangen, oder ob sie versuchen, einen stabilen Tunnel hindurchzugraben. Ihr seid beim Traktor, oder? Die Besitzer der Farm haben uns gezeigt, wo der ungefähr steht. Wie dem auch sei, so oder so, das wird ziemlich lange dauern, wenn man verhindern will, dass ihr weiter verschüttet werdet.«

Anne sah Owen an, und zum ersten Mal sah er Angst in ihren Augen. »Ähm … okay. Dann … wir warten hier.« Ihre Stimme blieb ganz ruhig.

»Bekommt ihr genug Luft?«

»Es ist staubig, aber nicht zu schlimm. Noch nicht. Leah? Beeilt euch, ja?«

»Klar. Haltet durch.«

Anne schaltete das Funkgerät ab und stieß einen leisen Fluch aus. »Wie war das noch gleich mit meinem unheilbaren Optimismus?«

»Ich habe dir gerade meine tiefsten, dunkelsten Geheimnisse anvertraut, also sag jetzt bitte nicht, dass dein Plan, auf diese Weise mein Innerstes nach außen zu kehren, nicht so aufgeht, wie du es dir vorgestellt hast. Du könntest schon ein bisschen mehr Dankbarkeit zeigen.« Erleichtert sah er, dass das Lächeln auf ihre Lippen zurückkehrte, auch wenn er selbst kaum glauben konnte, dass er gerade versucht hatte, sie aufzuheitern. Eigentlich hatte er alles, was damals passiert war, für sich behalten wollen, nicht einmal Elvis wusste, woher sein Name stammte, und er fragte auch nicht weiter nach, denn er sprach genauso ungern über die Vergangenheit wie Owen. Owen versuchte bewusst, ihm nicht allzu viel zu erzählen, um ihn nicht noch stärker zu belasten. Elvis wusste nur, dass seine richtigen Eltern bei einem Autounfall ums Leben gekommen waren, aber nicht, dass es einen Schuldigen gab, und jetzt, da er Anne kennengelernt hatte, würde er es ihm ganz bestimmt nicht mehr erzählen. Allerdings hatte er Anne einen Teil davon anvertraut, ausgerechnet Anne, und das Seltsame war, dass er Erleichterung verspürte. Als würde ihm eine Last von den Schultern fallen, was komisch war, wenn man bedachte, dass eine ganze Scheune auf ihm lag.

»Danke, Owen«, sagte sie leise. Jeglicher Spott war aus ihrer Stimme gewichen. »Du hast mir das Leben gerettet.«

»Du hattest Glück, dass du neben dem Traktor standest, du hättest es bestimmt auch ohne mich geschafft.«

»Vielleicht. Aber die Zeit hier unten würde ich ohne dich nicht überstehen. Allein begraben unter Trümmern … Ich bin froh, dass du hier bist, auch wenn das sehr egoistisch von mir ist.«

»Du bist wohl der am wenigsten egoistische Mensch, den ich kenne.«

»Dann kennst du mich nicht gut.«

Besser als du dich selbst, hätte er beinahe erwidert, aber

er schwieg und sah sie nur an. Er spürte, wie etwas in ihm anfing zu schmelzen, dieser harte Eisklotz um sein Herz. Ohne es bewusst zu wollen, schob er den Arm unter sie und zog sie an sich heran. Anne vergrub ihren Kopf in seiner Jacke, und er streichelte ihr durchs Haar. Es war wohl das Dümmste, was er je getan hatte, aber hier unten fühlte es sich verdammt gut und richtig an.

*

Evelyn schob die Bilderrahmen im langen, lichtdurchfluteten Korridor gerade und betrachtete die Menschen, die ihr daraus entgegenblickten. Es waren fröhliche Gesichter, deren Augen verrieten, dass sie am Abgrund gestanden, aber überlebt hatten.

Evelyn erinnerte sich an die Geschichte eines jeden Einzelnen, keine war gleich, jeder hatte ein anderes Schicksal erlebt. Manche von ihnen schickten ihr Fotos aus ihrem neuen Leben, aus dem Urlaub, von ihrem neuen Zuhause, ihrer Familie, um sich zu bedanken. Dabei war Evelyn es, die diesen Menschen dankbar war. Es gab ihr Kraft, ihnen zu helfen, nachdem sie einst, als es darauf angekommen war, unfähig gewesen war, etwas zu tun. Sie erinnerte sich noch zu gut an das dunkle Loch, in das sie gefallen war und aus dem Anne sie herausgeholt hatte. Dieses kleine fröhliche Mädchen, dem nichts, was es erlebt hatte, etwas anhaben konnte.

»Entschuldigen Sie?«

Evelyn blickte auf und sah einen Mann Mitte fünf-

zig durch den Korridor zwischen den großen Fenster-
flächen auf sie zukommen. Die Spotleuchten mit ihrem
weißen Licht betonten das Grau in seinem dunklen Haar
und in seinem kurz gehaltenen Bart. Er war hochgewach-
sen und kräftig, wie ein Sportler, der viel Krafttraining
machte. Seine Kleidung hingegen war alles andere als
sportlich, mit der schwarzen Hose und dem beigefarbenen Hemd sah er eher aus, als hätte er einen Termin bei
der Bank.

»Kann ich Ihnen helfen?« Sie rückte noch ein letztes
Bild zurecht und drehte sich mit einem Lächeln zu ihm
um.

»Sind Sie Mrs Evelyn Meyers?«

Sie streckte ihm ihre Hand entgegen. »Nur auf den Steu-
erunterlagen. Ansonsten bin ich einfach nur Evelyn.«

Der Mann schlug ein, er hatte einen festen, fast schon
schmerzhaften Griff. Sein Blick war fragend, abwartend,
als wüsste er nicht recht, was er sagen sollte oder was er
überhaupt hier machte. Evelyn fiel eine lange Narbe auf
seiner rechten Wange auf, die die Bartstoppeln nicht verdecken konnten. Sie verlieh ihm etwas Raues, Gezeichnetes und machte ihn noch attraktiver. Evelyn war alleinste-
hend, sie durfte so etwas bemerken.

»Sind Sie hier, um einen Termin zu vereinbaren?« Sie
wies zum Büro gleich neben der Eingangshalle. »Für Neu-
linge empfehle ich eine Einzelstunde, in denen Sie mir einfach ein wenig über sich erzählen, danach sind die Grup-
pentreffen am zielführendsten. Sie werden sehen – wir
haben einen engen Zusammenhalt, und Sie finden hier

nicht nur Unterstützung, sondern auch Freunde fürs Leben, wenn Sie sich dafür öffnen.«

Der Mann zog seine Hand zurück und strich sich mit einem etwas gequälten Gesichtsausdruck über den Nacken. Seine dunklen Augen zeigten tiefe Abgründe, doch das erschreckte Evelyn nicht. Sie hatte schon viel zu häufig hineingeblickt. »Ähm … danke. Ich wusste nicht, ob ich hier überhaupt jemanden antreffe am Sonntag. Ich wollte einfach nur mal vorbeischauen und mir alles ansehen.«

»Ach, hier treffen Sie eigentlich immer jemanden an – wenn nicht mich, dann einen von unseren Beratern. Unsere Türen stehen immer offen, und wenn Sie Hilfe brauchen, erreichen Sie uns auch telefonisch, und zwar rund um die Uhr. Aber vielleicht verraten Sie mir erst mal Ihren Namen.«

»Oh, natürlich. Ich bin … Seth.«

»Es freut mich sehr, Sie kennenzulernen, Seth. Wieso kommen Sie nicht einfach morgen früh vorbei, und wir reden ein wenig miteinander?«

Er nickte und sah sie ein wenig hilflos an, fast als hätte er den Faden verloren oder als wollte er etwas sagen, konnte sich aber nicht dazu durchringen.

Evelyn war klar, dass er in keiner guten Gemütsverfassung war und offensichtlich dringend Hilfe brauchte. »Wissen Sie was?«, schlug sie daher vor. »Wieso setzen wir uns nicht gleich jetzt zusammen? Erzählen Sie mir einfach, warum Sie hier sind und wie wir Ihnen helfen können.«

»Ich will Sie nicht aufhalten.«

Evelyn lachte und deutete aus dem Fenster. »Was sollte ich schon machen, während draußen ein Sturm tobt? Sogar den Pub habe ich geschlossen, damit niemand auf den Gedanken kommt, dem Wetter für meinen berühmten Sunday Roast zu trotzen. Kommen Sie mit.« Sie setzte sich in Bewegung, und Seth schloss zu ihr auf, seine kräftige Gestalt wirkte wie ein gewaltiger Schatten. Anne machte sich oft Sorgen um Evelyn und beschwor sie ein ums andere Mal, sie solle einen Notfallpager oder Pfefferspray bei sich tragen. Ständig offene Türen und Menschen mit Suchtproblemen könnten ihr eines Tages gefährlich werden, meinte sie, aber Evelyn hatte Vertrauen. Außerdem war sie hier nie allein, viele der Büros und Gesprächsräume waren besetzt. Allerdings musste sie zugeben, dass sie sich an Seths Seite tatsächlich ein wenig klein und hilflos vorkam – ein Gefühl, das während ihrer Ehe ihr ständiger Begleiter gewesen und ihr somit längst vertraut war.

»Kommen Sie aus der Gegend?«, fragte sie fröhlich, um dem Mann das Gefühl zu geben, ihr vertrauen und sich öffnen zu können.

»Ich bin vor Kurzem hierhergezogen.«

»Mit Ihrer Familie?«

Er schüttelte den Kopf. »Ich habe keine Familie.«

Das war keine Seltenheit. Menschen, die an einer Sucht erkrankten, verloren oft alles, was ihnen lieb und teuer war. Aber viele schafften es auch, den Weg zurückzufinden.

»Nun, wir können Ihnen zwar keine Familie geben, aber zumindest Freunde.« Sie lächelte ihn aufmunternd an. In dem Augenblick begann ihr Handy in der Hosentasche zu vibrieren.

»Bitte entschuldigen Sie mich einen Augenblick.« Sie trat ein wenig zurück, nicht willens, das Gespräch wegzudrücken, schließlich könnte jemand in Not sein.

Sie blickte aufs Display, auf dem »Leah« stand, und ohne dass sie wusste, warum, lief es ihr kalt den Rücken hinunter. Leah hatte heute Dienst, genau wie Anne, und während der Arbeit hörte Evelyn eigentlich nie von ihren Mädels.

»Leah, Darling, was gibt es?«, erkundigte sie sich betont munter, als könnte sie so schlechten Nachrichten vorbeugen. »Hast du nicht Dienst mit Anne?« Bei diesem Sturm. Mit dem Hubschrauber. Draußen unterwegs. Evelyn spürte, wie sich ihr Magen nervös zusammenzog.

»Evelyn …« Diesem einen Wort war alles anzuhören, und sie streckte instinktiv den Arm aus, um sich an der Wand abzustützen.

»Was ist passiert?«

Leah erzählte etwas von einer Scheune, einem Baum und einem Einsturz, das überhaupt keinen Sinn machte. Was hatte Anne in einer Scheune zu suchen? Ihr Job war es, Verletzte zu versorgen. Das musste ein Irrtum sein.

»Wir holen sie raus, Evelyn, das verspreche ich dir. Owen ist bei ihr, sie klingt ganz okay, und die Feuerwehr weiß, was sie tut. Ich bin jetzt zurück auf der Basis, aber nach der Schicht fahre ich ins Camp Evermore in der Nähe von Manorbier. Wenn du möchtest, kann ich dich mitnehmen.«

»Ich … ja … ich …« Sie konnte nicht mehr richtig denken, sie sah nur ihr Mädchen, ihre Tochter, unter all den Trümmern begraben. Leahs Schicht ging bis acht Uhr abends, vielleicht auch länger, wenn noch ein Einsatz reinkam. Jetzt war es gerade mal halb vier. Wie sollte sie so lange hier herumsitzen, ohne zu wissen, was geschah und ob es Anne gut ging?

»Danke, Leah. Ich … ich fahre sofort hin.«

»Okay, dann sehen wir uns später dort. Sie schafft das, Evelyn.«

Evelyn drückte das Gespräch weg, in ihrem Kopf begann sich alles zu drehen. Wie sollte sie nach Manorbier kommen? Sie hatte kein Auto. Gab es einen Zug oder Bus, der dorthin fuhr? Sie begann bereits online nach Verbindungen zu suchen, als ein Schatten auf sie fiel.

»Alles in Ordnung?«

Erschrocken zuckte Evelyn zusammen. Sie hatte Seth ganz vergessen. »Oh, es tut mir so leid.« Ihre Stimme klang fremd, zittrig. »Ich fürchte, ich habe nun doch keine Zeit, meine Tochter ist … Es gab einen Unfall, und ich muss dringend zu ihr. Bitte entschuldigen Sie, ich kann Theresa rufen, sie hat bestimmt Zeit und wird sich um Sie kümmern, ich muss nur …« Sie tippte Manorbier in das Eingabefeld der Zugverbindungen und überlegte, wie sie vom Bahnhof zu dem Camp auf der Farm kommen sollte.

Seth warf einen Blick auf ihren Handybildschirm. »Ihre Tochter ist in Manorbier?«

»Ja, zumindest irgendwo in der Gegend, ich … ich muss jetzt auch gleich los.« Der Zug brauchte zwei Stunden von

Fyrddin nach Manorbier, aber zuerst musste sie mal zum Bahnhof nach Fyrddin kommen, der war zweieinhalb Meilen von ihrem Büro im Vorort Lliedi entfernt. Natürlich. Ein Taxi. Sie tippte bereits den Suchbegriff »Taxiunternehmen« ein, als Seth unvermittelt seine große Hand aufs Display legte.

»Kommen Sie, ich fahre Sie.«

Evelyns Kopf fuhr hoch, überrascht starrte sie ihn an. »Wie bitte?«

»Wo müssen Sie hin?«

Ihre Gedanken rasten. »Nach Fyrddin. Zum Bahnhof, ich …«

»Nein, ich meine nicht den Bahnhof. Wohin müssen Sie genau? Ihre Tochter ist in der Nähe von Manorbier? Wenn Sie mir sagen, wo genau, fahre ich Sie.«

»Aber Sie kennen mich doch gar nicht, wieso sollten Sie das tun? Sie haben bestimmt etwas anderes vor.«

»Sie waren doch gerade bereit, alles stehen und liegen zu lassen, um mir zu helfen.«

»Das ist mein Job, ich …«

»Hören Sie, Evelyn, ich habe ein Auto, Sie brauchen eine Fahrgelegenheit. Es ist offensichtlich, dass etwas Schlimmes passiert ist, also nehmen Sie meine Hilfe doch bitte einfach an.«

Evelyn spürte einen Teil ihrer Sorgen schwinden und war heilfroh, dass sie auf diese Weise so schnell wie möglich zu ihrer Tochter gelangen konnte, aber als Seth den Gang hinunter wies, hörte sie plötzlich Annes Stimme, die sie ermahnte, auf alle Fälle Pfefferspray einzustecken.

»Sie sind aber kein Serienmörder, oder?«

Seine Mundwinkel hoben sich zu einem Lächeln, verwandelten sein vom Schmerz gezeichnetes Gesicht in das eines ausgesprochen gut aussehenden Mannes, was sie für einen Moment aus der Fassung brachte. Es war immer wieder erstaunlich, wie seelischer Kummer einen Menschen verändern konnte.

»Nicht heute«, scherzte er, doch ihre Unschlüssigkeit entging ihm nicht. Sie sah ihm intensiv in die Augen, um zu überprüfen, ob er unter dem Einfluss irgendwelcher Substanzen stand, schließlich hatte sie nach all den vielen Jahren Erfahrungen damit.

Er lächelte. »Keine Sorge, ich bin clean und fahrtüchtig, sonst würde ich Ihnen nicht anbieten, Sie zu Ihrer Tochter zu bringen.« Er fasste sie sanft am Arm und zog sie Richtung Tür. »Kommen Sie, nutzen wir die Fahrt einfach für eine erste Sitzung, das lenkt Sie bestimmt ab.«

Seth führte sie zu einem unscheinbaren roten Kleinwagen, der dem Aussehen nach schon einige Jahre auf dem Buckel hatte und an den Kotflügeln rostete. Er bedeutete ihr einzusteigen, und Evelyn zögerte nur einen winzigen Augenblick lang, dann ließ sie sich auf den durchgesessenen Polstersitz fallen und schob mit ihren Pumps leere Einweg-Kaffeebecher zur Seite.

Seth parkte aus und fuhr auf die gespenstisch verlassene Hauptstraße, hinaus aus dem Dorf. Die Bäume bogen sich bedenklich in den orkanartigen Böen, und Evelyn betete, dass sie nicht auch noch Opfer des Sturms werden würden.

Obwohl sie sich alle Mühe gab, sich ihre Anspannung nicht anmerken zu lassen, merkte sie, wie sie nervös die Hände knetete und den Müll zu ihren Füßen immer wieder hin und her schob.

»Proviant hätten wir ja schon einmal«, versuchte sie zu scherzen, um ihr rasendes Herz zu beruhigen, und hob ein halbes, in Plastikfolie verpacktes Sandwich auf.

»Ähm, ja ...« Seth sah sich zerknirscht im Auto um. »Ich sollte wohl mal aufräumen.«

»Haben Sie das je gemacht, seit das Auto gebaut wurde?«, fragte sie und blickte angestrengt durch die schlierige Windschutzscheibe.

»Ehrlich gesagt, habe ich den Wagen noch nicht lange, ich habe ihn so übernommen.« Er wies auf die Pappbecher und Take-away-Packungen. »Die da sind von mir, der Rest nicht. Ich hatte noch keine Zeit, richtig sauber zu machen, weil ich auf Arbeits- und Wohnungssuche war.«

Evelyn horchte auf. Sie war gerade dabei, ihr Suchthilfezentrum um ein Arbeitsprogramm zu erweitern. Zu diesem Zweck hatte sie bereits Kontakt zu verschiedenen Baufirmen aufgenommen, die Menschen wie Seth die Chance gaben, wieder ins Berufsleben einzusteigen. Auf dem Bau gab es immer Arbeit, sie hatte auch schon Bürotätigkeiten und Reinigungskräfte vermitteln können.

»Waren Sie erfolgreich?«, fragte sie, froh darüber, sich durch Seth von ihren nagenden Sorgen ablenken zu können.

Sie folgten einer schmalen, von Buschwerk und Steinmauern gesäumten Straße, die ihr das Gefühl gab, vom

Rest der Welt abgeschottet zu sein. Besonders, da ihnen kaum ein anderes Auto begegnete.

»Ja, zumindest was die Arbeit betrifft. Das mit der Wohnungssuche stellt sich als schwieriger heraus.«

Evelyn sah sich noch einmal im Auto um. Ihr Blick fiel auf eine zusammengeknüllte Decke und ein Kissen auf der Rückbank. Die Erkenntnis traf sie wie ein Schlag in den Magen. »Sie leben in Ihrem Auto.«

»Vorübergehend.«

Eigentlich dürfte sie nicht so schockiert sein, sie traf täglich auf schwere Schicksale, aber mitten im fahrbaren Wohnraum eines potenziellen Klienten zu sitzen, in einer für sie ohnehin schon angespannten Situation, ließ ihre Professionalität ein wenig bröckeln. Ein Gutes hatte es zumindest, denn ihr Helfer-Modus schaltete sich ein, und damit schwand die Angst um ihre Tochter, zumindest ein klein wenig. »Sie müssen morgen unbedingt zu mir ins Büro kommen, Sie werden sehen, wir finden für Sie in null Komma nichts eine Wohnung. Wo arbeiten Sie denn?«

»Im Baumarkt im Industriepark. Ich bin nur Lagerarbeiter, aber es ist besser als nichts, und wer weiß, was sich noch ergibt.«

»Da haben Sie recht.«

Er nickte nur und schaltete die Scheibenwischer ein, um Blätter und Zweige, die ihnen der Wind entgegenschleuderte, zu beseitigen. Außerdem hatte es wieder angefangen zu nieseln. Das würde ein langer Weg werden. Es gab keine Autobahn in den Westen von Wales, die, die London mit Wales verband, endete bei Fyrddin, und von dort aus führte nur eine Landstraße weiter.

Evelyn überlegte, ob sie ihn über seine Ausbildung und Berufserfahrungen fragen sollte, um eventuell etwas für ihn zu finden, das ihn mit mehr Begeisterung erfüllte, aber für den Moment war es wohl genug. Zunächst einmal war es wichtig, dass er ein Dach über den Kopf bekam.

»Wissen Sie Genaueres über Ihre Tochter?«, brach Seth das Schweigen, und sofort stürzte die Welle der Panik wieder über ihr zusammen. Sie atmete tief ein und schloss einen Moment lang die Augen, um die Bilder von ihrer verschütteten Annie zu verbannen.

»Nicht viel. Ihre Kollegin hat mich angerufen. Sie hat mir mitgeteilt, dass Anne und ihr Partner bei einem Einsatz verschüttet wurden. Anscheinend ist eine Scheune über den beiden zusammengebrochen. Laut der Kollegin geht es ihnen gut, es dauert wohl nur recht lange, bis man sie dort herausholen kann. Die beiden arbeiten bei der Flugrettung.«

Er sagte nichts und schien sich ganz auf die Straße zu konzentrieren, doch für Evelyn wurde die Stille bald unerträglich.

Schließlich atmete er hörbar ein. »Sie müssen sehr stolz auf Ihre Tochter sein.«

»Oh, das bin ich. Sie war immer schon wahnsinnig klug, schon als ganz kleines Mädchen – klüger als ich, was manchmal sogar etwas beängstigend war.«

Er lachte kurz auf. »Ja, genau.«

Verwirrt sah sie ihn an. »Sie haben Erfahrung damit?«

Er warf ihr einen gequälten Blick zu, als hätte sie ihren Finger auf etwas sehr Schmerzhaftes gelegt, dann sah er wieder nach vorne und schüttelte den Kopf. »Nein, ich … ich kann mir das nur gut vorstellen.«

Evelyn ließ sich im Sitz zurücksinken und hielt sich davon ab, ihre Hände im Schoß zu kneten. »Ihr darf nichts passieren.« Aus dem Augenwinkel bemerkte sie, dass Seth ihr einen weiteren Blick zuwarf.

»Ihre Tochter hat großes Glück, eine Mutter zu haben, die sie so sehr liebt.«

Evelyn stiegen Tränen in die Augen. Sie blinzelte. »*Ich* habe Glück, sie zur Tochter zu haben. Eigentlich kam sie nur vorübergehend zur Pflege zu mir. Nach dem Tod meines Mannes machte ich eine Ausbildung zur Pflegemutter, und bald darauf kam Anne zu mir, sie war erst vier. Ihr Vater sollte sie später wieder zu sich nehmen, und ich gestehe, dass ich den Tag fürchtete, an dem ich sie wieder hergeben müsste. Sie stahl mir schon am ersten Tag mein Herz. Aber die Zeit verstrich, ohne dass wir etwas von ihm hörten, und obwohl ich einerseits traurig war, dass Anne nun ohne Vater aufwachsen musste, war ich um meiner selbst willen auch sehr froh darüber.«

Sie sah, wie sich Seths Kiefer anspannte – vielleicht wurden Erinnerungen an seine eigene Familie wach, die er offensichtlich verloren hatte.

»Sie war bestimmt besser dran mit Ihnen als mit einem lausigen Vater.«

Evelyn zuckte mit den Schultern. »Vielleicht. Ich weiß zu wenig über ihn, um mir ein Urteil bilden zu können.

Aber das ist auch egal. Jetzt hoffe ich einfach nur, dass Anne nichts passiert.«

»Ja, ich auch.« Seth kniff die Augen zusammen und konzentrierte sich auf die schmale Landstraße.

*

»Wie geht's deinem Bein?« Anne wollte sich nicht bewegen. Sie lag sicher und geborgen in Owens Armen und hatte Angst, dass er sie loslassen könnte.

»Alles okay.«

Sie glaubte ihm nicht. Immer wieder hatte sie gehört, wie er den Atem anhielt, um ja keinen Schmerzenslaut von sich zu geben, wenn er versuchte, sein Bein aus den Trümmern zu befreien. Jetzt hatte er aufgegeben und lag einfach nur still da. Sie wusste nicht, wie lange sie schon hier unten eingesperrt waren, sie hatte jegliches Zeitgefühl verloren. Die Feuerwehrleute hatten ihnen über Funk mitgeteilt, dass sie anfingen, die Trümmer abzutragen, aber da sie äußerste Vorsicht walten ließen, war das ein langwieriger Prozess. Anne hörte das Geräusch von Motoren – offenbar war schwereres Gerät im Einsatz –, aber es kam ihr weit weg vor. Sie hatte Hunger und Durst, und ihre Brust schmerzte. Außerdem wurde es immer stickiger, und sie hatte den Eindruck, dass ihnen langsam die Luft ausging.

»Ist bei dir alles okay?« Seine Hand strich durch ihr Haar, das sich längst aus dem Knoten gelöst hatte. Sie wusste nicht, wieso er das tat, vielleicht handelte es sich um einen Reflex, um sie zu beruhigen, so, wie er es bei den Patienten tat, denn sonderlich viel Sympathie hatte er ihr in der Welt jenseits dieses Trümmerhaufens nie entgegengebracht. Die Kälte des Betonbodens drang durch ihre Kleidung bis in die Knochen, und sie drückte sich noch enger an ihn, um sich zu wärmen. Sie spürte, wie sie zunehmend müder wurde und alles wie durch einen Schleier hindurch wahrnahm.

»Anne?« Ein weiteres Streicheln. Anne zwang sich zu einem Nicken.

»Es geht mir gut. Nur die Luft ist etwas dünn.«

Er sah sie fragend an und strich mit den Händen über ihren Rücken, wie um sie zu wärmen. Anne atmete seinen Duft ein. Owen roch nach Seife, vermischt mit dem Geruch nach Heu und dem Waschmittel seiner Rettungsjacke. Sie spürte das regelmäßige Klopfen seines Herzens, die Wärme seines Körpers, den Trost seiner Nähe. Der Klang seines ruhigen, steten Atmens lullte sie ein, sie fühlte sich, als würde sie schweben. Seine Finger glitten ganz langsam in ihren Nacken, fuhren auf und ab. Anne hätte ewig so liegen bleiben und einfach nur davondriften können. Hätte ihr jemand gesagt, wie geborgen sie sich in Owens Umarmung fühlte – sie hätte wohl den Lachanfall ihres Lebens bekommen. Aber jetzt verstand sie ihn besser. Er hatte seine Geschichte mit ihr geteilt, nicht ganz freiwillig, das musste sie zugeben. Trotzdem war sie überrascht und auch dankbar, wie willig er ihr plötzlich seine Vergangenheit anvertraut hatte. Sie würde ihn bestimmt nie wieder aufziehen. Wenn er seine Ruhe wollte, würde sie sie ihm lassen, aber sie hoffte, dass er nach ihren gemeinsamen Stunden hier unten ihre Freundschaft annehmen würde. Vorausgesetzt, sie überlebten.

»Anne? Annie, kannst du mich hören?«

Anne brauchte einen Augenblick, um aus dem kuschelig warmen Nebel in die kalte, harte Realität zurückzukehren und zu erkennen, dass es Evelyns Stimme war, die da aus dem Funkgerät drang.

»Meine Mutter«, keuchte sie atemlos und zog das Funkgerät an sich heran.

»Mum?« Sie nannte Evelyn nicht oft so, aber gerade spürte sie, wie sehr sie ihre Mutter brauchte. Genau wie damals, wenn sie mit Grippe im Bett lag und Evelyn neben ihr saß, ihr Tee einflößte und Geschichten vorlas. Allein der Klang ihrer Stimme verwandelte sie wieder in ein kleines, verwundbares Mädchen.

»Oh, Liebling, geht es dir gut? Hast du Schmerzen?«

Sie kämpfte gegen den Kloß in ihrer Kehle an und stieß mit erstickter Stimme hervor: »Ich ... mir geht's gut.«

»Was machst du nur für Sachen?«

Anne unterdrückte ein Schluchzen und wusste nicht, was sie antworten sollte.

»Anne, bist du noch da?«

»Ja, Mum. Wie sieht's da draußen aus?«, fragte sie so unbekümmert wie möglich, um Evelyn nicht noch mehr zu sorgen.

Eine Pause, die nichts Gutes verhieß. »Sie arbeiten auf Hochtouren, bald seid ihr befreit. Keine Sorge, ich mache ihnen schon Feuer unterm Hintern.«

Das konnte sie sich bildlich vorstellen. »Danke, dass du gekommen bist.«

»Selbstverständlich! Und wenn du draußen bist, ziehst du für ein paar Tage zurück nach Hause und lässt dich von mir pflegen.«

Das hörte sich wahnsinnig gut an. »Okay, Mum.« Die Luft unter dem Trümmerberg wurde immer stickiger, jeder Atemzug war anstrengend, und dazu kam noch der Staub. Sie hustete. Hoffentlich würden sie bald befreit werden, denn sosehr sie sich auch dagegen wehrte, spürte sie doch, wie sich langsam, aber sicher Platzangst in ihr breitmachte. Wenn sie doch nur mehr Luft bekäme!

»Alles wird gut, vergiss das nicht, Annie«, hörte sie ihre Mutter sagen. »Ich melde mich wieder, mein Liebling. Bleib stark.«

»Das werde ich.« Anne ließ das Funkgerät los und sackte mit einem Stöhnen zurück.

»Evelyn ist hier?«, fragte Owen. Sie war dankbar, dass er mit ihr sprach, denn allein unter der eingestürzten Scheune begraben zu sein, wäre noch sehr viel schrecklicher gewesen.

»Ja, das war Evelyn. Meine Mum.« Noch ehe sie ausgesprochen hatte, ging ihr auf, dass niemand für Owen hier war. Anne hatte Leah und ihre Mutter, aber Owen war allein. Wusste Elvis von dem Unfall? Würde er herkommen, wenn er davon hörte?

»Sie klingt nett.«

Anne hustete erneut. »Das ist sie.« Sehnsucht machte sich in ihr breit, Sehnsucht nach ihrer Mum und Schuldgefühle, weil sie ihr solche Sorgen bereitete, und auch eine immer stärker werdende Angst, die sie sich vor Owen nicht anmerken lassen wollte.

Sie schloss wieder die Augen und versuchte, gleichmäßig zu atmen, aber das immer wieder einsetzende Husten ließ sie nicht zur Ruhe kommen.

Owen richtete sich ein wenig auf.

»Deine Atemgeräusche klingen auffällig.«

Er sprach in einem Ton, als hätte er einen Patienten vor sich, aber sie hörte das leichte Zittern in seiner Stimme.

Anne seufzte, was auch schon anstrengend war. »Ich glaube, es wird hier unten immer stickiger.«

»Nein.« Er bewegte sich vorsichtig hin und her, um nicht an die Trümmer zu stoßen, dann zog er etwas aus seiner Jackentasche. Im nächsten Moment öffnete er bereits den Reißverschluss ihrer Jacke.

Anne schnappte nach Luft, als die Kälte eindrang, aber Owen ignorierte ihren leisen Protest und setzte das Stethoskop auf.

»Was machst du da? Mir geht's gut!«

»Sch.« Sein Gesicht war knapp über ihrem, sie sah seine konzentriert ins Leere blickenden Augen, während er durch ihre Kleidung hindurch versuchte, sie abzuhören.

Ein Fluch kam ihm über die Lippen. »Anne, das klingt nicht gut.«

Sie verstand nicht, was er meinte, irgendwie kam ihr alles weit weg vor.

Owen legte das Stethoskop neben sich ab, veränderte ein wenig seine Position, und im nächsten Moment berührten seine Hände ihre Seiten, glitten unter ihren dünnen Pullover und strichen über ihre Rippen. Seine Finger waren kalt. Anne hielt den Atem an, während er sie routiniert abtastete. Sie begann zu ahnen, was das Problem war, und spürte, wie ihr erneut der Hals eng wurde.

»Tut es irgendwo weh? Deine Rippen?«

»Nirgends, wo du mich berührst. Aber innen drinnen. Es sticht auf der rechten Seite in meiner Brust. Owen, bitte sag mir, dass es nicht das ist, was ich vermute.«

Seine Hände hielten inne, er sah sie an. »Bald sind wir draußen.«

Sie schloss die Augen und spürte die Angst wie eiskalte Finger ihren Nacken hinuntergleiten. Sie hatte einen Pneumothorax. Luft war in den Bereich zwischen Lunge und Brustwand gelangt, und nun konnte sich der Lungenflügel nicht mehr zur Gänze aufblähen, im schlimmsten Fall könnte er komplett in sich zusammenfallen. Sie überlegte, wie es dazu hatte kommen können. Sie war mit dem Rücken auf das Eisengestell des Mähdreschers geprallt, als Owen sie umgestoßen hatte, daran musste es liegen. Vermutlich war dabei ein Lungenbläschen geplatzt, oder das Lungengewebe hatte einen Riss abbekommen.

»Anne …« Owen nahm ihr Gesicht in seine Hände, was sie so überraschte, dass sie die Augen wieder öffnete und ihn ansah. »Der Pneu ist noch nicht zu schlimm, vielleicht wird er auch gar nicht größer. Bislang liegt alles im grünen Bereich. Im Krankenhaus würdest du wohl nicht mal eine Thoraxdrainage brauchen.«

»Willst du mich nur beruhigen, oder meinst du das ernst?«

»Ich lüge dich nicht an. Du weißt selbst, zu was der Körper fähig ist. Wie viele werden mit einem so kleinen Pneu nach Hause geschickt, weil die Luft von selbst wieder absorbiert wird?«

Wenn der Pneu so klein wäre, wie Owen sagte, hätte er ihn beim Abhören gar nicht erst erkennen dürfen. Sie musste auf der rechten Seite schwache oder gar keine Atemgeräusche mehr haben, sonst hätte er seine Diagnose nicht stellen können. Und das bedeutete wiederum, dass das alles nicht so harmlos war, wie er ihr weismachen wollte. Beim Pneumothorax gelangte mit jedem Einatmen Luft in den Pleuraspalt, die beim Ausatmen wieder entwich. Aber wenn sich jetzt ein Ventilmechanismus entwickelte und nur noch Luft eindrang und beim Ausatmen nicht mehr rauskonnte, kam immer mehr Luft in den Pleuraspalt, und dann entwickelte sich ein potenziell tödlicher Spannungspneumothorax.

Plötzlich wurde sie von einem trockenen Husten geschüttelt, der sich zu einem Hustenanfall auswuchs, und spürte Panik in sich aufsteigen. Wenn sie tatsächlich einen Spannungspneumothorax hatte, würde sie hier nicht mehr lebend rauskommen. Sie musste handeln, und zwar sofort.

»Du hast nicht zufällig ein Skalpell dabei und vielleicht einen Strohhalm? Oder einen Kugelschreiber?«, fragte sie Owen verzweifelt.

»Hör auf damit, Anne. Ich dachte, du wärst ein positiver Mensch!«

»Nicht, wenn ich nicht weiß, was in meinem Körper vor sich geht.«

»Du weißt es nicht, aber ich weiß es. Du wirst ein paar Wochen lang husten und dich schlapp fühlen, und vielleicht hast du auch Schmerzen, aber das ist alles.«

»Owen, ich muss dir erklären, wie man eine Thoraxdrainage legt. Solange ich noch kann. Du hast ganz bestimmt eine scharfe Schere bei dir und eine Stifthülle ...«

»Schluss damit, sofort!«

Der Gedanke, ohne Narkose eine Thoraxdrainage gelegt zu bekommen, ließ sie vor Angst zittern. Sie erinnerte sich noch an die Aussage des Oberarztes, als sie in der Ausbildung gewesen war. »Eine Thoraxdrainage tut weh wie Sau.« Und das mit den besten medizinischen Mitteln.

Sie dagegen lag hier unten im Dreck, und die einzige Möglichkeit, mit dem Leben davonzukommen, bestand womöglich darin, sich ohne Narkose die Brust aufschneiden zu lassen. »Owen, bei einem Spannungspneumothorax bin ich innerhalb weniger Minuten tot. Du musst mir die Stifthülle einfach mit voller Kraft in den Brustraum jagen, aber ...« Sie blickte verzweifelt auf die über ihnen liegenden Trümmer. »Du kannst hier nicht weit genug ausholen. Vielleicht ist es besser, du öffnest den Brustraum mit einem Messer, ich habe dann zwar einen normalen Pneumothorax, aber der ist nicht lebensgefährlich und kann dann immer noch ...«

»Annie!« Owen schüttelte sie leicht, um zu verhindern, dass ihre Panik überhandnahm. Hatte er sie gerade wirklich Annie genannt?

135

»Wir kommen rechtzeitig hier raus, du hast keinen Spannungspneumothorax, und selbst wenn sich einer entwickelt, weiß ich, was ich zu tun habe.« Er klang so sicher, dass sie ihm jedes Wort glaubte. »Ich lasse dich nicht sterben, hörst du mich? Du bist nicht allein hier unten, und ich lasse dich nicht sterben.«

Anne wusste nicht, was sie sagen sollte, daher nickte sie nur und spürte, wir ihr die Tränen über die Schläfen rannen. Owen wischte sie behutsam weg, dann nahm er das Funkgerät.

»Hey, hier spricht Owen Baines, kann mich jemand hören?«

Die männliche Stimme, die ihnen vorhin das Update gegeben hatte, antwortete. »Ja, hier ist Clark von der Feuerwehr. Alles klar bei euch?«

»Meine Kollegin Anne hat einen Pneumothorax auf der rechten Seite, also wir wären euch sehr verbunden, wenn ihr uns bald hier rausholen könntet.«

»Rettungskräfte stehen bereit, um euch in Empfang zu nehmen, wir sind gleich bei euch.«

Owen ließ das Funkgerät los und sah auf sie hinab, etwas Drohendes lag in seiner Stimme. »Komm mir nur ja nicht auf die Idee, hier irgendetwas Dämliches abzuziehen, hast du mich verstanden? Du atmest ruhig weiter, wir sind so gut wie draußen. Atme ja weiter.«

Kapitel 3

Evelyn starrte den Bagger an, die vielen Menschen, die die Trümmer abtrugen, ohne dass sie Fortschritte zu machen schienen, und spürte ihre Hoffnung schwinden. Inzwischen war es Nacht, blendend helle Flutlichter erhellten das Areal rund um die eingestürzte Scheune. Wie lange konnte Anne mit ihren Lungenproblemen da unten aushalten? Niemand war bereit, ihr in Ruhe zu erklären, was all das bedeutete, alle schienen ihr hektisch und kopflos, was nicht unbedingt half, sie zu beruhigen.

»Sie sollten etwas trinken«, hörte sie eine Stimme sagen und drehte sich um. Seth war unbemerkt hinter sie getreten und streckte ihr eine Tasse dampfenden Tee entgegen. Evelyn sah, dass zwei Frauen, die zur Farm gehörten, auf einem Tisch Heißgetränke ausgaben und Brote vorbereiteten für die Helfer. Auch sie wirkten besorgt. Vielleicht auch, weil eine von ihnen, eine schwangere Frau, verletzt mit dem Hubschrauber ins Krankenhaus geflogen worden war. Evelyn hatte die beiden darüber reden hören und auch, dass Anne die Frau behandelt hatte.

Zwei Männer von der Farm, die die Frauen Evan und Rhys genannt hatten, halfen überall aus. Meist sah Evelyn sie bei den Trümmern Holz abtragen. Erstaunlich,

137

welchen Zusammenhalt diese Menschen in diesem Chaos zeigten – oder kam ihr das nur so vor, weil sie so große Angst hatte? Sie wollte gern zu ihnen gehen und sich bedanken, aber sie fühlte sich wie gelähmt.

»Evelyn?« Seth streckte ihr nachdrücklicher den Tee entgegen, und Evelyn schloss ihre klammen Finger um die heiße Tasse.

»Haben Sie etwas Neues gehört?«, fragte er mit einem kurzen Kopfnicken in Richtung Einsatzleiter. Evelyn hielt sich stets in seiner Nähe, um Funksprüche mit anhören zu können und sofort zu erfahren, sollte es Komplikationen geben.

Sie schüttelte den Kopf. »Sie sind beinahe durch, bis zum Traktor ist es nur noch ein kleines Stück. Sie wollen sich seitlich zu meiner Tochter und ihrem Kollegen vorarbeiten, anstatt von oben zu kommen.«

»Das klingt doch sehr klug.« Seth rieb etwas hilflos die Hände aneinander.

»Sie müssen nicht hierbleiben, Seth. Ich finde bestimmt eine Mitfahrgelegenheit zurück nach Lliedi. Es war außerordentlich nett von Ihnen, mich überhaupt den weiten Weg hierherzubringen, noch dazu bei diesem Sturm.«

»Es macht mir nichts aus zu warten.«

Sie seufzte, seine Nähe machte sie unruhig. Sie fühlte sich schuldig, da alles so lange dauerte und er in der Kälte mit ihr ausharren musste. »Es ist wirklich nicht absehbar, wann ich hier wegkann«, versuchte sie es noch einmal.

»Ich bleibe. Und wenn es die ganze Nacht dauert«, erklärte Seth mit fester Stimme. »Ich will doch auch wissen, ob es den beiden gut geht. Ich könnte jetzt nicht nach Hause fahren und mich permanent fragen, ob Sie Ihre Tochter in die Arme schließen können. Außerdem werden Sie später jemanden brauchen, der Sie ins Krankenhaus bringt.«

Daran hatte sie noch gar nicht gedacht. Irgendwie gelang es ihr nicht, weiter vorauszuschauen als bis zu dem Moment, in dem Anne endlich frei war und versorgt werden konnte. »Aber Sie können doch unmöglich auch noch ...«

»Ich kann, und ich werde, keine Widerrede.«

Evelyn kämpfte gegen den Kloß an, der ihren Hals eng werden ließ. »Sie sind wirklich ein guter Mensch, Seth.«

Seine Züge verhärteten sich, er öffnete den Mund, als wolle er protestieren, dann schüttelte er den Kopf. »Trinken Sie den Tee. Ich werde mich wieder drüben bei den Helfern nützlich machen und ein paar Trümmer wegräumen.«

Evelyn streckte die Hand nach ihm aus, um ihn aufzuhalten, aber er ging bereits fort. Im Grunde wusste sie gar nicht, wieso sie ihn bei sich haben wollte. Mit ihm zu reden gab ihr Kraft, was sie verwunderte. Sie war kein Mensch, der andere brauchte, um stark zu sein. Niemand musste sich um sie kümmern, schon lange nicht mehr. Sie hatte ihre Ehe überlebt und sich ein neues Leben aufgebaut, komplett allein, nur mit ihrer Anne. Aber jetzt stand sie da, das Schlimmste befürchtend, und nur ein Fremder schien ihr Trost spenden zu können.

Sie sah zurück zu den beiden Frauen, die Windjacken

trugen und dünne Stirnbänder, und setzte sich in Bewegung. Alles wäre besser, als untätig herumzustehen. Als sie zu den beiden an den Tisch trat, blickten sie hoch. »Möchten Sie etwas essen?«

Evelyn schüttelte den Kopf. »Ich möchte helfen.«

Die Frauen tauschten einen Blick, dann nickten sie. Eine von ihnen, eine kleine zarte Person mit schwarzen Haaren und blasser Haut, winkte sie zu sich. »Wir machen Sandwiches, vielleicht möchten Sie das Brot schneiden, während ich streiche und Sianna alles verpackt?«

Evelyn ging um den Tisch herum. »Gerne.« Sie nahm das Brotmesser entgegen und begann mit ihrer Arbeit, froh über die Ablenkung.

»Ich bin übrigens Jen«, sagte die Schwarzhaarige an ihrer Seite. »Winnie, das Mädchen, nach dem alle gesucht haben, ist meine Tochter. Wir sind nur übers Wochenende zu Besuch und ... und ... es tut mir so leid. Ihre Tochter ist in die Scheune gegangen, um meine Tochter zu suchen, dabei war Winnie die ganze Zeit über im Haus und hat vom Fenster aus den Rettungskräften zugesehen. Es ist alles meine Schuld.«

Evelyn legte das Messer ab und sah die Frau mit den großen blauen Augen an. »Es ist niemandes Schuld. Sie dürfen sich keine Vorwürfe machen.«

»Evelyn!« Eine vertraute Stimme hallte mit dem Wind zu ihr hinüber, und sie blickte auf. Leah lief über die Allee aus schattenhaften Weißdornbäumen auf sie zu, einen jungen Mann an ihrer Seite.

Evelyn wandte sich Jen und Sianna zu. »Ich bin gleich

wieder zurück.« Sie eilte Leah entgegen, und ehe sie sich's versah, fiel ihr Annes Freundin auch schon in die Arme.

»Ich bin nicht schneller weggekommen, es tut mir leid! Wie sieht es aus? Sind sie immer noch nicht draußen?«

Evelyn schüttelte den Kopf und kämpfte um Fassung. »Bald, heißt es.«

»Und Anne? Am Telefon hast du gesagt, Owen habe einen Pneumothorax festgestellt? Aber wie das? Was sagen die Sanitäter, hast du mit ihnen gesprochen?« Mit Tränen in den Augen deutete sie zum bereitstehenden Krankenwagen hinüber.

Evelyn drückte sie an sich. »Wir wissen kaum etwas, aber die Arbeiten kommen jetzt sehr gut voran.« Sie sah über Leahs Schulter hinweg zu Leahs Begleiter, und erst jetzt erkannte sie den jungen Mann aus dem Pub. »Elvis?«

Der Mann nickte ihr zu. Ohne das übermütige Grinsen von neulich, dafür mit tiefernstem Blick und Sorgenfalten auf der Stirn, was ihn sehr viel älter wirken ließ.

»Was machen Sie denn hier?«

»Elvis ist Owens Bruder«, erklärte Leah.

Evelyn sah ihn überrascht an. Sie kannte Annes Kollegen Owen nicht persönlich und konnte daher nicht sagen, ob die beiden sich ähnlich sahen, aber erwartet hätte sie so einen Zufall trotzdem nicht. Ihre Tochter hatte nicht oft von Owen erzählt, sie wusste daher nur, dass er sehr still und eigenbrötlerisch war, also vermutlich das genaue Gegenteil von seinem Bruder, nach allem, was sie im Pub mitbekommen hatte.

»Die Welt ist klein«, stellte sie fest und schüttelte Elvis'
Hand. »Vor allem, wenn man in einem Dorf wie Lliedi
lebt. Es ist ein Wunder, dass wir uns nicht eher über den
Weg gelaufen sind.«

»Ich gehe nicht viel unter die Leute, und wenn doch,
dann eher in Fyrddin, wo ich arbeite.«

Evelyn ließ seine Hand los. »Es tut mir leid, dass wir uns
unter solchen Umständen wiedersehen.«

»Haben Sie etwas über meinen Bruder erfahren?«, erkundigte sich Elvis sichtlich angespannt. »Ich weiß nur,
dass er mit Anne da unten ist.«

»Sein Bein ist wohl eingeklemmt, aber auch bei ihm
wissen wir leider nichts Genaueres.«

Elvis nickte und bemühte sich, einen zuversichtlichen
Eindruck zu erwecken. »Na, hoffentlich braucht er keinen
Gips oder Krücken und geht mir dann zu Hause ständig
auf die Nerven.«

»Evelyn.« Unvermittelt tauchte Seth an ihrer Seite auf,
nickte Leah und Elvis kurz zu und deutete dann hinter
sich. Er war angespannt und blass, was sich sofort auf sie
übertrug.

»Was ist passiert?« Sie versuchte, aus seinem Verhalten
schlau zu werden, aber sie sah nach wie vor nur Helfer, die
Trümmer fortschafften.

Seth atmete tief durch, dann sagte er: »Sie sind fast
durch, Evelyn. Sie arbeiten jetzt nur noch per Hand. Bald
ist es so weit.« Seine Stimme zitterte. Ganz so, als wäre
seine eigene Tochter dort unten eingeschlossen, nicht ihre.
Aber wahrscheinlich war er einfach nur erschöpft, das Le-

ben im Auto ohne Arbeit und festen Wohnsitz war sicherlich nicht ohne.

»Gibt es etwas Neues von Anne?« Sie setzte sich in Bewegung, aber Seth ergriff ihren Arm und schüttelte den Kopf.

»Sie lassen niemanden mehr in die Nähe, nur noch die Feuerwehr. Sie haben mich weggeschickt, meinten aber, es gehe den beiden gut.«

»Oh, Gott sei Dank.« Leah warf einen Blick gen Himmel und küsste das Kreuz, das sie an einer feinen Silberkette um den Hals trug. »Ich habe die ganze Zeit über das Schlimmste befürchtet, das war die längste Schicht meines Lebens. Und dann musste ich auch noch Elvis ausfindig machen.«

»Ich war doch zu Hause, das war nicht schwer«, erklärte er lächelnd.

»Als wenn ich gewusst hätte, wo du wohnst. Ich musste im Personalbüro einbrechen, um Owens Adresse herauszufinden.«

»Sie sind Owens Bruder?«, fragte Seth und schien noch bleicher zu werden.

»Elvis Baines.« Elvis streckte ihm die Hand entgegen, aber Seth starrte ihn nur an, als hätte er einen Geist vor sich.

»Was ist los, Seth? Geht es Ihnen nicht gut? Soll ich Ihnen ein Glas Wasser holen?«, fragte Evelyn, doch er winkte ab.

»Baines ...« Beinahe mechanisch hob er die Hand und schlug ein. »Owen und Elvis Baines.«

Elvis sah ihn verwirrt an. »Kennen wir uns irgendwoher?«

Seth starrte ihn noch einen Moment lang an, dann schüttelte er langsam den Kopf. »Nein, nein, ich … ich dachte nur, ich hätte den Namen schon einmal gehört. Elvis ist ja doch sehr ungewöhnlich. Aber cool.«

»Cool.« Elvis sah ihn skeptisch an.

Evelyn versuchte noch, sich Seth' merkwürdiges Verhalten zu erklären, als der Einsatzleiter der Feuerwehr an sie herantrat.

»Ma'am?« Er trat nervös von einem Fuß auf den anderen, den Blick gesenkt. »Es tut mir leid. Die Sanitäter tun wirklich alles, was in ihrer Macht steht.«

Evelyn sah ihn verständnislos an und blickte zum Rettungswagen, wo vorhin noch ein Arzt und Sanitäter gestanden hatten. Jetzt waren sie nirgends mehr zu entdecken. Entsetzt nach Luft schnappend, rannte sie los, lief über den regendurchweichten Boden zur Scheune, blieb mit ihren Absätzen stecken und kämpfte sich weiter, ohne auf die Rufe der anderen zu achten.

Meine kleine Annie! Bitte, lieber Gott, lass ihr nichts zugestoßen sein! Mach, dass sie es schafft!

Endlich gelangte sie zu der Stelle, an der die Helfer zusammenstanden, und dann sah sie Anne. Sie lag auf einem Bretterhaufen, leichenblass, die Augen geschlossen, das wunderschöne rote Haar grau vom Staub. Ein nicht minder staubiger Mann in der roten Jacke der Hubschraubersanitäter mit eingetrocknetem Blut am Kopf kniete über ihr. Er presste die Hände auf Annes Brust, sein Ausdruck war ein Spiegel dessen, was sie fühlte: Schmerz, Angst, Entsetzen. Jemand zog eine Sauerstoffmaske über Annes Gesicht, dann kniete sich der Arzt von vorhin neben sie. Evelyn konnte nicht erkennen, was er machte, da er ihr die Sicht verdeckte. Sie hörte nur das Wort »Thoraxdrainage«, sah, wie Equipment ausgebreitet und ein kleiner Monitor aufgestellt wurde, dann verschwamm alles vor ihren Augen. Lärm brandete um sie herum auf, war das ein Hubschrauber? Alles vermischte sich zu einem ohrenbetäubenden Tosen, und sie konnte nicht mehr unterscheiden, was echt war und was nur in ihrem Kopf stattfand.

»Ist sie das?« Seths Stimme drang kaum bis zu ihr durch. Evelyn nickte apathisch, ohne sich zu ihm umzudrehen.

»Mein Gott.« Er setzte sich in Bewegung und ging an Evelyn vorbei auf die kleine Gruppe zu.

Kurz bevor er bei den Sanitätern ankam, erwachte Evelyn aus ihrer Starre, packte ihn am Arm und hielt ihn auf. »Wir können nichts tun.« Ihre Worte hallten sonderbar nach, wirbelten durch ihren Kopf und ließen sie gequält aufstöhnen, als sie erkannte, wie machtlos sie war. Dort drüben lag ihre Tochter, mehr tot als lebendig, und sie konnte nichts tun, um ihr zu helfen.

»Evelyn.« Leah und Elvis schlossen zu ihnen auf, und Evelyn hörte den jungen Mann beim Anblick seines Bruders, der immer noch um Annes Leben kämpfte, erleichtert aufatmen. Was würde sie dafür geben, dieselbe Erlösung zu spüren!

»Wie lange liegt sie da schon so?«, fragte Leah. Ihre Stimme war kaum mehr als ein Flüstern.

Evelyn konnte nicht antworten. Ihre Knie begannen zu zittern, ihre Ohren rauschten, dann wurde ihr schwarz vor Augen.

»Evelyn!« Starke Arme schlangen sich um sie, hielten sie aufrecht und rissen sie zurück in die Gegenwart. Sie musste nicht aufsehen, um zu wissen, dass es Seth war, der sie hielt. Sie sollte sich von ihm lösen, aber stattdessen hielt sie sich an ihm fest und fing an zu schluchzen.

Sie hätte nicht sagen können, wie lange sie so mit ihm dagestanden hatte, als plötzlich eine aufgeregte Stimme zu ihnen herüberdrang: »Wir haben einen Puls!«

Evelyn schnappte nach Luft und atmete tief durch. Sie fühlte sich zutiefst erleichtert, aber nur einen flüchtigen Moment lang, dann kehrte die Angst zurück. Anne war noch nicht über den Berg, wie lange war sie ohne Puls gewesen? Was, wenn ihr Herz erneut stehen blieb?

Auf wackligen Beinen trat sie näher heran, Seth an ihrer Seite, und sah zu, wie die Sanitäter ihr kleines Mädchen zudeckten und auf die Trage schnallten. Wie blass es aussah, friedlich schlafend, wie ein Engel. Anne war stark, sie würde das schaffen, sie musste einfach durchkommen.

Evelyn streckte die Hand nach ihr aus, doch in dem Moment eilte die Hubschrauber-Crew an ihr vorbei und schob sie ohne Rücksicht zur Seite. Seth legte stützend einen Arm um sie. Sie sah ihrer Tochter hinterher, dann schweifte ihr Blick zu Annes Kollegen, der noch immer am Boden kniete und ausdruckslos vor sich hin starrte. Die Sanitäter halfen ihm auf die Beine und stützten ihn. Erst

146

jetzt bemerkte sie die dunklen Stellen an seiner aufgerissenen Hose. Blut.

»Owen!« Elvis lief auf seinen Bruder zu, der benommen aufsah.

»Elvis? Was machst du denn hier?«

»Ich … ähm …« Elvis' Blick glitt über Owen, und er tastete haltsuchend nach Leahs Arm. »Die Seeluft genießen«, stieß er schließlich achselzuckend hervor.

Owen klappte den Mund auf, um etwas zu erwidern, doch einer der beiden Sanitäter kam ihm zuvor.

»Wir bringen die beiden nach Cardiff«, sagte er in Evelyns Richtung.

Evelyn nickte stumm. Cardiff. Wie weit war das von hier? Zwei Stunden? Ihre Gedanken überschlugen sich. Konnte sie es Seth zumuten, sie auch dorthin zu fahren? Und wie um alles auf der Welt sollte sie so lange in einem Auto ausharren, ohne zu wissen, wie es Anne ging? Vielleicht könnte Leah …

Sie wandte sich Annes bester Freundin zu und sah im grellen Licht der Scheinwerfer, wie diese beruhigend die Hand auf Elvis' Arm legte – für Leah, die sonst jeglichen Kontakt zum männlichen Geschlecht mied, eine ungewöhnlich vertraute Geste. »Geht es dir gut?«, fragte sie den jungen Mann, der aussah, als müsste er ebenfalls ins Krankenhaus transportiert werden, so weiß war er im Gesicht. Aber das waren sie wohl alle.

»Es geht schon«, erwiderte Elvis mit schwacher Stimme und wandte sich zum Gehen. »Komm, lass uns nach Cardiff fahren.«

»Oh nein!«, entfuhr es Leah, was Evelyn zusammenzucken ließ. »Das Krankenhaus! Wir sind mit Elvis' Auto
hier, und das ist ein Zweisitzer. Ich hab keine Ahnung, wie
wir dich mitnehmen sollen, Evelyn.« Sie sah hilflos von
einem zum anderen.

»Ich bringe Sie hin«, meldete sich Seth mit rauer
Stimme zu Wort.

Am liebsten hätte Evelyn erwidert, er habe bereits mehr
als genug für sie getan, aber sie konnte das Angebot nicht
ablehnen. Sie musste ins Krankenhaus, und zwar unbedingt und so schnell wie möglich. »Vielen Dank, Seth, das
vergesse ich Ihnen nie.«

*

Anne fühlte sich beschützt, warm, schwerelos. Sie atmete
den Duft seines Körpers, spürte seine Arme um sich und
seine Hände, die ihr durchs Haar strichen, so tröstend. Sie
wollte niemals wieder woandershin. Die Welt um sie herum existierte nicht mehr, und das war ihr egal.

Aber dann machte sich Schmerz in ihrer Brust breit, ein
heißes Stechen, als bohrte sich eine glühende Eisenstange
in ihren Körper. Er war weg, niemand hielt sie mehr, sie
war allein in der Kälte, verloren.

Sie riss die Augen auf, es war zu hell, es tat weh, überall, da war ein lästiges Piepsen, der beißende Geruch nach
Desinfektionsmittel. Sie blinzelte, versuchte, etwas zu erkennen. Ein Stöhnen drang über ihre Lippen. Sie lag in einem Krankenzimmer. Wer hatte sie hiergebracht? Sie

hasste Krankenhäuser! Zu oft lieferte sie Patienten dort ab, und sie wusste, wie schlecht es ihnen ging, wie lange sie hierbleiben mussten, bis sie sich wieder vollständig erholt hatten. Ihr graute davor, selbst ein solcher Patient zu sein.

»Anne?«

Eine raue, männliche Stimme, die Stimme aus ihrem wohligen Nebel, nun aber klar und deutlich. Sie drehte den Kopf zur Seite, was sich sofort mit einem grauenhaften Druck hinter den Augen rächte. Tatsächlich, da war Owen, er saß auf einem Plastikstuhl neben ihrem Bett. Sie war so froh, ihn zu sehen, auch wenn ihr sein Anblick Sorge bereitete.

Owen sah wahnsinnig müde aus, zwischen seinen Beinen klemmten Krücken. Er trug immer noch die dreckige Rettungsjacke, nur sein Gesicht war gewaschen. Seine Wade war dick verbunden. Das Entsetzen, das sie verspürt hatte, als die Scheune über ihnen zusammengebrochen war, kehrte mit voller Wucht zurück, presste ihr die Luft aus der Lunge.

»Ganz ruhig, Anne. Du musst ruhig atmen.« Owen stemmte sich hoch und drehte an der Infusionsflasche. Die Tropfen fielen nun schneller heraus, ein Schmerzmittel, wie sie feststellte, allerdings hatte sie im Moment nicht das Gefühl, dass es besonders gut half.

Sie sah sich weiter um, die ganze Situation kam ihr unwirklich vor. Wieso war Owen hier, mit seinem schwarzen zerzausten Haar und den tiefblauen Augen, die sich so unglaublich erschöpft und voller Angst auf sie richteten? Wo waren Evelyn und Leah? Die beiden standen ihr am nächsten, nicht Owen, der ihr doch liebend gerne aus dem Weg ging. Nicht, dass sie etwas gegen seine Anwesenheit hätte. Nach der Zeit, die sie gemeinsam begraben unter der Scheune verbracht hatten, fühlte sie sich ihm näher, auch wenn sie sich nicht sicher war, ob sie sich seine nahezu zärtlichen Berührungen nur eingebildet hatte. Ihr Kopf schmerzte. »Wieso bin ich hier?«, stieß sie angestrengt hervor.

Owen ließ sich wieder auf den Stuhl sinken. »Die Drainage wurde dir vor Ort gelegt, sie haben dich dann im Krankenhaus gleich in den OP gebracht, und alles sieht gut aus. Du wirst wohl ein paar Wochen brauchen, bis du wieder fit bist, aber du kennst das ja: Jungen Nichtrauchern kann so eine kleine Lungengeschichte nichts anhaben.«

Anne starrte ihn an. Anstatt der Worte, die er jetzt zu ihr sagte, hörte sie seine Stimme wie ein Echo im Hintergrund. Sie rief nach ihr, rief immer wieder ihren Namen und wiederholte wie ein Mantra: »Du stirbst nicht, Annie, du stirbst nicht.« Wann hatte sie das Bewusstsein verloren? Wie lange war Owen mit ihrem leblosen Körper unter den Trümmern begraben gewesen? Wie hilflos er sich gefühlt haben musste … Sie wollte die Hand nach ihm ausstrecken, aber ihr Arm gehorchte ihr nicht, also sah sie ihn weiterhin nur an.

Owen erwiderte ihren Blick, was sie in jene nahezu friedvolle Zeit in ihrer kleinen Höhle unter dem Traktor zurückversetzte, als sie langsam in die Bewusstlosigkeit geglitten war. Bei der Erinnerung daran schien ihr Schmerz tatsächlich ein wenig nachzulassen.

Aber dann wandte Owen unvermittelt den Blick ab und konzentrierte sich auf die Monitore. »Deine Mutter ist auch hier, sie ist im Wartezimmer eingeschlafen, Leah ist bei ihr. Ich werde ihr gleich Bescheid geben, dass du wach bist.« Er stemmte sich hoch, und Anne spürte Panik in sich aufsteigen.

Er durfte sie nicht alleine lassen! Irgendwie musste sie ihn dazu bringen, bei ihr zu bleiben. Sie öffnete den Mund, doch sie brachte nicht mehr als ein heiseres Krächzen zustande. Ihre Kehle schmerzte. War sie intubiert gewesen? Verzweifelt räusperte sie sich und versuchte, trotz ihres trockenen Mundes zu schlucken.

»Weißt du ... weißt du, was aus der schwangeren Frau wurde?« Es war das Erste, das ihr einfiel. Aber jetzt, da sie die Frage ausgesprochen hatte, wollte sie die Antwort tatsächlich wissen.

Owen sah sie einen Moment lang verständnislos an, dann schüttelte er den Kopf. »Nein, ich habe nichts gehört – aber auch nicht gefragt.«

Sie nickte. Für gewöhnlich erkundigte sie sich nicht nach den Schicksalen von Patienten, aber irgendwie fühlte sie sich mit dieser Frau verbunden. Sie waren beide dem Sturm zum Opfer gefallen, und sie wollte sichergehen, dass es ihr und ihrem Baby gut ging.

Owen schob den Stuhl ein wenig zur Seite, um Platz zu haben, und nahm seine Krücken auf.

»Ist es schlimm?«, fragte sie mit einem Blick auf sein Bein.

Owen zuckte mit den Schultern. »Nur etwas gequetscht

und eine offene Wunde. Ich bekomme Antibiotika, da es dort unten auf dem Scheunenboden ziemlich dreckig war, aber es ist alles im grünen Bereich.«

»Es tut mir leid.«

Seine dunklen Brauen zogen sich zusammen, seine Augen richteten sich direkt auf sie. »Was?«

»Du bist meinetwegen in die Scheune gekommen, es tut mir leid, dass du verletzt wurdest … es hätte auch sehr viel schlimmer ausgehen können.«

»Ist es aber nicht.« Er wandte sich ab und humpelte mühsam zur Tür. »Ich hole Evelyn.«

Anne nahm all ihre Kraft zusammen und streckte nun doch die Hand nach ihm aus, aber er sah es nicht mehr. »Danke für alles«, krächzte sie.

Owen hielt kurz inne, nickte kaum merklich, dann ging er hinaus.

*

Owen wusste nicht, was er sich dabei gedacht hatte, in ihr Zimmer zu gehen. Im Grunde hatte er überhaupt nicht gedacht, sondern war wie von einem Magneten angezogen durch den Gang zu ihrem Zimmer gehumpelt. Nun, vermutlich hatte er nur sichergehen wollen, dass es ihr halbwegs gut ging. Sie war seine Partnerin und er kein kaltherziger Unmensch, auch wenn er sich große Mühe gab, einer zu sein. Aber sie so verletzt und verwundbar zu sehen, hatte ihm eine Heidenangst gemacht. Jetzt ging es ihm nicht länger darum, sie auf Abstand zu halten, weil sie für Dinge stand, die ihm in der Vergangenheit zugestoßen waren. Es ging darum, sie auf Abstand zu halten, weil sie Anne war. Die Frau, die ihn ständig anlächelte, die für eine wildfremde Kassiererin in die Bresche sprang und sogar in einem gottverdammten Sturm eher an ein kleines Mädchen dachte als an sich selbst. Der Gedanke, dass sie diese Selbstlosigkeit beinahe das Leben gekostet hatte, war weitaus beängstigender als ihre gemeinsame Vergangenheit.

Owen schloss die Tür hinter sich und sah sich auf dem menschenleeren Korridor um. Alles war still, nur aus dem Schwesternzimmer drangen leise Stimmen. Er wusste nicht, wie spät es war, aber vermutlich noch nicht Morgen. Die Müdigkeit drückte bleiern auf seinen Körper, vernebelte seinen Kopf und ließ alles dumpf und verschwommen erscheinen.

Wo war Elvis? Seit dem flüchtigen Moment, bevor man ihn in den Krankenwagen verfrachtet und nach Cardiff gebracht hatte, hatte er seinen Bruder nicht mehr gesehen. Man hatte ihn in der Notaufnahme versorgt, und dann war Owen im Wartebereich auf die schlafende Evelyn und Leah gestoßen. Von seinem Bruder fehlte jede Spur. Leah hatte gemeint, er wäre auf der Suche nach Kaffee. Vermutlich flirtete er irgendwo mit einer Krankenschwester.

Mit zusammengebissenen Zähnen humpelte er weiter, bog um die Ecke und fand Evelyn und Leah genauso vor, wie er sie verlassen hatte. Evelyn saß immer noch auf einem der Plastikstühle, den Kopf auf die Schulter gesunken, Leah an ihrer Seite, auf den Bildschirm ihres Handys blickend. Aber jetzt war auch Elvis da. Er stand mit einem

Pappbecher in der Hand neben einem Wäschewagen und sprach mit einem Mann, den Owen nicht kannte.

Irgendwoher kam er ihm bekannt vor, doch er konnte ihn nicht einordnen. Das schwarze Haar war von Grau durchzogen, der hochgewachsene Körper wirkte kräftig und muskulös, wie der eines Mannes, der schwerer körperlicher Arbeit nachging. Vielleicht war er aus Lliedi oder einem der kleinen Dörfer in der Nähe von Fyrddin.

Sein verletztes Bein begann zu pochen. Owen schloss die Hände um die Krücken und humpelte weiter auf seinen Bruder zu.

»Elvis?«

Mit ungewohnt ernster Miene drehte Elvis sich zu ihm um und musterte ihn durchdringend. »Wo bist du gewesen?«, wollte er wissen. In seiner Stimme schwang Sorge mit.

War es tatsächlich möglich, dass sein kleiner Bruder sich um ihn sorgte? Bisher war das doch immer andersherum gewesen. Es war Owens Aufgabe, sich um Elvis zu sorgen.

»Bei Anne«, antwortete er und warf einen Blick zu Evelyn und Leah hinüber. »Sie ist wach.«

Leahs Kopf fuhr hoch, und auch Annes Mutter richtete sich abrupt auf, als hätten seine Worte sie im Schlaf erreicht.

»Anne ist wach?«, fragte sie und sprang auf die Füße.

Owen nickte, und dann war die Frau mit dem dunklen Pferdeschwanz auch schon verschwunden. Leah schien einen Moment hin- und hergerissen, was sie machen sollte, aber dann ließ sie sich wieder zurücksinken. Vermutlich wollte sie Anne und ihrer Mutter Zeit allein geben.

Owen wandte sich wieder Elvis und seinem Gesprächspartner zu. Der Mann blickte den Gang hinunter, dorthin, wo Evelyn verschwunden war. Auch er wirkte zutiefst besorgt. Jetzt wusste Owen auch wieder, wo er ihn gesehen hatte. Er war mit Evelyn, Leah und Elvis am Unfallort gewesen.

»Gehören Sie zu Annes Familie?«, fragte er.

Der Mann wandte sich ihm zu und runzelte verwirrt die Stirn, schließlich schüttelte er den Kopf. »Nein, ich … bin ein Freund von Evelyn. Seth«, stellte er sich vor und streckte ihm die Hand entgegen.

Owen schlug ein. »Freut mich, Sie kennenzulernen. Und danke. Ich glaube, ich habe Sie im Camp gesehen. Sie haben geholfen, die Trümmer abzutragen.«

»Das war doch selbstverständlich.« Seth strich sich nervös durch die Haare. Owen fragte sich, wie nah er Evelyn und Anne stand. Wenn er hier mit den anderen um Anne bangte, musste er ein enger Freund der Familie sein. Vielleicht war Evelyn mit ihm zusammen, was ihn zu so etwas wie Annes Stiefvater machte. Sie hatte nie von ihm erzählt, aber Owen musste sich eingestehen, dass er sich auch keine große Mühe gegeben hatte, mehr über sie zu erfahren.

»Kann ich Ihnen irgendetwas bringen?« Seth deutete zu einem Kaffee- und Snackautomaten. »Sie müssen am Verhungern sein.«

Owen lächelte dankbar, schüttelte aber den Kopf. »Ehrlich gesagt möchte ich nur noch nach Hause.« Er wandte sich an Elvis. »Bist du mit dem Auto da?«

»Ja, aber …« Sein Bruder sah zu Leah, die von ihrem Handy aufblickte. »Ich bekomme nur zwei ins Auto, und Leah ist mit mir gekommen. Ich könnte aber auch zweimal fahren.«

»Unsinn.« Leah winkte ab. »Fahrt ihr nur, ich möchte noch etwas hierbleiben und nach Anne sehen. Ich komme schon irgendwie nach Hause. Seth, vielleicht könnten Sie mich mitnehmen, wenn Sie zurückfahren?«

»Kein Problem.« Seth nickte und wandte sich dann an Owen und Elvis. »Es war nett, Sie beide kennenzulernen. Ich bin froh, dass Ihnen nichts Schlimmeres passiert ist, Owen. Ich weiß, dass Sie sich um Anne gekümmert haben; die Sanitäter haben gesagt, dass Ihr schnelles Handeln vermutlich ihr Leben gerettet hat. Danke.«

Owen wusste nicht, was er sagen sollte. Anscheinend bedeutete Anne Seth sehr viel, und er war froh, dass sie so viele Menschen um sich hatte, die sich um sie kümmerten, so fiel es ihm nicht ganz so schwer, das Krankenhaus zu verlassen. Er bekam das Bild, wie sie reglos dalag, einfach nicht aus dem Kopf, musste ständig daran denken, wie ihr Herz unter seinen Händen stehen geblieben war. Am liebsten wäre er ihr keine Sekunde mehr von der Seite gewichen. Aber er musste gehen, sie war nicht länger allein, sie brauchte ihn nicht, und er … er durfte sie auch nicht brauchen.

Elvis ging schweigend zum Auto, während Owen neben ihm herhumpelte. Dieses gedankenversunkene Brüten war wieder so untypisch für seinen Bruder, dass es Owen ganz unruhig machte. »Vielleicht wäre dieser Tag gut geeignet, um über einen anderen fahrbaren Untersatz nachzudenken«, versuchte er ein Gespräch zu beginnen und die Stimmung zu lockern.

Aber Elvis nickte nur und zog den Schlüssel des Sportwagens aus seiner Jackentasche. Es war immer noch stürmisch, aber die einzelnen Böen drohten ihn nicht mehr von den Beinen zu reißen.

Als sie auf den von Laternen beleuchteten Parkplatz kamen, hielt Owen es nicht länger aus.

»Hast du vor, die ganze Fahrt über zu schweigen, oder wirst du mir gleich wieder einen deiner dämlichen Sprüche um die Ohren hauen? Falls ja, spuck ihn lieber gleich aus.«

Elvis sah ihm stoisch in die Augen, doch er erwiderte nichts.

Owen seufzte. »Komm schon, irgendetwas Witziges fällt dir doch bestimmt ein. Wie wäre es mit: ›Dein gesundes Essen hat dich nicht davor bewahrt, ein Dach auf den Kopf zu bekommen‹?«

»Mir ist kalt, das war ein langer Tag.« Elvis wollte sich abwenden, aber Owen versperrte ihm mit seiner Krücke den Weg.

»Du willst einen Spruch hören?« Elvis baute sich vor ihm auf. Seine Augen glänzten verdächtig. »Wie wäre es damit, dass du ein absolut hirnrissiger Idiot bist!« Er stieß ihn mit beiden Händen vor die Brust, und Owen taumelte zurück. Fast wäre er zu Boden gestürzt, aber er konnte sich mithilfe der Krücken gerade noch halten.

Entsetzt sah er seinen Bruder an, doch der fuhr schon fort: »Du bist in eine Scheune gerannt, von der du schon vorher wusstest, dass sie einsturzgefährdet ist! Du hättest heute krepieren können, ist dir das eigentlich klar? Und was dann? Wie wäre es weitergegangen? Verdammt noch mal, Owen, was hast du dir bloß dabei gedacht?« Er verstummte unvermittelt, und Owen erkannte die nackte Angst in den Augen seines Bruders. Noch nie zuvor hatte er ihn so gesehen. Er spürte, wie ihm die Kehle eng wurde.

»Du wärst auch ohne mich klargekommen«, brachte er mühsam heraus und machte einen schmerzhaften Schritt auf Elvis zu. »Es ist nicht mehr so wie früher. Du stehst auf eigenen Beinen, du packst das schon!«

»Ich kriege überhaupt nichts auf die Reihe, und das weißt du! Wie soll ich weitermachen, wenn du nicht mehr da bist?«

»Ich hab nicht vor, dich im Stich zu lassen.« Er legte seine Hand auf Elvis' Arm, was sich so ungewohnt anfühlte, dass er sich unweigerlich fragte, ob er das je zuvor gemacht hatte. Alles, woran er sich erinnerte, waren Mahnungen, Vorhaltungen und Strafpredigten. Jedes seiner Worte und jede seiner Gesten war von Zorn geprägt gewesen. Jetzt dagegen sah er nur seinen kleinen Bruder, der ihn brauchte, und nicht die schmerzhafte Vergangenheit, die ihnen beiden so viel genommen hatte. »Es tut mir so leid, Elvis.« Seine Stimme zitterte. »Ich hätte dich aufbauen müssen, anstatt dich runterzumachen, hätte dir Selbstvertrauen geben müssen ...«

»Das hast du, Owen. Glaubst du, ich weiß nicht, was

du alles für mich aufgegeben hast? Heute, als Leah plötzlich vor meiner Tür stand …« Er schüttelte den Kopf und drückte auf den Knopf zum Entsperren der Zentralverriegelung. »Ich hatte einfach nur Angst um dich, okay?«

Owen nickte, und obwohl er das Gefühl hatte, dass es noch so viel zu sagen gab, fand er nicht die richtigen Worte. Für heute war es einfach genug, auch sein kleiner Bruder schien am Ende seiner Kräfte zu sein. Elvis half ihm in den Wagen und stieg anschließend selbst ein.

Die ganze Fahrt über sprachen sie kein Wort mehr.

*

Das graue Licht, das nicht ganz Nacht und nicht ganz Tag war, passte genau zu ihrer Stimmung. Für gewöhnlich mochte Evelyn Sonnenaufgänge, aber heute kam ihr alles verkehrt vor. Zumindest lenkte sie der Anblick der finster daliegenden Häuser ein wenig von den Bildern in ihrem Kopf ab. Sie sah Anne immer noch leblos und voller Staub vor sich, mit einem Beatmungsschlauch im Mund. Noch nicht einmal die Tatsache, dass sie vorhin kurz mit ihr gesprochen hatte, konnte sie beruhigen. Annes Herz war stehen geblieben, und allein der Gedanke schnürte ihr die Kehle zu. Dieser eine Muskel war so fragil, was hielt ihn davon ab, nicht noch einmal aufzugeben? Was, wenn er plötzlich aufhörte zu schlagen, diesmal vielleicht für immer? Evelyn schauderte. Sie spürte, dass Seth ihr von der Fahrerseite aus einen fragenden Blick zuwarf. Sie hatten bereits Leah nach Hause gebracht, jetzt fuhren sie durch das wie ausgestorben wirkende Dorf. Alle schliefen friedlich in ihren Betten, darauf wartend, dass der Tag richtig begann, froh darüber, den Höhepunkt des Sturms überstanden zu haben.

»Sie müssen mich wirklich nicht bis nach Hause bringen«, sagte sie und deutete an den Straßenrand. »Lassen Sie mich einfach hier raus, ich gehe gern ein Stück an der frischen Luft.«

Seth schüttelte wie erwartet den Kopf. »Es ist noch immer ziemlich stürmisch, und der Pub liegt auf dem Weg. Sie sagten doch, Sie wohnen gleich obendrüber, oder?«

Evelyn seufzte. Sie hätte ihm ihre Adresse nicht verraten sollen, dann wäre sie noch zu einer Runde in der kühlen Morgenluft gekommen. Aber vermutlich hatte er recht, der Wind wehte immer noch kräftig. »Der Pub liegt auf dem Weg wohin?«, fragte sie, wusste sie doch, dass er keine Bleibe hatte und in seinem Auto schlief.

Seth zuckte nur mit den Schultern, und Evelyn hatte keine Kraft mehr, weiter nachzufragen.

Sie legten das letzte Stück schweigend zurück. Evelyn blickte hinaus in die zunehmend heller werdende Dämmerung. Schließlich näherten sie sich dem Pub. Überrascht stellte sie fest, dass Licht hinter den Fenstern brannte. Hatte sie etwa vergessen, es auszumachen? Aber sie hatte gestern doch gar nicht aufgemacht!

»Haben Sie so früh schon geöffnet?«, fragte Seth verwundert und hielt am Straßenrand an.

Evelyn runzelte die Stirn. »Ich habe wohl nur vergessen, das Licht auszuschalten.« Sie sah ihn an, die Hand schon am Türgriff, beklommen nach der gemeinsamen Zeit, in der sie um ihre Tochter gebangt hatten. Was sollte sie jetzt sagen, wie ihre Dankbarkeit ausdrücken?

»Möchten Sie noch mit reinkommen und etwas essen oder trinken?«, fragte sie schließlich, da sie wusste, dass sie in Krisensituationen am besten in der Küche aufgehoben war. Das Kochen half ihr, einen klaren Kopf zu bekommen, außerdem hatte sie das Gefühl, Seth etwas zu schulden, und wollte ihn nicht einfach so davonfahren lassen.

Seth schaltete den Motor aus und deutete auf die aufgehende Sonne. »Danke, ein Kaffee wäre bestimmt nicht schlecht, ich muss bald zur Arbeit.«

Evelyn schlug die Hand vor den Mund. Wie hatte sie das vergessen können! »Du meine Güte, es tut mir so leid! Sie waren meinetwegen die ganze Nacht über wach!«

Seth wandte sich ihr zu, ein müdes Lächeln im Gesicht. »Keine Sorge, das ist nicht das erste Mal, dass ich ohne Schlaf zur Arbeit gehe. Ich halte das aus. Ich bin nur froh, dass es Anne besser geht.«

Evelyn nickte, weil sie nicht recht wusste, was sie sonst tun sollte, und legte die Hand auf seinen Arm. Dann öffnete sie die Autotür und stieg aus. »Kommen Sie, ich mache Ihnen eine große Tasse Kaffee und ein ordentliches Frühstück.«

Seth stieg ebenfalls aus und folgte ihr. Evelyn blieb misstrauisch vor der Pub-Tür stehen. Sie glaubte, leise Musik zu hören. Was war da los?

Energisch ging sie die beiden Treppenstufen hoch und

drückte gegen die Tür. Sie war offen. Fast wäre Evelyn beim Anblick der vielen Menschen rückwärts wieder hinausgegangen, und auch Seth stieß hörbar die Luft aus.

Sean und Angela, ihre beiden Angestellten, standen hinter der Bar, davor saßen Josephine, Carol vom Supermarkt und deren Sohn Andrew, der für das Maklerbüro arbeitete. Fast alle Tische waren besetzt, das halbe Dorf schien sich versammelt zu haben. Manche schliefen zurückgelehnt auf ihren Stühlen, Llewellyns Kopf ruhte auf der Zeitung, die vor ihm auf dem Tisch lag. Pater Stephen hatte sich auf einer Bank ausgestreckt.

»Aufgewacht!«, rief Josephine unvermittelt und klatschte laut in die Hände. »Sie ist wieder da!«

Evelyn zuckte zusammen, und auch die anderen fuhren erschrocken hoch. Im nächsten Moment prasselten von allen Seiten Fragen auf sie ein.

»Wo ist Anne?«

»Was ist geschehen?«

»Geht es ihr gut?«

»Kommst du gerade aus dem Krankenhaus?«

»Kann man Anne besuchen?«

»Wann darf sie nach Hause?«

Evelyn schüttelte benommen den Kopf und trat zu Sean und Angela hinter die Bar. Seth folgte ihr verwirrt.

»Woher wisst ihr davon?«, fragte Evelyn verwundert in den Raum hinein, und es war Susan Llwynhan, die von einem der runden Tische in der Mitte des Gastraums antwortete.

»Jimmy hat es mir erzählt«, sagte sie, und damit war alles klar. Jimmy war Susans Ehemann und arbeitete ebenfalls als Sanitäter bei der Flugrettung. Es war immer ein Sanitäter, der das Telefon in der Basis bediente und als Zentrale für die Funksprüche fungierte. Vermutlich hatte er Dienst gehabt und alles mitbekommen. Und Susan hatte es vermutlich Carol erzählt, und wenn Carol erst mal etwas wusste, dann kannte bald jeder im Dorf die Geschichte.

»Wart ihr etwa die ganze Nacht hier?« Sie ließ den Blick noch einmal verblüfft durch den Pub wandern. Mittlerweile waren alle wach und sahen sie erwartungsvoll an.

»Wir wollten sofort erfahren, wenn es etwas Neues gibt«, erklärte Josephine. »Vielleicht wollte auch einfach niemand von uns allein sein. Der Sturm draußen und die Ungewissheit, wie es deiner Kleinen geht ... Da sind wir einfach hergekommen. Die Tür war offen.«

»Schuldig«, ließ sich Angela von der Bar aus vernehmen. »Ich war gerade mit Daisy Gassi, als ich Carol, Andrew und Sarah auf dem Weg zum Pub traf. Sie erzählten mir, was passiert war, also rief ich Sean an, und ja ... irgendwie wurden wir hier immer mehr. Und dann kam auch Pater Stephen, und wir haben für Anne gebetet.«

Evelyn wusste nicht, was sie sagen sollte. Sie war zutiefst gerührt, und es fiel ihr immer schwerer, sich zusammenzureißen und nicht in Tränen auszubrechen. Die Sorge, die Müdigkeit und jetzt das hier ... Langsam wurde ihr alles zu viel.

»Anne muss noch eine Weile im Krankenhaus bleiben«, berichtete sie, um alle zu beruhigen, und stützte sich erschöpft auf dem Tresen ab. »Sie war wach und hat gesprochen, die Ärzte sagen, sie wird wieder.«

Erleichtertes Aufatmen ging durch den Raum, und Evelyn konnte gerade noch ein Schluchzen unterdrücken. Sie hatte immer gewusst, dass der Zusammenhalt in diesem Dorf etwas Besonderes war, aber dass so viele gekommen waren, um an Anne zu denken und das eine oder andere Gebet für sie zu sprechen, traf sie trotzdem unvorbereitet.

»Wer ist denn dein Freund?«, erkundigte sich Josephine neugierig und musterte Seth unverhohlen.

Alle Augen richteten sich auf ihren bedauernswerten Helfer, und Evelyn spürte, dass er am liebsten geflüchtet wäre. »Ein Bekannter«, erklärte sie daher schnell und bedeutete Seth, auf einem der freien Barhocker Platz zu nehmen. »Er hat mich vom Krankenhaus mitgenommen.« Sie wollte nicht zu sehr ins Detail gehen, denn sonst hätte sie nachher noch verraten müssen, dass er sie im Suchthilfezentrum aufgesucht hatte, was ihm bestimmt nicht recht wäre.

»Möchtest du irgendetwas trinken, Evelyn?« Angela griff bereits nach einem Glas, während Sean sich an Seth wandte und ihn fragte, ob er ihm etwas bringen könne.

Evelyn setzte ein entschlossenes Lächeln auf und straffte die Schultern. »Wie wäre es mit Frühstück?«, schlug sie vor. »Gebt mir eine halbe Stunde in der Küche, und ich zaubere uns allen etwas Deftiges, das uns wieder auf die Beine bringt.«

»Du musst wirklich nicht …«, begann Sean, der sich

schon auf den Weg nach hinten machen wollte, um selbst etwas zuzubereiten, aber Evelyn hob abwehrend die Hand.

»Ich möchte es aber.« Und mit diesen Worten eilte sie um den Tresen herum und verschwand in der Küche, die immer noch nach Cawl duftete.

Als die Tür hinter ihr zugefallen war, lehnte sie sich mit dem Rücken dagegen und holte tief Luft. Es war das erste Mal seit der Nachricht, dass Anne verschüttet worden war, dass sie sich alleine in einem Raum befand. Aber anstatt endlich aufatmen zu können, hatte sie das Gefühl, dass die Stille sie niederdrückte. Nur nicht schwächeln, befahl sie sich stumm, doch sie konnte nichts gegen die Tränen tun, die ihre Wangen hinabrollten.

Kapitel 4

Es fühlte sich sonderbar an, nach drei Wochen im Bett – erst im Krankenhaus, dann zu Hause bei Evelyn – zur Rettungsbasis zurückzukehren. Der Asphalt des Parkplatzes glänzte nass vom nächtlichen Regen in der sanften Morgensonne. Alles wirkte wie reingewaschen, die Luft war klar und frisch.

Anne atmete tief ein. Es tat noch weh, und der Weg von ihrem Auto zur Eingangstür fühlte sich an wie eine Marathonstrecke, aber sie war glücklich, endlich wieder etwas anderes tun zu können als diverse Video-Streaming-Dienste überzustrapazieren und Süßigkeiten im Bett zu essen.

»Anne!«

Der freudige Ruf ließ sie innehalten. Sie drehte sich zur Seite und sah Leah in ihrem dunkelblauen Pilotenoverall beim Hubschrauber stehen. Sie und Eddie, der Mechaniker, hatten ihn wohl gerade aus dem Hangar auf die Parkbucht gebracht, um ihn wie jeden Tag zu überprüfen. Der Anblick des roten Helikopters erfüllte sie mit Sehnsucht nach der Arbeit. Sie vermisste es, ins Unbekannte zu fliegen und das Gefühl zu haben, etwas Gutes, Sinnvolles zu tun.

Anne hob die Hand und winkte, aber Leah gab sich damit nicht zufrieden. Sie gestikulierte aufgeregt, damit sie zu ihnen kam, und so ließ Anne den Türknauf los und machte sich auf den Weg zu den beiden.

»Du bist wieder da!« Leah rannte ihr das letzte Stück entgegen und fiel ihr in die Arme.

Sofort verspürte Anne ein schmerzhaftes Stechen in der Brust und zog scharf die Luft ein.

Leah wich eilig zurück. »Entschuldige! Ich wollte dir nicht wehtun.«

»War nur etwas stürmisch.« Anne lächelte schief und nickte Eddie zu, der bereits ins Cockpit kletterte und ihr freudig zuwinkte.

»Schön, dass du wieder da bist«, rief er, bevor er mit seiner Arbeit weitermachte.

»Ich dachte, du kommst erst in zwei Wochen wieder«, sagte Leah verwundert und sah sich um, als könnte sie irgendwo um sich herum die Antwort finden, warum ihre beste Freundin schon wieder auf der Rettungsbasis aufkreuzte.

Anne zuckte mit den Schultern. »Ich kann noch nicht fliegen, aber Büroarbeit erledigen, bei den Workshops mitmachen und das Telefon bedienen. Alles ist besser, als weiterhin zu Hause zu sitzen und von Evelyn gemästet zu werden.«

Leah lachte und strich sich über den flachen Bauch. »Ich fühle mit dir. Die letzten beiden Male, die ich dich besucht habe, konnte ich kaum noch nach Hause laufen.« Sie legte ihr die Hand auf die Schulter. »Nun dann ... willkommen zurück. Ich muss noch den Treibstoff überprüfen, aber nachher bin ich in meinem Büro, falls du vorbeischauen möchtest. Elvis hat mich gestern angerufen, ich habe dir also wieder viel zu erzählen.«

Anne grinste. In den letzten Wochen hatte sie diesen Namen oft gehört. Nach dem Unfall hatte Owens Bruder tatsächlich Leahs Nummer bekommen – natürlich unter dem Vorwand, dass sie sich gegenseitig auf dem Laufenden halten wollten, was Owens und Annes Gesundheitszustand anbetraf. Und natürlich hatte Elvis diese Nummer oft genutzt. Zu einem Treffen zwischen den beiden war es zwar noch nicht gekommen, aber das war wohl nur eine Frage der Zeit. Leah musste erst den Mut dazu finden, aber zum Glück war Elvis hartnäckig.

»Ich bin schon sehr gespannt.« Sie umarmte ihre Freundin, diesmal um einiges vorsichtiger, und ging anschließend durch den Hangar ins Gebäude. Sie kam aber nicht weit, da sie hinter einer offenen Tür im Korridor ein sehr viel weniger freundliches Gesicht entdeckte.

Owen war gerade dabei, den Rucksack mit den Medikamenten zu überprüfen, der im Wandverbau neben den Helmen und den Kleiderstangen für ihre Einsatzjacken lag. Genauso wie der Check des Helikopters war dies die erste frühmorgendliche Arbeit auf der Basis. Als er sie hereinkommen sah, zogen sich seine dunklen Augenbrauen zusammen.

»Du bist zurück.«

Anne blieb wie angewurzelt stehen. Plötzlich wusste sie nicht mehr, was sie sagen sollte. Ihn nach allem, was sie zusammen erlebt hatten, wiederzusehen, beschwor ein sonderbares Flattern in ihrer Brust herauf. »Du auch«, krächzte sie schließlich und musterte ihn eingehend. Sein Bein war nicht mehr verbunden, auch Krücken waren nirgends zu sehen. Seit er vor drei Wochen aus ihrem Krankenzimmer verschwunden war, hatte sie nichts mehr von ihm gehört. Dafür hatte sie umso öfter an ihn gedacht, was sie verwirrte. »Arbeitest du schon lange wieder?«

»Ich habe nie aufgehört.«

»Bürodienst, hm?«

Er nickte und wandte sich wieder dem Rucksack zu. Anne verschränkte ihre Hände und überlegte, was sie noch sagen konnte. Es war ein mehr als komisches Gefühl, ihm hier gegenüberzustehen. Einerseits spürte sie die altvertraute Distanziertheit, die ihn wie eine Mauer umgab, andererseits war da aber auch der Nachhall von Nähe und Wärme. Sie konnte sich nicht erinnern, sich je so beschützt gefühlt zu haben wie in seinen Armen, und sie vermisste es. Am liebsten wäre sie auf ihn zugegangen und hätte sich an ihn geschmiegt. Sie wollte noch einmal so gehalten werden, auch wenn ihr das, was passiert war, so weit weg vorkam wie ein ferner Traum – aber wie meistens nach Träumen blieb ein intensives Gefühl zurück.

Owen stand vor dem weißen Wandregal mit den vielen Fächern, den Blick auf den Rucksack gerichtet, seine Stimme klang kühl wie immer. »Und wie geht es dir?«

»Ich habe es vom Parkplatz bis hierher ohne eine Verschnaufpause geschafft«, erwiderte sie stolz. Ihre Genesung schritt langsam voran; sie machte Fortschritte, wenn auch sehr, sehr kleine.

Owen nickte kurz angebunden, dann konzentrierte er sich wieder auf den Rucksack. »Gut, dass du wieder da bist.«

Ein weiteres Flattern machte sich in ihrem Bauch bemerkbar, so kräftig, dass ihr fast der Atem stockte. »Ja«, war alles, was sie herausbrachte.

Es erforderte enorme Willensstärke, ihn nicht in die Arme zu schließen und den Kopf an seiner Schulter zu bergen, wie sie es unter den Trümmern getan hatte. Sie waren sich so nahe gewesen, und der Gedanke, er könnte sie wieder wie eine Fremde behandeln, schmerzte mehr, als sie für möglich gehalten hatte.

»Owen …«, begann sie im verzweifelten Versuch, ebendiese Nähe wiederherzustellen, aber Owen sah sie immer noch nicht an.

»Hast du noch Schmerzen?«, fragte er wie beiläufig und nahm verschiedene Medikamente heraus.

Anne versuchte sich ihre Enttäuschung nicht anmerken zu lassen. »Sie sind auszuhalten. Und du?«

»Mir geht's gut.«

Sie nickte und überlegte, was sie tun sollte. Noch einmal hinausgehen zu Leah, die wie jeden Tag den Treibstoff im Helikopter und Tankwagen überprüfte? Nein, sie wollte ihre Freundin lieber nicht stören. »Dein Bruder und Leah scheinen sich gut zu verstehen.«

Sein Körper spannte sich deutlich an, offenbar war er darüber nicht sonderlich begeistert.

»Keine Sorge«, fügte sie hinzu. »Leah kann schon auf sich aufpassen.«

Owen erwiderte nichts, und da Anne partout nichts einfiel, womit sie das Gespräch am Laufen halten konnte, gab sie auf.

»Also dann … widme ich mich mal dem Papierkram.« Anne wandte sich zum Gehen, doch bevor sie um die Ecke bog, blieb sie noch einmal stehen. »Es ist wirklich schön, zurück zu sein.« Bei dir, fügte sie in Gedanken hinzu und wunderte sich über sich selbst. Wie konnte sie für einen so mürrischen Kerl bloß so intensive Gefühle hegen – Lebensretter hin oder her?

Aus dem Augenwinkel sah sie, wie Owen sich zu ihr umdrehte. Er schien tief Luft zu holen, als ob er etwas sagen wollte, aber er blieb still, und Anne ging weiter.

*

»Er will mit mir ausgehen.« Leah saß an ihrem Schreibtisch im Büro, das sie sich mit dem zweiten Piloten dieser Basis teilte. Sie war so aufgedreht, dass es ihr sichtlich schwerfiel, stillzuhalten, anstatt mit dem Drehsessel Karussell zu fahren.

Anne ließ sich auf der Tischkante nieder und versuchte, sich das Lachen zu verbeißen. »Na, das ist doch wunderbar! Der Kerl ist wirklich süß.«

»Das schon, aber er ist vierundzwanzig! Ich bin dreißig …«, gab Leah wieder einmal zu bedenken.

»Du verstößt zumindest gegen kein Gesetz«, neckte

Anne ihre Freundin, wofür sie sich einen bösen Blick einfing.

»Ich verstehe es einfach nicht! Was will er von mir?«

»Oh, da würden mir einige Dinge einfallen.«

»Anne!« Leah sprang auf, ließ sich aber sofort wieder mit einem frustrierten Seufzer zurückfallen. »Ich weiß wirklich nicht, was ich tun soll. Wir passen so gar nicht zusammen. Ich bin keine Ausgeh-Prinzessin, die sich für einen Mann aufbrezelt und irgendein belangloses Zeug plappert, um unangenehme Gesprächslücken zu füllen.«

»Leah, du hast zwei lange Autofahrten mit Elvis hinter dir, und du hast schon oft mit ihm telefoniert. Gab es da irgendwelche unangenehmen Gesprächslücken?«

»Nein! Aber welche Erwartungen mag er jetzt haben?«

Anne kaute an einem ihrer Fingernägel. Owens Worte, Elvis suche nur schnelle Nummern, fielen ihr ein. Unschuldig sagte sie: »Nun, du könntest ihn ja auch einfach nur benutzen, um Spaß zu haben.«

Leah schoss ihr einen tödlichen Blick zu. »Du hast eindeutig zu viel Spaß, und zwar an *meiner* Misere.«

Anne stieß Leah sanft mit dem Fuß an. »Am Ende ist das doch alles nicht wichtig, es kommt einfach nur auf die simple Frage an, ob du ihn magst. Also?«

Leah blickte auf den Bildschirm und zuckte mit den Schultern. »Er ist irgendwie anders. Als er im Pub dazwischengegangen ist – das war keine Show. Er schien wirklich zu verstehen, wie es in mir aussieht. Und als ich ihn abgeholt habe, als Owen und du unter den Trümmern begraben wart, habe ich gemerkt, wie sehr er seinen Bruder liebt. Er hat mir erzählt, wie schuldig er sich fühlt, weil Owen so viel für ihn aufgeben musste, und was Owen alles für ihn getan hat. Er ist ihm total dankbar und wirklich ein guter Mensch.«

»Und ziemlich sexy.«

Leah verkniff sich ein Grinsen. »Ja, ziemlich sexy. Ich weiß nicht, ob es am Altersunterschied liegt, aber bei Elvis habe ich nicht ständig den Eindruck, dass er versucht, mich zu dominieren. Weißt du, was ich meine? Wie oft glauben Männer, sie haben das Sagen, die Kontrolle, nur weil sie Männer sind? Bei Elvis dagegen habe ich das Gefühl, er begegnet mir auf Augenhöhe.«

Anne dachte an das, was Owen ihr über seine und Elvis' Kindheit erzählt hatte. Der junge, charmante Mann, den sie in Evelyns Pub kennengelernt hatten, hatte so einiges an Ballast zu tragen. Aber Anne hatte Leah nichts davon erzählt. Das musste Elvis selbst tun. Es hatte so lange gedauert, bis Owen sich ihr gegenüber geöffnet hatte, da wollte sie sein Vertrauen nicht missbrauchen und aus seinem Privatleben erzählen. Außerdem hatte auch Leah dunkle Flecken in ihrer Vergangenheit, die sie Elvis irgendwann anvertrauen konnte. Düstere Geheimnisse, die nicht einmal Anne kannte.

»Dann versuch es, Leah.« Anne rutschte von der Tischkante und legte ihrer Freundin die Hand auf die Schulter. »Am Wochenende haben wir doch diese große Gala zur Ehrung der Einsatzkräfte während des Sturms, wieso nimmst du ihn nicht mit? Auf der Einladung steht, dass wir eine Begleitperson mitbringen dürfen. Er würde sich bestimmt freuen, wenn du ihn einlädtst. Euer erstes Date fände unter Menschen statt, die du kennst, du hast deine Freunde um dich herum und kannst in aller Ruhe abwarten, wie es läuft.«

»Das ist eine wunderbare Idee, Anne!«, rief Leah begeistert. »Dann musst du nur noch Owen fragen, ob er mit dir hingeht, und alles ist perfekt.«

Anne zuckte zusammen. »Ich soll mit Owen hingehen?«, fragte sie zögernd, und schon wieder überfiel sie dieses sonderbare Flattern in der Bauchgegend.

»Ich dachte, ihr beide versteht euch jetzt besser, nach allem, was ihr zusammen durchgemacht habt. Bitte, Anne, lass mich nicht allein. Owen hat doch keine Freundin, oder? Du hast Stunden mit ihm unter den Trümmern verbracht, du müsstet ihn doch mittlerweile besser kennen als seine eigenen Eltern.«

Anne schauderte bei der Erinnerung an ihr kaltes, dunkles Gefängnis. An das grauenvolle Gefühl, lebendig begraben zu sein.

»Ich weiß nichts von einer Freundin«, sagte sie abwehrend und wunderte sich gleichzeitig, wie beklemmend sich der Gedanke anfühlte, dass Owen eine andere so halten könnte wie sie.

»Schwer, sich eine Frau an Owens Seite vorzustellen.« Leah sah aus einem der bodentiefen, großflächigen Fenster, die den Raum mit Licht fluteten, und legte den Kopf schief. »Merkwürdig.«

»Was ist merkwürdig?« Anne folgte ihrem Blick.

Vom Pilotenbüro blickte man unter anderem auf den

engmaschigen Gitterzaun, hinter dem sich eine verdächtige Gestalt bewegte.

Anne konnte gar nicht genau sagen, was sie so verdächtig machte, der dunkelhaarige Mann könnte durchaus ein einfacher Passant sein. Allerdings benutzte er nicht den Gehweg, sondern stand auf dem schmalen Wiesenstück direkt am Zaun und sah sich in alle Richtungen um, als habe er vor, gleich etwas Verbotenes zu tun.

»Kennst du den Mann?«

Leah richtete sich ein wenig auf, kniff die Augen ein kleines Stück weit zusammen und spähte an Anne vorbei aus dem Fenster. »Ich glaube, ja. Wenn ich mich nicht völlig täusche, ist das Seth. Der Freund von deiner Mutter.«

»Der Freund von meiner ... Was sagst du da?« Anne verschluckte sich an dem Tee, an dem sie gerade nippte, und bekam einen Hustenanfall. In all den Jahren, in denen Anne bei Evelyn gelebt hatte, war nie ein Mann durch ihre Tür gegangen. Sie wusste nicht viel über das, was in Evelyns Ehe geschehen war, ehe ihr Mann an seiner kaputten Leber gestorben war, aber es hatte genügt, dass Evelyn den Männern ein für alle Mal abgeschworen hatte. Natürlich glaubte Anne nicht, dass ihre Mutter die letzten vierundzwanzig Jahre als Nonne gelebt hatte, aber zumindest war ihr kein Mann wichtig genug gewesen, um ihn ihrer Tochter vorzustellen.

»Ja, Seth. Er hat deine Mutter nach Manorbier gebracht und anschließend auch ins Krankenhaus. Nachher hat er uns nach Hause gefahren. Hat sie denn gar nichts von ihm erzählt?«

»Kein Wort!« Das war doch wirklich nicht zu fassen. Dieser Mann hatte sie den ganzen Weg bis Manorbier gebracht und dann auch noch ins Krankenhaus, und ihre Mum verlor keine Silbe darüber? Was sollte das? War Evelyn etwa verliebt in den Kerl? Wenn ja, wieso hatte sie nichts davon bemerkt?

»Hey, Annie, du siehst aus, als würde dein brillantes Gehirn gleich explodieren. Ich meinte doch nicht, dass die beiden etwas miteinander haben, sondern einfach, dass er ein Freund von ihr ist. Wie eng, das weiß ich nicht, aber es sah so aus, als sei ihre Freundschaft rein platonisch. Ich fand es sehr nett, dass er sie den weiten Weg gefahren hat, noch dazu bei diesem Sturm, und dann hat er ihr auch noch im Krankenhaus zur Seite gestanden.« Sie krauste leicht die Nase, wie meistens, wenn sie angestrengt nachdachte. »Irgendetwas scheint wirklich in der Luft zu liegen. Ich stehe kurz davor, jemanden auf ein Date einzuladen, was einem biblischen Wunder gleichkommt, das kannst du mir glauben. Und deine Mutter zeigt sich an der Seite eines rauen, von Narben gezeichneten, nachdenklich dreinschauenden, extrem attraktiven Silberfuchses – ich betone: rein platonisch. Jetzt fehlst nur noch du.«

Anne erwiderte nichts; sie hatte Angst, Leah könnte bemerken, wie ertappt sie sich fühlte, da sie sofort wieder an Owen dachte. Also schüttelte sie nur den Kopf und sah erneut aus dem Fenster.

Der Mann hatte den Weg zurück aufs Pflaster gefunden und ging nun eiligen Schrittes davon, ohne sich noch einmal umzudrehen. Was wollte er hier? Kannte er jemanden auf der Basis? Hatte er nach jemandem gesucht oder sich einfach nur verlaufen?

»Wirst du Evelyn nach ihm fragen?«, wollte Leah wissen und zog fragend die Augenbrauen in die Höhe.

Nachdenklich blickte Anne dem Mann hinterher, der kurz darauf hinter einer Biegung verschwand, und fragte sich, wer um alles auf der Welt dieser Fremde wohl sein mochte.

Kapitel 5

E velyn sah auf die Liste mit Wohnungen, die sie zusammengestellt hatte, und dann auf den Telefonhörer in ihrem Büro. Sollte sie ihn anrufen? Sie wollte nicht aufdringlich erscheinen, aber sie machte sich Sorgen. Er war vor drei Wochen nach dem gemeinsamen Frühstück im Pub zur Arbeit gegangen, und seither hatte sie nichts mehr von ihm gehört. Sie wusste, dass er Hilfe brauchte, sonst wäre er ja nicht ins Zentrum gekommen, aber jetzt schien er es sich anders überlegt zu haben. Was, wenn er einen Rückfall erlitten hatte? Lebte er immer noch in seinem Auto? Sie kannte das alles und wollte nicht zulassen, dass ein so einfühlsamer, hilfsbereiter Mensch wie Seth dort draußen herumirrte, allein, ohne jemanden, der ihm zur Seite stand.

Er hatte ihr so selbstlos geholfen, sie musste sich einfach revanchieren! Das war der einzige Grund, weshalb sie ihn anrufen wollte, redete sie sich ein, tippte den Namen der Firma, bei der er arbeitete, ins Suchfeld ihres Computers und drückte auf Enter. Augenblicklich erschienen die Kontaktdaten. Evelyn griff nach dem Telefonhörer. Sie hatte bereits Besichtigungstermine für mehrere Wohnungen ausgemacht, der erste davon war bereits in einer halben Stunde. Vielleicht könnten sie gemeinsam dorthin gehen und etwas Passendes für ihn finden. Fast jeder im Ort kannte sie, und wenn sie sich für sie einsetzte, erhielten auch schwierigere Fälle eine ordentliche Wohnung. Menschen, die noch nicht lange arbeiteten und keine regelmäßigen Gehaltsschecks vorweisen konnten oder auch sonst als nicht besonders zuverlässig galten – vor allem, wenn herauskam, dass sie an einer Sucht litten. Evelyns Wort zählte viel, bot sie doch die Garantie, dass ihre Organisation dem zukünftigen Mieter beistand. Sie konnte Seth wirklich helfen.

Evelyn lauschte auf das Läuten, aber als endlich jemand abhob, sagte ihr die Sekretärin, dass Seth außer Haus war. Mit einem frustrierten Laut legte sie auf und blickte erneut auf die Uhr.

»Sharon, ich habe einen Termin«, rief sie ins angrenzende Büro einer ihrer Betreuerinnen und warf ihr Handy in die Handtasche.

Sie verließ das Gebäude, und sofort stieg ihr der Geruch des indischen Restaurants von nebenan in die Nase. Ihr Magen begann zu knurren, und sie erinnerte sich daran, dass sie heute noch nichts gegessen, dafür aber bereits drei Tassen Kaffee getrunken hatte. Nun, sie konnte sich nach der Wohnungsbesichtigung etwas besorgen.

»Hey, Evelyn, wie geht es Anne?«, schallte plötzlich eine vertraute Stimme von der anderen Straßenseite zu ihr herüber.

Evelyn schirmte die Augen mit der Hand vor der Sonne ab und erkannte Llewellyn vom Postamt, der ihr fröhlich zuwinkte.

»Viel besser, sie arbeitet schon wieder!«, rief sie zurück und folgte dem Gehweg, der sie an Einfamilienhäusern mit Erkerfenstern vorbeiführte, vor denen gewaltige Blumenarrangements einen unwiderstehlichen Duft verströmten. Sie liebte es, durchs Dorf zu spazieren, kein Ort war besonders weit vom anderen entfernt, und sie hatte nie ein ungutes Gefühl dabei gehabt, Anne alleine zur Schule oder zu Freunden zu schicken.

Sie ging am Rugby Club vorbei, an der Grundschule und an dem kleinen Einkaufszentrum, das nur wenige Geschäfte wie eine Apotheke, einen Bekleidungsladen und ein Zeitschriftengeschäft beherbergte. Dabei traf sie viel zu viele Bekannte, die alle mit ihr plaudern wollten. Sie musste sich aber beeilen, wenn sie nicht zu spät kommen wollte.

Der erste Termin führte sie in ein Wohngebiet entlang einer ansteigenden Straße, das von modernen Doppel- und Reihenhäusern dominiert wurde. Sie wusste, dass Susan Llwynhan in der Gegend wohnte und nur Positives über die Nachbarschaft berichtete. Es gab auch noch ein paar alte, renovierte Steinhäuser mit ihrem ganz eigenen Charme sowie einen Apartmentkomplex, der schon bessere Jahre gesehen hatte. Die beige Fassadenfarbe wirkte schmutzig und blätterte stellenweise ab, das Dach war verwittert, die Betonzufahrt voller Risse. Allerdings ließ das an einer Seite aufgebaute Gerüst vermuten, dass dies nicht lange so bleiben würde.

Ein Mann im Anzug, den sie sofort als Carols Sohn Andrew erkannte, wartete bereits mit einem jungen Paar vor der Eingangstür.

»Evelyn!« Andrew winkte ihr freudig. »Wie schön, dass du kommen konntest. Wie geht es Anne?«

Evelyn lachte. »Mensch, Andrew, du hast dich aber schick gemacht. Anne geht es sehr viel besser, sie arbeitet schon wieder.«

Sie sprang die beiden von Unkraut überwucherten Treppenstufen in den schattigen Eingangsbereich hinunter, schüttelte Andrews Hand und wandte sich an das junge Paar, das ihr nicht bekannt vorkam.

»Das sind Lizzy Tanner und Edward Gibson«, stellte Andrew die beiden vor. »Sie sehen sich die Wohnung heute ebenfalls an.«

»Ah ... Tanner ... Du bist Christine Tanners Tochter, oder?«, fragte Evelyn die junge dunkelhaarige Frau.

»Ja genau, und Sie sind Evelyn Meyers? Sie und meine Mutter waren Schulfreundinnen, nicht wahr?«

Evelyn nickte. »Vor einer halben Ewigkeit. Ich habe Christine schon länger nicht gesehen, was macht sie denn jetzt?«

»Sie arbeitet in Fyrddin in einem Strandcafé.«

»Bitte richte ihr liebe Grüße von mir aus.«

»So, nun sind wir auch schon vollzählig«, ließ sich Andrew vernehmen. »Kommen Sie ruhig«, forderte er jemanden hinter Evelyn auf und schloss die Haustür auf.

Evelyn drehte sich um. Ihr klappte der Mund auf. »Seth?«

»Evelyn ...« Seth strich sich über den kurzgehaltenen Kinnbart und sah sie fragend an. Er sah gut aus in der schwarzen Hose und dem hellblauen Hemd, elegant.

Seine grau melierten Haare waren ordentlich zurückgekämmt.

»Sie kennen sich?«, fragte Andrew erstaunt.

Evelyn wusste nicht, was sie sagen, geschweige denn fühlen sollte. Erleichterung, dass es Seth offensichtlich gut ging – er sah nicht aus, als würde er unter dem Einfluss irgendwelcher Substanzen stehen –, aber auch eine irrationale Enttäuschung, da er sie im Ungewissen gelassen hatte.

»Flüchtig«, winkte sie ab und deutete zur Eingangstür, die Andrew für sie aufhielt. »Wollen wir?«

Sie setzte sich in Bewegung und versuchte, den eindringlichen Blick, der sich in ihren Rücken bohrte, zu ignorieren. Jetzt wusste sie zumindest, dass er immer noch in seinem Auto lebte, auch wenn er drauf und dran war, sein Leben selbst in die Hand zu nehmen.

Die Eingangstür war aus Glas und hatte einen Sprung, den jeder hier ignorierte. Vermutlich lagen die Erwartungen ohnehin nicht besonders hoch, die Miete war günstig, und es gab bestimmt schöner gelegene Gegenden, denn diese grenzte fast an das kleine Industriegebiet. Von hier aus hätte es Seth nicht weit bis zur Arbeit, und wenn das abgewohnte Apartmenthaus erst mal renoviert war, wäre es bestimmt um einiges ansehnlicher.

»Die Wohnung liegt im ersten Stock, wie Sie bestimmt schon wissen, und hat ein Schlafzimmer, eine Wohnküche, ein kleines Bad und eine separate Toilette.«

Andrew ging Lizzy und Edward voran in den kühlen, vom Keller her etwas muffig riechenden Gang, der aber frisch gestrichen schien, dann griff Seth nach der zufallenden Tür und hielt sie für Evelyn auf.

»Danke.«

Er öffnete den Mund, als wollte er etwas sagen, dann klappte er ihn wieder zu, ließ Evelyn an sich vorbeigehen und folgte den anderen die Treppe hinauf.

Im ersten Stock angekommen, blieb der Makler stehen und schloss die dunkle Holztür auf der rechten Seite des Gebäudes auf, die einen recht neuen Eindruck erweckte. Vielleicht war das Apartment ja gar nicht so schlimm. In der Anzeige hatte immerhin »renoviert« gestanden.

»Es ist die perfekte Wohnung für ein junges, kinderloses Ehepaar oder für Alleinstehende«, erklärte Andrew und sah von einem zum anderen. »Die Nachbarn sind angenehm ruhig. Gegenüber lebt ein älteres Ehepaar, im Erdgeschoss wohnen zwei Junggesellen, die ständig bei der Arbeit und kaum hier sind, und über Ihnen ist vor Kurzem eine junge Künstlerin eingezogen.«

»Solange ihre Kunst nicht das Schlagzeugspielen ist«, scherzte Evelyn und wunderte sich, dass Seth bei ihren Worten anfing zu grinsen. Ein Lächeln in diesem Gesicht war nach wie vor eine Seltenheit und für Evelyn jedes Mal ein kleiner Schock. Es verwandelte ihn in einen völlig anderen Menschen, und sie fragte sich unwillkürlich, warum er sich wohl in die Sucht geflüchtet hatte. Ihm musste wahrhaft Schlimmes zugestoßen sein, dachte sie und erinnerte sich an die tiefen Abgründe, die sie in seinen Augen gesehen hatte.

»Kommen Sie nur, hereinspaziert«, ermutigte Andrew

die kleine Gruppe und trat ein. »Der Strom ist im Moment noch abgeschaltet, aber ich denke, es ist auch so hell genug.«

Evelyn betrat einen eher finster wirkenden Vorraum, war aber positiv überrascht über den Geruch nach frischer Farbe und Holz. Von Staubwirbeln durchzogene Sonnenstrahlen fielen durch die großen Fenster in den angrenzenden Wohn-Essbereich, dessen Holzboden neu geschliffen wirkte.

»Ich wusste gar nicht, dass Sie auch nach einer Wohnung suchen«, murmelte Seth, als Andrew die bereits vorhandene Küche mit der Holzfront anpries. Es war eine kleine Zeile, nur mit dem Nötigsten ausgestattet – eine Arbeitsfläche, ein Kühlschrank mit Gefrierfach, ein Backofen, vier Herdplatten und eine Mikrowelle –, aber sie machte einen guten Eindruck und verlieh dem Raum etwas Gemütliches, genauso die Holzdecke über ihnen.

»Ich suche keine Wohnung«, gab sie zu und strich mit der Hand über die Marmorfensterbank. »Ich habe nur gerne ein Auge auf die Immobilien im Dorf, da es immer mal wieder vorkommt, dass jemand einen Tipp braucht, was schöne, günstige Wohnmöglichkeiten anbetrifft.«

Seth nickte und sah sich im Raum um. »Und, wie fällt Ihr Urteil bei dieser Wohnung aus?«

»Ich finde sie ehrlich gesagt bezaubernd. Können Sie sich denn vorstellen, hier einzuziehen?«

»Auf alle Fälle ist es weitaus besser, als im Auto zu wohnen.« Er lächelte. »Sie sind meinetwegen hier, stimmt's?«, fragte er mit einem durchdringenden Blick, der keine Ausflüchte zuließ.

Sie zuckte mit den Schultern. »Ich habe den Termin schon kurz nach Annes Unfall ausgemacht, in dem Glauben, dass Sie zurückkommen und Hilfe annehmen würden. Ich konnte ja nicht ahnen, dass Sie sich plötzlich in Luft auflösen.« Es gelang ihr, ganz neutral zu klingen und jeglichen Vorwurf aus ihrer Stimme herauszuhalten, worüber sie froh war. Er war schließlich nicht verpflichtet, sich von ihr helfen zu lassen.

»Wie geht es Anne?«, erkundigte er sich, als Andrew die Tür zum Badezimmer öffnete.

»Sie wird wieder. Die Schmerzen lassen langsam nach, aber es wird wohl noch dauern, bis sie wieder ganz bei Kräften ist.«

Seth sah gedankenversunken aus dem bodentiefen Fenster. »Sie hatte großes Glück.«

»Ja, anscheinend hat sie den besten Schutzengel der Welt. Als Kind überlebte sie einen Autounfall – und jetzt das.«

Bei ihren Worten spannten sich seine breiten Schultern sichtlich an, und Evelyn verfluchte sich, da sie ihn schon wieder mit ihren eigenen Problemen belastete, anstatt ihm zu helfen.

»Es tut mir leid«, beeilte sie sich zu sagen. »Genug von mir. Wie geht es Ihnen mit der neuen Arbeit?«

Seth zuckte mit den Schultern. »Ich kann mich nicht beschweren, sie bringt Geld für die Miete ein, das ich hoffentlich bald genau dafür verwenden kann.«

Er folgte Andrew ins Badezimmer. Evelyn blieb in der Tür stehen, denn in dem kleinen, fensterlosen Quadrat mit Dusche und Waschbecken hatten unmöglich alle Platz.

»Zumindest Wasser ist schon mal da«, scherzte Andrew und drehte den Hahn auf, woraufhin ein Plätschern zu hören war.

Evelyn ging zurück ins Wohnzimmer und wartete, bis Seth aus dem Bad kam, dann sagte sie leise: »Ich kann mich wirklich gar nicht genug bei Ihnen bedanken.« In dem Augenblick knurrte ihr Magen laut und vernehmlich und brachte sie auf eine Idee. »Wie wäre es, wenn ich Sie nachher zum Essen einlade und Sie erzählen mir ein wenig mehr über sich? Es muss ja nicht gleich eine Sitzung sein, einfach ein zwangloses Essen …«

»Mr Perry«, wandte sich Andrew an Seth, »möchten Sie vielleicht einen Blick ins Schlafzimmer werfen?«

Mr Perry … Seltsam, Seth hatte denselben Nachnamen wie ihre Tochter. Was für ein Zufall. Aber Anne war bestimmt nicht die einzige Perry in Wales. Sie wollte ihn soeben darauf aufmerksam machen, als sie bemerkte, dass er blass geworden war. Er wirkte irgendwie ertappt, und auf einmal begriff Evelyn, dass dies kein Zufall war. Ganz und gar nicht. Sofort begannen sämtliche Alarmglocken in ihrem Kopf zu schrillen. Sein plötzliches Auftauchen im Suchthilfezentrum, die Fahrt nach Manorbier, sein Interesse an Anne …

Er musste zu Annes leiblicher Familie gehören, da war sie sich nun ganz sicher, und auch wenn sie es nicht hundertprozentig wusste, glaubte sie zu ahnen, in welchem Verhältnis er zu ihr stand. Aber wieso jetzt? Wieso auf diesem Weg?

»Evelyn …«

Entsetzt taumelte sie einen Schritt zurück. Sämtliche alten Ängste brachen mit aller Macht über sie herein, der schreckliche Gedanke, jemand könnte ihr das nehmen, was ihr auf dieser Welt am wichtigsten war – dabei war das Unsinn. Anne war längst erwachsen, sie war nicht mehr das kleine Mädchen auf ihrem Schoß, sie würde immer in Evelyns Leben sein. Trotzdem ließ sich die grauenhafte Furcht nicht zurückdrängen.

»Hier habe ich noch einmal alle Informationen mit ein paar Fotos für Sie zusammengefasst«, riss die Stimme des Maklers Evelyn aus ihren rasenden Gedanken. Er drückte ihr einen Zettel in die Hand. Evelyn schloss ihre Faust so fest darum, dass er zerknitterte. Seth Perry, Seth Perry. Etwas stimmte nicht. Täuschte sie sich etwa doch? Wenn er der war, für den sie ihn hielt, musste er anders heißen. »Graham?« Sie sah zu ihm auf. »Ist das Ihr richtiger Name? Graham Perry?«

Seth antwortete nicht.

Evelyn spürte, wie Andrew und das junge Paar sie verwirrt ansahen.

Andrew warf einen Blick auf seine Liste. »Graham Seth Perry«, las er vor und blickte von einem zum anderen.

Evelyn hielt es nicht länger hier drinnen aus. »Bitte entschuldigen Sie mich.« Sie machte auf dem Absatz kehrt und eilte hinaus, fürchtend und hoffend, dass Seth – nein, Graham – ihr folgte. Einerseits brauchte sie Zeit und Ruhe, um das soeben Erfahrene zu verarbeiten, andererseits wollte sie Antworten haben, und zwar sofort. Sie wollte wissen, wieso er damals nach seiner Gefängniszeit nicht zurückgekommen war, um Anne zu holen, wollte ihn fragen, was genau passiert war, vor allem aber wollte sie wissen, warum er nach so langer Zeit versuchte, den Kontakt mit Anne wiederaufzunehmen. Brauchte er Geld? Immerhin lebte er in seinem Auto!

Doch ganz gleich, aus welchem Grund er gekommen war – sie würde niemals zulassen, dass er Anne verletzte.

Warme Sonnenstrahlen legten sich auf ihre Haut. Sie konnte sich nicht erinnern, wie sie nach draußen gelangt war, und blinzelte überrascht ins grelle Licht. Sie sah die Straße auf und ab und überlegte, wohin sie jetzt gehen sollte. Nach einer kurzen Weile schlug sie den Weg ein, den sie gekommen war. Sie überlegte, einen Abstecher zur Flugbasis zu machen, um sicherzugehen, dass es Anne gut ging, aber wie sollte sie ihr die Rückkehr ihres Vaters erklären? Sie wusste ja selbst nicht, was hier gespielt wurde!

»Evelyn!«

Evelyn atmete tief durch und blieb stehen. Sie wusste, dass es ihr nichts nützen würde, ihre Schritte zu beschleunigen und einfach weiterzugehen, da er sie ohnehin einholen würde. Da war es besser, sich gleich dem Unvermeidlichen zu stellen.

»Graham Perry.« Sie drehte sich zu ihm um und spürte, wie sich ihr Magen verkrampfte, als er mit düsterer Miene näher kam.

»Graham – das war einmal. Ich höre schon viele Jahre auf den Namen Seth.«

»Sie sind nicht zu mir gekommen, weil Sie Hilfe brauchen.«

Er blieb vor ihr stehen, die Augen ob des grellen Sonnenlichts leicht zusammengekniffen. »Doch. Genau deshalb bin ich gekommen.« Er sah ihr fest in die Augen.

Evelyn wusste nicht, was sie denken sollte. Ja, sie war sauer auf ihn, weil er ihr nicht gleich die Wahrheit gesagt hatte, aber ihr anfänglicher Zorn war verraucht. Wenn er so vor ihr stand, sie so ansah, glaubte sie nicht, dass er eine Bedrohung für sie oder Anne darstellte. Nein, sie hatte vielmehr das Gefühl, dass er tatsächlich Hilfe brauchte, und das konnte sie nicht ignorieren, denn anderen Menschen zu helfen war schließlich ihr Job. Mehr als das. Es war ihre Berufung, ihre Lebensaufgabe. Außerdem war er Annes Vater. Sie konnte ihn nicht einfach zum Teufel schicken, schon gar nicht, da sie Antworten brauchte.

»Meine Einladung zum Essen steht nach wie vor.« Die Worte hingen zwischen ihnen in der Luft, und Evelyn brauchte selbst einen Moment, um zu begreifen, dass sie sie ausgesprochen hatte.

Seth sah sie überrascht an. »Meinen Sie das ernst?«, fragte er, als er sich wieder gefasst hatte, und wandte den Blick ab, als wagte er nicht, ihr ins Gesicht zu blicken, weil er die Antwort auf seine Frage fürchtete.

»Selbstverständlich meine ich das ernst. Ich will wissen, was Sie von uns wollen, und ich habe Hunger. Schrecklichen Hunger. Mit etwas zu essen im Magen kann ich auch besser denken.«

Sie sah, wie er ein Schmunzeln andeutete.

»Danke, das weiß ich zu schätzen. Ich gehe sehr gerne mit Ihnen essen, aber ich lade Sie ein.« Evelyn hob die

Hand und wollte protestieren, doch er unterbrach sie: »Ich arbeite nun lange genug, um mir eine Miete leisten zu können, da ist auch ein Essen mit der Frau drin, die meine Tochter großgezogen hat.« Er lachte leise auf, mehr ungläubig als humorvoll. »Wow«, fügte er mit hochgezogener Stirn hinzu. »Es fühlt sich komisch an, das auszusprechen.«

Evelyn atmete tief ein. »Es fühlt sich komisch an, das zu hören.« Sie sah sich auf der Straße um. »Irgendwelche Präferenzen? Neben meinem Büro gibt es einen hervorragenden Inder.«

Seth sah zum Bordstein, und Evelyn erkannte den kleinen roten Wagen mit den Rostflecken wieder, der dort parkte. »Vielleicht fahren wir auch an die Küste und nutzen den schönen Tag?«

Evelyn zögerte.

Seth lachte. »Keine Angst, der Wagen hat seit unserem letzten Ausflug einen Müllsack und einen Staubsauger gesehen.«

Das war nicht der Grund, weshalb sie Bedenken hatte. Sie hatte keine Lust auf einen Ausflug, wollte sich einfach nur hinsetzen, etwas Warmes in den Bauch bekommen und hören, was Seth zu sagen hatte. Andererseits würde ihr eine kleine Fahrt durch die wunderschöne grüne Landschaft mit ihrer zerklüfteten Felsküste und den malerischen Buchten und Stränden vielleicht ganz guttun und ihr dabei helfen, ihre Gedanken zu sortieren. So konnte sie sich genau überlegen, was sie sagen und vor allem, welche Fragen sie stellen sollte.

»Okay, ich rufe nur schnell im Büro an und gebe Bescheid, dass ich länger weg bin, dann können wir los.«

Seth nickte. »Ich warte im Auto.« Er verzog die Lippen zu einem zaghaften Lächeln, dann drehte er sich um und ging zu seiner kleinen roten Rostlaube.

Evelyn kramte in ihrer Handtasche nach dem Handy. Ihre Hände zitterten, als sie die Nummer der Suchthilfezentrale aufrief. Annes Vater! Der Mann, der ins Gefängnis gekommen war, als Anne vier Jahre alt gewesen war, und der nie wieder etwas von sich hören lassen hatte. Sie konnte es immer noch nicht glauben, konnte nicht fassen, dass sie Stunden mit ihm im Auto verbracht hatte, dass er geholfen hatte, Trümmerteile der eingestürzten Scheune abzutragen, ohne ihr zu verraten, dass er um seine Tochter bangte.

Der Anruf war schnell erledigt, aber Evelyn drückte sich das Handy noch ein paar Augenblicke länger ans Ohr, um sich ein wenig zu sammeln. Sie atmete tief durch, straffte die Schultern und blickte in die Sonne. Alles wird gut, sagte sie sich. Sie würde endlich Antworten bekommen, Antworten auf Fragen, die sie sich so lange gestellt hatte. Auch Anne könnte nach diesem Gespräch die Lücken in ihrer Vergangenheit füllen. Wie sie wohl reagieren würde?

Nervös ging sie zu Seth hinüber, der neben dem Auto auf sie wartete und ihr die Beifahrertür aufhielt.

»Danke.« Sie ließ sich auf den Sitz sinken und sah sich im Wagen um, der tatsächlich sehr viel aufgeräumter wirkte. Am Rückspiegel baumelte ein kleiner Duftbaum, der den Geruch nach Kiefernnadeln verströmte.

Seth eilte um die Motorhaube herum und stieg ebenfalls ein. »Ich weiß wirklich zu schätzen, dass Sie bereit sind, mit mir zu reden. Mir ist durchaus bewusst, dass ich kein Recht habe, in Ihr Leben einzudringen.«

»Haben Sie das denn vor?«, fragte sie so unbekümmert wie möglich. »In Annes und mein Leben einzudringen?«

Seine Gesichtsmuskeln spannten sich an. Er parkte aus und fuhr auf die schmale Spielstraße. »Ich möchte mit Anne in Kontakt treten, vorausgesetzt, sie ist damit einverstanden. Allerdings kann ich wohl kaum ohne jede Vorwarnung bei ihr auftauchen. Deshalb bin ich zu Ihnen gekommen. Ich hatte gehofft ...«

»... dass ich den Weg für Sie ebne.«

Seth nickte. »Ja. Wie gesagt: Mir ist bewusst, dass ich kein Recht dazu habe.«

Evelyn lehnte sich zurück und sah aus dem Fenster auf die vorbeiziehenden Häuser. Bald gelangten sie auf die schmale Straße Richtung Fyrddin, die Stadt direkt an der Küste, zu deren Gemeinden auch Lliedi gehörte. Die Straße war von uralten Steinmauern gesäumt, hinter denen wild verwachsene, mit Efeu überwucherte Bäume den Eindruck von verwunschenen Gärten vermittelten. Selbst auf der Mittelfläche des Kreisverkehrs stand eine kleine Baumgruppe. Vor vielen Jahren war Evelyn einmal in England gewesen, und sie konnte sich noch gut daran erinnern, wie sie auf sämtlichen Schildern vergeblich die walisischen Bezeichnungen gesucht hatte. In Wales waren stets beide Sprachen, Englisch und Walisisch, vertreten. So stand zum Beispiel auf dem Asphalt vor ihnen die

Mahnung »Slow«, die sie zum Langsamfahren anhalten sollte, und gleich darunter las sie das Wort »Araf«. Auch die Hinweistafeln an den Bushaltestellen, Ortsschilder, ja sogar Recyclingcontainer waren zweisprachig beschriftet. Es gehörte einfach dazu. Das war Wales, und besonders in ihrem Heimatdorf war die walisische Sprache immer noch sehr lebendig; die alte Mrs Forester zum Beispiel sprach kein einziges Wort Englisch. Evelyn liebte ihr Land mit seinen Gepflogenheiten und wollte nirgendwo anders sein als in diesem durch weitläufige Wiesen, grüne Hügel, nebelverhangene Moore und schroffe Gebirge geprägten Teil von Großbritannien. Besonders in einem derart aufwühlenden Moment gab ihr der Blick auf das Altbekannte und Vertraute ein wenig Kraft.

Ihr stand ein langes, schwieriges Gespräch bevor, und das anschließende Gespräch mit Anne würde sicherlich noch schwieriger werden. Sie hatte keine Ahnung, ob Anne die Rückkehr ihres Vaters als etwas Gutes oder Schlechtes betrachten würde – vermutlich kam es auf die Gründe an, die Seth ihr hoffentlich gleich nennen würde. Oder auch nicht.

»Was wollen Sie essen?«, drang Seths Stimme in ihre Gedanken. Sie erreichten Fyrddin, und Evelyn spürte, wie ihr der Hunger verging. Sie kamen an einem Kino und an mehreren Supermärkten vorbei, dann fuhren sie durch eine schier endlose Straße, an der sich ein Haus ans andere reihte.

Evelyn kam nicht oft in die Stadt und kannte sich hier kaum aus, aber Seth schien zu wissen, wohin er fuhr, auch wenn sie weit und breit kein Restaurant entdecken konnte. Inmitten der vielen Mauern fühlte sie sich beengt und fast schon etwas eingesperrt. Hier würde sie nicht leben wollen, dachte sie, aber je weiter sie fuhren, desto größer wurden die Abstände zwischen den Gebäuden, und schließlich tat sich eine unendliche Weite aus grünen, sanft ansteigenden Hügeln vor ihnen auf. Hier gab es nur noch vereinzelte Häuser. Sie ahnte, dass das Meer nicht mehr weit sein konnte, das Gras wurde länger, vermischte sich mit Strandhafer und neigte sich im auffrischenden Wind. Evelyn kurbelte die Fensterscheibe herunter und meinte, bereits die salzige Luft des Meeres schmecken zu können.

Seth hielt auf einem weitläufigen Parkplatz für die Strandbesucher an, der an diesem schönen Frühsommervormittag gut besucht war. Ehe sie sich's versah, war er schon aus dem Auto gesprungen, um ihr die Tür zu öffnen.

Sie stieg aus und blickte auf das in der Sonne glitzernde Meer.

»Dort drüben gibt es ziemlich gutes Essen.« Er deutete auf ein Strandcafé, aber Evelyn schüttelte den Kopf.

»Später. Zuerst möchte ich runter ans Wasser.«

Gefolgt von Seth, lief sie den asphaltierten Weg entlang, bis sie Sand unter den Füßen spürte, und ließ ihren Blick die Küstenlinie rauf- und runterwandern. Der Strand und die gesamte Umgebung waren flach und weit, es gab keine dramatischen, schwindelerregend hohen Klippen, nur eine funkelnde Endlosigkeit.

Ohne zu überlegen, schlüpfte sie aus ihren roten Pumps und nahm sie in die Hände. Sie wusste gar nicht mehr, wann sie zuletzt am Strand gewesen war. Als Anne noch klein gewesen war, waren sie öfter hierhergekommen, aber das lag lange zurück.

»Ich nehme an, Sie haben gehört, dass ich wegen fahrlässiger Tötung im Gefängnis war.«

Die Worte ließen das wunderbare Bild in sich zusammenfallen wie eine von einer Welle getroffene Sandburg und rissen sie abrupt zurück in die Gegenwart.

Evelyn atmete tief durch, betrachtete die Möwen, die laut schreiend über ihren Köpfen kreisten, und versuchte, sich nicht aus der Ruhe bringen zu lassen. »Ja, das weiß ich, aber auch nicht mehr. Zum Beispiel habe ich keine Ahnung, was genau passiert ist oder wo sich Annes Mutter befindet. Mir wurde nur gesagt, sie sei schon lange vor dem Unfall fortgegangen.«

Seth schlenderte an ihrer Seite entlang und ließ ebenfalls den Blick über die idyllische Kulisse schweifen. Eine sanfte Brise kam vom Meer herein und brachte einen leicht fischigen Geruch mit sich, der etwas Frisches, Befreiendes an sich hatte. »Anne war ein halbes Jahr alt, als Sarah – ihre Mutter – uns verließ. Ich kam von der Arbeit nach Hause, und da war eine Nachbarin bei Anne, mit einem Brief in der Hand. Ich schätze, ich war nicht ganz unschuldig daran. Ich habe viel gearbeitet, war so gut wie nie zu Hause und wenn, dann war ich zu erledigt, um wirklich ein guter Partner zu sein. Sarah war ein sehr freiheitsliebender Mensch, es zog sie hinaus, in die Welt. Sie hasste es, lange an einem Ort zu bleiben, und plötzlich war sie zu Hause mit einem Baby eingesperrt. Die Schwangerschaft war nicht geplant, müssen Sie wissen. Tatsächlich kannten Sarah und ich uns noch nicht lange, und auch für mich war die Nachricht ein Schock. Aber ich freute mich auch. Ich war fünfundzwanzig und hatte einen guten Job als Bauführer, auch wenn ich oft tage- oder sogar wochenlang fort war auf Montage. Außerdem war ich ganz vernarrt in Sarah. Ich dachte, wir würden das hinkriegen, und deshalb habe ich sie überzeugt, es zu versuchen.«

»Sarah wollte abtreiben?« Der Gedanke, Anne wäre nie geboren worden, war ihr unerträglich. Sie war keine Abtreibungsgegnerin, und sie glaubte auch nicht, dass irgendeine Frau eine solche Entscheidung leichtfertig traf. Aber sie wollte sich nicht vorstellen, dass eine Welt ohne ihre Anne überhaupt existieren konnte.

»Sie hat es zumindest erwogen. Das war auch etwas, was sie mir später vorwarf. Ich hätte sie dazu überredet, das Baby zu behalten, dabei hätte ich leicht reden: Ich sei ja ständig unterwegs und könne mein Leben so weiterführen wie bisher.

In gewisser Weise hatte sie recht. Sie war es, die die Kleine versorgte. Sie war es, die sich um alles kümmerte. Natürlich, es hätte bestimmt einen besseren Weg gegeben als einfach abzuhauen, aber wirklich vorhalten kann ich ihr ihre Entscheidung nicht. Außerdem hat sie mir Anne geschenkt, und das war das Beste, was mir je passiert ist.«

Evelyn schluckte. Es war ein merkwürdiges Gefühl, jemand anderen so zärtlich von Anne sprechen zu hören. »Eine erstaunlich versöhnliche Einstellung, ich bin beeindruckt.«

Sie folgten dem Strand, die Ebbe hatte das Wasser weit zurückgezogen, Kinder spielten in den zurückgebliebenen Pfützen. Ein guter Ort, um ein ruhiges Gespräch zu führen. Sie fühlte sich hier draußen jedenfalls sehr viel wohler als in einem Restaurant oder Café.

»Ich habe nicht immer so gedacht, das können Sie mir glauben«, erwiderte Seth. »Als Sarah weg war und ich ihren Brief las, war ich außer mir vor Wut, fühlte mich überfordert, wusste einfach nicht, was ich tun sollte. Ich hatte noch meine Mutter, aber die war selbst krank und konnte sich nicht um ein Baby kümmern.«

Evelyn horchte auf. »Anne hat noch eine Großmutter?«

Er schüttelte den Kopf. »Nein, meine Mutter ist vor dreizehn Jahren gestorben. Und mein Vater noch vor ihr.«

»Das tut mir leid.«

Er winkte ab. »Wenn ich arbeitete, kümmerten sich Kindermädchen um Anne, immer andere, meistens Studentinnen, die sich etwas dazuverdienen wollten. Ich weiß, ich war nicht der beste Vater«, fügte er zerknirscht hinzu.

»Für mich hört es sich so an, als hätten Sie Ihr Bestes gegeben.«

»Zumindest habe ich es versucht. Ich ging mit Anne in den Park, las ihr abends vor, wir lachten viel zusammen, sie war ein so fröhliches Kind. Ich hielt sie für glücklich, wir beide waren glücklich. Es war anstrengend, aber auch erfüllend.« Er strich sich durchs Haar. »Gott, das hört sich dämlich an. Aber so war es nun mal. Ich dachte wirklich, ich hätte alles im Griff, dabei war ich in Wahrheit der totale Versager.« Seine Stimme wurde leiser, rauer, ein unverzeihlicher Hass auf sich selbst war ihm anzuhören, so bitter, dass Evelyn beinahe nach seiner Hand gegriffen hätte.

»Ich dachte, ich würde es schaffen, ihr neben der Arbeit das Essen zu machen, die Wohnung halbwegs sauber zu halten, Geld zu verdienen, ihr das Nötigste zu kaufen und Zeit mit ihr zu verbringen, aber ich musste ziemlich schnell einsehen, dass das mit dem Job, den ich ausübte, zu viel war. Ein paarmal kam es vor, dass ich sie zu spät vom Kindergarten abholte. Nun, alle wussten, dass ich alleinerziehend war, und irgendwie schien man einem Mann damals – vielleicht auch heute noch – sehr wenig zuzutrauen. Stimmen wurden laut, ich würde meine Tochter vernachlässigen. Die Behörden schalteten sich ein. Ich hatte eine riesige Angst, Anne zu verlieren, wollte alles richtig machen, wollte ihnen keinen Grund geben, mir meine Tochter wegzunehmen, aber stattdessen ...« Er blieb stehen und schloss die Augen.

Nach einer Weile setzte er sich wieder in Bewegung. Sie gelangten auf den Millennium-Küstenpfad, einen asphaltierten Weg für Radfahrer und Fußgänger, der an der Küste entlangführte – ein wunderbarer Ort.

Evelyn genoss die sanfte Brise auf ihrer Haut, bevor sie schließlich die alles entscheidende Frage stellte.

»Was ist passiert?« Was hatte die Kette von Ereignissen in Gang gesetzt, an deren Ende Anne in ihrer Obhut gelandet war?

Seth schwieg eine lange Zeit. Evelyn dachte schon, er

würde nicht antworten, doch dann holte er tief Luft. »Ich bin eingeschlafen.« Er schauderte trotz der warmen Sonne, die auf sie herabbrannte. »Ich hatte Doppelschichten übernommen, weil ich das Geld brauchte, und am Wochenende wollte ich mit Anne ins Kino. Es war das erste Mal, dass ich sie mit ins Kino nahm – ich wollte ihr etwas ganz Besonderes bieten. Ich weiß noch, dass mir während des Films immer wieder die Augen zufielen, aber ich zwang mich, wach zu bleiben, denn Anne sah mich immer wieder an, um sicherzugehen, dass ich auch ja alles mitbekam. Sie wollte, dass ich lachte, wenn sie lachte, und mich fürchtete, wenn etwas Gruseliges kam.

Ich weiß wirklich nicht, wie das passieren konnte, aber im Auto auf dem Nachhauseweg muss ich wohl eingenickt sein, war plötzlich einfach weg. ›Sekundenschlaf‹ hieß es hinterher. Als ich wieder aufwachte, waren da plötzlich grelle Scheinwerfer, ich konnte nicht mehr ausweichen. Alles ging so schnell, es gab einen Knall, ein Ruck ging durch den Wagen, und als ich wieder zu mir kam, saß Anne noch angeschnallt im Auto, vollkommen reglos. Sie stand unter Schock. Und dann sah ich den anderen Wagen im Graben.« Seine Hände ballten sich zu Fäusten, sein Gesicht wurde starr vor Pein.

Evelyn konnte nicht mehr an sich halten. Sie nahm seine Hand und öffnete seine verkrampften Finger.

Seth schaute sie an, und Evelyn wäre ob des Schmerzes in seinem Blick beinahe zurückgetaumelt. Sie hatte geglaubt, in zu viele seelische Abgründe geblickt zu haben, um noch schockiert sein zu können, aber Seths Leid traf sie tief. Was kein Wunder war. Seine Geschichte war auch die ihrer Tochter.

»Eine schwangere Frau und ihr Mann saßen in dem Wagen. Ich habe sie umgebracht. Die Ärzte konnten das ungeborene Baby retten, und das Kind auf der Rückbank überlebte auch, aber die Eltern …« Er zog seine Hand zurück und ging weiter. »Nun, Evelyn, Sie haben sich gefragt, warum ich nie zurückgekommen bin, um Anne zu mir zu holen. Braucht es dafür jetzt noch eine Erklärung?«

Evelyn griff nach seinem Arm, um ihn zum Stehenbleiben zu zwingen. Normalerweise hatte sie ihre Gefühle besser im Griff, aber dieses Gespräch, die gesamte Situation, überforderte sie. »Es war ein Unfall, Seth! Ja, es ist etwas Schreckliches passiert, aber Sie dürfen sich deswegen nicht mit Selbstvorwürfen zermartern.«

»Ein achtjähriger Junge und ein neugeborenes Baby wurden meinetwegen zu Waisen, und glauben Sie mir, keiner der beiden wird das je vergessen und schon gar nicht die Rolle, die ich dabei gespielt habe. Wie hätte ich Anne nach meiner Gefängniszeit zu mir nehmen können? Ich war doch schon davor nicht in der Lage, mich anständig um sie zu kümmern! Wieso hätte ich ihr und anderen das noch einmal antun sollen?«

»Das ist der größte Unsinn, den ich je gehört habe.« Evelyn schüttelte energisch den Kopf. »Sie befanden sich in einer unsagbar schweren Situation und haben versucht, das Bestmögliche daraus zu machen. Sie haben für Ihre Tochter gekämpft, und eine Sekunde, eine einzige Sekunde darf nicht definieren, wer Sie sind oder waren. Was passiert ist, ist tragisch, das bestreite ich nicht, aber Sie haben für diese Sekunde bezahlt, Seth. Und nun müssen Sie sich vergeben. Sie müssen Ihre Schuld loslassen.«

Annes Vater sah ihr in die Augen, dann wanderte sein Blick langsam zu ihrer Hand auf seinem Arm, die ihn immer noch festhielt.

»Loslassen?« Ein trauriges Lächeln trat auf sein Gesicht. »Wieso ist es Ihnen so wichtig, dass ich kein Monster bin? Sie haben mir doch neulich im Auto selbst gesagt, wie froh Sie sind, dass ich nie wieder aufgetaucht bin.«

Evelyn ließ ihre Hand sinken. Ein vertrautes Gefühl kroch in ihr hoch. Scham. So wie damals in ihrer Ehe. Aber heute würde sie sich deshalb nicht in ein dunkles Loch in ihrem Inneren zurückziehen, sondern die Wahrheit aussprechen. »Ja, ich war froh darüber, das ist richtig. Aus egoistischen Gründen, auf die ich nicht stolz bin. Glauben Sie etwa, ich wüsste nicht, wie wichtig es für Anne gewesen wäre, ihren Vater zu haben? Jemanden aus ihrer eigentlichen Familie, damit sie sich nicht immerzu fragen müsste, warum niemand sie wollte? Trotzdem habe ich jeden Tag dem Herrn gedankt, dass man mir mein Kind nicht wieder wegnahm. Und jetzt, da ich weiß, dass Sie nichts anderes verbrochen haben, als sich selbst für Anne in den Abgrund zu treiben, soll ich Sie verurteilen? Natürlich wäre es mir lieber gewesen, Sie wären ein abscheulicher Mensch, der gut daran tat, sich von Annes Leben fernzuhalten, aber das sind Sie nicht.«

Seth sah auf den Boden und schüttelte kaum merklich den Kopf. »Sie wissen noch längst nicht alles, Sie wissen nichts von meiner Schwäche. Wäre ich ein besserer, stärkerer Mensch, hätte ich vielleicht eher den Weg zu Anne zurückgefunden, aber so mussten über zwanzig Jahre vergehen, bis ich auch nur in Erwägung zog, den Schritt zu wagen. Und nicht einmal jetzt hätte ich ihn aus eigenem Antrieb geschafft. Sie arbeiten doch bei der Suchthilfe. Hätten Sie nicht eigentlich erkennen müssen, dass auch ich meine Probleme damit hatte?«

Evelyn beschloss, ihm nichts vorzumachen, daher nickte sie und setzte ihren Weg fort. »Nun, das habe ich.« In der Ferne konnte sie bereits den Leuchtturm auf dem ins Wasser ragenden Wellenbrecher am Hafeneingang des Nachbarortes erkennen.

»Was war es?«, fragte sie wie beiläufig und betrachtete ein paar Möwen auf einem Felsvorsprung, die sich um eine Krabbe stritten. »Alkohol?«

Aus dem Augenwinkel sah sie, wie er den Kopf schüttelte.

»Morphin«, antwortete er, und allein das Wort schien ihm Qualen zu bereiten. »Ich hatte mir beim Unfall eine schwere Kopfverletzung zugezogen, von der ich anfangs kaum etwas bemerkte. Später allerdings, als der Schock nachließ, bekam ich unerträgliche Schmerzen, die immer wieder aufbrandeten, und irgendwann konnte ich ohne die Medikamente nicht einmal mehr das Haus verlassen. Ich wusste, dass ich immer tiefer in die Abhängigkeit hineinschlitterte, aber damals war mir das egal. Mein Schmerz war nichts im Vergleich zu dem, den ich dieser unschuldigen Familie zugefügt hatte, und jetzt, da Anne nicht mehr bei mir war, hatte ich niemanden, der mich noch brauchte.« Er lächelte gequält. »Ich wusste, dass meine Tochter in besten Händen war, und wollte meinen Schmerz, meine Gefühle einfach nur noch betäuben.«

»Und warum haben Sie damit aufgehört?«

Seth strich sich durch das grau melierte Haar. »Ich spürte mehr und mehr, wie mein Körper auf das Morphium reagierte, wie er langsam verfiel. Mir war klar, dass es nicht so weitergehen konnte, aber es dauerte lange, bis ich wirklich den Schlussstrich zog und erkannte, dass ich es nicht alleine schaffen würde. Was ein weiterer schwerer Schlag für mich war.«

»Aber Sie haben es geschafft.«

»Ich war lange auf Substitutionsmittel angewiesen. Meine Suchtberaterin riet mir schon vor zwei Jahren, mich mit Anne in Verbindung zu setzen, weil das den Heilungsprozess angeblich beschleunigen würde. Aber ich wollte die Sucht wirklich komplett besiegt haben, bevor ich mich ihr stelle.« Er sah sie hilflos an. »Es war wirklich nicht meine Absicht, Sie hinters Licht zu führen. Ich wollte Ihnen reinen Wein einschenken, doch dann kam dieser Anruf, und ich musste einfach wissen, wie es Anne geht.«

Evelyn wandte ihr Gesicht der Sonne zu. »Warum haben Sie sich nicht mehr bei mir gemeldet? Sie wollten, dass ich Ihnen helfe, mit Anne zusammenzukommen, doch dann sind Sie spurlos verschwunden. Haben Sie es sich anders überlegt?«

Seth deutete auf den in Serpentinen verlaufenden Küstenpfad vor ihnen, ein schmaler grauer Streifen inmitten von Grün, gesäumt vom blauen Band des Meeres. »Dort vorne gibt es ein Café, das absolut grandioses Essen anbietet.«

Er schien Zeit gewinnen zu wollen, aber das machte nichts, sie hatte so lange darauf gewartet, Antworten auf ihre Fragen zu bekommen, dass eine Stunde mehr oder weniger keinen Unterschied machte. Evelyn sah in die Richtung, in die Seth wies, und glaubte, die Umrisse eines Pavillons auszumachen und Menschen, die draußen auf Bänken saßen. Die Möglichkeit, an der frischen Luft, inmitten dieser wunderbaren Kulisse zu essen, hörte sich sehr verlockend an. »Sie kennen sich in der Gegend gut aus.«

»Ich bin gerne an der Küste, außerdem habe ich das Laufen für mich entdeckt – es hilft gegen die Schmerzen.«

Evelyn lächelte. »Anne läuft auch ständig. Das hat sie wohl von Ihnen. Ich persönlich würde ja Folter in einem mittelalterlichen Verlies dem Joggen vorziehen.«

Sie gingen weiter, ohne miteinander zu reden, doch es war keine unangenehme Stille, die sich über sie senkte. Das Wichtigste war gesagt, doch auch wenn sie wussten, dass es noch sehr viel mehr zu besprechen gab, genossen sie einfach die Sonne und die frische Luft.

Das Café war tatsächlich nicht weit. Sie entdeckten einen freien Tisch, und Evelyn studierte die Speisekarte. Seth bestellte sich einen Espresso, Evelyn ein großes Glas Wasser und Spiegelei auf Toast.

Das Café war gut besucht, trotzdem mussten sie nicht lange auf ihre Bestellung warten.

»Ich halte es für eine gute Idee, mit Anne in Kontakt zu treten«, nahm Evelyn das Gespräch wieder auf, wobei sie Seth, der ihr gegenübersaß, ganz genau beobachtete. Er blickte in seine Espressotasse und nickte kaum merklich.

»Das freut mich. Sie ahnen gar nicht, was für ein Stein mir vom Herzen fällt. Aber ich glaube, da ist noch etwas, das Sie nicht wissen.« Er blickte hoch und sah ihr in die Augen. »Der achtjährige Junge, von dem ich Ihnen erzählt habe, das Kind im anderen Auto ... sein Name lautete Owen Baines.«

Die Worte schlugen ihr entgegen wie eine eiskalte Welle und begruben sie unter sich. Sie konnte nicht glauben, was Seth da sagte, und wiederholte alles noch einmal in ihrem Kopf. Owen! »Anne hat nie etwas erwähnt«, stammelte sie fassungslos.

»Ich glaube, sie weiß nichts davon, und das macht mir ehrlich gesagt Sorgen. Ich weiß nicht, an was Owen sich erinnert, er war nicht mehr so klein wie Anne damals. Im Krankenhaus schien er mich nicht zu erkennen, aber er erinnert sich bestimmt besser an den Unfall als sie.«

»Anne hat überhaupt keine Erinnerung mehr daran. Sie hat das alles wohl verdrängt, sie war ja auch erst vier Jahre alt.«

»Der Gedanke, Anne unter die Augen zu treten, ist schon schwer genug, aber nun auch noch diese grausame Fügung des Schicksals ...«

Evelyn richtete sich auf der Bank auf und griff nach ihrem Wasser, um sich an etwas festzuhalten. »Ich fasse es nicht. Die beiden sind schon so lange Kollegen, und er hat nie etwas gesagt?«

»Ich weiß nicht, was in ihm vorgeht und ob er sich an ihren Namen von damals erinnert, ob er weiß, wer sie ist. Aber im Krankenhaus schien er ehrlich besorgt um sie zu sein.«

»Ich kann verstehen, dass Sie sich zurückgezogen haben, nachdem Sie dem Jungen von damals gegenüberstanden. Es muss ein großer Schock gewesen sein.«

»Es war auf jeden Fall ein Schlag für mich. Auch Elvis ...«

»Du meine Güte, Elvis ...« Seth hatte erzählt, dass die Frau, die bei dem Unfall ihr Leben verloren hatte, schwanger gewesen war, die Ärzte hätten nur das Baby retten können. Sie konnte nicht glauben, dass dieses Baby Elvis war. Dass das Schicksal sie alle wieder zusammengeführt hatte, ausgerechnet in Lliedi, diesem kleinen Dorf an der walisischen Küste, fühlte sich irgendwie unwirklich an.

Evelyn lehnte sich auf der Holzbank zurück und versuchte nachzudenken, ihr schwirrte der Kopf. Zuerst stellte sich der hilfsbereite Mann von der Suchthilfe als Annes Vater heraus, und nun waren Owen und Elvis die Opfer eines Unfalls, der so viele Jahre zurücklag.

»Ich hätte nicht herkommen dürfen. Meine Suchtberaterin ist davon überzeugt, dass es ein wichtiger Schritt für mich wäre, mich auch bei Owen und Elvis zu entschuldigen. Ich würde das wirklich gern tun, aber ich fürchte, dass es alte Wunden aufreißen könnte, anstatt zu heilen, wenn ich mich in ihr Leben dränge, nur damit es mir besser geht.«

Evelyn sah nachdenklich aufs Wasser. »Ich kenne Owen kaum, Anne erzählt zwar oft von der Arbeit, aber ihren Partner erwähnt sie nur selten. Doch eins nach dem anderen. Erst einmal sollten Sie sich mit Anne treffen. Sie wird sich Ihre Geschichte anhören wollen, und alles andere wird sich zeigen.«

Seth sah sie an, dann griff er unvermittelt über den Tisch und umschloss ihre Hand. »Danke, Evelyn. Für alles.«

Evelyn räusperte sich, weil sich schon wieder ein Kloß in ihrer Kehle bildete, Tränen verschleierten ihre Sicht, und auch Seths Augen glitzerten verdächtig im Sonnenlicht. »Mein Toast wird kalt«, stieß sie heiser hervor, zog ihre Hand aus seiner und griff nach ihrem Besteck. »Wollen Sie probieren?«

Seth schüttelte lächelnd den Kopf. Er wirkte jetzt entspannter, als sei ihm eine riesige Last von den Schultern gefallen.

Evelyn schob sich ein Stück Toast in den Mund und kaute gedankenverloren. Wie, um Himmels willen, sollte sie das alles Anne beibringen?

Kapitel 6

Anne wusste nicht, ob sie weinen, schreien oder einfach nur zusammenbrechen sollte. Sie zwang sich noch zu fünf weiteren Schritten, dann kam sie zu einem abrupten Halt, presste sich die Hand gegen die Brust und rang nach Atem. Das Stechen trieb ihr Tränen in die Augen, ein hoher Ton mischte sich in ihre verzweifelten Versuche, Luft zu holen, dabei war sie gerade mal fünf Häuser weit gejoggt.

Das konnte doch nicht wahr sein! Sie lief oft zwei Stunden, ohne richtig außer Atem zu kommen, und nun schaffte sie es nicht einmal mehr bis zum Park, wo sie sonst gerne einen Teil ihrer Runden drehte. Sie fühlte sich, als wäre sie hundertdreißig Jahre alt. Keuchend setzte sie sich wieder in Bewegung, diesmal langsam. Es fehlte ihr etwas, wenn sie nicht lief, außerdem hatte sie lange genug zu Hause gesessen und die Wände angestarrt. Sie konnte sich noch nicht einmal mit Putzen oder Kochen ablenken, denn fast jeden Tag kamen Freunde ihrer Mutter vorbei, um ihr zu helfen, egal, wie oft sie betonte, dass es ihr besser ging. »Du sollst dich noch schonen«, würde Evelyn jetzt sagen, aber sie hatte sich lange genug geschont. Sie hatte ferngesehen, Bücher gelesen und sinnlos im Internet gesurft. Sie musste etwas tun, wenn sie nicht verrückt werden wollte! Wieder zu arbeiten war ein Anfang, aber wenn sie zu Hause saß, dachte sie viel zu viel nach – über den Unfall, über Owen, über Evelyns mysteriösen Freund und warum sich dieser vor der Basis herumgedrückt hatte, über Leah und ihre sich anbahnende Romanze mit Elvis und wie sie ihrer Freundin helfen konnte. Eins ging ins andere, bis ihr der Kopf rauchte und sie ihre Nächte wieder schweißgebadet mit Albträumen verbrachte. Manchmal sah sie Feuer und ein auf dem Dach liegendes Auto. Sie hörte ein Kind weinen, und ganz gleich, wie oft sie versuchte, sich zu erinnern, wann sie diesen Unfall während eines Einsatzes mit der Flugrettung erlebt hatte – sie kam einfach nicht drauf. Vermutlich müsste sie Freud aus seinem Grab holen, um herauszufinden, was das bedeutete. Hatte sie Angst vor Feuer? Vor Kindern? Angst davor, Mutter zu werden? Dafür allerdings müsste sie eh erst mal den richtigen Mann finden. Der Mann, der ihr durch den Kopf schwirrte, war wie die Jahre zuvor wieder auf Distanz gegangen.

Wenn sie abends joggte, bekam sie normalerweise den Kopf frei, alles wurde klar und friedlich, und anschließend schlief sie wie ein Stein. Das vermisste sie. Das Gefühl, ausgepowert ins Bett zu fallen, zu erledigt, um noch nachdenken zu können. Leider sah es so aus, als würde es eine Ewigkeit dauern, bis sie diese lieb gewordene Gewohnheit wiederaufnehmen konnte. Mit einem resignierten Seufzen blieb sie erneut stehen und lehnte sich gegen eine Hauswand. Der Schmerz in ihrer Brust wollte einfach nicht nachlassen. Sie krümmte sich zusammen und versuchte, ruhig zu atmen.

»Anne, um Himmels willen! Was machst du da?«

Der Klang der vertrauten rauen Stimme ließ sie zusammenzucken. Abrupt richtete sie sich auf, was sie augenblicklich bereute, denn nun wurde das Stechen in ihrer Brust noch schlimmer.

»Owen!«

Er hielt mit seinem Fahrrad neben ihr, einen vollbepackten Rucksack auf dem Rücken, das schwarze Haar vom Wind zerzaust, beleuchtet von den letzten Sonnenstrahlen des Abends.

»Was zur Hölle tust du da?« Er stieg vom Rad, stellte es auf den Ständer und sah sie prüfend an. Sie trug Laufschuhe, Dreiviertel-Leggings und ein Tanktop, in dem sie mangels Bewegung ziemlich fror. Eine dicke Gänsehaut ließ die Härchen an ihren Armen zu Berge stehen.

»Bloß einen kleinen Spaziergang«, keuchte sie und schnappte angestrengt nach Luft.

Owen schüttelte den Kopf. »Verdammt, Anne, du bist Ärztin! Du weißt genau, wie lange der Heilungsprozess dauert und dass du mit solchen Aktionen alles nur schlimmer machst.« Er griff nach ihrem Handgelenk und fühlte ihren Puls.

Anne zog den Arm weg. »Na ja, wie sagt man so schön? Ärzte sind die schlimmsten Patienten. Und was machst du hier?«, versuchte sie von sich abzulenken, da sie so gar keine Lust auf eine längere Standpauke hatte.

Aber Owen ließ sich nicht beirren und sah sich hilfesuchend um. »Immer wenn man jemanden braucht, sind all die neugierigen Dörfler wie vom Erdboden verschluckt«, knurrte er. »Die mischen sich doch sonst überall ein.« Er wandte sich wieder Anne zu. »Du wohnst hier in der Gegend, oder?«

Anne deutete auf ein hübsches Mehrfamilienhaus ein Stück weit die Straße hinunter, das im Schatten der untergehenden Sonne lag. »Gleich dahinten. Keine Sorge, ich habe schon eingesehen, dass das mit dem Joggen heute nichts wird, ich gehe auch gleich zurück, versprochen.«

Doch damit schien Owen sich nicht zufriedenzugeben. Seufzend nahm er sein Fahrrad, klappte den Ständer hoch und sah sie auffordernd an. »Komm, ich bring dich heim, bevor du mir auf dem Weg noch umkippst.«

»Das ist echt nicht nötig.«

»Los, steig auf.« Er deutete auf sein Fahrrad.

Anne fing an zu lachen, doch ihr Lachen ging sofort in einen Hustenanfall über.

»Ist das dein Ernst?«, fragte sie keuchend.

»Sehe ich aus, als würde ich scherzen?«

»Ganz und gar nicht. Das wäre ja auch das erste Mal.«

Owen sah sie streng an, und Anne hob ergeben die Hände. Langsam, den Schwindel unterdrückend, stieg sie aufs Fahrrad. Sie spürte Owens Hand in ihrem Rücken und spürte, wie die Gänsehaut noch stärker wurde. Als ihre Füße auf den Pedalen standen, schob Owen das Rad die Straße entlang in Richtung ihrer Wohnung.

»Wow, daran könnte ich mich gewöhnen.« Und daran,

wie nah ihr sein Körper war, dachte sie und lehnte sich leicht gegen ihn.

Owen sagte nichts, was sie noch unruhiger machte. Sie hatte das Gefühl, dass die Luft zwischen ihnen vibrierte, als wäre sie elektrisch aufgeladen. Er folgte dem menschenleeren, von blühenden Bäumen gesäumten Gehweg, die Hände fest um den Lenker geschlossen, den Blick stoisch geradeaus gerichtet. Was mochte in seinem Kopf vorgehen? Empfand er das Gleiche für sie wie sie für ihn, oder war es ihm bei ihrem Unfall nur darum gegangen zu überleben?

»Freust du dich schon auf die Gala?«, brach sie das Schweigen und widerstand dem Drang, ihren Kopf auf seine Schulter zu legen.

»Ich habe gehört, bei solchen Veranstaltungen gibt es gutes Essen, dann kann's ja nicht allzu schlimm werden.« Er warf ihr einen flüchtigen Blick zu, zu schnell, um zu erkennen, was er wirklich dachte.

»Hast du ein Date?«, erkundigte sie sich unschuldig.

Owen schnaubte. »Es reicht schon, dass ich da hinmuss, da werde ich wohl kaum noch jemand anderen zu einem Abend voller Langeweile verdonnern.« Owen winkte einem vorbeifahrenden Autofahrer, dann fuhr er fort: »Elvis und Leah wollen zusammen hingehen. Hast du auch schon einen Begleiter?«

Anne drehte gespielt dramatisch die Augen gen Himmel. »Zac Efron. Als er von meiner Heldentat hörte, konnte er nicht anders, als über den großen Teich zu fliegen und mir seine Aufwartung zu machen. Wir wollen es noch geheim halten. Du weißt schon, Paparazzi und so, aber die Hochzeit findet noch diesen Sommer statt.«

Owen stieß ein unüberhörbares Seufzen aus. »Wieso frage ich überhaupt?«

Sie schubste ihn leicht mit der Schulter an, und plötzlich sah sie, dass er lächelte. Seine blauen Augen blitzten. Annes Herz machte einen so heftigen Satz, dass sie beinahe vom Fahrrad gekippt wäre.

Sie erreichten das kleine Gartentor zu dem Mehrfamilienhaus, das früher ein Bed & Breakfast gewesen war.

»Welcher Stock?«, fragte Owen.

Anne kletterte vom Rad und deutete ganz nach oben zur vierten Etage.

Owen sah sie an, als wäre sie verrückt geworden. »Ich nehme an, es gibt keinen Fahrstuhl?«

Sie schüttelte grinsend den Kopf. »Hey, als ich einzog, wusste ich noch nicht, dass eine Scheune über mir zusammenbricht.«

»Wie bist du in den letzten Wochen da hochgekommen?«

»Ich habe bis vor ein paar Tagen bei meiner Mutter gewohnt. Und dann habe ich einfach auf jedem Treppenabsatz eine Pause eingelegt. Es dauert nur dreiundzwanzig Minuten, bis ich oben ankomme.« Davor hatte sie allerdings nicht versucht, ihren Kopf mit Hilfe einer Joggingrunde freizubekommen.

Wenn sie ehrlich war, wusste sie im Moment tatsächlich nicht, wie sie in ihre Wohnung gelangen sollte. Das Atmen tat trotz der Pause auf dem Fahrrad immer noch weh.

Owen gab sein typisches Seufzen von sich, dann stellte er sein Rad ab und fasste ihren Arm. »Komm.«

»Was hast du vor?«

»Ich bringe dich hoch.«

Anne zog ihren Arm zurück. »Owen, ich weiß deine Fürsorge wirklich zu schätzen. Echt, ich hätte nie gedacht, dass so ein Gentleman in dir steckt, aber ehrlich gesagt, fange ich so langsam an zu glauben, dass du nur nach einem Vorwand suchst, um in meine Wohnung zu gelangen.«

Sie hatte einen Scherz machen wollen, doch der kam bei Owen gar nicht gut an.

»Jetzt komm schon. Ich habe nicht ewig Zeit.« Wieder streckte er die Hand aus und fasste stützend ihren Arm.

Auf einmal sah Anne die Angst in seinen Augen. Owen sorgte sich wirklich um sie!

Folgsam setzte sie sich in Bewegung, doch im zweiten Stock musste sie bereits eine Pause einlegen. Weiße Punkte tanzten vor ihren Augen, und ihre Lunge fühlte sich an wie ein gequetschter Ballon.

»Vielleicht solltest du noch etwas länger bei deiner Mutter bleiben.«

Anne stützte die Hände auf die Knie und winkte mit einem keuchenden Lachen ab. »Ich liebe meine Mum, aber ich glaube, wenn ich noch länger bei ihr wohne, werden wir uns irgendwann erschießen. Sie macht mich wahnsinnig, weil sie mich den ganzen Tag verhätscheln will, und ich mache sie wahnsinnig, weil ich mich den meisten ihrer mütterlichen Bevormundungen verweigere.«

Owen nickte nachdenklich.

»Mir geht's wirklich gut«, bekräftigte Anne noch einmal. »Ich habe es mit meinem Joggingversuch einfach nur übertrieben.«

Auf einmal machte er völlig unvermittelt einen Schritt auf sie zu, legte ihr einen Arm um die Schultern, schob den anderen in ihre Kniekehlen und hob sie hoch.

Anne blieb die Luft weg, als sie plötzlich keinen Boden mehr unter den Füßen spürte, dafür aber Owens muskulöse Brust und seine starken Arme, die sie fest an sich drückten. Überrascht schlang sie die Arme um seinen Nacken.

Scheinbar mühelos trug Owen sie die Stufen hinauf. Sein Atem strich warm über ihren Hals, was Annes Herz zu einem wahren Trommelwirbel ansetzen ließ.

Sie kamen viel zu schnell vor ihrer Wohnungstür an, wo Owen sie zurück auf die Füße stellte und wortlos stehen blieb.

Anne, die nicht recht wusste, was sie sagen sollte, griff nach dem Knauf und drückte die Tür auf.

Owen zog die Augenbrauen zusammen. Anscheinend wunderte er sich, dass sie nicht abgeschlossen hatte, aber wer sollte sie schon beklauen? Die größte Gefahr bestand wohl im Augenblick darin, von Evelyns Putzfeen überfallen zu werden.

»Okay, brauchst du noch etwas?« Owen sah an ihr vorbei in die Wohnung, als wolle er sichergehen, dass darin kein Monster auf sie lauerte.

Anne blickte zwischen ihm und den im Zwielicht liegenden Räumen hin und her. Sollte sie ihn auf einen Tee hereinbitten? Würde er das falsch verstehen? Wollte er überhaupt hereingebeten werden? Sie wollte gerade etwas sagen, doch da hob Owen auch schon grüßend die Hand.

»Ich muss los. Wir sehen uns morgen bei der Arbeit.«

Anne lächelte, auch wenn sie einen Stich der Enttäuschung spürte. Jetzt wäre sie wieder allein in ihrer Wohnung. »Okay, bis morgen. Und danke.« Sie zögerte und sah ihm in die stechend blauen Augen. Owen erwiderte ihren Blick, was sie unbewusst den Atem anhalten ließ. Auf einmal sah sie sich wieder unter ihm liegen, spürte seinen Körper wie eine wärmende, schützende Decke auf ihrem, hörte seinen steten Atem an ihrem Ohr. Sie wusste noch genau, wie sich der Stoff seiner Rettungsjacke unter ihrer Hand angefühlt hatte, konnte immer noch den Geruch nach Heu, Staub und Seife riechen.

Plötzlich riss Owen den Blick von ihr los und sprang eilig die Treppen hinunter. »Bis morgen dann!«

Anne biss sich auf die Lippe und atmete tief durch, anschließend schloss sie die Tür und lehnte die Stirn dagegen. Na schön. Dann würde es heute wohl wieder Filme und Popcorn geben, bis sie irgendwann vor dem Fernseher einschlief.

Sie wollte gerade abschließen, als ihr Handy, das sie im Wohnzimmer liegen lassen hatte, zu klingeln begann. Sie war nicht überrascht, Evelyns Namen auf dem Display aufleuchten zu sehen, schließlich war es schon gut drei Stunden her, seit sie zum letzten Mal telefoniert hatten.

»Ich lebe noch«, flötete sie und hielt das Handy schnell ein Stück weg, da sie schon wieder husten musste.

»Wie war dein erster Arbeitstag?«, hörte sie gerade noch, als sie es wieder ans Ohr drückte.

»Nicht so actiongeladen, wie ich es gewohnt bin, aber eine willkommene Abwechslung zu meinem Dasein als Couch-Potato«, antwortete Anne so fröhlich wie möglich.

»Gut, gut. Wie schön für dich.«

Anne blickte verwirrt aufs Display. War das wirklich ihre Mutter, mit der sie da sprach? Wenn ja, wo blieben die Mahnungen, es ja nicht zu übertreiben und sich unbedingt auch weiterhin zu schonen? Irgendetwas stimmte nicht mit Evelyn. Sie klang zerstreut, als sei sie mit den Gedanken woanders, und Anne fragte sich plötzlich, ob das mit ihrem mysteriösen Freund zusammenhing.

»Es war toll, mal wieder einen Tag auf der Basis zu verbringen. Leah war auch da.«

»Leah … Trifft sie sich eigentlich noch mit diesem Elvis?«

»Sie hat noch gar nicht damit angefangen, aber das wird schon.«

»Hm«, erwiderte Evelyn, dann folgte eine längere Pause.

Anne wusste nicht, ob sie sich Sorgen machen oder belustigt sein sollte. »Alles in Ordnung, Mum?«

»Jaja, was soll schon sein?« Immer noch dieser zerstreute Ton. »Hättest du morgen Zeit, bei mir vorbeizukommen? Wir könnten essen gehen oder sonst irgendetwas zusammen unternehmen.«

»Ja, natürlich! Das ist eine nette Idee.« Sie wollte gerade

eine Uhrzeit ausmachen, als ihr einfiel, dass sie gar keine Zeit hatte. Die Tage des Nichtstuns waren vorbei. »Oh nein, ich kann doch nicht. Ich arbeite morgen, und außerdem habe ich Leah versprochen, im Falle einer kurzen Atempause mit ihr nach einem Kleid für die Gala zur Ehrung der Sturmhelfer zu suchen. Ich selbst sollte vielleicht auch mal zum Frisör gehen und mir etwas Nettes zum Anziehen kaufen. Aber Mum, wenn es wichtig ist, kann ich auch sofort bei dir vorbeikommen.«

»Nein, nein, sei nicht albern, ruh dich aus. Es ist nichts Wichtiges, ich vermisse dich nur. Nach den letzten Wochen bin ich es gewohnt, dich um mich zu haben.«

»Wie wäre es denn, wenn du mich zur Gala einfach begleitest?«, fragte sie, obwohl sie die Antwort bereits ahnte, und tatsächlich drang ein tiefes Seufzen aus ihrem Handy.

»Ach, Annie, du weißt doch, dass ich am Wochenende nicht wegkann. Im Pub brauchen sie gerade dann meine Hilfe, und im Zentrum haben wir einige neue Klienten. Ich muss rund um die Uhr zur Verfügung stehen, da kann ich nicht einfach nach Cardiff verschwinden, auch wenn ich wahnsinnig gern sehen würde, wie du geehrt wirst.«

»Ich weiß, aber dann müssen wir unser Essen leider ein wenig aufschieben. Ich dachte, du hättest ohnehin genug von mir, nachdem ich dir drei Wochen lang auf die Nerven gegangen bin.«

»Red keinen Unsinn. Ich würde einfach gern etwas mit dir besprechen.«

Ah, wollte sie vielleicht über ihren neuen Freund reden?, überlegte Anne. »Na dann, schieß los.«

»Nein, nicht am Telefon. Das möchte ich lieber persönlich tun.«

»Aber ich habe vor der Gala überhaupt keine Zeit mehr, und abends bin ich meistens zu kaputt.«

Stille. Anne glaubte schon, ihre Mutter wäre gar nicht mehr dran, aber dann hörte sie sie tief Luft holen. »Okay, dann eben nach der Gala.«

Anne biss sich nachdenklich auf die Lippe. Sollte sie die Bombe platzen lassen und Evelyn sagen, dass sie bereits von Seth wusste? Denn dass es hier um Seth ging, bezweifelte sie keine Sekunde. Offenbar schien ihre Mutter zu glauben, sie wäre noch ein kleines Mädchen, das sanft an Mamis Freund herangeführt werden musste. Dabei fand sie es großartig, wenn ihre Mutter jemanden gefunden hatte, der ihr wichtig war. »Mum, du musst wirklich keine große Sache daraus machen, sag einfach …«

»Dann eben nächste Woche, Darling. Wir hören uns bestimmt noch vor der Gala.« Und noch ehe Anne etwas erwidern konnte, hatte Evelyn bereits aufgelegt. Was mehr als merkwürdig war! Vielleicht sollte Anne doch versuchen, Zeit für ihre Mutter zu finden, um in Ruhe mit ihr zu sprechen, wenn es ihr so offensichtlich wichtig war. Aber sie hatte während ihrer Verletzungspause so viel Arbeitszeit verloren, die sie jetzt aufholen wollte, und Leah flippte wegen ihres nächsten Zusammentreffens mit Elvis aus. Nun, Evelyn hielt Seth ja schon länger geheim, dann konnte sie ruhig noch ein paar Tage mit ihren Enthüllungen warten.

Kapitel 7

Ich sehe total bescheuert aus.« Elvis kam in einem von Owens Anzügen aus seinem Zimmer und sah seinen großen Bruder gequält an.

So hatte er nicht einmal ausgesehen, als ihm der Richter Sozialarbeit aufgebrummt hatte, dachte Owen, der sich das Lachen verkneifen musste.

»Du siehst hinreißend aus«, bemerkte er trocken und richtete seine Krawatte vor dem Spiegel im Vorraum. Zu seiner eigenen Überraschung fand er es gut, dass Elvis und Leah zusammen zur Gala gingen. Es schien seinem Bruder wirklich ernst mit ihr zu sein, und vielleicht würde Leah ihm guttun. Seit dem brüderlichen Moment vor dem Krankenhaus hatte sich etwas zwischen ihnen verändert. Owen hatte nicht mehr jede Sekunde Angst, Elvis könnte eine Dummheit begehen, und Elvis ließ sich nicht ständig zu dummen Sprüchen hinreißen. Nein, Owen hatte den Eindruck, sein Bruder sei tatsächlich erwachsen geworden.

Jetzt musste er nur noch mit seinen eigenen verwirrenden Gefühlen für Anne klarkommen. Einerseits konnte er es kaum erwarten, sie auf der Gala zu sehen, andererseits graute ihm davor. Er hasste es, die Kontrolle zu verlieren, sobald sie ihn nur anlächelte, und seitdem ihr Herz unter seinen Händen zu schlagen aufgehört hatte, kam noch die stete Angst dazu, sie erneut zu verlieren. Wenn er sie sah, wünschte er sich nichts mehr, als die Arme um sie zu schlingen und sie vor allem auf der Welt zu beschützen; was Unsinn war – Anne brauchte seine Fürsorge nicht.

Nun, vielleicht würden sie sich ja gar nicht begegnen; es schien sich um eine ziemlich große Veranstaltung zu handeln, und er könnte einen Abend lang einfach nur kostenlos trinken, essen, langweiligen Reden zuhören und abschalten.

»Hat Leah bei der Arbeit irgendetwas über mich gesagt?«, fragte Elvis und klang dabei so nervös, dass Owen schon wieder lachen musste. »Glaubst du, sie wird es sich anders überlegen? Leah wird heute geehrt, sie gibt dir schon keinen Korb. Wobei ich überhaupt nicht verstehe, was dein Problem ist, du telefonierst doch ohnehin jeden Tag mit ihr.«

»Nein, das stimmt nicht ganz. In letzter Zeit ist sie immer …«, er zeichnete mit den Fingern Gänsefüßchen in die Luft, »… beschäftigt.«

»Und jetzt hast du Angst, dass sie dich absorbiert, bevor du überhaupt zum Zug kommst.«

Elvis warf ihm einen vernichtenden Blick zu. Owen war überrascht, wie ernst sein Bruder das Ganze nahm. Aber er konnte verstehen, dass er sich der Pilotin verbunden fühlte, immerhin hatten sie stundenlang gemeinsam um die Menschen gebangt, die sie liebten.

»Hör zu, heute Abend geht es nicht darum, Frauen auf-
zureißen, kleiner Bruder, heute geht es darum, dass deine
Pilotin die Anerkennung bekommt, die sie verdient hat. Es
soll sogar jemand aus der königlichen Familie kommen.«

Elvis schlenderte auf ihn zu, sein Sakko zuknöpfend.
»Prinz William zu treffen war schon immer mein Traum.«
Als er Owens besorgtes Gesicht bemerkte, fügte er eilig
hinzu: »Keine Sorge, ich werde versuchen, mich zu benehm-
men.«

Owen musste über sich selbst lachen und klopfte Elvis
auf die Schulter. »Ich will einfach nur vermeiden, dass der
Herzog von Cambridge gerade um die Ecke biegt und dich
dabei erwischt, wie du wild mit der Pilotin rummachst, die
heute geehrt wird.«

»Keine Sorge«, bekräftigte Elvis noch einmal, »obwohl
das ein Szenario ist, das mir sehr gut gefällt, verspreche
ich, dass ich mich dafür an einen dunklen Ort zurück-
ziehe, an dem keine Royals vorbeikommen.«

Owen grinste und konnte sich gerade noch bremsen,
Elvis' sorgfältig gestyltes honigfarbenes Haar zu verwu-
scheln. Stattdessen nahm er sein eigenes Sakko, Handy,
Geldbörse und Wohnungsschlüssel und schlüpfte in
seine frisch polierten Schuhe. Anschließend legte er den
Arm um Elvis' Schultern, nahm die Autoschlüssel und
das Wichtigste – die edle Einladungskarte mit dem goldenen Aufdruck –, dann schob er seinen Bruder aus der
gemeinsamen Wohnung. Er selbst besaß, abgesehen von
seinem Fahrrad, keinen fahrbaren Untersatz. In diesem
kleinen Dorf kam er mühelos ohne Benzinschleuder aus.

Aber die Gala fand in der Hauptstadt Cardiff statt, und so nahmen sie Elvis' aufgemotztes Auto mit den tiefer gelegten Federn, der gerade noch über dem Boden schwebenden Frontschürze und dem lächerlich hohen Spoiler. Ja, es war ihm peinlich, darin gesehen zu werden, aber er hatte keine andere Wahl. Vielleicht konnte er Elvis überreden, ein Stück weiter weg zu parken.

Bis nach Cardiff brauchten sie eineinhalb Stunden, und dann mussten sie auch noch eine gute Viertelstunde zu Fuß gehen. Sämtliche Parkplätze in der Nähe des Veranstaltungsortes waren besetzt, weshalb sie den Wagen in einem großen Parkhaus abstellen mussten. Die Presse war bereits vor Ort, ein wahres Blitzlichtgewitter entlang der für den Verkehr gesperrten Straße zuckte durch die zunehmende Dämmerung. Owen verkniff sich ein abfälliges Schnauben, als er bemerkte, dass man sogar einen roten Teppich ausgerollt hatte. Verdammt, er war Sanitäter und nicht irgendein Schauspieler, der zu seiner Filmpremiere ging. Aber es gab wohl genug Leute an diesem Abend, die nur herkamen, um gesehen zu werden.

Ohne großes Aufheben eilte er über den roten Teppich, doch wie erwartet hatte niemand Interesse an ihm oder seinem Bruder.

Der Duft nach Parfüm, durchmischt mit leichtem Fischgeruch, vermutlich vom Catering, empfing ihn, als sie den von Kronleuchtern in ein romantisches warmes Licht getauchten Saal betraten. Kellner und Kellnerinnen reichten Canapés, und Elvis griff bereits zu, ehe er richtig angekommen war.

Auf Owens verblüfften Blick hin hob er die Augenbrauen und sah ihn an, als wäre er wieder ein Junge, der etwas ausgefressen hatte.

»Was? Ich brauche etwas im Magen, das Ganze hier ist echt nicht normal.« Er machte eine vage Geste durch den Raum. »Ich meine, schau dich mal um.«

Das tat Owen. Er sah Frauen in prächtigen Abendkleidern und Männer in Anzügen, einige waren sogar in Militäruniform gekommen. Überall patrouillierten Sicherheitsleute, die sich mit ihren Headsets und aufgepumpten Körpern gar nicht erst die Mühe machten, unauffällig zu wirken.

Die Feuerwehr und diverse Rettungsdienste sollten heute geehrt werden für ihren Einsatz während des Sturms, der acht Menschenleben gekostet und Schäden in Millionenhöhe verursacht hatte. Für Owen war das nicht ganz nachzuvollziehen, sie hatten einfach nur ihren Job gemacht. Ja, es mochte ein Job sein, der etwas gefährlicher war als in einem Büro zu sitzen, aber nichtsdestotrotz war ihm sein Einsatz nicht heldenhaft erschienen. Ein Held hätte Anne aus der Scheune retten können, ehe sie über ihnen zusammengestürzt war. Ein Held hätte sie da gar nicht erst hineinlaufen lassen, ein Held hätte verhindert, dass ihr Herz stehen blieb.

Elvis' ersticktes Japsen riss ihn aus seinen Gedanken und lenkte seine Aufmerksamkeit zur Tür, durch die in diesem Moment Leah in einer Uniform eintrat, die deutlich zeigte, dass sie Captain Edwards war. Über einer weißen Bluse trug sie die blaue Uniformjacke und einen knöchellangen blauen Rock. Er hatte erwartet, dass sie im Abendkleid kommen würde. Trotz der Uniform und der kurzen blonden Haare wirkte sie unglaublich weiblich, und Owen konnte nachvollziehen, warum Elvis der Mund offen stand. Die ansonsten so zurückhaltende Leah wirkte in diesem Aufzug ungeheuer selbstbewusst und sexy.

Owen verspürte Mitleid mit seinem Bruder – spätestens jetzt würde er der Pilotin wohl endgültig verfallen. Ein scherzhafter Kommentar lag ihm auf den Lippen, aber die Worte blieben ihm im Hals stecken, als nach Leah unvermittelt Anne eintrat, das genaue Gegenteil ihrer Freundin, aber nicht minder beeindruckend.

Er musste die Zähne zusammenbeißen, um nicht ebenfalls nach Luft zu schnappen. Wieso ging ihm ihr Anblick so durch und durch? Es war nicht unbedingt das eng anliegende grüne Kleid mit dem herzförmigen Ausschnitt oder das in Wellen offen auf ihre Schultern fallende rote Haar, obwohl auch das genügte, um ihm den Atem zu verschlagen. Nein, es war das Leuchten in ihren Augen, das sie aussehen ließ wie ein Kind an Weihnachten. Ja, Anne strahlte förmlich. Das hatte sie schon immer getan. Wenn sie eintrat, wurde alles im Raum etwas heller.

»Jetzt komm schon«, hörte er Elvis an seiner Seite, und er zuckte zusammen, wie aus einer Trance gerissen. Sein Bruder setzte sich bereits in Bewegung, direkt auf die beiden Frauen zu, und Owen blieb nichts anderes übrig, als ihm zu folgen.

Leah lächelte zurückhaltend, als sie Elvis entdeckte. Sie kam ihm die letzten Schritte entgegen und ließ sich ein wenig angespannt von ihm auf die Wange küssen. Anne sah an den beiden vorbei zu Owen, und obwohl er in den letzten Tagen kaum drei Worte mit ihr gewechselt hatte, strahlte sie ihn offen an.

»Du siehst gut aus, Owen! Obwohl du mir in Rot-Gelb besser gefällst«, begrüßte sie ihn mit diesem Grinsen, das einen ganzen Schmetterlingsschwarm in seiner Brust auf- flattern ließ. In seinem Kopf schrillten die Alarmglocken. Warnschilder, auf denen in Großbuchstaben »Lauf weg!« geschrieben stand, blinkten auf, aber er rührte sich nicht von der Stelle. Stattdessen hörte er sich über ihre Worte lachen. Er wusste nicht, wie ihm geschah, dabei hatte er noch nicht einmal etwas getrunken. Aber die ganze Atmo- sphäre, all der Prunk um ihn herum und vor allem Elvis' Freude darüber, Leah zu sehen, steckten ihn vermutlich ein wenig an, und so drückte er der überraschten Anne seinerseits einen kleinen, freundschaftlichen Kuss auf die Wange und atmete tief ihren frischen, leicht süßlichen Duft ein.

Anne sah ihn prüfend an. Owen spürte, wie ihm heißer und heißer wurde, und wandte sich eilig Leah zu. »Cap- tain.« Leah lächelte halbherzig. Ihm war schleierhaft, was sie gegen ihn hatte, aber im Grunde kümmerte es ihn auch nicht.

»Anne?«

Unvermittelt trat ein blonder Mann Anfang dreißig mit glattrasierten Wangen und zu viel Gel im Haar zu ihnen. Er verströmte einen scharfen Geruch nach Eau de Colo- gne, als wäre er in die Flasche hineingefallen. Besitzergreifend baute er sich vor Anne auf, wobei er sie mit den Augen fast auszog. Owen ballte unwillkürlich die Hände zu Fäusten.

Alle Farbe wich aus Annes Gesicht. »Luke!«

»Überrascht, mich zu sehen?«

Leah schnappte hörbar nach Luft. »Das ist Luke?«, zischte sie und starrte den schmierigen Kerl aus großen Augen an.

Elvis sah verwirrt von einem zum anderen, und auch Owen verstand gar nichts. Wer zur Hölle war Luke? Etwa Annes Date?

»Was machst du denn hier?« Anne wich kaum merklich zurück, wie um Abstand zwischen sich und diesen ungebetenen Eindringling zu bringen. Also doch nicht ihr Date.

Luke lachte, ein unangenehmes, hohes Wiehern. Er hörte sich wie ein Psychopath an. Oder wie ein Pferd. »Na, ich werde geehrt, Dummerchen, schon vergessen? Ich bin doch bei der Feuerwehr! Auch bei uns hat der Sturm den einen oder anderen Helden hervorgebracht.« Er warf einen abschätzigen Seitenblick in Owens und Elvis' Richtung.

Owen hätte beinahe laut aufgelacht. Hatte dieser Widerling Anne gerade ernsthaft Dummerchen genannt? Die anderen schienen nicht minder verdutzt zu sein als er.

Anne lachte nervös. »Ach ja. Natürlich. Feuerwehr.« Sie schlug sich theatralisch die Hand gegen die Stirn. »Ich Dummerchen.«

Luke winkte gnädig ab. »Ach, ist schon okay, du hattest ja viel um die Ohren mit dieser Lungensache.«

»Woher weißt denn du davon?«

»Ich hab dich bei der Arbeit angerufen, als du dich nicht mehr gemeldet hast, und dort teilte man mir mit, du seist bei einem Einsatz schwer verletzt worden. Pneumothorax, richtig? Schmerzhafte Sache. Na ja, wie ich sehe, geht es dir inzwischen wieder besser.« Er ließ den Blick erneut über sie wandern und leckte sich die Lippen, während Anne aussah, als wäre sie am liebsten im Erdboden versunken. »Meine Mum war wirklich enttäuscht, dass du nicht zum Essen kommen konntest, aber sie versteht natürlich, dass du Zeit brauchtest, um wieder ganz gesund zu werden. Vielleicht klappt es ja demnächst mal.«

»Ähm …« Anne sah sich hilfesuchend um.

»Tante Cora will vielleicht auch kommen«, plapperte der Typ weiter, als bemerke er das allgemeine Unbehagen gar nicht. »Sie freut sich schon so, dich kennenzulernen.«

»Tante wer?«

»Na, Tante Cora, Dummerchen. Ich hatte dir doch von ihr erzählt.«

»Ach ja.« Anne machte einen weiteren Schritt zurück, und Owen öffnete gerade den Mund, um etwas zu sagen, als plötzlich Leah nach vorne trat.

»Das klingt nach einer wunderbaren Familie«, stieß sie hervor. Ihre Wangen leuchteten hektisch. Owen wusste, wie sehr sie es hasste, Aufmerksamkeit auf sich zu ziehen, und er rechnete ihr hoch an, dass sie dennoch für ihre Freundin in die Bresche sprang. »Sie können ja alle zur Hochzeit kommen!«

Luke sah sie perplex an. »Was für eine Hochzeit?«

Das wollte Owen auch wissen, aber ehe er sich's versah, trat Leah zwischen ihn und Anne und führte ihre Hände zusammen. »Na, Annes und Owens natürlich!«

Lukes Mund klappte auf, und Owen konnte ihm den Schock nicht verübeln. Er konnte ja selbst kaum glauben, was er hörte. Unbeholfen starrte er auf Annes Hand in seiner.

»Anne?« Auf einmal klang Lukes Stimme gar nicht mehr selbstsicher.

Anne stand fassungslos da und wollte gerade ihre Hand aus der von Owen lösen, als dieser seinen Griff verstärkte und sie mit einem Ruck näher an sich heranzog. »Es wird eine Sommerhochzeit«, erklärte er mit einer Selbstverständlichkeit, die ihn selbst verblüffte. Er konnte Anne unmöglich auffliegen lassen. Wenn dieser Luke glaubte, dass sie vergeben war, würde er sie vielleicht endlich in Ruhe lassen.

»Aber …« Der Feuerwehrmann sah jetzt aus, als würde er jeden Moment in Tränen ausbrechen »Unser Date lief doch prima! Meine Mutter hat sich schon so gefreut!«

»Ja, es war wirklich nett«, pflichtete Anne ihm bei, die endlich ihre Sprache wiedergefunden hatte. »Der Film war echt gut. Schön blutig. Aber …«

»Aber dann hat sie bei einem Einsatz mich getroffen«, kam Owen ihr zur Hilfe und legte einen Arm um sie, immer noch erstaunt darüber, wie leicht ihm dieses Spiel fiel, wie natürlich es sich anfühlte, Anne so nahe zu sein. »Es ist noch alles ganz frisch, aber wenn man es weiß, dann weiß man es einfach.«

Endlich trat Luke einen Schritt zurück. »Gratuliere.«

»Danke. Man sieht sich.« Owen sah dem Feuerwehrmann in die Augen und wartete, bis er sich endlich abwandte, dann lächelte er. »Oder auch nicht.«

Leah presste sich die Hand auf den Mund und prustete los. »Oh mein Gott, das war grandios!«

»Ich nehme an, den bin ich los«, sagte Anne lachend und löste sich aus Owens Arm, der immer noch auf ihrer Schulter lag.

»Wer zum Henker war das denn?«, wollte Elvis wissen, eine Frage, die auch Owen brennend interessierte.

»Warst du etwa mit diesem Typ aus? Ich glaube, ich werde den ganzen Abend nichts schmecken können, so sehr brennt mir sein Aftershave in der Nase.«

Anne verdrehte die Augen. »Wir waren einmal zusammen im Kino und anschließend essen. Das war's. Ein Date. Aber er hat ununterbrochen von seiner Mutter geredet und davon, dass ich unbedingt ihren hervorragenden Lammbraten probieren und seine Familie kennenlernen müsse.«

Elvis sah Owen an. Seine Augen blitzten. »Ja, hätten wir Familie, wäre es jetzt wohl an der Zeit, sie Anne vorzustellen. In Anbetracht der anstehenden Hochzeit, meine ich.«

Anne lachte, während Owen rote Ohren bekam. »Ich bin mir sicher, du landest als Erster vor dem Traualtar, zumal Captain Edwards heute Abend für ihre sicheren Landungen geehrt wird«, versuchte er zu scherzen. Leah zuckte zusammen, und Elvis starrte ihn an, als wolle er ihm am liebsten an die Gurgel gehen.

Zum Glück entdeckte Anne in diesem Augenblick den Operation Manager der Flugbasis, der ebenfalls eingeladen war und ihnen zuwinkte.

»Wir sollten Jared begrüßen«, schlug sie vor und wies auf den spindeldürren Mann, der Owen stets an einen Strohhalm erinnerte, und seine Frau.

Die anderen nickten, und Elvis bot Leah seinen Arm und setzte sich in Bewegung.

Anne sah Owen fragend an.

Der überlegte, ob er Anne ebenfalls seinen Arm anbieten sollte, aber er entschied sich dagegen. Schließlich war sie nicht sein Date.

Anne, der sein Zögern anscheinend zu lange dauerte, folgte Leah und Elvis zu dem Tisch, den Jared ihnen zeigte. Kurz darauf setzte sich auch Owen in Bewegung. Selbstverständlich saßen sie alle zusammen, hatten sie doch gemeinsam dem Sturm getrotzt. Trotzdem wäre Owen eine kleine Auszeit von Anne recht gewesen. Die Nähe dieser wunderschönen Frau war einfach zu verführerisch, und er musste unbedingt einen klaren Kopf bewahren.

*

Anne fand die Reden schrecklich langweilig, doch noch schlimmer fand sie, wie Owen sie den ganzen Abend über anstarrte. Der Saal lag fast im Dunkeln, während vorne auf einem hell erleuchteten Podium einer nach dem anderen die wichtigsten Menschen des Tages geehrt wurden.

Das fahle Licht verstärkte noch die Intensität von Owens Blicken.

Nervös fummelte sie an ihrem Haar herum, wickelte Strähne für Strähne um ihren Finger. Sie bereute längst, dass sie es offen gelassen hatte, denn so würde jeder merken, wie kribbelig sie war, allerdings nicht, weil auch sie gleich die Bühne betreten müsste, sondern weil sie sich unter Owens stechenden Blicken vorkam wie ein Nadelkissen. Sie war froh, als Leah sie leicht in die Seite zwickte und sie ein wenig ablenkte. Anne wandte sich ihrer Freundin zu und musste sich auf die Lippe beißen, um sich ein Lachen zu verkneifen. Leah sah noch schlimmer aus, als Anne sich fühlte. Jetzt deutete Leah unauffällig auf Elvis, der aufmerksam dem aktuellen Redner lauschte, und sah sie verzweifelt an.

»Was ist?«, formte Anne mit den Lippen.

Leah verdrehte die Augen. »Er sieht so gut aus!«, wisperte sie, worüber sie nicht besonders glücklich zu sein schien.

Anne reckte beipflichtend einen Daumen in die Höhe, dann fragte sie beinahe lautlos: »Was ist denn?«

Offensichtlich hatte Elvis ihre Frage mitbekommen, denn er drehte sich zu ihnen um und sah sie fragend an. Anne lächelte ihn unschuldig an. Sie wusste nicht, was Leahs Problem war. Elvis war zweifellos nur wegen Leah zu dieser Veranstaltung gekommen, und ja, er sah wirklich gut aus in seinem Anzug. Wovor hatte ihre Freundin bloß eine solche Panik? Sie mochte ihn, und er mochte sie, einfacher ging es gar nicht! Anne musste wirklich bald einen ruhigen Moment finden, um mit Leah ernsthaft über ihre Probleme zu reden. Aber ihre Freundin wich ständig aus. Genau wie beim Shoppen vor drei Tagen, als sie ein Kleid nach dem anderen anprobiert hatte, nur um zu beschließen, dass sie sich in jedem blöd fühlte.

Und dann war da wieder Owen, der sie schon wieder aus den Augenwinkeln beobachtete und dabei an dem wohl unedelsten Getränk des Abends schlürfte, nämlich einem Bier. Sie wusste nicht, sein Wievieltes das schon war. Bemühte er sich sonst nicht immer darum, die Kontrolle zu bewahren?

Irritiert griff Anne nach ihrem Wein und nahm einen großen Schluck, doch die Hitze, die in ihr aufwallte, seit er ihr vorhin den Arm um die Schultern gelegt hatte, konnte sie damit nicht kühlen.

Nun wurde der Leiter ihrer Flugbasis aufs Podium gerufen, doch sie hörte seine Worte kaum. Ihr Herz begann schneller zu schlagen, ihre Kehle wurde eng. So viele Menschen waren hier, der große Raum war heiß und stickig, trotzdem bekam sie eine Gänsehaut und fröstelte. Sie sah auf den Lippen der anderen Gäste, wie sie all den Sauerstoff einatmeten und Kohlendioxid abgaben. Was, wenn plötzlich das Dach einstürzte? Wenn sie alle unter den Trümmern begraben würden?

Applaus ertönte, einige der Gäste wandten sich ihr zu und sahen sie erwartungsvoll an.

»Jetzt geh schon«, flüsterte Leah, und Anne begriff, dass sie aufstehen und das Podium betreten musste. Ihre Lippen verzogen sich selbsttätig zu einem Lächeln. Sie wollte nicht zeigen, wie es in ihr aussah, was der Grund für diese Ehrung mit ihr anstellte. Wie unter Wasser vernahm sie, dass auch Owen und Leah aufgerufen wurden. Wieso musste es hier drinnen so dunkel sein? Nicht viel heller als in ihrer kleinen Trümmerhöhle in der zusammengefallenen Scheune.

Schon wieder Owens Blick, nun nicht länger verstohlen, sondern direkt, fragend, besorgt.

Mit zittrigen Händen nahm Anne ihre kleine, mit Glitzersteinen bestickte Handtasche, stand auf und ging zur Bühne. Sie schüttelte mehrere Hände, nahm eine hübsch verzierte Urkunde in Empfang und musste sich alle Mühe geben, nicht laut zu schreien.

Endlich konnte sie das Podium wieder verlassen. Sie brauchte dringend frische Luft. »Ich komme gleich wieder«, flüsterte sie Leah zu, die hinter ihr war, und bahnte sich einen Weg zwischen den runden Tischen hindurch zur fast leeren Eingangshalle. Die einzigen anderen Menschen hier waren Gäste auf dem Weg zu den Toiletten oder dem kleineren Saal, der den Rauchern vorbehalten war. Die Leere und das grelle Licht ließen sie sofort leichter atmen.

Leider war von den Kellnern mit den Canapés nichts mehr zu sehen, es hätte bestimmt geholfen, ihren Blutzuckerspiegel ein wenig anzuheben, um das nervöse Flattern in ihrem Inneren zu betäuben. Allerdings konnte der Festakt nicht mehr lange dauern, bald gäbe es sicher etwas zu essen, das würde sie wieder vollständig auf die Beine bringen. Jetzt brauchte sie nur ein wenig kühle Luft.

Anne sah sich nach einem Ausgang um. Sie wollte nicht durch die Haupttüren gehen, wo bestimmt noch die Presse am roten Teppich wartete. Das würde nicht unbedingt helfen, frei atmen zu können. Die Schmerzen in ihrer Brust ließen zwar von Tag zu Tag nach, aber ihre Abneigung gegenüber geschlossenen Räumen wurde immer ausgeprägter.

»Doktor Perry?«

Die Frauenstimme drang wie aus weiter Ferne zu ihr, wie ein Echo jenes unglückseligen Tages. Sie brauchte ein paar Augenblicke, um zu begreifen, dass sie echt war und dass sie wusste, zu wem die Stimme gehörte. Ihr Herz machte einen Satz, und sie fuhr herum. Vor ihr standen tatsächlich der ehemalige Rugbystar Reed Rivers und seine Frau Lynne. Ein Bär von einem Mann, das blonde, halblange Haar zurückgekämmt, der muskulöse Körper in einem Maßanzug steckend, an seiner Seite diese kleine, zarte Frau mit den lichtbraunen Locken, die ihr trotz Hochsteckfrisur unbändig ins Gesicht fielen. Die beiden verströmten Glamour wie aus einem Hochglanzmagazin und wollten nicht recht zu den schmerzlichen Bildern vom Tag des Sturmes passen. Das Paar bot einen prächtigen Anblick, und das enge Gefühl in Annes Brust ließ schlagartig nach.

»Mr und Mrs Rivers!«, rief sie freudig. »Wie geht es Ihnen?« Annes Blick fiel auf Lynnes flachen Bauch. Natürlich, der Sturm war bereits über einen Monat her, sie hatte längst ihr Baby bekommen.

Lynne strahlte, wie nur eine stolze Mutter es tun konnte. »Es geht mir ausgezeichnet. Dank Ihnen.«

Anne wusste nicht, was sie sagen sollte, und suchte nach den richtigen Worten. Sie war zutiefst gerührt. »Ich habe doch gar nichts getan. Das war das Team aus Cardiff.«

»Unsinn, Sie haben mir geholfen, als ich dachte, vor Angst durchzudrehen. Und auch unserem David geht es ausgezeichnet. Er schläft gesund und munter im Hotel gleich nebenan bei meiner Schwägerin und ihrem Mann.«

Eine Welle der Erleichterung schwappte über Anne hinweg. »Das freut mich sehr, ich habe mich oft gefragt, was aus Ihnen geworden ist.« Sie sah zu Mr Rivers hoch. »Und auch Sie scheinen die Verletzung gut überstanden zu haben.«

»Das war nur ein Kratzer.«

Er klang wie damals beim Sturm, was Anne zum Lachen brachte. Auch Lynne schüttelte schmunzelnd den Kopf und stieß ihrem Mann einen Ellbogen in die Seite. Dieser legte seinen Arm um Lynnes Taille und zog sie an sich. Die beiden sahen wunderschön zusammen aus, und Anne spürte eine sonderbare Sehnsucht in sich aufsteigen, die den Schmerz in ihrer Brust mit aller Wucht zurückholte. Automatisch drückte sie die Hand auf die linke Seite ihres Brustkorbs, als könnte sie ihn dadurch lindern.

Lynne sah sie besorgt an. »Ich habe gehört, was passiert ist. Sie sind in die Scheune gelaufen, um unsere Winnie zu finden, und dann …« Sie konnte nicht weitersprechen, daher ergriff Reed Rivers für sie das Wort.

»Wenn wir irgendetwas für Sie tun können, zögern Sie nicht, Kontakt zu uns aufzunehmen. Wir sind Ihnen unendlich dankbar, nicht nur wegen der medizinischen Hilfe. Winnie war zwar nicht in der Scheune, aber sie ist uns allen sehr wichtig, und dass Sie solch ein Risiko eingegangen sind, um sie zu finden, werden wir nie vergessen.«

»Ich bin nur froh, dass es ihr und allen anderen gut geht.« Anne deutete zurück zum Saal. »Ich hätte wirklich nicht erwartet, Ihnen beiden hier über den Weg zu laufen.«

Reed Rivers verzog die Lippen zu einem schiefen Grinsen, und Anne verstand immer mehr, warum scheinbar die gesamte weibliche Bevölkerung des Landes in ihn verknallt war. »Es hat der Presse wohl ziemlich gefallen, dass die größte Heldenstory des Sturms genau bei uns zu Hause passierte, und so wurden wir ebenfalls eingeladen – alles Publicity. Wir wollten zuerst gar nicht kommen, aber Lynne hoffte, dass Sie und das Team aus Cardiff hier sein würden.«

»Ich wollte unbedingt die Gelegenheit nutzen, um mich zu bedanken«, fügte Lynne hinzu.

Anne lächelte. Aus dem Augenwinkel sah sie Owen aus dem Saal kommen. Er sah sich suchend in der leeren Eingangshalle um. Ob er ihretwegen gekommen war? Sein Blick blieb an ihr hängen, und Anne wollte ihn schon näher winken, doch er wandte sich bereits ab und betrat einen finsteren Korridor, in dem zuvor ein paar Kellner verschwunden waren.

»Ich wünsche Ihnen noch eine schöne Feier.« Sie schüttelte den beiden die Hände und prägte sich für einen Augenblick das Bild des absoluten Glücks ein, dann folgte sie

Owen. Doch der Gang war leer. Vielleicht war er wieder zurückgegangen oder hatte die Toilette aufgesucht.

Der Geruch nach gebratenem Fisch hing in der Luft, und den Geräuschen von klimperndem Geschirr nach zu schließen, näherte sie sich der Küche. Ein Speisewagen stand an der Wand. Anne hätte beinahe einen Freudenschrei ausgestoßen, als sie bemerkte, dass auf den Tabletts bereits die Desserts angerichtet waren. Auch offene Weinflaschen standen auf dem Wagen.

Anne sah sich um. Weit und breit war niemand zu sehen, also überlegte sie nicht lange, schnappte sich eine Flasche und ein Tablett, eilte an der halb offenen Tür zur Küche vorbei und hielt direkt auf das rot leuchtende Schild »Exit« an einer grauen Metalltür zu. Die Tür ließ sich schwer öffnen, besonders, da sie beide Hände voll hatte, aber Anne stemmte sich mit der Schulter dagegen. Im nächsten Moment stand sie in einem von hohen Mauern gesäumten Hinterhof und atmete die kühle Nachtluft ein, die leicht nach Abfällen roch. Als sie sich umsah, entdeckte sie zu ihrer Rechten mehrere Mülltonnen, die im gelblichen Licht einer über die Mauer ragenden Straßenlaterne schimmerten. Auch der Hinterhof war beengend, aber zumindest hatte sie den Himmel über sich. Hier könnte sie bleiben, etwas essen und trinken, bis sie wieder ruhiger wurde und das beklemmende Gefühl nachließ.

Ein leises Rascheln ließ sie aufhorchen. Schlagartig musste sie an die vielen Horrorfilme denken, die sie mit Leah gesehen hatte. Begannen diese blutigen Streifen nicht immer mit irgendeiner Person, die sich von den anderen entfernte und sich in dunklen Gassen oder Höfen wiederfand? Als Zuschauer hätte sie jetzt wohl gerufen: »Geh zurück ins Gebäude!«, aber jetzt war sie kein Zuschauer. Jetzt tat sie dasselbe wie all die Protagonisten, die aus lauter Neugier und Dummheit ins Messer liefen.

Sie schloss ihre Hand fester um die Flasche, um sie gegebenenfalls als Waffe benutzen zu können, trat ein kleines Stück von der Tür weg und spähte um die Mülltonnen herum, dann atmete sie erleichtert auf.

Es war Owen. Er lehnte an der Mauer gegenüber der Hauswand, den Kopf in den Nacken gelegt, die Augen geschlossen. In seinem schwarzen Anzug und mit den schwarzen Haaren war er in der Dunkelheit kaum auszumachen, trotzdem erkannte sie ihn sofort.

Ein hoher Baum, dessen Krone über die Wand reichte, hatte den Boden rundherum in ein Meer aus verdorrten Blättern des letzten Jahres verwandelt. Anne ging auf ihn zu, und nun war sie es, die ein Rascheln verursachte. Owen blickte auf. Er sah sie an, ohne sich vom Fleck zu rühren, deutete nur vage auf ihre vollen Hände. »Du bist ja um einiges besser ausgerüstet als ich.«

Anne zuckte mit den Schultern. »Ich konnte nicht widerstehen.«

Owen nickte langsam, ohne den Blick von ihr zu wenden, seine sonst so blauen Augen glitzerten gräulich im fahlen Schein der Straßenlaterne.

Anne wusste nicht, was sie sagen sollte, also streckte sie ihm das Tablett entgegen. »Hunger?«

Owen studierte die Auswahl und griff schließlich nach

einer kleinen Glasschale, die eher an Puppengeschirr erinnerte. »Wer hätte gedacht, dass sie zu einem so festlichen Anlass Pudding servieren?«

Anne lachte und sah sich nach einem Platz um, wo sie Flasche und Tablett abstellen konnte. An der Hauswand gegenüber Owen stand eine hüfthohe Holztruhe, wie sie für Gartengeräte benutzt wurde. Gartengeräte, die dem Zustand des Hofes nach zu schließen noch nie zum Einsatz gekommen waren. So glamourös die Vorderansicht des Gebäudes war, so heruntergekommen war der hintere Teil.

»Das ist kein Pudding«, erklärte sie, ließ sich auf der Truhe nieder, stellte Tablett und Handtasche neben sich ab und nahm einen kräftigen Schluck Wein aus der Flasche. Herrlich. Das war kein Billigwein, der hier floss wie Samt ihre Kehle hinunter und wärmte sie. »Das ist Flan.«

Owen drehte das Schälchen in seinen Händen. »Was zum Teufel ist Flan?«

»Das, was du in der Hand hältst.«

»Es sieht aber aus wie Pudding.« Er hob die Schale an seine Nase. »Es riecht wie Pudding.« Er steckte einen Finger hinein und leckte ihn ab. »Und es schmeckt wie Pudding. Es ist verdammter Pudding.«

Anne fing an zu kichern. »Flan«, erwiderte sie, und sie wusste nicht wieso, aber das Wort klang plötzlich so lustig, dass sie losprustete.

Owen sah sie einen Moment lang verdutzt an, das Gesicht in Licht und Schatten geteilt. Schließlich begann auch er zu lachen. Anne, die ihn noch nie wirklich fröhlich erlebt hatte, wurde es sogleich noch etwas wärmer.

»Ich hätte noch einen Löffel stibitzen sollen«, sagte sie und nahm sich ebenfalls ein Schälchen vom Tablett. Owen hob die Schale an die Lippen. »Warum?«, fragte er unschuldig und kippte sich den Inhalt in den Mund wie einen Tequila Shot. »Also, eins muss man sagen: Das ist echt lecker.«

Anne machte es ihm nach und kam zu dem Schluss, dass er recht hatte. Der intensive Vanillegeschmack schickte sie in den siebten Himmel. Leider standen keine weiteren Schalen auf dem Tablett, es gab nur noch bunte Petits Fours. Anne nahm noch einen großen Schluck Wein. Der fruchtige Geschmack mischte sich mit dem des Flans und ließ sie vor Wohlbehagen aufseufzen.

»So gut?«

Sie ließ die Flasche sinken und sah ihn an. In seinem Blick lag etwas, das ihren ganzen Körper zum Kribbeln brachte. Vielleicht war es auch der Wein. Oder beides.

Sie räusperte sich und streckte ihm die Flasche entgegen. »Das musst du selbst herausfinden.«

Owen stieß sich von der Mauer in seinem Rücken ab und kam auf sie zu, ohne sie aus den Augen zu lassen. Als er nach der Flasche griff, streifte er mit den Fingern ihre Hand. Bei der Berührung zuckten tausend kleine Elektroschocks durch ihren Körper. Beinahe hätte sie den Wein losgelassen, noch ehe er ihn richtig in der Hand hatte.

»Und, wie findest du ihn?«, fragte sie, um einen gleichmütigen Tonfall bemüht.

Owen nahm einen Schluck und nickte anerkennend. »Ja, der ist wirklich gut. Was hast du da noch so auf deinem

Tablett?« Jetzt trennten ihn nur noch wenige Zentimeter von ihr. Er beäugte die bunten Petits Fours, dann schob er das Tablett ein Stück zur Seite und setzte sich neben sie.

Seine Nähe machte sie nur noch nervöser. »Drinnen gibt es gleich ein leckeres Fünf-Gänge-Menü. Vielleicht sollten wir reingehen?« Sie leckte sich die plötzlich trockenen Lippen.

Owen ließ den Blick über den Hof schweifen. Sie konnte sein After Shave riechen – ein frischer Duft mit einem Hauch von Zitrusaromen, sehr dezent. Ganz anders als Lukes olfaktorischer Überfall.

»Ich bin hier draußen ganz zufrieden.« Er hob erneut den Wein an seine Lippen. »Was war drinnen mit dir los?«, fragte er wie beiläufig.

Anne fühlte sich zu benebelt, um sich eine Ausrede einfallen zu lassen. »Geschlossene Räume sind nicht mehr das, was sie einmal für mich waren«, antwortete sie aufrichtig. »Ich war nie ein Fan davon, aber jetzt …«

Er nickte verständnisvoll und setzte die Flasche erneut an. Dann streckte er sie ihr entgegen, und Anne ließ die kühle Flüssigkeit ihre Kehle hinabrinnen. Sie schloss die Augen und genoss den Augenblick, in dem sie über nichts nachdenken musste. Ihre Mutter mit ihrer geheimnisvollen Beziehung, Leah und ihre Panik vor Elvis, all die Erinnerungen an die Scheune, die seltsame Stimmung bei der Arbeit mit Owen, das Aufeinandertreffen mit Luke und wie Owen ihr zu Hilfe gekommen war – angestachelt von Leah, aber trotzdem. Er hätte nicht mitmachen müssen, aber er hatte es dennoch getan.

Sie versuchte gar nicht erst, ein Gesprächsthema zu finden, denn das Schweigen war nicht unangenehm, im Gegenteil. Nach all den Reden, die durch die Lautsprecher gedröhnt waren, fand sie das leise Rauschen des Verkehrslärms auf der anderen Seite als einzige Geräuschkulisse mehr als angenehm.

Es graute ihr bei dem Gedanken, wieder hineinzugehen, aber noch war es ja nicht so weit. Noch konnte sie die Nacht, die Kühle und die Freiheit genießen.

Sie wusste nicht, wie lange sie so nebeneinandergesessen hatten, als sie plötzlich aus dem Augenwinkel eine Bewegung ausmachte. Es war Owens Hand, die gerade noch regungslos auf seinem Oberschenkel geruht hatte, nun aber fahrig auf und ab strich. Abwechselnd streckte er die Finger und ballte sie wieder zur Faust. Sie sah in sein Gesicht, auf dem ein angespannter Ausdruck lag; seine Züge wirkten in dem blassen Licht noch schärfer als üblich. Ohne groß nachzudenken, nahm sie seine Hand.

Owen erstarrte unter ihrer Berührung, seine Hand in ihrer verkrampfte sich.

Anne spürte ein heißes Verlangen in sich aufsteigen, wollte ihm nahe sein, wollte wieder seine Wärme spüren, doch sie wusste nicht, ob er genauso empfand. Vielleicht sollte sie besser loslassen, aber gerade, als sie ihre Finger löste, verschränkte er seine Finger mit ihren und hielt sie fest.

Sein Blick wanderte zu ihren Lippen, dann drückte er sanft ihre Hand und zog seine Finger zurück, doch nur, um sie an ihr Gesicht zu heben. Seine Fingerspitzen strichen kaum merklich über ihre Wange, schoben ein paar Strähnen ihres Haars zurück und glitten weiter in ihren Nacken.

Anne fing an zu zittern.

Mit einem leisen Seufzer zog er sie an sich, seine Lippen fanden ihre, tausend kleine Elektroschocks pulsten durch ihren Körper. Sie konnte nicht glauben, dass sie Owen küsste. Er konnte gut küssen, verdammt gut. Sie schmeckte den Wein und die Vanille, als er mit seiner Zunge ihre Lippen umspielte und ihren Mund erkundete. Ihre Hände schlossen sich um sein offen stehendes Sakko, zogen ihn näher an sich, und er schlang einen Arm um sie und küsste sie, als hätte er seit Ewigkeiten nur darauf gewartet.

Er rutschte von der Truhe, ohne sie loszulassen oder den Kuss zu unterbrechen, schob ihr langes, eng anliegendes Kleid nach oben und trat zwischen ihre Beine. Seine Hände gruben sich in ihr offenes Haar. Anne konnte nicht mehr denken, nur noch fühlen. Wie von allein schoben ihre Hände das Sakko von seinen Schultern und zogen sein Hemd aus der Hose, um ihre Hände darunterzuschieben und über seinen festen, muskulösen Körper gleiten zu lassen.

Seine Lippen wanderten zu ihrem Hals, seine Hand unter den Träger ihres Kleids.

Sie hörte nichts anderes mehr als seinen schnellen Atem, schmeckte nur ihn, roch nur ihn und spürte nur ihn. Sie konnte sich nicht daran erinnern, je einen Mann so gewollt zu haben. Das letzte Mal lag schon Ewigkeiten zurück, denn über ein erstes Date gingen ihre Männerbekanntschaften meist nicht hinaus. Mit Owen war sie nie ausgegangen, und nun saß sie auf einer Gerätetruhe in einem finsteren Hinterhof und glaubte, zu den Sternen emporzufliegen.

Heißkalte Wellen liefen über ihren Körper, als seine Hand ihre Kniekehle umschloss und ihr Bein anhob. Seine Finger strichen über die Innenseite ihres Oberschenkels. Anne legte den Kopf in den Nacken, stützte sich auf ihre Ellbogen und lehnte sich zurück. Ihr Körper schmolz unter seiner Berührung, für Widerstand blieb keine Kraft mehr. Der Schmerz in ihrer Brust war noch da, aber er war nur ein leiser Nachhall der Verletzung und konnte den Zauber des Moments nicht brechen. Sie spürte seine Lippen, die von ihrem Hals hinab zu ihren Schlüsselbeinen wanderten und weiter zu ihrer Brust. Langsam streifte Owen ihr das Höschen ab, so langsam, dass sie sich aufrichtete und voller Ungeduld stöhnte. Jetzt wäre der letzte Augenblick, wieder zu Verstand zu kommen, einen Rückzieher zu machen, aber Anne schob alle Bedenken beiseite und scherte sich nicht um die Konsequenzen.

Sie legte ihre Hand auf sein Herz, spürte das kräftige, schnelle Pochen, dann glitten ihre Finger nach unten, spazierten über seinen muskulösen, flachen Bauch und noch weiter nach unten zu seiner Hose. Als sie den Reißverschluss öffnen wollte, fasste er unvermittelt ihren Unterarm und hielt ihn fest. Die Stirn gegen ihre gelehnt, schnappte er keuchend nach Luft.

Anne setzte sich auf, schob den Träger ihres Kleids zurück auf ihre Schulter und räusperte sich.

»Verdammt, Annie.« Er zog sie erneut an sich und küsste sie erst zärtlich, dann mit einer solchen Leidenschaft, dass sie sich überrumpelt zurücklehnte. Ohne seinen Kuss zu unterbrechen, zog er seine Hose herunter und ließ sie zusammen mit den Boxershorts auf die Knöchel fallen, dann winkelte er ihre Beine an, sodass ihre Fersen auf der Truhenkante ruhten, umfasste ihre Hüften und drang tief in sie ein.

Anne klammerte sich an ihm fest und blickte hoch in den Himmel. Sie konnte kaum Sterne sehen, dafür war es mitten in der Stadt zu hell, trotzdem glaubte sie, im All zu schweben. Sie fühlte sich einerseits wie elektrisch geladen, andererseits tiefenentspannt. Sie bewegte sich mit ihm, passte sich seinem Rhythmus an und wurde eins mit ihm auf dieser Gerätetruhe in einem schmutzigen Hinterhof in Cardiff.

Owen stieß immer heftiger in sie, an ihm war nichts mehr sanft, beinahe wütend schien er um Erleichterung zu kämpfen. Anne vergrub ihr Gesicht in der Mulde zwischen seinem Hals und der Schulter, um ihre erstickten Schreie zu dämpfen, dann geriet sie in den Strudel des Vergessens, bis ihre Körper erbebten und sie beide schwer atmend auf den hölzernen Truhendeckel sackten.

Owen blieb in ihr, sein Körper ruhte warm auf ihrem und schirmte sie vom Rest der Welt ab, sein Atem strich über ihren verschwitzten Hals, seine Hand glitt durch ihr Haar, so zärtlich, dass ihr das Herz schwer wurde. Anne konnte sich nicht erinnern, sich in den Armen eines Mannes je so vollkommen sicher gefühlt zu haben. Der Moment war einfach perfekt.

*

Owen war schlagartig nüchtern. Der Rausch schwand, und trotzdem war alles, was er tun wollte, sie erneut zu küssen. Sanft diesmal, um ihr zu zeigen, wie es in ihm aussah, um ihr klarzumachen, was sie mit ihm anstellte. Aber er tat es nicht, zu viele widersprüchliche Gedanken gingen ihm durch den Kopf. Seine Gefühle ihr gegenüber hatten nichts mehr mit einer fernen Vergangenheit zu tun, sondern nur noch mit ihr – mit Anne, der Frau, mit der er seit zwei Jahren zusammenarbeitete. Er hatte sie zu respektieren und zu bewundern gelernt, nicht nur in medizinischen Belangen, sondern vor allem in menschlichen. Denn egal, wie sehr er sich in Stein zu verwandeln versuchte – mit ihrer unbekümmerten und doch so fürsorglichen Art drang sie immer wieder bis in sein Innerstes vor.

Und heute hatte er einfach nicht mehr an sich halten können. Er hatte seinen Verstand ausgeschaltet und einzig und allein aus dem Bauch heraus gehandelt, und dabei herausgekommen war das Beste, was er je erlebt hatte. Das war es immer noch. Sie so nah bei sich zu spüren … Am liebsten hätte er sich nie mehr vom Fleck gerührt. Aber das musste er früher oder später tun, und anschließend würden sie sich der Frage stellen müssen, was das, was gerade zwischen ihnen geschehen war, zu bedeuten hatte und wohin es führen sollte. Er für seinen Teil kannte die

Antwort, auch wenn er nicht wusste, ob sie ihm wirklich gefiel. Anne war längst viel zu tief in sein Herz gedrungen. Wenn er wirklich eine Zukunft mit ihr haben wollte, würde er ihr die Wahrheit sagen müssen über das, was damals passiert war, würde endgültig mit der Vergangenheit abschließen müssen. Wie sonst sollte er ihr weiterhin in die Augen sehen können?

Owen richtete sich auf, wagte es kaum, auf sie hinabzusehen, so verletzlich und gleichzeitig betörend lag sie da. Mit einiger Mühe riss er den Blick von ihr los, zog Boxershorts und Anzughose hoch und schloss den Reißverschluss, wobei er angestrengt überlegte, was er sagen sollte. Ein Teil in ihm schrie: »Endlich!«, der andere: »Das war ein riesiger Fehler.« Er konnte sich doch nicht einfach vor sie hinstellen und sagen: »Dein Vater hat meine Eltern umgebracht und meine und Elvis' Kindheit zerstört.« Aber wenn er schwieg, würde er ihr weiterhin etwas vormachen, so wie schon während der letzten zwei Jahre. Könnte sie ihm das Schweigen verzeihen?

Er musste weg von hier, nachdenken, den Alkohol aus seinem System bekommen und endlich sein verdammtes Hirn einschalten.

Mit mechanischen Bewegungen hob er sein Sakko auf und zog es an, dabei fiel ihm auf, dass einer seiner Hemdknöpfe abgerissen war. Nun, das machte nichts, die Jacke würde es verdecken.

Anne richtete sich ebenfalls auf, zupfte an ihrem Kleid und sah ihn fragend an.

Verdammt, wieso musste sie ihn so ansehen? Was erwartete sie von ihm? Und überhaupt – wie hatte das passieren können? Er kannte sie doch kaum, hatte außerhalb der Arbeit nie etwas mit ihr zu tun gehabt, hatte keine Ahnung, was sie in ihrem Privatleben so trieb und ob One-Night-Stands in Hinterhöfen nicht zu ihren üblichen Wochenendaktivitäten gehörten. Wer wusste schon, was sie mit Luke, dem Feuerwehrmann, angestellt hatte. Oh Gott, sie hatten noch nicht einmal verhütet! Er, der absolute Kontrollfreak, hatte sich zu ungeschütztem Sex hinreißen lassen! Was, wenn er sie geschwängert hatte?

Heiße und kalte Schauer liefen ihm abwechselnd den Rücken hinunter. Was hatte er nur getan?

»Owen, ist alles in Ordnung?«

Ohne sie anzusehen, erwiderte er: »Klar, mir geht's blendend. Die anderen fragen sich bestimmt schon, wo wir sind. Ich sage Leah Bescheid, dass du gleich kommst.« Damit wandte er sich ab und ging um die Mülltonnen herum zum Hintereingang. Er hörte, wie Anne hinter ihm nach Luft schnappte. Ihm war klar, dass er sich gerade wie das größte Arschloch der Welt benommen hatte, aber eins wusste er plötzlich mit eiskalter Gewissheit: Er konnte seinen Moment der Schwäche nicht rückgängig machen, und wenn er jetzt so tat, als stünde nichts zwischen ihnen, wäre er ein noch größerer Mistkerl.

Besser, sie wusste gleich, woran sie war.

*

Owen ignorierte Elvis' Versuche, ihn anzurufen. Er schrieb ihm nur schnell eine Nachricht, dass er die Canapés nicht vertragen hatte, und steckte das Handy wieder weg. Vielleicht hätte er nicht ohne ein Wort von der Veranstaltung abhauen dürfen, aber er wäre nicht mehr in der Lage gewesen, Anne gegenüberzutreten. Und seinem Bruder hatte er den Abend mit Leah auch nicht ruinieren wollen. Denn ruiniert hatte er schon genug.

Er hatte gehofft, die Zugfahrt nach Hause würde ihn beruhigen oder zumindest die Busfahrt vom Bahnhof Fyrddin ins Dorf. Aber noch nicht einmal die kühle Luft auf dem kurzen Fußweg von der Haltestelle nach Hause konnte den in ihm lodernden Zorn mildern. Er konnte sich nicht erinnern, jemals solch eine Wut auf sich selbst gehabt zu haben, und wollte nur noch unter die Dusche und schlafen, um für ein paar Stunden alles zu vergessen. Vielleicht würde ihm morgen eine Idee kommen, was er nun tun sollte – ohne den Restalkohol im Blut und das noch so lebendige Bild von Anne in ihrem grünen Kleid auf der Gerätetruhe vor Augen.

Owen ging die ansteigende Straße hinauf zu dem Apartmenthaus, das von außen nicht gerade viel hermachte. Dafür lag es nahe an der Flugbasis, und die Miete war günstig. Außerdem sollte es ohnehin bald renoviert werden.

Auf dem Weg kam er bei Susan Llwynhans Haus vorbei, die mit einem Kollegen von ihm verheiratet war und die ihm nach dem Unfall in der Scheune einen Auflauf gebracht hatte. Ein Stück weiter die Straße hoch gelangte er zu Carols hübschem Einfamilienhaus. Auch die Besitzerin des Supermarkts hatte schon einen Tag nach dem Unglück bei ihm vor der Tür gestanden, einen Korb voller Lebensmittel in der Hand, Tränen in den Augen. Oft ging ihm das kleine Dorf mit all seinem Klatsch und Tratsch schrecklich auf die Nerven, aber in diesem Moment hatte er sich tatsächlich gefreut, bekannte Gesichter zu sehen.

Carol schien noch wach zu sein. Die Außenbeleuchtung war an, und Owen sah sie und einen Mann im Garten zwischen all den lebensgroßen Holztieren, die Carol sammelte und die Owen immer ein wenig unheimlich erschienen. Er hasste es, von Rehen, Füchsen und Hasen angestarrt zu werden, vor allem, wenn er im Dunkeln an ihnen vorbeiging.

Owen warf einen Blick auf die Uhr. Es war kurz nach ein Uhr morgens, vermutlich hatte Carol noch mit der Inventur im Supermarkt zu tun gehabt.

»Guten Abend«, sagte er, als er sich dem Gartenzaun näherte.

Die beiden wandten sich ihm zu. »Wow, siehst du schick aus, Owen!«, rief Carol aus und trat an den Gartenzaun. Owen blieb höflich stehen. »Wo kommst du denn jetzt her? Ach, heute ist doch diese Gala in Cardiff. Dafür bist du aber zu früh zu Hause!«

Owen bemühte sich um ein Lächeln. Morgen würde das ganze Dorf wissen, dass er die Gala früh verlassen hatte, so viel stand fest. »Solche Veranstaltungen sind nicht mein Fall«, antwortete er ausweichend und sah an Carol vorbei zu dem Mann, der mit ihr im Garten war. Zu seiner

Überraschung erkannte er Seth, Evelyns Freund aus dem Krankenhaus.

Carol schien seinen Blick zu bemerken, denn sie sah von Owen zu Seth und wieder zurück und fragte: »Kennst du schon unseren neuen Nachbarn? Seth Perry ist ins selbe Haus gezogen, in dem du wohnst, Owen. Er war so nett, mich vom Supermarkt nach Hause zu fahren.«

»Ich habe Überstunden gemacht und Carol auf dem Nachhauseweg mit ihren schweren Tüten gesehen«, erklärte Seth, aber Owen bekam kaum ein Wort davon mit. Seine Ohren fingen an zu rauschen.

»Perry?« Sein Herzschlag beschleunigte sich. »Wie *Anne* Perry?«

»Oh, du meinst Evelyns Annie«, ließ sich Carol vernehmen. »Richtig, daran habe ich gar nicht gedacht, ich habe immer nur Evelyns Familiennamen im Kopf und vergesse ständig, dass Anne einen anderen hat. Sind Sie mit Anne verwandt?« Carols Augen leuchteten in Erwartung einer Neuigkeit, die sie allen erzählen konnte.

Seth aber sah nur von einem zum anderen. Sein Gesichtsausdruck wirkte gequält, und zum ersten Mal fiel Owen die tiefe Narbe an seiner rechten Wange so richtig auf. Er konnte den Blick gar nicht mehr davon abwenden. Unweigerlich zogen wieder die Bilder an seinem inneren Auge vorüber. Er sah die kurvige, dunkle Landstraße, Anne als kleines Mädchen mit dem flammenden Haar vor den flackernden Lichtern der Einsatzfahrzeuge und noch ein anderes Bild. Er war im Auto, alles stand auf dem Kopf, er versuchte, sich zu befreien und den Gurt zu lösen, rief nach seinen Eltern, aber sie antworteten nicht. Tränen brannten in seinen Augen, und dann war da dieser Mann, der durchs Fenster blickte, das Gesicht blutverschmiert, die dunklen Augen schreckgeweitet, ein Glassplitter steckte in der Wange, den er gar nicht richtig zu bemerken schien. »Keine Angst, Junge«, klang seine Stimme dumpf von draußen. »Ich hol dich hier raus.«

Owen blinzelte, zuckte zusammen und kehrte zurück in die Realität. Eiseskälte fuhr seinen Rücken hinunter.

Seth strich sich über den Nacken und atmete hörbar ein. »Ich … also … ich muss jetzt wirklich weiter. Gute Nacht.« Er wandte sich ab und rannte fast schon durchs offen stehende Gartentor, überquerte die Straße und hielt auf Owens Apartmenthaus zu.

Owen starrte ihm hinterher und verspürte dasselbe krampfartige Gefühl im Bauch wie vor zwei Jahren, als er seine neue Stelle bei der Flugrettung angetreten und Anne zum ersten Mal wiedergesehen hatte. Er erinnerte sich noch zu gut an den Schock, nach so vielen Jahren derart unmittelbar mit diesem Teil seiner Vergangenheit konfrontiert zu werden. Am liebsten hätte er auf der Stelle gekündigt, nur um nichts mit ihr zu tun haben zu müssen. Mit der Frau, deren Vater seine Familie ausgelöscht hatte. Aber er hatte die Verantwortung für Elvis getragen und seine berufliche Karriere nicht schon wieder aufs Spiel setzen, nicht schon wieder von vorne beginnen wollen. Jetzt fühlte er sich in der Zeit zurückversetzt.

»Gute Nacht, Carol«, sagte er kurz angebunden und

eilte Seth hinterher. Wenn das denn sein richtiger Name war.

Rasender Zorn packte ihn. Wie anders wäre sein Leben verlaufen, was hätte alles aus ihm und seinem kleinen Bruder werden können, hätte dieser Mann sein Glück nicht für immer zerstört?

»Graham Perry!«

Der Mann, der sich »Seth« nannte, blieb stehen, die Hand auf der Klinke der Eingangstür. Er schien ein Stück weit in sich zusammenzusacken, dann drehte er sich zu ihm um und sah ihn beinahe hilflos an. »Das ist doch Ihr Name, oder? Graham. Nicht Seth.«

»Seth ist mein zweiter Vorname.«

Owens Gedanken rasten. Kannte Evelyn seine wahre Identität? Wusste Anne, dass ihr Vater zurückgekehrt war? Er hatte im Krankenhaus um sie gebangt, aber Anne hatte nichts von ihm erwähnt. Nein, sie ahnten bestimmt nichts. Nach allem, was er über Evelyn wusste, schützte sie Anne wie eine Löwin. Sie würde nie zulassen, dass sich dieser Mörder in ihr Leben drängte.

Auf einmal überkam ihn ein sonderbarer Beschützerinstinkt.

»Sie waren im Krankenhaus, *Graham*. Mit Evelyn. Sie haben sich auch dort als Seth ausgegeben.«

»Evelyn hilft mir in einer schweren Zeit«, erklärte Perry mit rauer Stimme. »Owen …«

Sein Name aus diesem Mund presste ihm die Luft aus den Lungen, aber er fing sich schnell wieder. »Was zur Hölle wollen Sie hier?«, knurrte Owen. Seine Stimme klang merkwürdig, war kaum mehr als ein Knurren, seine Hände schmerzten bereits, so fest ballte er sie zu Fäusten.

Perry schwieg ein paar lange Sekunden, dann holte er tief Luft. »Ich wollte nur wissen, ob es ihr gut geht.«

»Nach allem, was ich gehört habe, hat Sie das die letzten vierundzwanzig Jahre auch nicht geschert.«

Seth senkte den Blick und nickte langsam. »Ich hatte Gründe.«

»Und die gelten jetzt nicht mehr?«

Langes Schweigen, dann sah er wieder zu ihm auf. »Ich werde dir …« Er schüttelte den Kopf und wechselte zum Sie, als falle ihm erst jetzt auf, dass Owen nicht mehr acht Jahre alt war. »Ich werde Ihnen aus dem Weg gehen. Wir wohnen zwar im selben Gebäude, trotzdem müssen wir uns nicht zwingend begegnen.« Er drückte die Tür auf und trat ins Treppenhaus, doch dann zögerte er und drehte sich noch einmal um. »Ich weiß, mir steht es nicht zu, Sie um einen Gefallen zu bitten, aber ich wäre Ihnen sehr dankbar, wenn Sie Anne nicht erzählen, wer ich bin.«

Die Dreistigkeit verschlug ihm die Sprache. Owen folgte Perry ins Haus. »Sie werden sich von ihr fernhalten.« Seine Stimme klang drohend.

Der Mann, der Bestandteil so vieler seiner Albträume war, sah ihn über die Schulter hinweg an. »Ich weiß, wie Sie für mich empfinden, und ja, ich verdiene es, trotzdem haben Sie mir nichts vorzuschreiben. Schon gar nicht, wenn es um meine Tochter geht.«

Owen trat näher, die Augen zu Schlitzen verengt. »Sie hat sich etwas aufgebaut«, sagte er gefährlich leise. »Sie hat ihre Mutter und einen Job, der sie erfüllt. Sie kann sich an nichts erinnern, was damals passiert ist, und das soll auch so bleiben.«

»Ich habe nicht vor, meine persönlichen Angelegenheiten mit Ihnen zu besprechen, und das soll auch so bleiben.«

Owen spürte etwas in sich bersten. Er machte einen Satz nach vorn, schloss die Hände um Perrys Jacke und drehte ihn zu sich herum. »Anne ist der wohl fröhlichste, positivste Mensch, dem ich je begegnet bin, und das hat sie nicht Ihnen zu verdanken. Sie werden nicht in ihr Leben spazieren und sie mit einer Vergangenheit konfrontieren, von der sie rein gar nichts hat außer Schmerz, nur damit Sie selbst sich besser fühlen.«

Perry sah auf Owens Hände hinab, dann hob er langsam den Kopf und sah ihn durchdringend an. »Verstehe. Wie das Schicksal so spielt. Schon komisch, dass ausgerechnet ihr beide zusammengefunden habt. Ich wusste nicht, dass Sie und Anne ...«

Owen verschlug es die Sprache. Die Momente auf dem Hinterhof und wie er Anne einfach sitzen lassen hatte, blitzten vor seinem inneren Auge auf. Der Selbsthass schnürte ihm die Kehle zu, trotzdem stieß er hervor: »Sind wir nicht. Anne ist meine Kollegin und ein guter Mensch, sie verdient es nicht, verletzt zu werden, das ist alles. Es ist einfach nicht gut, wenn die alte Geschichte wieder aufgewärmt wird, weder für Anne noch für Elvis, noch für mich. Also verschwinden Sie dahin, wo Sie hergekommen sind, und lassen Sie sich hier nicht mehr blicken.«

Perry hob abwehrend die Hände, wartete, dass Owen ihn losließ, und ging die Treppe hinauf zu seiner Wohnung. Owen blickte ihm nach, unfähig, sich zu bewegen. Er wusste, dass er Perry nicht davon abhalten konnte, Kontakt zu seiner Tochter aufzunehmen, was nicht nur für Anne großen Schmerz bedeuten, sondern auch Elvis vom Weg abbringen könnte. Wenn sein Bruder erfuhr, dass der Mörder seiner Eltern frei herumlief, tat er womöglich etwas Dummes, und alles, was er sich so mühsam aufgebaut hatte, wäre auf einen Schlag zunichte.

Aber Owen war machtlos, so wie unter den Trümmern der Scheune.

Kapitel 8

Ich mache keine Witze, Evelyn. Es ist so weit! Ich kann nicht mehr.« Josephine lehnte sich über den Bartresen und starrte die Whiskyflaschen an, als könnte sie den Alkohol durch ihre Augäpfel aufnehmen.

Evelyn tat so, als bemerke sie den sich anbahnenden Kontrollverlust ihrer Klientin nicht, und wischte weiterhin mit stoischer Gelassenheit die Arbeitsfläche ab. Es war Sonntagnachmittag, und der erste Ansturm auf den Sunday Roast lag hinter ihnen. Jetzt war der Pub von Stimmengewirr erfüllt. Wie immer waren viele aus dem Dorf zusammengekommen, um sich über die Ereignisse der letzten Woche auszutauschen, Freunde und Familie zu treffen und einfach nur einen gemütlichen Wochenendabschluss zu genießen, bevor die anstrengende Arbeitswoche wieder begann.

Josephines Anruf war nicht unerwartet gekommen, sie neigte oft zur Hysterie, und Evelyn hatte gewusst, dass der Moment der Panik kommen würde. Genauso wusste sie aber auch, dass es in Josephines Fall nicht so ernst wäre wie bei manch anderem. Dafür war sie zu stur und entschlossen, der Sucht in den Hintern zu treten. Sie war nur gerne theatralisch und brauchte ab und zu ein Publikum und ein kleines bisschen Bestätigung. Daher hatte Evelyn auch kein Problem darin gesehen, sie zu einem Gespräch in den Pub einzuladen.

»Willst du etwas trinken?«, fragte sie wie beiläufig, wobei sie durchaus wusste, wie verführerisch ihre Frage war. Aber Josephine war schon weit gekommen, sie würde nicht aufgeben. Und der Versuchung zu widerstehen, würde sie nur noch stärker machen.

»Whisky«, antwortete Josephine wie erwartet und umklammerte den Tresen, als wäre er die Reling eines Rettungsboots.

Evelyn lächelte sie an und stellte ein Glas Saft vor sie hin. An der Bar war so gut wie nichts los. Josephines Not war vielen aufgefallen, und so hielten sie diskret Abstand, um sie nicht noch nervöser zu machen. Angela und Sean gingen derweil zwischen den Tischen umher und nahmen Bestellungen auf.

»Sag mal, wie laufen eigentlich die Hochzeitsvorbereitungen?«, erkundigte sich Evelyn.

»Lenk nicht ab!«, fauchte Josephine.

»Hat sie schon ein Kleid ausgesucht? Ich persönlich bin ja kein Fan von diesem ›Ich bin etwas Besonderes, weil ich auf schlicht mache‹. Eine Hochzeit soll doch pompös sein. Dieser Tag gehört zu den wunderbarsten Tagen im Leben, und das sollte auch das Kleid widerspiegeln, meinst du nicht?«

»Ich weiß, was du tust. Du glaubst, ich greife nicht zur Flasche, wenn du mich daran erinnerst, was ich zu verlieren habe. Dass meine Tochter in nur einem Monat heiratet und auf mich zählt. Aber weißt du, was? Es ist mir egal! Es ist mir scheißegal! Ich will etwas zu trinken. Und außerdem ist ein Monat lang genug, um wieder richtig nüchtern zu werden.«

»Ich hatte damals auch ein schlichtes Kleid und dachte mir, es wäre besser, kein großes Ding aus der Sache zu machen. Meine Mum interessierte mein Glück auch nicht wirklich, und so wollte ich die Hochzeit eigentlich nur so schnell wie möglich hinter mich bringen. Was nie ein gutes Zeichen ist.«

»Einen Schluck, Evelyn! Nur einen einzigen, damit ich mich ein wenig beruhige. Du weißt doch, unter welchem Druck ich stehe! Ich habe gerade wieder angefangen zu arbeiten und muss mich erst daran gewöhnen, mich Tag für Tag abzustrampeln. Und dann auch noch Lenas Hochzeit! Ich soll Justins Familie kennenlernen, und niemand darf mir anmerken, dass ich eine verdammte Alkoholikerin bin.«

»Ich glaube nicht, dass Justins Familie dich dafür verurteilt. Und selbst wenn. Es geht sie überhaupt nichts an. Jeder macht mal Fehler, und auch seine Familie wird nicht frei davon sein. Was diese Leute denken, kann dir vollkommen egal sein.«

»Aber Lena heiratet in diese Familie ein, und wenn sie schlecht von mir denken, heißt das auch …«

»Das heißt gar nichts.« Evelyn schob die Schublade mit den Putzmitteln zu und nahm Josephines Hand. »Lena möchte dich bei der Hochzeit dabeihaben, nach allem, was vorgefallen ist. Sie steht zu dir, also trink jetzt deinen Saft und steh auch zu ihr.«

Josephine sah sie mit geröteten Augen an. »Ich glaube, das kann ich nicht. Ich weiß, du bist überzeugt, dass ich stärker bin, als ich selbst glaube, dass ich nur einen kleinen Schubs brauche und mir in Erinnerung rufen muss, was ich habe. Aber das nützt nichts. Ich breche wirklich ein. Jetzt und in diesem Augenblick. Ich will etwas trinken oder mir die Haare ausreißen.«

»Du hast recht.« Evelyn drückte ihre Hand. »Ich glaube, du bist stärker, als du denkst. Aber wenn du wirklich nicht mehr kannst …« Sie ließ Josephines Hand los, drehte sich um und nahm eine der Whiskyflaschen vom Wandbord hinter der Theke. Dann schenkte sie ein kleines Schnapsglas bis zur Hälfte voll, was die Versuchung für Josephine nur noch größer machte. Es war leichter, sich einzureden, diese paar Tropfen würden schon nicht schaden, als wenn man die ganze Flasche leerte.

Evelyn schob Josephine das Glas zu und wandte sich ab, um Teller abzutrocknen. Sie verzichtete darauf, Josephine aus den Augenwinkeln zu beobachten, um gegebenenfalls eingreifen und ihr das Glas im letzten Moment wegnehmen zu können, denn es war Josephines Entscheidung, Evelyn konnte sie ihr nicht abnehmen. Wenn sie wirklich trinken wollte, würde sie einen Weg finden, sich Alkohol zu besorgen, wenn nicht hier, dann später zu Hause oder an der nächsten Tankstelle.

Evelyn musste wissen, wo Josephine wirklich stand, ob sie sich tatsächlich getäuscht hatte, und Josephine musste das genauso herausfinden. Dies war ein Wendepunkt, aber Evelyn glaubte nach wie vor fest daran, dass Josephine den

Pub nicht gebrochen, sondern mit neuer Kraft verlassen würde.

Sie hörte das Glas über den Tresen schaben, als Josephine es näher zu sich heranzog. Ihr Herzschlag beschleunigte sich, und sie schickte ein Stoßgebet gen Himmel. »Bitte, lieber Gott, schenke Josephine Stärke, bitte, ich darf mich nicht getäuscht haben!«

Sie hörte, wie Josephine tief Luft holte, und hielt unweigerlich den Atem an. In diesem Augenblick öffnete sich die Eingangstür, und Seth betrat den Pub.

»Evelyn«, sagte er und trat an die Bar.

Evelyn sah ihn an. Er sah alles andere als gut aus. Tiefe Schatten lagen unter seinen Augen, und sein Gesicht kam ihr eingefallen vor, was aber auch am gedämpften Licht im Pub liegen konnte. Aus dem Augenwinkel bemerkte sie, wie Josephine das Glas wegschob und ihn interessiert anstarrte.

»Ich … ich möchte nicht stören … Ich wollte nur fragen, ob …«

»Seth!« Evelyn machte einen Schritt auf ihn zu. Sie konnte sich denken, was er sie fragen wollte, aber erstens hatte sie noch keine Gelegenheit gehabt, mit Anne zu sprechen, und zweitens war der Pub kein Ort für ein derart intimes Gespräch. »Ich rufe Sie nachher an«, versprach sie. Sie hatte fest vorgehabt, mit ihrer Tochter zu reden, aber gestern war diese Gala gewesen, und heute Morgen hatte Anne ihr eine Nachricht geschickt, dass sie sich krank fühle und im Bett bleiben werde. Vielleicht hatte sie zu viel getrunken, was ihr zwar nicht ähnlich sah, aber sie war jung, und auf einer Party, da konnte so etwas schon einmal passieren. Evelyn wollte nachher bei ihr vorbeisehen, Seth würde sich also noch ein wenig gedulden müssen. Auch für Evelyn war es nicht leicht, ein derartiges Geheimnis mit sich herumzutragen; am liebsten hätte sie ihrer Tochter längst reinen Wein eingeschenkt.

Seth nickte und wandte sich zum Gehen.

Als er weg war, griff Josephine nach Evelyns Arm und zog sie zu sich. »Das ist doch der Typ, der dich vom Krankenhaus nach Hause gebracht hat. Ist das etwa dein Freund, Evelyn?« Sie schien das Glas vor ihr ganz vergessen zu haben, und auch wenn Evelyn nicht gerade gerne über Seth und Anne und dieses ganze Durcheinander reden wollte, so lenkte es wenigstens ihre Klientin ab. »Er ist ein Bekannter.«

»Höchste Zeit, dass mehr aus euch wird! Der Kerl ist heiß. Vielleicht ein bisschen angeschlagen, aber heiß. Brandheiß.«

Evelyn biss sich auf die Lippe, um sich ein Lachen zu verkneifen. »Ja, mag sein.«

»Oder ist er auch ein Klient? Wenn ja, dann Finger weg. Leute wie ich bringen nur Probleme, glaub mir.«

Evelyn nahm noch einmal Josephines Hand in ihre. Sie hatte recht. Es war nicht leicht, mit einem suchtkranken Menschen zusammenzuleben, Evelyn wusste das nur zu gut, aber es waren nicht alle gleich.

»Du bereitest mir keine Probleme, Josephine, ganz im Gegenteil. Es ist eine Freude, dich um mich zu haben, und es gibt ganz viele, die so denken wie ich. Deine Tochter zum Beispiel, die es kaum erwarten kann, dass du sie zum Traualtar führst.«

Josephine blickte lange auf den Whisky hinab, dann griff sie nach dem Saft und nahm einen großen Schluck. »Evelyn, tu mir einen Gefallen. Kipp das Gebräu da weg.«

Evelyn nahm das Glas weg und gab sich alle Mühe, nicht laut aufzuseufzen vor Erleichterung. Sie sah, wie sich Josephines gequälte Gesichtszüge entspannten. Ein kleines Lächeln trat auf Evelyns Lippen. Das hier war ein Sieg, und für diese Momente lebte sie.

*

Es war fast Abend, als Evelyn den Pub in den Händen ihrer fähigen Mitarbeiter ließ und in die Sonne hinaustrat. Ein Stück weit die Straße hinunter lag ein Eissalon, und Familien nutzten das schöne Wetter, um mit ihren Kindern die letzten Sonnenstunden bei einer kühlen Erfrischung zu genießen. Es war ein idyllisches Bild von bunten Sonnenschirmen und gemütlichen Plätzen, um kleine Tischchen gruppiert. Sie vermisste die Zeit, als Anne noch klein gewesen war und sie beide auch hier gesessen hatten. Jetzt war Anne erwachsen und kurz davor zu erfahren, dass ihr Vater hier war.

Seufzend zog Evelyn ihr Handy aus der Handtasche. Sie wollte wissen, wie es Anne ging, nachdem Josephine keine Hilfe mehr brauchte und vorhin guten Mutes nach Hause gegangen war. Sie hatte noch nicht Annes Nummer aufgerufen, als ein Schatten auf sie fiel.

Evelyn musste nicht hochsehen, um zu wissen, wem er gehörte. »Haben Sie auf mich gewartet?«

Seth deutete auf ihr Handy. »Sie müssen mich nicht mehr anrufen.«

Evelyn packte das Handy wieder ein. »Um ehrlich zu sein, wollte ich Anne anrufen, nicht Sie. Aber ich hätte mich wie versprochen bei Ihnen gemeldet. Sie hätten nicht die ganze Zeit hier warten müssen.«

»Ich war zwischendurch etwas essen.« Seth schob seine Hände in die Hosentaschen und schaukelte auf den Sohlen vor und zurück, wie Anne es früher auch oft getan hatte. »Haben Sie mit Anne gesprochen? Wie hat sie reagiert?«

Evelyn hob beschwichtigend die Hand. »Langsam, langsam … Der richtige Zeitpunkt war noch nicht da.«

»Wann werden Sie denn …«

»Seth«, unterbrach sie ihn freundlich. »Es ist auch für mich nicht leicht, das Thema auf den Tisch zu bringen.« Und das war es in der Tat nicht. Noch schlimmer aber war, nicht zu wissen, wie Anne reagieren würde. Inzwischen träumte Evelyn nachts sogar davon und lag anschließend stundenlang wach. Ein Blick in Seths müdes Gesicht verriet ihr, dass auch er in letzter Zeit kaum ein Auge zugemacht hatte.

»Wie läuft die Wohnungssuche?«, versuchte sie, das Gespräch in weniger angespannte Bahnen zu lenken.

Er setzte ein bemühtes Lächeln auf. »Ich habe die Wohnung von neulich genommen.«

»Wirklich? Das ist ja fantastisch, ich fand sie sehr schön.«

»Ja, sie liegt nahe an meiner Arbeitsstelle. Danke übrigens für Ihre Hilfe. Nicht nur, was die Wohnungssuche anbetrifft.«

Evelyn spürte, wie sich ihr Magen zusammenschnürte. Die Hoffnungen, die er auf sie setzte, erhöhten den Druck enorm. Was, wenn Anne ihn nicht sehen wollte? Wenn er all das hier umsonst auf sich nahm? Sie würden es akzeptieren müssen, und trotzdem hoffte Evelyn, dass Seth und Anne nach all der Zeit zueinanderfinden konnten.

Seth trat einen Schritt zurück und beobachtete sie aufmerksam. »Haben Sie es sich anders überlegt?«, fragte er mit heiserer Stimme.

Evelyn wusste zuerst nicht, was er meinte, dann verstand sie. »Natürlich nicht! Ich werde Anne von Ihnen erzählen, das war nicht nur so dahingesagt. Anne hat bloß gerade so viel um die Ohren, und ich will das nicht zwischen Tür und Angel oder am Telefon besprechen. Sobald sich die Gelegenheit bietet, werde ich mit ihr reden.«

Seth strich sich über den Nacken. »Natürlich. Danke. Es ist einfach nur … Der Schritt, auf Sie zuzugehen und Ihnen alles zu erklären, war enorm für mich. Ich habe so lange gezögert, habe so lange gewartet, und jetzt, da alles draußen ist, bin ich wohl ein bisschen ungeduldig.«

Evelyn lächelte und griff nach seiner Hand. »Ich weiß, was Sie meinen, ich bin auch nervös. Allerdings …«

»Evelyn?« Jemand trat zu ihnen. Evelyn erkannte die Stimme zuerst nicht und blinzelte angestrengt gegen die tiefstehende Sonne an. Seth zog seine Hand weg. Der Mann kam näher, und nun sah sie, dass er schlank war und schwarze Haare hatte. Annes Arbeitskollege, der Mann, der ihrer Kleinen das Leben gerettet hatte. Owen Baines. Der Junge, der bei dem schrecklichen Unfall seine Eltern verloren hatte. Ob er wusste, wer Seth war?

Ohne den Blick von Seth zu wenden, streckte er ihr die Hand entgegen. »Bitte entschuldigen Sie, ich kenne Sie nur als Evelyn, Anne hat nie Ihren vollen Namen erwähnt.«

Evelyn schüttelte seine Hand. »Das ist schon in Ordnung so, jeder im ganzen Dorf nennt mich Evelyn. Wie schön, Sie wiederzusehen. Wie geht es Ihnen?«

Owen sah zwischen ihr und Seth hin und her, und Evelyn fragte sich, was wohl in ihm vorgehen mochte.

»Danke, mir geht es gut. Ich habe Sie von der anderen Straßenseite aus gesehen und wollte fragen, ob Sie etwas von Anne gehört haben. Sie war heute den ganzen Tag nicht zu erreichen. Ich habe mir Sorgen gemacht.«

Evelyn lächelte. Sie war froh, dass Anne einen Kollegen hatte, der sie im Auge behielt. »Ich fürchte, ihr geht es heute nicht so gut. Es war wohl eine berauschende Feier gestern Abend?«

Owen wurde blass.

Hatte er vielleicht ebenfalls über die Stränge geschlagen und fühlte sich nun ertappt? Oder … Sie sah Owen prüfend an. Seths Worte, es sei möglich, dass Owen Anne beschützen wolle, fielen ihr wieder ein. Lief da vielleicht sogar etwas zwischen den beiden? Nein, Anne hätte ihr davon erzählt. Sie war immer mit allem zu ihr gekommen, ganz gleich, ob es dabei um ihre erste Periode, ihr erstes Verliebtsein, ihren ersten Kuss oder ihr erstes Mal ging, und auch danach hatte sie ihr von so manchem Date erzählt. Zwar schien nie der Richtige dabei gewesen zu sein, aber Evelyn war immer auf dem Laufenden geblieben.

»Es war eine beeindruckende Veranstaltung«, sagte Owen trocken und sah wieder zwischen Seth und ihr hin und her. Er wirkte nervös, aufgewühlt. Vermutlich täuschte sich Seth, dachte Evelyn, und Owen hatte ihn doch erkannt. Der arme Junge. Was musste in ihm vorgehen, wenn er an den Unglückstag seiner Kindheit dachte? Sollte sie etwas sagen? Ihm ihre Hilfe anbieten?

»Evelyn …«, sagte Owen zögernd. »Hätten Sie vielleicht … Ich weiß, das kommt ein wenig aus dem Nichts, aber hätten Sie vielleicht Zeit für einen Kaffee? Ich würde gerne mit Ihnen reden. In Ruhe.« Ein stechender Seitenblick in Seths Richtung, der Bände sprach.

Seth räusperte sich vernehmlich. »Das ist nicht nötig«, entgegnete er mit unglaublicher Traurigkeit in der Stimme. »Evelyn weiß Bescheid, Sie müssen sie nicht vor mir warnen.«

Owen fuhr kaum merklich zusammen und sah Evelyn schockiert an. »Sie wissen, wer er ist?«

Evelyn kam sich vor, als stünde sie plötzlich vor Gericht, so verurteilend, wenn nicht gar vernichtend war Owens Blick. Sie straffte die Schultern. »Ja. Seth hat mir alles erzählt. Es ist sicher ein Schritt in die richtige Richtung, wenn Sie …«

»Weiß Anne davon?«, fiel er ihr ins Wort. Vorwurfsvoll. Allmählich wurde Evelyn ungehalten. Sie ahnte, wie weh ihm der Gedanke an Seth und den Unfall tun musste, aber das gab ihm nicht das Recht, sie zu verurteilen.

»Owen, ich weiß, Sie haben viel durchgemacht, und ich verstehe, dass Sie Seth …«

»Seth?« Ein verächtliches Schnauben in Owens Richtung. »Denken Sie wirklich, Ihren Namen zu ändern, löscht Ihre Taten aus? Ich habe Ihnen doch gesagt, Sie sollen verschwinden! Niemand braucht Sie hier!«

»Es reicht.« Evelyn legte ihre Hand auf Owens angespannten Arm, aber er zog ihn weg.

Evelyn seufzte. »Ich verstehe, dass Sie aufgeregt sind, Owen, aber was Seth, Anne und ich machen, geht Sie nichts an. Seth ist Annes Vater, und ob sie ihn sehen will oder nicht, ist allein ihre Angelegenheit. Wenn Sie nichts mit ihm zu tun haben möchten, ist das Ihre Sache, aber mischen Sie sich bitte nicht in unsere Angelegenheiten ein.«

Owen schüttelte langsam den Kopf. »Was haben Sie ihr erzählt?«, fragte er Seth voller Hass. »Welche rührselige Geschichte haben Sie ihr aufgetischt, um sich an Annes Familie heranzuschleichen? Wenn sie die Wahrheit wüsste, würde sie alles in Bewegung setzen, um Sie von Anne fernzuhalten.«

»Ich habe ihr die Wahrheit erzählt«, gab Seth erstaunlich ruhig zurück.

Wieder ein Schnauben, und Evelyn überlegte fieberhaft, wie sie die Situation retten konnte. Inzwischen war sie überzeugt, dass Owen nicht nur aus Hass und Unwissen handelte, sondern auch aus Sorge um Anne, und das musste sie ihm zugutehalten. Er glaubte tatsächlich, Anne schützen zu müssen, aber wenn er die ganze Geschichte erführe, wenn Seth die Gelegenheit bekäme, alles zu erklären, dann könnte er womöglich verzeihen und loslassen.

»Owen, ich weiß wirklich zu schätzen, dass Sie sich vor Anne stellen, aber vielleicht können wir Ihren Vorschlag aufgreifen und zusammen etwas trinken gehen? Nur wir beide. Dann können wir in Ruhe reden.«

»Da gibt es nichts zu reden. Denken Sie lieber darüber nach, ob Sie einen Mann wie Perry wirklich in Annes Leben lassen wollen.«

Evelyn nickte. »Das habe ich getan.«

Owen sah ein weiteres Mal zwischen den beiden hin und her, dann wandte er sich abrupt ab und ging mit großen Schritten davon.

Evelyn schloss die Augen und seufzte tief.

»Es tut mir leid«, hörte sie Seth leise sagen.

»Das muss es nicht. Aber ich sehe jetzt, dass ich mit Anne reden muss, und zwar noch heute.«

»Glauben Sie, Owen erzählt ihr, dass Sie Kontakt mit mir haben?«

»Ich weiß es nicht. Ich glaube nicht, dass er ihr wehtun will, aber ich möchte auf keinen Fall, dass er mit ihr spricht, bevor ich es getan habe. Am besten gehe ich sofort zu ihr.«

*

Anne starrte auf ihr Handy, auf die vielen Nachrichten von ihrer Mutter und Leah. »Gute Besserung, mein Schatz«, hatte Evelyn auf ihre SMS, dass sie sich krank fühlte, geantwortet. »Gönn dir einen Tag im Bett, du hast es dir verdient.« Als hätte sie nicht genug Wochen im Bett verbracht mit ihrer Verletzung.

Von Leah waren ganz andere Mitteilungen gekommen, nachdem Anne gestern Abend die Veranstaltung ohne ein Wort frühzeitig verlassen und ein Vermögen für die weite Taxifahrt ausgegeben hatte.

Nachdem Owen sie von jetzt auf gleich in dem schäbigen Hinterhof zurückgelassen hatte, halb bekleidet auf der Gerätetruhe, hatte Anne ihrer Freundin eine Nachricht geschickt, dass sie sich nicht wohlfühle und sich ein Taxi nach Hause genommen habe. Sie wolle sich erst einmal ausruhen und sich im Laufe des Sonntags bei ihr melden, Leah möge sich bitte keine Sorgen machen. Das hatte die Freundin offenbar trotzdem getan, denn sie hatte schon mehrmals versucht, Anne anzurufen, und ihr jede Menge Textnachrichten geschickt.

Geht es dir gut? und **Bitte melde dich, ich mache mir Sorgen um dich**, lauteten die ersten, doch ab Mittag war ihre Stimmung von Sorge in Zorn umgeschlagen: **Was hat dieses Arschloch mit dir gemacht? Ruf mich an!** Oder: **Ich weiß, dass etwas mit Owen passiert ist, ihr seid beide verschwunden, also melde dich, bevor ich zu ihm fahre und ihn umbringe. Vergiss nicht – ich weiß, wo er wohnt.**

Anne musste lächeln und überlegte, ob sie sich ihrer

Freundin anvertrauen sollte, aber wie sollte sie ihr erzählen, was gestern in dem Hinterhof passiert war? Sie fühlte sich schrecklich, wenn sie daran dachte, billig und schmutzig, und sie konnte sich nicht erinnern, sich jemals so schäbig gefühlt zu haben wie in dem Moment, in dem Owen ohne ein Wort davongegangen war. Wie sehr sie sich in ihm getäuscht hatte!

Erneut vibrierte ihr Handy. Sie warf einen Blick aufs Display und spürte, wie sich ihr Bauch schmerzhaft verkrampfte. Die Nachricht war von Owen: **Wir müssen reden.**

Ihre Kehle wurde eng, ihre Wangen fingen vor Scham und Wut an zu brennen. Am liebsten hätte sie ihr Handy gegen die Wand geschmissen. Jetzt wollte er reden? Was bildete der Kerl sich eigentlich ein? Glaubte er wirklich, er brauche nur mit den Fingern zu schnipsen, und sie würde angetanzt kommen? Na, dem würde sie ordentlich die Meinung sagen. Ihr Finger schwebte bereits über dem Handy, um die Nummer einzugeben, als es erneut vibrierte. Leah. So viel zum Thema »sich einen ruhigen Tag gönnen«.

Anne, ich stecke in einer Krise, ich brauche dich!

Fast hätte sie laut losgeprustet. Sie wusste nicht, ob diese Nachricht nur Taktik war, um sie dazu zu bringen, die Funkstille zu brechen, oder ob Leah tatsächlich ein Problem hatte.

Owen konnte sie auch später noch zusammenstauchen, jetzt musste sie erst einmal herausfinden, in welcher »Krise« ihre Freundin steckte.

Entschlossen richtete sie sich auf, schwang die Beine aus dem Bett und griff nach ihrer Hose. Es wäre doch gelacht, wenn sie diesen dummen Fehler von gestern nicht einfach vergessen konnte.

Ein Lied vor sich hin summend, um ihre Gedanken in eine andere Richtung zu lenken, zog sie sich an, ging ins Bad und machte sich anschließend auf den Weg zu Leah.

Das kleine orangefarbene Einfamilienhaus am Rande des Dorfs hatte etwas Einladendes, Heimeliges. Anne konnte verstehen, warum Leah es vor zwei Jahren gekauft hatte. Es war ein sicherer Rückzugsort, und Anne wünschte, sie würde sich in ihren eigenen vier Wänden so heimisch fühlen wie bei den vielen Filmeabenden bei Leah zu Hause.

Leahs Auto stand in der Einfahrt, was nicht unbedingt bedeutete, dass sie zu Hause war. Meist nahm ihre Freundin den Bus, ging zu Fuß oder fuhr mit Anne, sie war keine besonders begeisterte Autofahrerin. Lieber flog sie von Ort zu Ort. Hätte sie einen Privathubschrauber besessen, wäre sie wohl damit zum Einkaufen geflogen.

Anne stellte ihren unscheinbaren Kleinwagen hinter Leahs weißem SUV ab und stieg aus.

Vermutlich hätte sie anrufen sollen, um sich zu vergewissern, dass Leah zu Hause war, dachte sie auf dem Weg zur Haustür, aber irgendwie hatte sie einfach nur rausgemusst, und da konnte es ihr doch auch egal sein, wenn sie den Weg umsonst auf sich genommen hatte. Sie war zumindest aus ihrem Bett gekommen.

Mit klopfendem Herzen – sie wusste gar nicht richtig,

wieso – drückte sie auf die Klingel. Irgendetwas machte sie unglaublich nervös. Vermutlich fürchtete sie, dass Leah tatsächlich ein Problem haben könnte, vielleicht graute es ihr aber auch einfach davor, der Freundin zu berichten, was gestern Abend zwischen ihr und Owen passiert war. Plötzlich wusste sie nicht einmal mehr, ob sie hoffen sollte, dass Leah zu Hause war oder nicht, doch als die Tür aufging, war sie erleichtert, ihre Freundin zu sehen. Leah stand in einer knielangen Hose und einem T-Shirt vor ihr, eine Rührschüssel voller Teig in der Hand. Sie sah Anne an, ließ ihren Blick prüfend über sie wandern, als wolle sie sich vergewissern, dass sie heil war, dann stieß sie hörbar den Atem aus. »Ich habe dir ungefähr tausend Nachrichten geschickt!«

Anne schluckte, auf einmal wurde ihre Kehle ganz eng, dann platzte es wie von selbst aus ihr heraus: »Ich habe mit Owen geschlafen.«

Leah sah sie aus großen grauen Augen an. Eine Ewigkeit schien zu vergehen, bevor sie ruhig erwiderte: »Ich habe fast einen Mann umgebracht.«

Was?, hätte Anne beinahe gerufen, aber sie brachte kein Wort heraus, es hatte ihr definitiv die Sprache verschlagen. Eine Weile standen sie einander fassungslos gegenüber und ließen das eben Gehörte sacken, dann trat Leah einen Schritt zur Seite und gab die Eingangstür frei. »Ich backe Schokoladenkuchen. Hast du Lust?«

Anne nickte stumm und trat schweigend in den lichtdurchfluteten Vorraum. Glaselemente über der Eingangstür verliehen dem Raum Helligkeit, ein großes Dachfenster über der hellen Holztreppe mit dem gedrechselten Geländer sorgte für zusätzliches Licht. Durch einen Bogengang ging es in das gemütliche Wohnzimmer mit den hohen Terrassentüren, der bequemen Ledercouch und dem gigantischen Flachbildfernseher. Pflanzen gab es keine – Leah hatte bislang noch alle sterben lassen. So auch den Blumenstrauß auf dem Esstisch, der ohne Wasser in einer Vase vertrocknete. »Von Elvis?«, fragte Anne mit einem Schmunzeln.

Leah sah in die entsprechende Richtung und schien überrascht, den Strauß dort zu sehen. »Oh nein, die habe ich ja ganz vergessen!« Sie lief auf den Tisch zu, stellte die Rührschüssel ab, nahm die Vase und rannte damit in die Küche. Im nächsten Moment hörte Anne Wasser rauschen.

»Ich glaube, die wirst du nicht mehr retten können.«

»Aber wenn Elvis am Mittwochabend kommt, um mich abzuholen, sieht er zumindest, dass ich es versucht und sie nicht kampflos habe sterben lassen.«

»Bis Mittwoch werden diese Blumen Kompost sein.« Anne folgte Leah in die Küche und sah, wie ihre Freundin die Vase sinken ließ.

»Du hast recht.« Sie nahm den Strauß heraus, öffnete die Schranktür unter der Spüle und warf die Blumen in den Mülleimer. »Ich habe ihm gesagt, er soll mir keine Blumen schicken.«

»Aber anscheinend hatte er damit Erfolg. Ihr geht also am Mittwoch aus?« Sie hatten an diesem Tag frei, da sie am Wochenende arbeiteten, und Elvis schien dies nutzen zu wollen.

Leah stellte die Vase ab. »Das kommt darauf an, ob du mitgehst«, sagte sie leise.

Anne hob abwehrend die Hände. »Das kann nicht dein Ernst sein.«

»Ich flehe dich an, Anne!« Leahs Blick wirkte beinahe verzweifelt. »Elvis will mit mir ins Kino gehen, am Mittwoch, wenn es geschlossen hat. Er kennt da irgendeinen Typen, der beim Kino arbeitet, und er hat ihn überredet, am Mittwochabend nur für uns aufzusperren und diesen neuen Horrorfilm zu spielen. Eine Privatvorführung! Kannst du dir das vorstellen? Elvis und ich, allein in einem dunklen Kinosaal? Ich würde sterben! Also habe ich ihm ein Doppeldate vorgeschlagen. Er bringt einen Freund aus der Werkstatt mit – nicht Owen, das hat er mir schwören müssen – und ich dich. So können wir zusammen ausgehen, sind aber nicht ganz allein. Wenn du dabei bist, fühle ich mich sicherer, ich bin einfach noch nicht so weit …«

»Leah …« Anne nahm die Hand ihrer Freundin in ihre und drückte sie fest. Leahs Angst und Verzweiflung waren förmlich greifbar. Sie räusperte sich, dann fragte sie vorsichtig: »Was hast du eigentlich damit gemeint, du hättest beinahe einen Mann getötet?«

Leah sah ihr einige lange Sekunden starr in die Augen, dann drehte sie sich abrupt um, öffnete einen Oberschrank und nahm eine Flasche Tequila heraus. »Ich glaube, Schokoladenkuchen wird hier nicht reichen.«

Anne musste lächeln, wenn ihr auch allein beim Anblick der Flasche schon schlecht wurde. Der letzte Abend hing ihr immer noch nach, und sie hätte Schokoladenkuchen bevorzugt, aber sie konnte Leah nicht alleine trinken lassen. Nicht jetzt, da sie bereit war, sich zu öffnen. »Spezielle Gläser?«, fragte sie und ging gezielt zum entsprechenden Schrank. Sie kannte sich hier aus, als wäre es auch ihr Zuhause.

Aber Leah lachte und winkte ab. »Wer braucht schon Gläser?« Sie öffnete den Verschluss, setzte die Flasche an die Lippen und nahm einen großen Schluck, dann reichte sie den Tequila an Anne weiter, die ebenfalls einen Schluck nahm, allerdings einen sehr viel kleineren.

Anschließend gingen sie ins Wohnzimmer hinüber und ließen sich auf die Couch fallen. Leah griff nach einem flauschigen Sofakissen und schlang die Arme darum, wie um sich daran festzuhalten.

»Du weißt, dass ich zweieinhalb Jahre im Ausland als Pilotin gearbeitet habe.«

Anne nickte nur und zog die Decke aus der Schublade unter dem Couchtisch heraus. Auch sie brauchte irgendetwas Tröstendes, Beruhigendes, denn sie spürte, dass das, was jetzt kommen würde, alles andere als angenehm wäre.

»Ich darf dir nicht allzu viele Details darüber verraten, wo genau wir waren, was genau wir gemacht haben, wer wirklich involviert war. Nur so viel: Ich hatte das Gefühl, wirklich etwas zu bewirken, für die Jungs und Mädels, die dort kämpften, wirklich da zu sein. Ich setzte sie ab, und ich holte sie wieder raus. Wir hatten einen engen Zusammenhalt, eine Gemeinschaft. Wir alle sahen Dinge, die uns nachts wach hielten. Es gab natürlich auch Reibereien, aber die gehörten dazu, wir standen oft unter gewaltigem

Druck. Und dann, eines Tages … Anne, was ich dir jetzt erzähle, darf niemals diese vier Wände verlassen.«

Anne nickte ernst. Sie fühlte sich nicht gekränkt, da Leah es für nötig befand, sie extra darauf aufmerksam zu machen. Sie vertrauten einander, aber das hier war ein anderes Kaliber. Hier ging es nicht nur um Persönliches, sondern um Geheimnisse, die nicht ihre waren und die niemand je erfahren durfte.

Leah blickte versonnen auf den beigefarbenen Hochflor-Teppich, als wolle sie die einzelnen Fasern zählen. »Es gab einen Überfall auf unsere Truppen. So viele wurden getötet oder verletzt. Dann kam die Nachricht, dass der Feind sich der Erste-Hilfe-Station näherte, die die Opfer versorgte, und wir bekamen den Befehl, diese zu evakuieren. Wir hatten Chirurgen und Chirurginnen dort, Sanitäter, Verletzte und nur wenige einsatzfähige Soldaten. Sie wären wohl einfach überrannt worden. Wir waren zwei Piloten, konnten unsere Leute nur mit zwei Hubschraubern dort rausholen.« Leah nahm einen weiteren Schluck Tequila und blickte ins Leere. Was auch immer sie dort sah, erfüllte sie mit Kälte, denn ein Schaudern überlief ihren ganzen Körper. »Als wir dort ankamen, waren die Chirurgen gerade dabei, einen feindlichen Soldaten mit einer Schusswunde zu operieren. Er war nicht älter als siebzehn oder achtzehn. Die Chirurgen weigerten sich mitzukommen, sie konnten nicht mitten in der Operation aufhören, sonst wäre der Junge gestorben. Auch andere Verletzte waren nicht transportfähig.« Ihre Augen füllten sich mit Tränen. »Ich schlug vor zu warten. Ich hatte die Truppenbewegungen gesehen, wir hatten genug Zeit. Alle, die bereit zum Abflug waren, sollten mit dem anderen Hubschrauber losfliegen, und ich wollte die Chirurgen und Schwerverletzten rausbringen, sobald die Patienten halbwegs stabil waren. Aber ...« Sie fing so heftig an zu zittern, dass selbst ihre Zähne klapperten. Anne rückte näher an sie heran, wollte den Arm um sie legen, aber Leah zuckte vor der Berührung zurück, als füge ihr diese körperliche Schmerzen zu. Mit einer Härte, die Anne an ihr nicht kannte, fuhr sie fort: »Die Plätze in den Hubschraubern waren begrenzt, wir wussten nicht, wie viele von den Patienten liegend transportiert werden mussten, wie viele schwerverletzt und an Infusionen und Geräte angeschlossen waren. Aber wir hätten es hinbekommen. Irgendwie hätten wir sie alle reinbekommen.« Ihre Stimme wurde lauter, schriller, unbarmherzig, um das Beben darin zu überspielen. »Der andere Pilot wollte diejenigen, die nicht sofort mitgenommen werden konnten, zurücklassen. Er ... ich weiß auch nicht, irgendetwas an seiner Art war ...« Sie schüttelte den Kopf. »Wir gerieten in Streit, er war nicht ranghöher als ich, musst du wissen, wir waren gleichgestellt, zumindest hätten wir es sein sollen, trotzdem gab er die Befehle, ließ mich nicht zu Wort kommen, machte mich klein. Ich kann kaum beschreiben, wie sich das anfühlte. Er hatte eine solche Macht, eine Art zu bestimmen, die jedes Widerwort in mir erstickte. Seine Argumente klangen plötzlich logisch, er gab mir das Gefühl, wirklich nur ein dummes kleines Mädchen zu sein, das keine Ahnung hatte, was es dort, in der Wüste, überhaupt machte. Ich weiß nicht, wie das passieren konnte, aber ich tat einfach, was er sagte. Ich ließ einen Chirurgen und eine Chirurgin zurück, einen Sanitäter und vier Schwerverletzte. Als wir auf der Basis ankamen, wollte ich umkehren, die anderen holen, im Alleingang, aber der Pilot ... Jason ... er redete erneut auf mich ein, packte und schüttelte mich, schrie mich an, ich ... ich sehe ihn noch immer deutlich vor mir, wie er mein gesamtes Blickfeld einnimmt, höre seine dröhnende Stimme in meinen Ohren. Diese Hilflosigkeit, du kannst es dir nicht vorstellen, Anne. Zu wissen, was da draußen geschieht, zu wissen, dass du helfen kannst, wäre da nicht dieser Mann, der dir über den Mund fährt und dich in ein winziges Bündel aus Selbsthass verwandelt. Irgendetwas in mir barst, und ich kann mich kaum noch erinnern, was genau passierte, nur daran, dass ich plötzlich meine Waffe in der Hand hielt. Ich zielte auf Jason, wollte, dass er vom Hubschrauber weggeht, und ich glaube ... ich glaube, ich hätte es tun können. Für einen kurzen Moment habe ich mit dem Gedanken gespielt, ihn einfach zu erschießen, nicht lange, aber der Moment war da. Ich hätte beinahe abgedrückt, nur um ihn aus dem Weg zu bekommen.« Sie senkte den Blick, sah auf ihre Hände hinab.

»Bist du zurückgeflogen?«, fragte Anne, die mittlerweile selbst zitterte, vorsichtig nach. Sie hatte stets geglaubt, Leah wäre von Männern attackiert worden, körperlich – der Gedanke, dass es um psychische Gewalt ging, um Selbstvorwürfe und Trauer, war ihr nie gekommen.

Leah schüttelte ganz langsam den Kopf. »Ich hatte eine Waffe auf einen der eigenen Männer gerichtet. Ich wurde in Gewahrsam genommen, und das machte jede Chance zunichte, doch noch zurückfliegen zu können.« Sie schloss die Augen, holte bebend Atem, dann sah sie Anne direkt in die Augen. »Zwei der Schwerverletzten starben, sie hätten es wohl ohnehin nicht geschafft. Aber die anderen … Sie wurden nicht getötet, sie gerieten in Gefangenschaft, und was sie mit der Chirurgin anstellten …« Leah presste die Zähne zusammen und rang sichtlich um Fassung. Schließlich fuhr sie leise fort: »Sie konnten alle befreit werden, aber sie waren nicht mehr dieselben. Unseretwegen. Wir haben sie dort zurückgelassen. *Ich* habe sie dort zurückgelassen.«

Anne konnte nicht länger an sich halten, sie zog Leah in eine Umarmung, und dieses Mal ließ sie es auch geschehen. »Es tut mir so leid.«

»Ich hätte dir vermutlich schon eher davon erzählen sollen, aber ich habe mich so geschämt. Du behauptest immer, ich sei so stark, aber als es darauf ankam, war ich schwach, und das werde ich mir nie verzeihen.«

Anne wusste nicht, was sie sagen sollte. Jedes Wort von ihr, jede Beteuerung, wie stark Leah in ihren Augen trotzdem oder sogar gerade deswegen war, musste leer und bedeutungslos klingen. Also versuchte sie, Leah am Reden zu halten, damit sie alles loswerden und sich endlich von dieser gewaltigen Last befreien konnte. »War das der Moment, in dem du aus der Armee ausgestiegen bist?«

Leah löste sich mit einem bitteren Lachen von ihr. »Nun,

nachdem ich eine Waffe auf einen der eigenen Männer gerichtet hatte, wurde meine psychische Stabilität infrage gestellt. Es gab Untersuchungen, und währenddessen merkte ich selbst, dass ich nicht mehr weitermachen konnte. Immer wieder kam es vor, dass Männer mir gegenüber einen etwas forscheren Ton anschlugen, genauso bestimmen wollten wie Jason, obwohl sie mir im Grunde nichts zu befehlen hatten, die auf mich als Frau herabsahen. Vorher war mir das gar nicht so aufgefallen. Gleich zweimal passierte es, dass sich ein Schalter bei mir umlegte und ich meine kurze, aber effektive Kampfausbildung zum Einsatz brachte.« Sie sah Anne kläglich an. »Schließlich wurde ich mit der Diagnose PTBS entlassen.«

»PTBS?«

»Posttraumatische Belastungsstörung.«

Anne nickte. »Und seither sind Männer für dich ein rotes Tuch.«

»Ich weiß, dass sie nicht alle so sind, ich weiß, dass nicht alle Frauen dominieren wollen und an dem Bild von Frauen als dem ›schwachen Geschlecht‹ festhalten. Aber es fällt mir schwer, klare Unterschiede zu sehen, die Grenzen zu ziehen, und ich … ich habe Angst vor mir selbst. Damals im Pub … ich war kurz davor, diesen schmierigen Alki mit dem Kopf voraus in die Toilette zu stecken.«

Anne biss sich auf die Unterlippe, um nicht zu lachen. »Das hätte er auch verdient.« Sie schüttelte den Kopf. »Ich dachte, du hättest Angst vor Männern. Aber in Wirklichkeit hast du Angst …«

»… vor mir selbst. Dass ein Mann den falschen Ton anschlägt, das Falsche sagt und ich wieder diesen Piloten vor mir sehe, dass ich mich wieder so hilflos und beschmutzt fühle und plötzlich ausraste.«

Anne konnte sich nicht vorstellen, dass die sanfte, feenhafte Leah ausrastete, aber sie verstand, wie lähmend diese Angst sein musste. »Hast du Hilfe bekommen? Warst du bei einem Psychologen?«

Leah hob die Flasche an die Lippen, trank in großen Schlucken und nickte schließlich. »Ein positives Attest eines Psychologen war notwendig, damit ich wieder fliegen durfte. Aber ... ich habe nur so getan, als würde es mir besser gehen, ich wollte einfach wieder in die Luft, arbeiten, nützlich sein. In Wahrheit wache ich nachts oft schweißgebadet auf und sehe die Erste-Hilfe-Station, wie sie überrannt wird, während ich mit dem Hubschrauber darüber kreise und nichts tue.«

»Oh Gott, Leah.« Wie könnte sie ihrer Freundin nur helfen? Anne fühlte sich absolut machtlos, und sie hasste es. »Wenn es dir schlecht geht, ruf mich bitte an, komm zu mir, oder ich komme zu dir, auch wenn es mitten in der Nacht ist. Bitte mach das nicht länger mit dir selbst aus. Vielleicht ... vielleicht wäre es auch gut, wenn du dich wieder in psychologische Behandlung begibst. So eine posttraumatische Belastungsstörung lässt sich nicht einfach so abhaken und ignorieren.« Sie dachte an den Grund, weshalb Leah ihr ausgerechnet jetzt alles anvertraut hatte. Sie wollte nicht mit Elvis alleine sein.

»Also, was das Date anbelangt ...«

Leah presste die Augen fest zusammen. »Was, wenn er

rausfindet, dass ich einen Knacks habe? Wenn sich wieder der Schalter umlegt und er mein wahres Ich sieht?«

»Hast du mal darüber nachgedacht, ihm die Wahrheit zu sagen?«

Leah riss die Augen auf und sah sie erschrocken an. »Wie könnte ich? Es war schon schwer genug, dir zu verraten, was für ein Mensch ich wirklich bin, obwohl ich weiß, dass du immer zu mir stehst. Bei Elvis weiß ich gar nichts. Wenn er erfährt, was ich getan habe …«

»… will er dich vermutlich noch mehr als ohnehin schon. Du bist ein guter Mensch, Leah, und weder Elvis noch ich noch sonst wer hat das Recht, dich zu verurteilen. Wir waren nicht dabei, wir waren nicht in solch einer Ausnahmesituation, wir wissen nicht, wie es ist, mitten in einem Krisenherd über Leben und Tod zu entscheiden. Du hast gekämpft und verloren, wie oft erleben wir das in unserem Job? Du hast zumindest versucht, etwas zu tun. Ich persönlich bewundere dich dafür, und ich bin mir sicher, dass es Elvis nicht anders gehen wird.«

Leah sah sie unbewegt an, dann strömten unvermittelt Tränen über ihre Wangen. »Ich hätte mehr tun müssen, Anne. Er stand nicht über mir, ich hätte mich durchsetzen können, ich hätte mich durchsetzen *müssen*!« Sie schluchzte auf, und im nächsten Moment weinte sie so bitterlich, dass es Anne das Herz zerriss. Trotz ihrer leichten Übelkeit griff sie zur Flasche und nahm nun selbst einen großen Schluck.

»Ich komme mit, Leah. Zu deinem Date. Wenn du dich dann wohler fühlst, komme ich mit. Aber auf lange Sicht halte ich es trotzdem für klüger, Elvis die Wahrheit zu erzählen.«

Leah öffnete den Mund, um zu protestieren, aber Anne hob die Hand und ließ sie nicht zu Wort kommen. »Ich sagte, auf lange Sicht. Ich verstehe, wenn du dich ihm noch nicht öffnen kannst, ich könnte es auch nicht. Ihr kennt euch noch nicht lange, aber wenn es mit euch beiden ernster wird und du anfängst, ihm zu vertrauen, ist es besser, ihr seid ehrlich zueinander.« Sie erinnerte sich an Owens Worte über die Vergangenheit seines kleinen Bruders und fügte hinzu: »Elvis ist bestimmt auch kein unbeschriebenes Blatt.«

Owen. Na toll, jetzt dachte sie wieder an ihn, nachdem sie ihn gerade erfolgreich aus ihrem Kopf verdrängt hatte.

Leah schien ihre Gedanken zu lesen, denn sie wischte sich die Tränen ab und sah sie ernst an. »Du hast also mit Owen geschlafen.« Sie ließ sich nicht anmerken, wie sie darüber dachte, aber Anne konnte es sich gut vorstellen. Schließlich war Leah nie ein Fan von Owen gewesen. Oder von irgendeinem anderen Mann. Jetzt wusste sie auch, wieso.

Anne seufzte und streckte erneut die Hand nach der Flasche aus. Wollte sie wirklich darüber reden? Einerseits tat es bestimmt gut, und es half womöglich auch Leah, sich ein wenig von den düsteren Erinnerungen abzulenken. Andererseits tat allein schon der Gedanke an Owen weh. »Auf einer Gerätetruhe neben ein paar Mülltonnen.«

Leahs Augen wurden riesig, ihre Lippen verzogen sich zu einem Grinsen. »Du Luder!«, rief sie lachend, doch als sie Annes gar nicht amüsierten Gesichtsausdruck bemerkte, wurde sie gleich wieder ernst. »War es nicht gut?«

Anne spürte wieder das Kribbeln, das Sehnen, aber auch den Schmerz. »Es war ... verwirrend«, antwortete sie zögernd. »Vor allem, als Owen sich danach einfach umgedreht hat und weggegangen ist.«

»Nein!«

»Er meinte, ihr würdet euch bestimmt schon Sorgen machen, wo wir bleiben, dann ist er abgehauen.«

»Nun, bei uns war er aber nicht!« Leah nahm ihr die Flasche aus der Hand und hielt sie wie eine Waffe. »Er hat Elvis geschrieben, er habe die Canapés nicht vertragen. Ich dachte, das hätte er bloß erfunden und ihr wärt zusammen abgehauen. Wenn ich den erwische!«

Annes Handy vibrierte in der Jackentasche. Vielleicht versuchte Owen es erneut, aber das interessierte sie jetzt nicht. »Wir hatten beide zu viel getrunken, keiner kann etwas dafür. Ich wusste genau, was ich tue ...«

»Ach, tatsächlich? Er hat die Situation ausgenutzt!«

»Leah ...« Anne nahm ihre Hand. »Er hatte genauso viel getrunken wie ich, und ich bin kein kleines Mädchen mehr. Ich wollte mit ihm zusammen sein, schon vor der Gala.« Sie senkte den Blick. Es fiel ihr schwer, das zuzugeben, aber es war die Wahrheit. Owen hatte ihr schon lange etwas bedeutet, viel zu viel, und vermutlich hatte es so kommen müssen. »Jetzt weiß ich, dass es ein Fehler war, aber daran lässt sich nun nichts mehr ändern. Ich hoffe nur, wir können noch zusammenarbeiten und es wird nicht merkwürdig im Dienst.«

»Merkwürdiger als ohnehin schon ist eh kaum möglich«, seufzte Leah und wirkte nun schon sehr viel entspannter als noch vor ein paar Minuten. Sie ließ sich zurück auf die Couch sinken und schnappte sich ein Sofakissen. »Er war ja nie gerade ein sprudelnder Quell der Geselligkeit. Soll er ruhig weiter in seinem einsamen Loch verrotten.« Sie richtete sich abrupt auf, sah Anne prüfend ins Gesicht und schnappte nach Luft. »Oh Gott, Anne, nein!«

»Was ist?« Sie strich sich erschrocken mit der Hand über die Wangen. Hatte sie etwa ein Insekt im Gesicht oder reagierte allergisch auf den Tequila?

»Du hast dich in ihn verliebt!«

Annes Hände fielen in ihren Schoß. Sie öffnete den Mund, um zu protestieren, aber die Worte wollten sich nicht formen. »Ein wenig vielleicht«, gab sie zögernd zu und hätte sich am liebsten unter der Decke versteckt. Sie spürte sofort, wie weh dieses Eingeständnis tat. »Ich weiß, es ist dumm, und wahrscheinlich rede ich mir da auch nur etwas ein.« Sie atmete tief durch und straffte entschlossen die Schultern. »Ich kann es mir auch wieder ausreden, du wirst sehen.«

Leah sah sie ein wenig hilflos an. »Wieso?«

»Wieso was?«

»Wie kann man sich in jemanden wie Owen verlieben? Er ist so ... ernst!«

Anne wusste nicht, was sie darauf antworten sollte. Sie sah so viele Bilder vor sich, während es in ihrem Bauch wie wild kribbelte. Sie mochte ebendiese Ernsthaftigkeit, wenn es um seine Arbeit ging, mochte es, wie er sich still und effizient um Patienten kümmerte und dabei so viel Trost spendete. Sie dachte daran, wie er die junge Kassiererin verteidigt hatte, wie viel Abscheu in seinem Blick gelegen hatte, auch wenn am Ende alles nur Show gewesen war. Spätestens da hatte sich gezeigt, dass hinter all der Wortkargheit und seiner düsteren Miene ein anständiger Mann steckte. Sie dachte an seine Fürsorge, als er sie beim Joggen erwischt hatte, an sein Lachen bei der Gala, als sie über Flan geredet hatten, daran, wie er ihr seinen Arm um die Schultern gelegt hatte, um Luke abzuwimmeln. Und sie dachte an die Scheune. An die Wärme und Geborgenheit, die er ihr geschenkt hatte, an seine Art, sie zu beruhigen, seine Geschichte, die er mit ihr geteilt hatte. Auch der letzte Abend drängte sich in ihr Gedächtnis, und sie durchlebte noch einmal die Momente, in denen sie eins gewesen waren.

»Du kennst ihn nicht wie ich, Leah. Er hat auch eine andere Seite.«

»Nun, als er dich einfach in dem Hinterhof sitzen lassen hat, hat er zumindest nicht seine beste gezeigt.«

Anne schwieg. Leah hatte recht. Für Owens Verhalten gab es keine Entschuldigung. Sie käme nie auf den Gedanken, einen anderen Menschen so zu behandeln.

»Kann ich heute bei dir bleiben?« Sie zog ihr Handy aus der Tasche, besorgt, Owen könnte ihr weitere Nachrichten geschickt haben, aber zu ihrer Erleichterung hatte nur ihre Mutter angerufen, wenn auch gleich mehrmals. Vermutlich wollte sie sichergehen, dass Anne nicht ernsthaft krank geworden war.

»Unbedingt«, erwiderte Leah und stand auf, um endlich den Schokoladenkuchen in die Form zu füllen und in den Ofen zu schieben.

Anne zog die Decke höher und schrieb ihrer Mutter eine Nachricht, dass es ihr besser gehe und sie bei Leah übernachten werde. Dabei fiel ihr ein, dass Evelyn dringend etwas mit ihr besprechen wollte, etwas, was vermutlich mit dem mysteriösen Mann vor der Flugbasis zu tun hatte. In dem Durcheinander mit Owen hatte sie das ganz vergessen. Aber sie nahm sich fest vor, morgen Abend nach der Arbeit im Pub vorbeizusehen und ihrer Mutter wieder etwas mehr Zeit zu widmen.

Kapitel 9

Owen konnte sich nicht konzentrieren. Nicht mit Anne im selben Raum. Er hatte vor Dienstbeginn auf dem Parkplatz auf sie gewartet, um mit ihr zu reden, aber sie war zusammen mit Leah gekommen, und ein Blick der Pilotin hatte ausgereicht, um sein Vorhaben zu verschieben. Nein, er musste Anne allein erwischen, es gab so vieles, das geklärt werden musste. Aber sie war gut darin, ihm aus dem Weg zu gehen und ihm nicht allein zu begegnen. So wie jetzt.

»Owen?«, riss ihn Annes Stimme aus seinen Gedanken. Er zuckte leicht zusammen. Er kniete neben ihr und dem Dummy, der ein Verbrennungsopfer darstellen sollte. Sie waren im Trainingsraum, und erst jetzt bemerkte er, dass ihn alle anwesenden Ärzte und Sanitäter ansahen.

»Die Sedierung«, sagte Anne und streckte die Hand aus.

Owen erschrak. Er hatte sie nicht vorbereitet. »Sofort.« Als er in seinem Medikamentenrucksack nach dem richtigen Medikament suchte, spürte er die verwunderten Blicke der anderen. Zum Glück war dieses Opfer kein echter Mensch. In einer realen Notsituation dürfte er niemals derart mit den Gedanken davondriften. Mit Anne zusammenzuarbeiten, nach allem, was zwischen ihnen vorgefallen war, erwies sich offensichtlich als schwieriger, als er angenommen hatte. Sie lenkte ihn ab, mit ihrer Erscheinung, ihrem Duft, ihrer Stimme, der Erinnerung an die Momente bei der Gala, der Verwirrung und der lähmenden Angst vor dem Augenblick der Wahrheit. Er wusste nicht, was er tun sollte, wusste nur, dass er mit ihr reden musste, aber was er sagen sollte, war ihm immer noch ein Rätsel. Er hoffte, die richtigen Worte würden ihm von selbst einfallen, wenn er Anne endlich einmal alleine erwischte.

Er zog die Spritze auf und reichte sie ihr, dann breitete er das metallbeschichtete Verbandtuch aus, das sie bei Verbrennungsopfern benutzten.

»Ich muss intubieren«, hörte er Anne sagen und fluchte innerlich. Das hätte er kommen sehen müssen, nicht nur aufgrund seiner medizinischen Erfahrung, sondern weil er aus irgendeinem Grund immer vorher zu wissen schien, was Anne als Nächstes vorhatte. Nur heute nicht. Sogar um die Infusion hatte sie sich schon gekümmert, bevor er hatte reagieren können.

Verdammt, sie hatten wie eins funktioniert, waren ein Team gewesen, und jetzt konnte er sich nicht mal lange genug zusammenreißen, um einen kleinen Workshop zu überstehen und seine Arbeit zu erledigen.

Mit klammen Fingern holte er das Intubationsset. Während er die Monitore mit den simulierten Werten überprüfte, hörte er die Umstehenden flüstern. Am liebsten hätte er das Skalpell nach den Lästerern geworfen. Wie konnte Anne so ruhig arbeiten? Sie war professionell wie immer, schien bei jedem Schritt genau zu wissen, was sie tat, als wäre es für sie überhaupt kein Problem, mit ihm zusammenzuarbeiten. Sie behandelte ihn wie Luft, auch auf seine Nachrichten gestern hatte sie nicht reagiert, was er ihr nicht verdenken konnte. Es war seine Schuld, er hatte sie verletzt.

Er war heilfroh, als die Trainingseinheit endlich vorüber war und es ans Aufräumen ging. Sie mussten zwar noch in den Besprechungsraum, um den eben absolvierten Workshop im Detail durchzugehen, aber danach würde er hoffentlich ein paar Augenblicke finden, um seine Gedanken zu sortieren. Mit etwas Glück wurde er vielleicht sogar zu einem Einsatz gerufen. Anne durfte immer noch nicht fliegen, und so konnte er sich in sicherer Entfernung zu ihr überlegen, was er sagen sollte. Na großartig, jetzt wünschte er sich schon einen medizinischen Notfall! Das wurde ja immer besser!

»Was ist los mit unserem Dream-Team?«, scherzte Jimmy, einer der Sanitäter, und stieß ihn mit dem Arm an. Er verpackte den Defibrillator und zog den Reißverschluss der Tasche zu.

Owen zuckte nur mit den Achseln und verstaute den Dummy. »Schlechte Nacht gehabt, war in Gedanken.« Er blickte über die Schulter zurück und sah, wie Anne den Trainingsraum verließ. Allein. Wo wollte sie hin? Die Besprechung begann in zehn Minuten, sie hatten nur eine kurze Pause bis dahin.

»Schaffst du den Rest?«, fragte er Jimmy. Ohne auf eine Antwort zu warten, eilte er Anne hinterher. Im Korridor

blieb er stehen und schaute sich um. Von Anne war keine
Spur zu sehen.

Plötzlich hörte er eine Tür zufallen, wahrscheinlich die,
die zum Treppenhaus führte. Owen setzte sich in Bewegung und sah Anne gerade noch oben um die Ecke verschwinden. Zwei Stufen auf einmal nehmend, setzte er ihr
nach.

»Anne, warte!«

Sie drehte sich zu ihm um, aber als sie ihn erkannte,
legte sie einen Zahn zu und hastete weiter in Richtung der
Crew-Räume.

»Anne!«

»Ich habe keine Zeit«, sagte sie kurz angebunden
und ging weiter, aber Owen war nicht gewillt, sich diese
Chance entgehen zu lassen. Er schloss zu ihr auf, fasste
sie am Arm und zog sie in einen der Schlafräume für den
Bereitschaftsdienst, wobei er inständig betete, dass Leah
nicht gerade in diesem Moment durch die Glasfläche ihrer Bürotür sah.

Anne schnappte empört nach Luft. »Bist du verrückt
geworden?«, zischte sie und verschränkte abwehrend die
Arme vor der Brust. Ihr rotes Haar leuchtete in dem Licht,
das durch die halb geschlossenen Jalousien hereinfiel.

Owen schloss die Tür hinter sich und lehnte sich dagegen, um ihr den Ausgang zu versperren.

»Ich habe dir mehrmals geschrieben.«

»Habe ich gesehen.«

Annes Augen funkelten, als wollte sie Blitze nach ihm
schleudern, was er ihr wohl nicht verübeln konnte nach

seinem Abgang. Seither hatte er viel Zeit zum Nachdenken gehabt – über sie, über ihn, über ihre gesamte Situation, darüber, was zum Teufel er überhaupt wollte –, aber schlauer war er nicht geworden. Dass er Graham und Evelyn begegnet war, die vor dem Pub standen wie zwei Verschwörer, machte es nicht gerade besser. Er konnte nicht verstehen, wie Annes Mutter die Lügen dieses Mörders glauben konnte, und er wünschte sich nichts sehnlicher, als Anne reinen Wein einzuschenken, aber er wusste, dass Evelyn das selbst tun musste. Wenn er sich jetzt einmischte und Evelyn zuvorkam, würde er womöglich Schaden zwischen Mutter und Tochter anrichten, und das wollte er Anne nicht antun. Es war ein weiteres Geheimnis, das er ihr nicht anvertrauen konnte, eine weitere Lüge.

»Was willst du?« Sie trat herausfordernd auf ihn zu.

Tja, das war wohl die Frage des Jahrhunderts. Owen betrachtete ihr Haar, dachte daran, wie weich es sich in seinen Händen angefühlt hatte, atmete ihren Duft – und musste sich größte Mühe geben, sie nicht einfach in seine Arme zu ziehen und zu vergessen, was zwischen ihnen stand.

»Ich wollte … sehen, ob es dir gut geht.«

»Mir geht's blendend.« Ihre Stimme triefte vor Zynismus, und er wurde immer wütender auf sich. Er hatte sie ohne einen Plan in diesen Raum gezogen, und nun wusste er nicht, was er sagen, wie er sich erklären sollte.

»Anne, es tut mir leid.« Er trat von der Tür weg.

Anne zog angespannt die Augenbrauen zusammen. Owen sah, dass sie stinkwütend war. Vermutlich fehlte nicht viel, und sie würde sich auf ihn stürzen und mit den Fäusten auf ihn einprügeln.

»Du solltest lernen, dich besser unter Kontrolle zu halten«, schimpfte sie empört.

Owen wusste nicht, was sie damit meinte, ihm war nur klar, dass ihm soeben das letzte bisschen Kontrolle über die Situation entglitt. Verzweifelt machte er einen Schritt auf sie zu.

»Was auch immer heute mit dir los war, so etwas darf nie wieder passieren. Ich muss mich hundertprozentig auf dich verlassen können, wenn wir zusammenarbeiten, hast du mich verstanden?« Ihre Lippen zitterten. Owen schob seine Hände in die Hosentaschen, um sie nicht nach ihr auszustrecken.

»Ich war abgelenkt.« Noch ein Schritt, jetzt stand er so dicht vor ihr, dass sie den Kopf in den Nacken legen musste, um ihn anzusehen. »Glaub mir, wenn es darauf ankommt, werde ich da sein.«

Sie verengte skeptisch die Augen und musterte ihn prüfend.

»Was für ein Spielchen soll das sein?«, fauchte sie schließlich, und Owen musste erneut gegen den Drang ankämpfen, sie zu berühren.

»Kein Spiel. Ich wünschte, ich könnte dir alles sagen, aber auch ich bin in eine Situation geraten, aus der ich einfach keinen Ausweg finde. Das Letzte, was ich wollte, war, dich zu verletzen. Wenn du willst, suche ich mir eine andere Stelle. Im Krankenhaus werden für den Rettungsdienst immer Sanitäter gebraucht.«

Annes Züge wurden hart. »Ich habe kein Problem damit, mit dir zusammenzuarbeiten, Owen. Solange du dich konzentrierst und deine Arbeit erledigst.« Und mit diesen Worten schob sie ihn zur Seite und drängte sich an ihm vorbei zur Tür.

Owen wollte sie aufhalten, aber die Kälte in ihrer Stimme hielt ihn davon ab.

»Verdammt«, knurrte er und ließ sich erschöpft auf eins der beiden unteren Stockbetten fallen.

*

Anne war froh, dass dieser Arbeitstag vorbei war und sie endlich die Straße zu Evelyns Pub entlangfuhr. Sie hatte ihre Mutter nicht erreicht, vermutlich hatte sie zu viel zu tun, um ans Telefon zu gehen, trotzdem wollte sie ihr Glück versuchen. Sie brauchte einen Abend zum Abschalten, außerdem hatte sie ein schlechtes Gewissen, da sie das Gespräch mit ihrer Mutter so lange hinausgezögert hatte. Sie wusste ja im Grunde, worum es ging, und was gäbe es Schöneres, als wenn ihre Mutter ihr eröffnete, dass sie sich verliebt hatte und glücklich war?

Ein paar Autos parkten entlang der Straße vor dem Evelyn's, an der Hausmauer lehnten Fahrräder. Der Pub schien für einen Montagabend gut besucht, aber sie hoffte, dass Evelyn trotzdem ein paar Augenblicke Pause machen und mit ihr reden konnte, sonst würden sie wohl nie mehr dazu kommen. Am Mittwoch sollte bereits Leahs Date stattfinden, und Anne graute es jetzt schon davor, den Abend mit einem Freund von Elvis verbringen zu müssen. Aber sie tat es für Leah, und sie hoffte inständig, dass Elvis ihrer Freundin helfen konnte, ein wenig aus sich herauszukommen und die Vergangenheit ein Stück weit aufzuarbeiten.

Anne stellte den Wagen unter einer Straßenlaterne ab und legte das kurze Stück zum Pub zu Fuß zurück.

Aus den gekippten Pub-Fenstern drang walisische Musik auf die Straße, nicht laut und aufdringlich, eher getragen und wehmütig. In dieser Gegend war Walisisch noch weit verbreitet, ein Großteil der Einwohner nutzte die alte Sprache, und auch Anne beherrschte sie fließend. Sie war schon in Situationen gewesen, in denen sie Patienten versorgen musste, die kein Wort Englisch verstanden, da war es wichtig, dass sie sich auf Walisisch verständigen konnte.

Als sie den Pub betrat, hörte sie Evelyns Lieblingssong mit seiner vertrauten keltischen Melodie und fing unweigerlich an zu lächeln.

Ihr Blick schweifte zur Bar, hinter der sie Sean und Angela, Evelyns Angestellte, erkannte. Von ihrer Mutter war nichts zu sehen.

»Hey, Anne, schon wieder geflogen?« Anne wandte sich zur Seite und entdeckte den Postboten Kyle zusammen mit Llewellyn vom Postamt und zwei anderen Männern bei einem Bier in einer der Sitznischen. Auch Pater Stephen war da, doch er hatte kein Bier, sondern eine Schüssel Cawl vor sich stehen.

»Noch nicht«, antwortete sie schmunzelnd, »aber sobald ich wieder fit bin, winke ich dir von oben zu.«

»Ja, vielleicht kannst du mal über mein Haus fliegen

und nachsehen, ob meine Regenrinnen gereinigt werden müssen.«

Anne lachte. »Wird gemacht, Kyle, aber putzen musst du sie schon selbst.« Sie ging weiter zur Bar, sah sich um und begrüßte ein paar andere Dorfbewohner, die sie kannte, aber nach wie vor konnte sie ihre Mutter nirgends entdecken. Vielleicht wurde sie bei der Suchthilfe gebraucht, und Anne war umsonst hergekommen. Sie wollte schon umdrehen, als ihr ein Mann am hinteren Ende des Tresens auffiel, der ein Glas Saft vor sich stehen hatte und sich aus der Schale mit Erdnüssen bediente. Er hatte grau meliertes Haar, das früher vermutlich fast schwarz gewesen war, einen Dreitagebart, ein markantes Kinn und kräftige Schultern.

Anne kannte ihn. Es war der Mann, der sich vor dem Zaun der Flugbasis herumgedrückt hatte. Seth. Evelyns Seth. Und er war in ihrem Pub. Da sollte doch noch mal jemand sagen, es gäbe keine Zufälle. Das war die perfekte Gelegenheit, um ihn sich genauer anzusehen und schon mal ein wenig vorzufühlen. Sie wollte schließlich wissen, was genau seine Absichten in Bezug auf ihre Mutter waren.

»Hi.« Ohne weiter über ihr Vorhaben nachzudenken, trat Anne an seine Seite und kletterte auf den freien Barhocker neben ihm, darum bemüht, sich ein wissendes Grinsen zu verkneifen. Ihre Mutter hatte definitiv einen guten Geschmack! Seth war ziemlich attraktiv, wenn er auch etwas Raues, Dunkles an sich hatte, das nicht recht zu Evelyn passen wollte.

Evelyns Freund wandte sich ihr zu, und von einem Moment auf den anderen schien sich sein gesamter Körper in Stein zu verwandeln. Seine Augen weiteten sich, und er starrte sie erschrocken an.

Anne sah ihn überrascht an, aber vielleicht wusste Seth ja, wer sie war, und fürchtete, das Geheimnis auszuplaudern, ehe Evelyn dazu kam, es ihr persönlich zu verraten. Vermutlich war ihm klar, wie wichtig es ihrer Mutter sein würde, ihr selbst von ihrem neuen Freund zu erzählen. Anne beschloss, es ihm ein wenig leichter zu machen.

»Ich habe Sie hier noch nie gesehen. Kommen Sie aus der Gegend?«

Seth sah sie immer noch an, als hätte er einen Geist vor sich, dann blinzelte er, schüttelte kaum merklich den Kopf und räusperte sich.

»Ich bin erst vor Kurzem hierhergezogen.«

Das hieß, dass die Sache mit Evelyn und ihm noch nicht allzu lange lief. Trotzdem bedeutete er ihrer Mutter offensichtlich so viel, dass sie mit Anne darüber reden wollte. Hatte sie vielleicht vor, noch einmal zu heiraten? Erst neulich, als Leah und Elvis aufeinandergetroffen waren, hatte Evelyn von Liebe auf den ersten Blick gesprochen und davon, dass sie fest daran glaube. Hatte sie Seth da schon gekannt? Wahrscheinlich, denn er hatte ihre Mutter nach Manorbier und ins Krankenhaus begleitet, stand also an ihrer Seite, wenn sie Halt brauchte. Das war zumindest schon mal ein Pluspunkt.

»Gefällt es Ihnen hier?«, erkundigte sie sich, um einen beiläufigen Tonfall bemüht.

»Ja.« Er griff nach den Erdnüssen und konzentrierte sich darauf, sie aus der Schale zu lösen, immer noch angespannt.

»Und kommen Sie oft in den Pub meiner Mutter?«

»Ich war erst ein paarmal hier.« Er wandte den Blick ab.

Die Situation fing an, unangenehm zu werden, und Anne war froh, als Sean zu ihr kam und sie einen Saft bei ihm bestellen konnte.

»Ist meine Mum heute nicht hier?«, fragte sie ihn, als er ein volles Glas vor sie hinstellte.

Ehe Sean antworten konnte, ging die Tür zur Küche auf, und Evelyn trat heraus. Sie wirkte abgekämpft, aber trotzdem immer noch strahlend schön mit den schwarzen Strähnen, die sich aus dem Pferdeschwanz gelöst hatten und ihr weich ins Gesicht fielen. Ihr Blick blieb an Anne und dem Mann neben ihr hängen, und sie erstarrte, genauso wie zuvor Seth. In ihrem Gesicht machte sich Entsetzen breit, aber dann fing sie sich wieder und schlenderte betont gelassen auf sie zu.

»Annie!« Ihre Stimme klang schrill.

»Mum.« Anne sah ihre Mutter belustigt an. Evelyn wurde nur selten nervös.

»Ich wusste gar nicht, dass du heute kommst. Wie war die Arbeit?«

Reine Folter, hätte sie fast erwidert, aber sie zuckte nur mit den Schultern. »Wie immer. Nächste Woche werde ich vermutlich wieder fliegen.« Sie warf Seth einen flüchtigen Blick zu und zwinkerte dann ihrer Mutter zu. »Und, was tut sich bei dir so?«

Aus dem Augenwinkel bemerkte sie, wie Seth mit der Hand sein Glas umschloss, und auch Evelyn griff haltsuchend nach der Tresenkante. In dem Augenblick trat Sean zu ihnen und sprach leise mit Evelyn, die daraufhin zu einem der Tische verschwand.

»Mum ist für gewöhnlich die Ruhe in Person. Sie müssen sie ja ganz schön durcheinanderbringen«, raunte Anne Seth zu, als Evelyn außer Hörweite war, und konnte nun nicht länger an sich halten. »Ist schon okay, ihr müsst mir nicht länger etwas vormachen, ich weiß Bescheid.«

Seth sah zwischen Evelyn und Anne hin und her. »Wie bitte?«, fragte er mit heiserer Stimme. »Hat Evelyn etwa schon mit dir geredet?«

»Das war nicht nötig.« Anne lächelte aufmunternd. »Ich habe ja Augen im Kopf.«

Seth sah sie eine ganze Weile lang unbewegt an, dann holte er hörbar Luft. »Du weißt, wer ich bin?«

»Ja.« Sie lachte über seinen schockierten Ausdruck. »Sie sind Seth, der Freund meiner Mutter. Ich weiß wirklich nicht, wieso sie ein solches Geheimnis daraus macht – ich finde es großartig, wenn sie glücklich ist. Das hat sie verdient. Von mir haben Sie also wirklich nichts zu befürchten. Es sei denn …«, sie setzte einen gespielt strengen Gesichtsausdruck auf, »… es sei denn, Sie brechen meiner Mutter das Herz. Dann könnte es sein, dass ich ein Skalpell von der Arbeit mitnehme …«

»Anne …« Er legte ihr behutsam die Hand auf den Unterarm.

Überrascht sah sie ihm in die dunklen Augen, und

plötzlich machte ihr Herz einen kleinen Satz, ohne dass sie konkret hätte sagen können, warum. Auf einmal kam ihr der Verdacht, dass sie vollkommen falschlag, dass hier irgendetwas im Busch war, das nichts mit einer Liebesgeschichte zu tun hatte.

Seth sah sie an, so durchdringend und voller Schmerz. Sein Blick schien eine Geschichte zu erzählen, sie verstand nur nicht, welche. Plötzlich bekam sie es mit der Angst zu tun.

»Was ist hier los? Wer sind Sie?«, stieß sie angespannt hervor.

»Vielleicht sollten wir in Ruhe …«

»Anne.« Unvermittelt war Evelyn zurück und sah besorgt zwischen ihnen beiden hin und her, dann schloss sie einen Moment lang die Augen. Als sie sie wieder öffnete, warf sie Seth einen kurzen Blick zu, seufzte und sah Anne fest an. »Wir müssen reden. Jetzt.«

*

Evelyn spürte ihr Herz schneller schlagen, und bestimmt war sie mindestens so blass wie Seth, der regungslos am Tresen saß. Auch Annes verschmitztes Lächeln war verschwunden, jetzt lag Misstrauen in ihren Augen.

»Okay, dann rede, Mum.«

»Nicht hier. Gehen wir hoch in die Wohnung.«

Seth erwachte aus seiner Starre und stand auf.

»Sie wollen mitkommen?«, fragte Evelyn überrascht. Sie war davon ausgegangen, zunächst allein mit Anne zu sprechen, um sie ein wenig auf das vorbereiten zu können, was sie erwartete.

»Wenn es Ihnen recht ist.«

Evelyn seufzte. »Vermutlich ist es sogar besser so. Ich gebe nur kurz Sean und Angela Bescheid.«

Anne seufzte laut auf. »Also, so langsam mache ich mir wirklich Sorgen! Was ist hier los?«, fragte sie Seth ungehalten, doch bevor der etwas erwidern konnte, trat Evelyn schon an ihre Seite.

»Kommt.« Sie ging an den Toiletten vorbei durch einen schmalen Korridor, der zur Treppe führte. Anne und Seth folgten ihr schweigend. Sie gingen hoch in die Wohnung, und auf Evelyns einladendes Zeichen hin nahmen die beiden in ihrem kleinen, gemütlichen Wohnzimmer mit den farblich zu ihren lila Orchideen passenden Polstern und Vorhängen Platz.

»Also?« Anne breitete die Arme aus und sah von einem zum anderen. »Was habt ihr zwei für ein großes Geheimnis? Ich habe ja schon darauf getippt, dass ihr vorhabt, miteinander durchzubrennen, aber irgendwie sagt mir mein Gefühl, dass es nicht darum geht.«

Evelyn ließ sich an Seths Seite auf der Couch nieder, während Anne ihnen gegenüber in einem Polstersessel saß.

»Seth ist erst vor Kurzem hierhergezogen«, fing sie an und wandte sich hilfesuchend an Seth.

Der öffnete den Mund, um zu übernehmen, doch Anne kam ihm zuvor. »Das weiß ich bereits, aber darf man fragen, was Sie ausgerechnet in dieses kleine Dorf geführt hat?«

»Familie.«

Evelyn rang stumm die Hände.

»Genau genommen, Anne, bin ich deinetwegen gekommen.«

Anne sah von ihm zu Evelyn und wieder zurück. Langsam schien ihr zu dämmern, wer hier vielleicht vor ihr stand. »Sie waren in Manorbier«, sagte sie. »Und danach im Krankenhaus.« Evelyns Herz fing bei Annes Worten an zu hämmern.

»Ich wollte sichergehen, dass es dir gut geht.«

»Wieso?«

»Weil ich Angst hatte, meine Tochter könnte sterben.«

Anne starrte ihn an, dann stieß sie die Luft aus. Evelyn glaubte, Tränen in ihren Augen funkeln zu sehen. Anne schien aber fest entschlossen, sie zurückzudrängen. Wie damals als Kind schob sie trotzig das Kinn vor, als könnte sie so das eben Gehörte beeinflussen. »Mein Vater heißt Graham«, stieß sie hervor. »Graham Perry, nicht Seth.«

»Seth ist mein zweiter Vorname«, erklärte Seth mit einem leichten Zittern in der Stimme. »Meinen ursprünglichen Rufnamen habe ich vor vielen Jahren abgelegt.«

»Wieso jetzt?«, wollte Anne wissen, ohne ihn aus den Augen zu lassen.

»Ich fühlte mich vorher nicht würdig«, sagte er unumwunden und hielt Annes durchdringendem Blick stand. »Nach dem Unfall war ich eineinhalb Jahre wegen fahrlässiger Tötung im Gefängnis, außerdem hatte ich bei dem Unfall eine schwere Kopfverletzung davongetragen und wurde morphinabhängig. Ich wollte mich nicht in dein

Leben drängen, aber meine Suchtberaterin hat mich überredet, dich ausfindig zu machen. Wahrscheinlich hat sie gespürt, wie tief mich dein Verlust schmerzt. Und als du dann diesen Unfall hattest und ich dich wiedersah, auf diesem Bretterhaufen, da konnte ich nicht mehr gehen. Ich ... du hast mir jeden Tag gefehlt.«

Anne schloss die Augen, schüttelte den Kopf. »Ich verstehe das alles nicht. Suchtberaterin? Meinen Sie ... meinst du etwa meine Mutter? Seid ihr dadurch aufeinandergestoßen?«

»Nein, ich bin clean.«

»Seth kam zu mir«, begann Evelyn vorsichtig, aber Anne fuhr zornig zu ihr herum.

»Du wusstest es! Die ganze Zeit! Wie konntest du mir das verheimlichen?«

Genau diesen Vorwurf hatte sie befürchtet. »Ich wollte den richtigen Zeitpunkt abpassen, und du hattest so viel zu tun ...«

»Ich war wochenlang bei dir zu Hause! Du warst doch schon mit ihm im Krankenhaus, Leah hat es mir erzählt! Du wusstest, wer er war, und hast mich die ganze Zeit über im Ungewissen gelassen. Wieso?«

»Sie wusste es nicht«, warf Seth mit ruhiger Stimme ein. »Sie hat es selbst erst vor Kurzem herausgefunden. Ich habe es ihr verschwiegen. Es ist meine Schuld. Das alles ist meine Schuld.«

Anne wandte sich ihm wieder zu, die Hand gegen die Brust gepresst, als könnte sie dadurch ihren schnellen Atem kontrollieren. »Ich kann mich nicht an dich erinnern. Ich kann mich an gar nichts erinnern«, flüsterte sie und klang plötzlich schrecklich hilflos. »Ich weiß nicht, wer du bist, was damals passiert ist. Ich weiß nur, dass Evelyn mich aufgenommen hat und die beste Mutter war und ist, die man sich nur vorstellen kann.«

Seth lächelte. »Ja, das habe ich auch schon bemerkt.« Er sah Evelyn an, Dankbarkeit und Anerkennung im Blick. »Sie war allein, so wie ich damals, sie hatte es schwer, so wie ich damals, aber sie hat nicht versagt. Im Gegenteil. Wie du schon sagtest, sie war und ist die beste Mutter. Das sehe ich. Ich möchte auch nicht in eure Familie eindringen. Ich wollte dich nur sehen, dir sagen, dass du da draußen noch einen Vater hast, der an dich denkt und der dir gern erklären möchte, warum du damals zu Evelyn gekommen bist.«

»Du warst im Gefängnis.« Anne sah ihn an, doch es schien, als blickte sie in eine ferne Vergangenheit. »Ich war vier, und es gab einen Unfall. Ich weiß nicht, ob ich mich tatsächlich daran erinnere oder ob ich es nur weiß, weil man es mir gesagt hat.«

»Ich war verantwortlich für den Tod eines Elternpaares, Anne. Deshalb kam ich ins Gefängnis. Nur die beiden Jungen überlebten, aber sie wurden meinetwegen zu Waisen.« Er strich sich durch die Haare, und man sah ihm an, wie schwer es ihm fiel, weiterzusprechen. »Wir beide waren im Kino – es war dein erster Film, ein Streifen mit einem fliegenden Einhorn –, und auf dem Nachhauseweg schlief ich für eine Sekunde am Steuer ein. Ich kam von der Fahrbahn ab und rammte einen anderen Wagen. Uns beiden passierte bis auf meine Kopfverletzung nichts Schlimmeres, aber der andere Wagen überschlug sich und …« Er senkte den Blick und verstummte.

Anne ließ sich langsam gegen die Rückenlehne sinken und starrte auf den Couchtisch.

»Es war dunkel«, fuhr Seth mit gebrochener Stimme fort, »nur die Lichter der Einsatzwagen blendeten. Da war ein Junge …«

Annes Kopf fuhr in die Höhe, ihre Brust hob und senkte sich immer schneller. »Ich habe davon geträumt. So oft wache ich nachts durch diesen Traum auf.« Sie blickte wieder zu Boden, schien mehr mit sich selbst zu reden als mit ihm. »Aber erst, seit ich bei den Flying Medics arbeite. Ich dachte, es käme von irgendeinem meiner Einsätze, daher die Lichter und das Blut.« Sie verstummte für einen kurzen Moment, dann fuhr sie kaum hörbar fort: »Du hast gesagt, die beiden Kinder im anderen Wagen haben überlebt?«

Noch bevor Seth eine Antwort geben konnte, stand Evelyn vom Sessel auf und kniete neben ihr nieder, um ihre Hand zu nehmen. Sie wusste, dass die nächsten Informationen ein herber Schlag für Anne wären. »Der Vater der Familie starb noch am Unfallort, die Mutter später im Krankenhaus. Sie war schwanger, das Baby konnte gerettet werden. Auch der achtjährige Junge überlebte. Du kennst die beiden.«

»Owen und Elvis«, stieß Anne beinahe tonlos hervor.

Evelyn sah Seth verwundert an.

»Woher weißt du das?«, fragte sie verblüfft.

Anne stand auf und ging im Raum auf und ab. »Er hat

es mir gesagt. Owen hat mir von dem Unfall erzählt, als wir verschüttet waren, allerdings hat er dabei das Wichtigste ausgelassen.« Sie klang völlig fassungslos.

Evelyn mochte sich gar nicht vorstellen, wie sie sich fühlte. Durch ihren Beruf kam sie oft mit tragischen Unfällen in Verbindung, aber jetzt stand sie mit diesem schrecklichen Ereignis unmittelbar in Verbindung. Zu erfahren, dass ihr eigener Vater, den sie seit ihrer frühen Kindheit nicht mehr gesehen hatte, für den Tod zweier Menschen verantwortlich war, musste grauenhaft sein.

»Er hat es von Anfang an gewusst.« Anne drehte sich zu Evelyn um und sah ungläubig zwischen ihr und Seth hin und her. »Die ganze Zeit! Wir haben zusammengearbeitet, monate-, nein jahrelang. Wir waren ein Team, wir waren … Oh Gott!« Sie verstummte abrupt, und ihre Augen wurden groß. »Elvis!«

»Er weiß nichts davon«, sagte Evelyn schnell und beobachtete ihre Tochter besorgt. »Owen hat ziemlich klar gemacht, dass er seinen Bruder raushalten möchte. Er will nicht, dass Elvis erfährt, wer Seth ist.«

»Owen weiß, wer Seth ist?« Anne schlug sich die Hand vor den Mund und sah völlig zerstört von einem zum anderen.

»Ich kann dir nicht sagen, wie leid mir das alles tut«, sagte Seth bedrückt, »nicht zuletzt für Owen und Elvis. Vor allem aber tut es mir leid, dass ich solch ein Durcheinander in dein Leben bringe, auch wenn es vielleicht eine verrückte Fügung des Schicksals ist, dass wir uns alle hier in diesem kleinen Dorf wiederbegegnen.«

»Das muss dir nicht leidtun.« Sie blickte ins Leere. »Du bringst zum ersten Mal Antworten auf sehr viele Fragen.«

Seth wirkte überrascht, und auch Evelyn hatte diese Reaktion nicht erwartet. »Schatz, wieso hast du mir nie von deinen Träumen erzählt?«, erkundigte sie sich vorsichtig.

»Ich wusste nicht, was sie bedeuten. In meinem Job sehe ich so viel, da war ich nicht überrascht, dass mich manches davon bis in den Schlaf hinein verfolgt. Aber vielleicht haben die Träume auch begonnen, als ich Owen begegnet bin. Er war der Junge auf der Straße.« Sie presste die Lippen zusammen, ein entschlossener Ausdruck trat auf ihr Gesicht. »Ich würde mich wirklich freuen, wenn wir bald weiterreden könnten, und ich freue mich, dass du hier bist«, wandte sie sich an Seth. »In aller Ruhe, vielleicht bei einem Essen? Ich muss jetzt dringend los.«

Seth sah aus, als habe sie ihm soeben die größte Last der Welt von den Schultern genommen. »Sehr gerne.«

»Ich nehme an, Mum hat deine Nummer.« Sie legte Evelyn die Hand auf den Arm. »Wir sprechen später.« Damit eilte sie zur Tür hinaus.

*

Das Klingeln an der Tür hatte etwas Wütendes. Owen schreckte aus dem Schlaf hoch und verfiel sofort in Alarmbereitschaft. Die Leuchtanzeige auf seinem Wecker zeigte knapp vor Mitternacht, und einen Moment lang fühlte er sich in die Zeit zurückversetzt, in der sich aufgebrachte Nachbarn über Elvis beschwert hatten.

»Verdammt, wer kann das denn jetzt noch sein?«, hörte er seinen Bruder rufen und beeilte sich, aus dem Bett zu kommen.

»Ich kümmere mich schon darum!« Er eilte aus dem Schlafzimmer in den Flur und wäre beinahe mit Elvis zusammengestoßen, der ebenfalls auf dem Weg zur Tür war. Auf der anderen Seite hatte der nächtliche Störenfried das Klingeln aufgegeben und klopfte nun im erbitterten Dauertakt.

»Owen!«

Das war Annes Stimme. Owen blieb fast das Herz stehen. Was wollte sie hier um diese Zeit? Hatte Evelyn mit ihr gesprochen oder kam sie, um ihm noch einmal wegen des verpatzten Workshops die Hölle heißzumachen? Oder wollte sie ihn wegen der Gala zur Rede stellen?

»Was hast du angestellt?«, fragte Elvis grinsend. Er war immer noch angezogen, im Wohnzimmer lief der Fernseher. Anders als Owen brauchte er nicht so viel Schlaf und ging immer erst in den frühen Morgenstunden ins Bett. Owen hingegen konnte sich nicht vorstellen, konzentriert die emotional wie körperlich anstrengende Arbeit mit Patienten zu bewältigen, ohne zumindest sechs Stunden Schlaf am Stück zu bekommen. Was heute schwierig werden würde, dem Klopfen nach zu urteilen.

»Lass uns bitte allein, okay?«

Elvis zögerte ein paar Sekunden lang, als überlege er, seinen Bruder ein wenig zu provozieren, dann aber ging er zum Couchtisch, schaltete den Fernseher aus und zog sich in sein Zimmer zurück.

»Owen, ich weiß, dass du da bist, ich habe Licht gesehen!«, erklang es von der anderen Seite der Tür.

Elvis lachte. »Ruf mich, wenn du Hilfe brauchst, weil sie dich mit einem Skalpell attackiert.«

»Mach endlich deine Zimmertür zu!«, knurrte Owen, doch Elvis blieb auf der Schwelle stehen und musterte seinen Bruder, immer noch lachend.

»Willst du dir nicht vorher etwas anziehen? Oder denkst du, sie wird dir die Klamotten sowieso gleich wieder vom Leib reißen?«

Owen sah an sich hinab und fluchte. Er trug nichts weiter als Boxershorts. Jetzt klopfte und klingelte sie abwechselnd, immer wütender. Wenn er nicht wollte, dass sämtliche Hausbewohner aus den Betten fielen, würde er wohl oder übel öffnen müssen – Boxershorts hin oder her.

»Jetzt hau schon ab.« Er wartete, bis Elvis seine Zimmertür geschlossen hatte, dann öffnete er.

Anne war blass, doch ihre Wangen glühten. Ihr Atem ging so schnell, dass er fürchtete, sie würde jeden Augenblick umkippen. »Willst du reinkommen?«, fragte er unsicher.

Sie sah ihn an, als hätte er Chinesisch gesprochen, dann schüttelte sie langsam den Kopf und starrte auf seine Boxershorts.

»Ich habe Nachbarn, und es ist spät, also bitte komm rein.« Er streckte die Hand nach ihrem Arm aus, um sie in die Wohnung zu ziehen, aber Anne zuckte zurück. Was kein Wunder war. Schließlich hatte er sich ihr gegenüber benommen wie der letzte Arsch. Und dann auch noch der vermasselte Workshop. Von wegen Dream-Team. Das gab es jetzt wohl nicht mehr. Vielleicht war sie gekommen, weil sie wollte, dass er kündigte. Eine grauenhafte Vorstellung, aber auch er konnte sich nicht vorstellen, noch einmal mit ihr zusammen im Hubschrauber zu sitzen, ohne ihr Lächeln zu sehen, ohne dass sie ihn foppte, ohne dass sie sich wie eine einzige Person den Herausforderungen, die unten am Boden auf sie warteten, stellten.

Plötzlich verspürte er eine nahezu unerträgliche Furcht, sie könne sich einfach umdrehen und gehen, ohne je die Gründe für sein Verhalten erfahren zu haben.

»Bitte, Anne, komm rein«, hörte er sich selbst sagen, »möchtest du etwas trinken?«

»Ich bin nicht hier, um Smalltalk zu betreiben.« Anne funkelte ihn wütend an, aber sie ging an ihm vorbei in den Flur. »Ich habe mit Evelyn geredet.«

Damit hatte Owen gerechnet, trotzdem fühlte er sich, als hätte sie einen Eimer Eiswasser über ihm ausgegossen. Der Moment, den er so lange gefürchtet und gleichzeitig herbeigesehnt hatte, war da. Sie kannte die Wahrheit. Wortlos schloss er die Wohnungstür und ging ihr voran ins Wohnzimmer, wo er sich auf die Couch sinken ließ.

»Du hast mich angelogen.« Anne blieb an der Wohnzimmertür stehen.

»Das habe ich.«

»Ganze zwei Jahre.«

»Ja.«

»Und du wusstest von Anfang an, wer ich bin?«

»Ja.« Er deutete ein wenig hilflos auf den Sessel auf der

anderen Seite des kleinen Couchtischs – Elvis' Lieblings-
sessel –, doch Anne schüttelte den Kopf.

»Du hast mich also sofort erkannt?«

Owen nickte. »Ich kannte deinen Namen, und deine roten Haare …« Er musste die Hand zur Faust ballen, um
sie nicht nach ihr auszustrecken und ihr zärtlich die losen
roten Strähnen aus dem Gesicht zu streichen. Am liebsten hätte er sie einfach zu sich auf die Couch gezogen und
geküsst, doch die Gefühle, die sie ihm in dem schäbigen
Hinterhof entgegengebracht hatte, hatte er wohl unwieder-
bringlich zunichte gemacht. Aus purer Feigheit.

»Du kannst dich an alles erinnern?«, drang Annes
Stimme in seine Gedanken.

»Ja.«

Sie senkte den Blick und sah auf den Boden. Wieso
konnte sie ihn nicht einfach anschreien und ohrfeigen,
wie er es verdient hatte? Nichts war schlimmer als diese
nachdenkliche Traurigkeit. Auf einmal lachte sie leise auf,
wenn auch nichts Fröhliches von ihr ausging.

»Jetzt verstehe ich. Alles.« Ihre Augen bohrten sich in
seine. »Du musst mich wirklich unglaublich hassen.«

Er zuckte zusammen. »Nein, ich liebe dich«, erwiderte
er, ohne auch nur eine Sekunde darüber nachzudenken.
Als die Worte heraus waren, erschrak er darüber mindestens genauso wie sie.

»Was?« Anne wich einen Schritt zurück und starrte ihn
fassungslos an.

»Ich meine …«, stammelte er und verstummte. Sein
Herz begann zu rasen, er konnte nicht mehr klar denken.

Er konnte ihr nicht verübeln, dass sie dachte, er würde sie hassen, so wie er sich verhalten hatte. Und zu Beginn hatte er sie vielleicht tatsächlich gehasst, zumindest die Erinnerungen, die sie in ihm auslöste. Aber dann hatte er sie richtig kennengelernt und … Wie auf Autopilot stand er auf, warf die Vernunft beiseite und schloss die Distanz zwischen ihnen mit zwei schnellen Schritten. Dann zog er sie an sich, beugte sich zu ihr hinab und küsste sie. Er hatte eine Entscheidung getroffen, er würde nicht mehr wegrennen.

Anne erstarrte, nur um ihn im nächsten Moment derart heftig zurückzustoßen, dass er kurz ins Taumeln geriet. Er konnte sich gerade noch rechtzeitig an der Sofalehne festhalten.

Sie öffnete den Mund, um etwas zu sagen, doch dann klappte sie ihn wieder zu und stürmte aus dem Wohnzimmer Richtung Wohnungstür.

»Anne!« Er folgte ihr, um sie aufzuhalten, aber sie wirbelte zu ihm herum, die Hand warnend ausgestreckt, sprachlos vor Zorn.

Ihm blieb nichts anderes übrig, als sie gehen zu lassen. Die Tür schlug hinter ihr zu. Owen unterdrückte einen Fluch. Was war er doch für ein Idiot gewesen! Er hätte von Beginn an ehrlich zu ihr sein sollen, hätte kein solcher Feigling sein dürfen. Jetzt war es vermutlich zu spät.

»Lief nicht so toll, hm?« Elvis stand plötzlich neben ihm, und nun fluchte Owen doch.

»Hast du etwa zugehört?«

»Nur zum Schluss.« Elvis trottete ins Wohnzimmer und

ließ sich in seinen Sessel fallen. »Also, was läuft da zwischen euch?«

Owen folgte ihm und strich sich mit der Hand über die Stirn, als könne er so die sich anbahnenden Kopfschmerzen vertreiben. Sein Bruder sah ihn erwartungsvoll an, was ihn daran erinnerte, dass auch er erfahren musste, wer Anne war, dass ihr Vater im selben Haus wie Elvis und er lebte. Aber nicht heute, dazu fehlte ihm einfach die Kraft. »Später, Elvis. Ich muss jetzt erst mal schlafen.«

»Hey, ich muss das wissen, bevor ich Kevin noch Hoffnungen mache. Ich meine, es ist nur ein Date, aber vielleicht wird ja was draus.«

»Was für ein Date?«

»Na, das Doppeldate mit Leah und mir und Kevin und Anne! Wir gehen alle zusammen am Mittwochabend aus.«

Owen hatte das Gefühl, Elvis drücke ihm die Kehle zu. Was er da sagte, hörte sich absolut falsch an. »Anne geht mit diesem Kevin aus?«

»Ja, ich kenne ihn von der Arbeit, er ist ein netter Kerl, und ich denke, Anne wird ihm gefallen. Es wird eine Art Blind Date im Kino. Leah hat meine Einladung nur angenommen, wenn Anne dabei ist – keine Ahnung, warum sie so ein Brimborium deswegen veranstaltet, aber wenn sie darauf besteht, dann schleppe ich Anne und Kevin eben mit.«

Owens Gedanken begannen zu rasen. Anne und irgendein Typ in einem dunklen Kinosaal. Die Eifersucht kam plötzlich und heftig.

»Elvis …« Er ging auf seinen Bruder zu und legte beide

Hände auf seine Schultern. »Ruf diesen Kevin an und sag ihm ab. Du nimmst mich mit.«

»Oh nein, Bruderherz, kommt nicht infrage.« Elvis schob Owens Arme weg. »Leah hat ausdrücklich gesagt, dass du nicht mitdarfst. Sie will, dass Anne Spaß hat, und frag mich nicht, wieso, aber sie mag dich wirklich überhaupt nicht. Glaub ja nicht, dass ich mir mein Date versaue, nur weil du irgendetwas Merkwürdiges mit Anne am Laufen hast.«

»Bruderherz.« Owen versuchte, so bedrohlich wie möglich zu klingen. »Ruf Kevin an.«

Kapitel 10

Wie ist die Kontrolle gelaufen?« Seth sah sie über seinen Kuchen hinweg nervös an. Anne bemühte sich um ein Lächeln. Sie musste Owen aus ihren Gedanken verbannen. Was sollte das? Zuerst ignorierte er sie zwei Jahre lang, dann ließ er sie auf der Gala sitzen, nachdem sie Sex miteinander hatten, kurz darauf erfuhr sie von einer gemeinsamen, grausamen Vergangenheit, und jetzt behauptete er, dass er sie liebte! Das war verrückt.

Ihr Blick schweifte über die weiten grünen Wiesen, hinter denen das glitzernde Meer lag, und verharrte am endlos blauen Horizont in der Ferne. Sie war mit ihrem Vater hier, saß in einem hübschen kleinen Café an der Küste bei leckerem Kuchen und einem Cappuccino und bekam Antworten auf all die vielen Fragen, die sie ihr ganzes Leben lang beschäftigt hatten.

»Ganz gut. Das Röntgen hat bescheinigt, dass der Pneumothorax weg ist.« Sie schüttelte lachend den Kopf. »In letzter Zeit hatte ich so viele CTs und Röntgenuntersuchungen, dass ich fürchte, in der Nacht zu leuchten.«

Seth schmunzelte und nahm einen großen Bissen von seinem Obstkuchen. Er sah an ihr vorbei, nahm die beinahe schmerzhaft schöne Landschaft in sich auf, dann legte er vorsichtig die freie Hand auf ihre.

Anne spürte eine sonderbare Vertrautheit. Sie wusste nicht, wie das möglich war in Anbetracht der Tatsache, dass sie so gut wie keine Erinnerung an ihn hatte. Die Augen gegen die Sonne verengt, betrachtete sie ihn genauer.

Das Lächeln in seinem Gesicht erstarb. »Was ist los?«

»Muffin Man«, platzte sie heraus und versuchte, sich an Text und Melodie zu erinnern. »Das hast du mir immer vorgesungen.«

Seth sah sie erstaunt an. Seine Augen fingen verdächtig an zu glänzen. »Das weißt du noch?«

Eine sonderbare Glückseligkeit machte sich in ihr breit. »Ja, gerade ist es mir wieder eingefallen!«

»Es war das einzige Kinderlied, das ich kannte, und außerdem warst du eine Naschkatze, du mochtest alles, was süß ist.«

Anne lachte. »Wusstest du, dass es in dem Song gar nicht um süße Muffins geht, sondern um kleine, runde Brote, die früher an die Haushalte geliefert wurden, weil im neunzehnten Jahrhundert kaum jemand einen Ofen besaß? Der Lieferant war der Muffin Man.«

Seth sah sie mit einer Mischung aus Überraschung und Bewunderung an, als könne er nicht glauben, dass sie seine Tochter war. »Nein, das wusste ich nicht.«

Anne senkte verlegen den Blick. »Wenn ich einmal etwas lese, merke ich es mir meistens.« Sie tippte sich mit dem Zeigefinger gegen die Stirn. »Das ist dann für immer hier drinnen gespeichert.«

»Ich habe schon gehört, dass du ein Genie bist.«

Anne seufzte. »Leider nicht in allen Belangen.«

Seth sah sie besorgt an.

Anne schnaubte. Hätte sie bloß nichts gesagt! Sie hatte sich doch vorgenommen, nicht mehr an Owen zu denken und den Nachmittag mit ihrem Vater zu genießen. Sie hatte sich freigenommen, da nicht abzusehen gewesen war, wie lange sie im Krankenhaus für die Kontrolluntersuchungen brauchte, und somit musste sie Owen heute wenigstens nicht sehen. Morgen und übermorgen waren ohnehin ihre freien Tage, was ihr genügend Zeit verschaffte, darüber nachzudenken, wie sie ihm in Zukunft begegnen wollte. Bislang wusste sie nur, dass sie auf keins seiner Spielchen mehr hereinfallen würde.

»Anne, ist alles okay?«, fragte Seth leicht beunruhigt.

Anne setzte eilig ein hoffentlich überzeugendes Lächeln auf. »Alles bestens. Ich freue mich, dass wir hier sind.« Sie umfasste den Garten vor dem Café mit einer ausholenden Bewegung. »Wie schade, dass du nicht schon früher zu mir gekommen bist.«

»Das ist lieb von dir. Mir fehlte wohl einfach der Mut dazu. Du weißt, wie viel Mist ich gebaut habe, dass ich dich im Stich gelassen habe, und trotzdem sitzt du hier mit mir, und es ist so, als wäre nichts passiert.«

Anne biss sich auf die Unterlippe. Sie konnte nicht leugnen, dass sie sich gefragt hatte, warum er sich kein einziges Mal bei ihr gemeldet hatte, warum es vierundzwanzig Jahre gedauert hatte, bis er zurückgekommen war. Aber Evelyn hatte noch einmal lange mit ihr über die Auswirkungen einer Sucht gesprochen, schließlich war sie darin Expertin. Außerdem hatte sie Anne erzählt, dass Seth in seinem Auto gelebt hatte und wie es zu der ersten Begegnung gekommen war. Mittlerweile konnte Anne besser nachvollziehen, was in ihrem Vater vorgegangen war. Warum er so gehandelt hatte. »Nichts davon ist deine Schuld«, versicherte sie ihm daher eilig. »Es war ein Unfall, und das danach … Ich kenne die Wirkung von Opiaten, die Gefahr, davon abhängig zu werden. Du hast versucht zu überleben – nicht wenige werden von dauerhaften Schmerzen in den Suizid getrieben. Du aber bist da rausgekommen.«

Seth wandte den Blick ab. »Es hat lange gedauert.«

»Es ging mir gut bei Evelyn. Ich habe nur schöne Erinnerungen an meine Kindheit, und das verdanke ich ihr. Nie hatte ich das Gefühl, dass mir etwas fehlt, auch wenn das vielleicht nicht das ist, was du hören möchtest. Aber ich fühlte mich nicht im Stich gelassen, im Gegenteil. Evelyn war und ist die beste Mutter, die sich ein Kind nur wünschen kann.«

Bei ihren Worten wurden Seths Züge weich. »Ich weiß. Sie ist einfach großartig.«

Anne legte den Kopf schief und musterte ihn prüfend. »Leah dachte, du wärst Mums Freund, und anfangs bin ich ebenfalls davon ausgegangen.«

Seth zuckte mit den Schultern und nahm noch eine Gabel voll Kuchen. »Vermutlich, weil ich in Manorbier und im Krankenhaus dabei war.«

»Hast du eine Freundin?«, fragte Anne vorsichtig nach. »Oder eine Frau? Hast du eine neue Familie?« Das wäre nicht schlimm für sie, im Gegenteil, sie würde sich wahnsinnig freuen, vielleicht noch ein paar Geschwister zu haben.

Aber Seth schüttelte den Kopf. »Niemand mit Verstand ist lange an meiner Seite geblieben.«

Anne biss sich auf die Unterlippe und überlegte, ob sie die Frage stellen sollte, die ihr unter den Nägeln brannte. Schließlich nahm sie all ihren Mut zusammen. »Was ist mit meiner leiblichen Mutter?«

Seth zuckte kaum merklich zusammen und sah sie lange an, dann nickte er und erzählte ihr von einer Frau namens Sarah, die sich mit der Mutterrolle überfordert gefühlt und nicht nur ihn, sondern auch Anne verlassen hatte. Anne versuchte, ungerührt zu erscheinen, sie hatte gewusst, dass ihre Mutter zum Zeitpunkt des Unfalls die Familie längst verlassen hatte. Trotzdem war es schmerzhaft, die Details zu erfahren, denn so bekam sie ein Bild von der Frau, die ihre Freiheit ihrem Kind vorgezogen hatte.

»Weißt du, wo sie heute ist?«, hakte sie so ruhig wie möglich nach.

Seth schüttelte den Kopf. »Nein. Ich habe nie wieder etwas von ihr gehört.«

Anne nickte, sie hatte nichts anderes erwartet.

Anschließend erzählte Seth von Problemen mit den Behörden, von seiner Angst, sie zu verlieren, und Anne schluckte gegen den Kloß an, der in ihrem Hals aufstieg. Als er anfing, ihr von dem Unfall zu erzählen, wurde seine Stimme heiser, der Selbsthass war ihm deutlich anzuhören. Er sprach davon, dass er so müde gewesen sei, dass ihm die Augen zugefallen waren – »Sekundenschlaf«, hatte im Polizeibericht gestanden.

Anne spürte, dass er sich schreckliche Vorwürfe machte, doch sie selbst konnte keinen Groll gegen ihn empfinden. Die schwierige Zeit hatte ihn anscheinend an den Rand seiner körperlichen Kräfte getrieben. Owen hingegen … Sie wusste, was für einen grauenvollen Verlust er und Elvis erlitten hatten und welche Auswirkungen dieser auf ihrer beider Leben genommen hatte, und sie wusste auch, dass er allein ihren Vater dafür verantwortlich machte. Er ging davon aus, ihr Vater wäre alkoholisiert gewesen oder hätte einen Selbstmord geplant, das zumindest hatte er ihr fast wörtlich gesagt. Vielleicht sollte sie ihm alles erklären, vielleicht konnte er loslassen und sich mit den schrecklichen Ereignissen in seiner Kindheit versöhnen, wenn er wusste, was genau passiert war. Womöglich würde es ihm sogar guttun, mit Seth zu reden. Aber um zwischen den beiden zu vermitteln, müsste sie mit Owen reden, und im Moment hatte sie das ganz sicher nicht vor.

»Wir sind jetzt an deiner Seite«, sagte sie mit ernster Miene. »Evelyn und ich. Und wir werden es bestimmt lange mit dir aushalten.«

»Wollte deine Mutter nicht auch kommen?«, fragte Seth, bemüht, sich nicht anmerken zu lassen, wie sehr Annes Worte ihn rührten.

Anne sah sich zwischen den Radfahrern, die den Küstenpfad entlangfuhren und hier zu einer Stärkung einkehrten, und Familien um. »Sie wollte uns ein wenig Zeit allein geben.« Sie grinste, als sie daran dachte, wie aufgeregt Evelyn gewesen war, als Anne ihr von dieser Verabredung erzählt hatte. Es gehörte viel dazu, den leiblichen Vater der Adoptivtochter mit derart offenen Armen zu begrüßen, aber Evelyn war schon immer ein besonderer, herzensguter Mensch gewesen, deswegen war Anne nicht weiter überrascht. »Sie meinte, sie würde vielleicht nachkommen.«

»Seth?«

Unvermittelt trat ein dunkler, kräftiger Mann mit Vollbart an ihren Tisch und sah zwischen ihnen beiden hin und her. »Seth Perry, das gibt es doch nicht. Sie sind der letzte Mensch, den ich hier in dieser Idylle erwartet hätte.«

Seth blickte überrascht auf, dann stand er auf, um dem Mann die Hand zu schütteln. »Mr Clarke. Ich … ich habe heute einen freien Nachmittag.«

Der Fremde klopfte ihm auf die Schulter. »Den Sie genießen sollten, noch dazu mit einer so wunderschönen Begleitung. Manchmal hab ich mir schon Sorgen gemacht, Sie würden die Firma gar nicht mehr verlassen, bei dem Arbeitspensum, das Sie an den Tag legen.«

Seth räusperte sich. »Darf ich Ihnen meine Tochter vorstellen? Anne Perry.«

Mr Clarke reichte Anne die Hand. »Es ist mir eine Freude.« Er bedeutete Seth, sich wieder zu setzen, und nahm selbst ohne Aufforderung Platz, als wären sie hier alle zusammen verabredet.

»Ein herrlicher Tag, nicht wahr?« Er blickte in den Himmel. »Wenn die Sonne scheint, hebt sich gleich ein wenig die Laune. Ist es nicht ein Zufall, dass ich gerade noch über Sie gesprochen habe, Seth?«

Seths Augen wurden wachsam, und auch Anne überlegte, was der Mann, der offenbar ein Vorgesetzter ihres Vaters war, wohl von ihm wollen könnte.

Eine Kellnerin kam zu ihnen, um Mr Clarkes Bestellung aufzunehmen, aber er winkte ab. »Also, Seth, es wird mir wirklich schwerfallen, Sie gehen zu lassen, das können Sie mir glauben.«

Alle Farbe wich aus Seths Gesicht, und auch Annes Herz machte einen Satz. Sie wusste, dass er einen Job als Lagerarbeiter gefunden und erst vor Kurzem in eine Wohnung im Ort gezogen war. Wie grausam, dass dieser Mann ihn an seinem freien Tag entließ! Aber er war nicht mehr allein, sagte sie sich. Was auch immer von jetzt an geschah – Anne würde zu ihm stehen. Auch Evelyn würde nie zulassen, dass er ohne einen Job wieder in seinem Auto landete.

»Ihr Vater«, wandte sich Mr Clarke an Anne, »ist immer der Erste, der kommt, und der Letzte, der geht. Er arbeitet hart und genau, Sie können wirklich stolz auf ihn sein.«

Anne sah Seth verwirrt an, doch der schien genauso wenig zu wissen, wohin das hier führen sollte. Sie wusste nur, dass sie einen Vater hatte, einen Vater, auf den sie stolz sein konnte. In ihrem Kopf klang das immer noch sonderbar, fremd, aber auch schön.

»Nun, Seth, Sie sind zwar noch nicht lange bei uns, aber ich sehe, dass Sie unterfordert sind, dass Ihr Arbeitseifer und Ihre Talente bei uns verschwendet werden. In Ihrem Lebenslauf steht, Sie hätten als Bauführer gearbeitet.«

»Das ist richtig.« Bemüht ruhig griff Seth nach seiner

Kaffeetasse. »Ich bin mit dem Job wirklich zufrieden, und ich würde ihn ungern verlieren.«

»Ach, reden Sie doch keinen Unsinn!« Mr Clarke schlug mit der flachen Hand auf die Tischplatte. »Sie sind überqualifiziert, auch wenn Sie ein paar Jahre ausgesetzt haben.«

Seth wollte erneut protestieren, aber Mr Clarke ließ ihn nicht zu Wort kommen. »Ich wollte eigentlich morgen bei der Arbeit mit Ihnen darüber reden, aber das können wir genauso gut jetzt machen. Ich habe mit meinem Cousin telefoniert, der hat in Fyrddin eine Firma für Fertighäuser. Furchtbare Dinger, wenn Sie mich fragen, aber die Kunden reißen sie ihm aus den Händen, und er ist ständig am Expandieren. Nun, er sucht einen guten Bauführer, und da habe ich an Sie gedacht.«

»Ich verstehe nicht.« Seth sah tatsächlich aus, als hätte ihm jemand ein Brett vor den Kopf geschlagen, doch Anne lächelte. Langsam begriff sie, worauf Mr Clarke hinauswollte und was er als Nächstes sagen würde.

»Rufen Sie ihn an.« Seths Chef zog seine Geldbörse aus der Hosentasche und nahm eine Visitenkarte heraus, die er vor Seth auf den Tisch legte. »Mein Cousin weiß Bescheid. Bei ihm haben Sie Aufstiegsmöglichkeiten, verdienen sich auf Montagen dumm und dämlich und versauern nicht länger in meiner Lagerhalle. Das ist ja kaum mit anzusehen.«

»Ich weiß nicht, was ich sagen soll.«

»Am besten gar nichts, das Reden zählt nicht zu Ihren Stärken, Seth. Holen Sie einfach morgen Ihr Zeug ab und lassen Sie sich nicht mehr bei uns blicken. Sie sind gefeuert.« Er stand auf, klopfte dem völlig verdutzten Seth noch einmal die Schulter, lächelte Anne kurz zu und ging davon.

»Danke.« Seth starrte ihm sprachlos hinterher, dann griff er nach der Visitenkarte.

Anne nahm seine Hand und drückte sie.

»Na, wie geht es euch?«, ertönte eine fröhliche Stimme in Annes Rücken. Sie drehte sich um und sah Evelyn auf sie zukommen, die Lippen zu einem strahlenden Lächeln verzogen. Offenbar freute sie sich darüber, dass Vater und Tochter sich so gut verstanden.

Anne setzte ein ernstes Gesicht auf, darum bemüht, nicht zu lachen. »Seth ist gerade gekündigt worden.«

»Was?« Evelyn sah sie entsetzt an. »Aber das können die doch nicht machen, das ist ganz und gar inakzeptabel! Aber machen Sie sich keine Sorgen, wir finden schon einen neuen Job für Sie! Ich habe gute Kontakte, und wenn mein Projekt mit der Integrationsarbeit erst mal am Laufen ist, wird es überhaupt keine Schwierigkeiten mehr geben. Die Kündigung bedeutet schließlich nicht das Ende der Welt.«

Seth war aufgestanden und streckte Evelyn die Visitenkarte entgegen. »Den Job habe ich schon«, erklärte er mit einem verschmitzten Grinsen, das ihn um Jahre jünger machte.

»Jetzt verstehe ich gar nichts mehr.« Evelyn setzte sich zu ihnen, und Seth erzählte ihr, was gerade passiert war.

»Aber das ist ja großartig! Das müssen wir feiern.« Sie

wandte sich Anne zu. »Wie sieht es morgen Abend bei Ihnen aus, Seth, und was ist mit dir, Anne?«

»Ich hätte Zeit«, verkündete Seth.

Anne verkniff sich ein Seufzen und sah zwischen ihrer Mutter und Seth hin und her. »Wollt ihr nicht endlich das alberne Sie weglassen?«, fragte sie. »Schließlich sind wir eine Familie – mehr oder weniger.«

»Eher mehr als weniger«, pflichtete Evelyn ihr bei und wandte sich wieder an Seth. »Noch ein Grund mehr zu feiern. Also – kommst du?«

»Gern.« Seth nickte.

»Was ist mit dir, Anne?«, wollte Evelyn wissen.

Diesmal konnte sie sich das Seufzen nicht länger verkneifen. »Morgen gehe ich mit Leah ins Kino. Lässt sich leider nicht verschieben.« Denn es wird ein Doppeldate mit irgendeinem mysteriösen Arbeitskollegen von Elvis, fügte sie in Gedanken hinzu. Das konnte noch heiter werden, aber vielleicht tat ihr die Ablenkung auch gut. Außerdem wollte sie Leah unterstützen, wo sie nur konnte.

»Nun, dann bleiben wohl nur wir beide«, bemerkte Seth und sah Evelyn vielsagend an.

Überrascht sah Anne, wie ihre Mutter kaum merklich errötete und nach Annes Cappuccino-Tasse griff. »Ja, sieht wohl so aus«, sagte sie und nahm einen großen Schluck.

Auch Seth griff nach seinem Espresso, doch die Tasse konnte das breite Lächeln, das auf seine Lippen getreten war, nicht verbergen.

*

»Ich hätte mein Haus darauf verwettet, dass die zwei ein Paar sind!« Leah stakste auf ihren hochhackigen Schuhen den Gehweg entlang und zupfte an dem Kleid herum, das sie sich von Anne geborgt hatte. »Irgendwie ging so eine Energie von den beiden aus. Eine sexy Energie.« Sie zog verführerisch eine Augenbraue in die Höhe und wackelte mit den Hüften.

Anne fand nichts schöner, als ihre Freundin so aufgeregt und ausgelassen zu sehen.

»Leah, bitte«, wies sie sie gespielt empört zurecht, »du redest hier von meiner Mutter und meinem Vater.« Sie hielt inne, wiederholte die Worte noch einmal in ihrem Kopf und begann zu lachen. Es klang einfach noch zu ungewohnt. Ob Leah recht hatte? Auch Anne hatte das Gefühl gehabt, leises Knistern zwischen den beiden zu spüren, aber das war doch absurd. Ihre Pflegemutter und ihr Vater – ein Paar. Das wäre doch seltsam, oder? Sie wüsste gar nicht, wie sie darauf reagieren sollte. Rational betrachtet, gab es wohl keinen Grund, warum die beiden sich nicht zueinander hingezogen fühlen sollten, und auch Anne wüsste nicht, was sie dagegen einwenden könnte. Sollten Evelyn und Seth Gefühle füreinander empfinden, würde sie sich für sie freuen. Sie sah die beiden plötzlich vor sich, als Großeltern von ihren eigenen Kindern. Gut, jetzt ging sie etwas zu weit, bislang hatte sie ja nicht einmal einen Vater für diese Fantasiekinder, aber das Bild gefiel ihr trotzdem.

»Stell dir vor, meine Eltern würden heiraten!«, platzte sie heraus.

Leah prustete los und kippte beinahe aus ihren ungewohnt hohen Schuhen, sie konnte sich gerade noch fangen. »Es fällt mir einfach schwer zu glauben, dass dein Vater die ganze Zeit über in der Nähe war und du nichts davon wusstest. Ich meine, dein Vater, Anne! Dass euch das Schicksal nach so langer Zeit wieder zusammenführt ....«

»Nun, weniger das Schicksal als seine Entscheidung, mich zu finden, aber du hast recht. Ich kann es selbst kaum glauben.« Dabei wusste Leah noch gar nichts von Owen und Elvis und wie ihre Geschichten miteinander verwoben waren. Sie wollte Leah nicht von Elvis' Vergangenheit erzählen, ehe er selbst davon erfuhr. Aber das war Owens Aufgabe. Zuerst musste Owen seinem Bruder reinen Wein einschenken, anschließend konnte Elvis mit Leah reden. Vielleicht wäre dann auch sie in der Lage, sich ihm anzuvertrauen. Hoffentlich würde bald alles auf den Tisch kommen, damit es endlich keine Geheimnisse mehr gab.

»Wer hatte noch mal die Idee, so weit weg zu parken, um einen Spaziergang zu machen?«, fragte Leah lachend und breitete die Arme aus, um das Gleichgewicht zu halten.

»Du! Du hast doch wie verrückt geschrien beim ersten freien Parkplatz, weil du fest davon überzeugt warst, dass wir in der Nähe keinen mehr finden. Außerdem meintest du, wir würden lange genug im Kino sitzen und sollten uns besser vorher ein bisschen die Beine vertreten.«

»Jaja, ich weiß, da konnte ich auch noch nicht ahnen,

wie schwer es ist, in solchen Dingern zu gehen. Die wahre Folter!«

»Nun, ich hatte dich gewarnt. Sieh mich an.« Sie deutete an sich hinunter, auf ihre bequemen Sneakers, zu denen sie Shorts und ein schlichtes Tanktop trug. Ihre Haare hatte sie zu einem Pferdeschwanz gebunden und bis auf ein wenig Mascara auf Make-up verzichtet. Wieso sollte sie sich auch für einen Fremden aufbrezeln? Sie war wegen Leah hier, würde den neuen Horrorfilm genießen, Popcorn und Schokolade essen, bis ihr schlecht wurde, und einfach mal abschalten. Ohne Druck und ohne Gedanken an einen gewissen Arbeitskollegen zu verschwenden, der ihr das L-Wort entgegengeschleudert hatte. So, wie er ausgesehen hatte, war es ihm zwar eher herausgerutscht, aber die Bombe war deshalb nicht weniger explosiv gewesen. Liebe! Dass sie nicht lachte. Der Kerl war gar nicht fähig zu lieben, er war ein Eisklotz, und sie hatte genug davon. »Das sind die Vorteile des Single-Daseins. Ich muss niemanden beeindrucken.«

Leah grummelte etwas in sich hinein und zupfte erneut an ihrem Kleid. »Ich weiß auch nicht, was ich mir dabei gedacht habe, so einen Aufstand zu veranstalten. Ich hätte es wie du machen sollen.«

»Du bist verliebt.«

Leah warf ihr einen tödlichen Blick zu. »Hör sofort auf damit, ich weiß doch überhaupt nicht, was ich für Elvis empfinde! Und überhaupt – eigentlich weiß ich gar nichts mehr!«

»Nun, du weißt, dass er gut aussieht und in dich vernarrt ist, außerdem scheint er ziemlich anständig zu sein. Kein Wunder, dass du dir so viel Mühe gibst.« Sie versetzte Leah einen spielerischen Stoß, aber die verlor sofort das Gleichgewicht und geriet ins Taumeln. Anne packte schnell ihren Arm und hielt sie fest. »Okay, ich lasse dich nicht mehr los, bis wir beim Kino sind, und dann übergebe ich dich an Elvis mit der Anweisung, dich ebenfalls ohne Unterbrechung festzuhalten.«

Leah grinste und sah sich um, als könnte Elvis bereits irgendwo zu sehen sein.

Sie überquerten die Straße und hielten auf das weiße Kinogebäude zu, vor dem direkt eine Bushaltestelle lag. Vermutlich wäre es tatsächlich praktischer gewesen, auf öffentliche Verkehrsmittel zurückzugreifen.

Die letzten Strahlen der tiefstehenden Sonne fielen wärmend auf ihre Haut, und Anne genoss die Freiheit und Anonymität in der Stadt. Es würde nicht mehr lange dauern, bis die Dorfbewohner sie nach ihrem Vater ausfragen würden, aber Anne hatte sich fest vorgenommen, Klatsch und Tratsch nicht zu nahe an sich heranzulassen.

Sie freute sich, dass sich die Puzzleteile ihres Lebens nun endlich zusammenfügten, geblieben war nur das Fragezeichen, das für ihre leibliche Mutter stand. Der Frau namens Sarah, die sie damals im Stich gelassen hatte, würde sie nicht nachtrauern, schließlich hatte sie Evelyn.

»Oh Gott«, hörte sie ihre Freundin aufgeregt flüstern, »da ist er.« Leah atmete hörbar ein und straffte die Schultern.

Sie erreichten die andere Straßenseite und überquerten

den breiten, rot gepflasterten Platz mit Bäumen und Bänken, an dem das Kino sowie diverse Cafés und Restaurants lagen. Auf einer Rundbank aus Metall, in deren Mitte ein Baum stand, saß Elvis. Er sprang sofort auf, als er sie näher kommen sah, und grinste Leah verliebt an.

Leah atmete hörbar ein. »Weißt du was, Anne?«, flüsterte sie, während sie strahlend auf Elvis zutrippelte. »Ich freue mich riesig auf diesen Abend. Ja, ich bin nervös, aber auf eine gute Art und Weise.«

Anne legte einen Arm um ihre Schultern. »Und ich freue mich für dich.« Sie hielt Ausschau nach ihrem Date, aber Elvis schien allein zu warten.

»Hey, du bist gekommen.« Elvis, der angenehm nach Aftershave roch, nahm seine Hände aus der Jackentasche, legte sie sanft auf Leahs Schultern und küsste sie auf die Wange, dann reichte er Anne die Hand. »Toll, dass du es geschafft hast, das wird bestimmt lustig!«

»Danke für die Einladung.« Sie lächelte Elvis an und sah sich anschließend suchend auf dem Platz um. Wo war dieser Kevin? Oder gab es ihn vielleicht gar nicht? Sollte sie etwa das dritte Rad am Wagen sein? Egal, im Kino konnte man eh nicht reden.

»Wolltest du nicht einen Freund mitnehmen?«, fragte Leah, deren Blick ebenfalls über den Platz schweifte, misstrauisch.

Elvis schob die Hände leicht verlegen in die Jackentaschen und trat einen Schritt zurück. »Ähm, ja. Wollte ich … aber Kevin ist leider kurzfristig etwas dazwischengekommen.«

»Elvis, du hast es versprochen!« Leah sah entschuldigend zu Anne, aber die schien das nicht weiter schlimm zu finden.

»Macht nichts, dann muss ich mein Popcorn wenigstens nicht mit einem Fremden teilen«, scherzte sie, und tatsächlich: Dieses Szenario gefiel ihr sogar weit besser. Sie würde sich einfach in eine andere Reihe setzen als die beiden Turteltauben und den Film genießen.

»Mit einem Fremden vielleicht nicht«, fügte Elvis zerknirscht hinzu. »Tut mir leid, Anne, aber ich habe Ersatz mitgebracht.« Er blickte an den beiden Frauen vorbei in die Richtung, aus der sie gerade gekommen waren.

Anne drehte sich um und entdeckte einen Mann beim Geldautomaten neben einem der Cafés. Er kam ihr bekannt vor. Sie schirmte die Augen mit der Hand vor der Sonne ab, um besser sehen zu können. Der Mann setzte sich in Bewegung, und auf einmal spürte Anne, wie ihr Herz ins Stolpern geriet.

Leah schnappte entsetzt nach Luft. »Das ist nicht dein Ernst«, schimpfte sie empört, nahm Annes Arm und zog sie mit sich, weg von Elvis.

»Es tut mir leid, wirklich«, rief Elvis verzweifelt hinter ihr her. »Er hat sich einfach nicht abwimmeln lassen – weißt du nicht, wie überzeugend große Brüder sein können, wenn sie einem drohen?«

»Du weißt genau, wie wir zu ihm stehen«, fauchte Leah und verstärkte ihren Griff um Annes Arm.

»Nein, bitte bleib …« Panik trat in Elvis' Augen, gefolgt von purer Mordlust, als Owen bei ihnen ankam.

»Gibt's ein Problem?«, fragte Owen und blickte ungerührt in die bestürzten Gesichter.

»Du hast alles vermasselt«, knurrte Elvis, »das ist das
Problem.«

Anne entging nicht, wie enttäuscht er war, und auch
Leah wirkte kreuzunglücklich. Endlich war es ihr gelungen, sich zu einem Date durchzuringen, und dann passierte so was. »Nein, es gibt kein Problem«, sagte sie daher
ruhig und löste sich aus Leahs Griff. »Kommt, lasst uns
den Film ansehen.«

»Bist du dir sicher?« Hoffnung glomm in Elvis' Augen
auf, aber Leah ließ sich nicht so schnell überzeugen.

»So geht das nicht, Elvis. Wir hatten eine Abmachung,
und du hast sie gebrochen. Ich hatte dich aus gutem Grund
gebeten, einen Freund und nicht deinen Bruder mitzunehmen.«

»Ich weiß, und es tut mir leid! Leah, bitte!« Er drehte
sich zu seinem Bruder um. »Verdammt, bist du jetzt zufrieden?«

»Ich gehe nicht ohne Anne und ich mute meiner besten Freundin bestimmt nicht zu, einen Abend mit diesem Kretin zu verbringen.« Noch ein tödlicher Blick in
Owens Richtung, der nickte, als hätte er nichts anderes
erwartet.

Elvis stieß einen ungeduldigen Laut aus. »Verdammt,
Owen, bist du jetzt zufrieden?«

»Wie ich schon sagte: Es ist okay«, sprang Anne ihm
bei, ohne Owen anzusehen. Sie drückte kurz Leahs Hand
und ließ dann los. »Wirklich. Bitte lass dir nichts verder-

ben, Leah, nicht meinetwegen. Und schon gar nicht seinetwegen«, fügte sie leiser hinzu.

Ihre Freundin sah sie zweifelnd an, dann nickte sie widerwillig und warf Owen einen letzten vernichtenden Blick zu.

Anne seufzte. »Nun, dann wäre das ja geklärt. Ich für meinen Teil würde jetzt gerne den Film sehen.« Damit ging sie an den dreien vorbei zum Eingang.

Im Kino war alles dunkel, der Vorraum war lediglich erhellt von den Leuchtkästen mit den Filmanzeigen über den Kassenschaltern und den Lichtern der Spielautomaten an der Wand. Elvis überholte sie, zog einen Schlüssel aus seiner Jackentasche und sperrte die große Glastür auf. »Danke«, flüsterte er ihr verstohlen zu und hielt ihr die Tür auf.

»Vermassel es nicht. Wenn du ihr weh tust ...«

»Jaja, schon verstanden, dann bringst du mich um.«

Im Foyer empfing sie der Geruch nach Popcorn.

»Sind wir hier wirklich ganz allein?«, fragte Leah, die ihnen gefolgt war, in die Stille hinein. »Das ist ja fast wie in einem Horrorfilm.«

Elvis machte das Licht an. Die plötzliche Helligkeit ließ die kleine Gruppe zusammenzucken.

»Nein, ganz allein sind wir nicht«, antwortete er und schloss die Tür hinter ihnen ab. »Edwin – das ist der Betreiber des Kinos – und seine Frau schalten den Film ein und machen uns das Popcorn, sie müssten hier irgendwo sein. Edwin?«

Ja, dachte Anne, das ist tatsächlich wie in einem Horrorfilm. Ein paar junge Leute betreten ein verlassenes Kino, und als Nächstes … als Nächstes finden sie die Pächter, in einer finsteren Ecke dahingestreckt von einem Axtmörder. Vielleicht warten sie auch selbst mit einer Waffe auf sie, nachdem sie sie erfolgreich in die Falle gelockt haben. Wer war noch mal auf die Idee gekommen, ausgerechnet hierher zu kommen? Das war wirklich zu viel des Guten.

»Ist dir kalt?« Owen war an ihre Seite getreten und deutete auf ihre Arme, auf denen sich eine Gänsehaut gebildet hatte.

Anne schüttelte den Kopf. Sie wusste nicht, wie sie mit Owen umgehen sollte, lieber konzentrierte sie sich auf Horrorszenarien. Aber vermutlich war es gar nicht so schlecht, dass sie heute hier zusammentrafen, denn bald würde sie wieder mit ihm fliegen, und dann galt es, sämtliche persönliche Befindlichkeiten auszublenden und echten Patienten zu helfen, und zwar hoffentlich besser als dem armen Dummy beim Workshop.

Owen holte hörbar Atem, er wollte noch etwas hinzufügen, doch da schob sich Leah zwischen ihn und Anne und hakte sich bei Anne ein.

»Geht das wirklich klar für dich?«, flüsterte sie ihr zu und zog sie ein wenig zur Seite, während Elvis sich aufmachte, um Edwin zu finden.

»Ich hab wirklich kein Problem damit«, versuchte Anne ihre Freundin zu beruhigen, die zwar von der Gala wusste und weshalb Anne so sauer auf Owen war, doch Leah ahnte nichts von dem, was seither passiert war. Die Geschichte, die Seth ihr erzählt hatte, rückte alles in ein anderes Licht. Nun verstand sie, welches emotionale Chaos in ihm tobte, doch auch wenn es sein Verhalten erklärte – entschuldigen tat es das nicht. Trotzdem wäre es wichtig, dass Owen irgendwann erfuhr, dass der Tod seiner Eltern tatsächlich ein tragischer Unfall gewesen war – nicht, wie er voller Verbitterung annahm, grobe Fahrlässigkeit, hervorgerufen durch Alkohol, oder gar ein fehlgeschlagener erweiterter Suizidversuch. Doch im Augenblick fehlte ihr schlichtweg die Kraft, um mit ihm zu reden; sie wollte einfach nur diesen Abend hinter sich bringen.

»Es tut mir wirklich leid«, beteuerte Leah noch einmal und traktierte Owen mit finsteren Blicken.

Anne drückte kurz ihren Arm. »Mach dir keine Gedanken. Wir sind keine Kinder mehr, wir können einen Abend lang zusammen einen Film ansehen. Alles ist gut.« Sie hatte kaum ausgesprochen, als Elvis zurückkehrte, das für ihn typische gewinnende Lächeln im Gesicht.

»Okay, es ist so weit. Kommt mit, Edwin hat schon alles vorbereitet.«

Er sah aus wie ein Junge vor Weihnachten, und Anne konnte nicht anders, als sich mit ihm zu freuen. Seine Aufregung war ansteckend.

Elvis reichte Leah die Hand, und sie folgte ihm vorbei an der unbesetzten Snackbar in den nur schwach beleuchteten Korridor zu den Kinosälen.

»Es ist ewig her, seit ich das letzte Mal hier war«, erklang unvermittelt Owens Stimme an Annes Seite, und sie musste sich alle Mühe geben, nicht auf dem Absatz kehrtzumachen und das Kino zu verlassen. Nein, das würde sie

Leah nicht antun. Ihre Freundin hatte ein bisschen Abwechslung verdient.

»Ja, ich war auch schon lange nicht mehr hier«, erwiderte sie daher, um eine halbwegs freundliche Stimme bemüht.

»Du redest mit mir.«

»Ich will den beiden den Abend nicht verderben.«

Owen nickte.

Schweigend betraten sie den Kinosaal mit seinen gedimmten Lichtern. Auf der Leinwand war bereits eine Vorschau zu sehen.

Elvis und Leah saßen in der Mitte der letzten Reihe. Anne wollte nicht vor ihnen sitzen, denn dann wäre sie das Gefühl nicht losgeworden, dass Leah ihren Hinterkopf anstarrte, um ihr eine stumme Botschaft zu senden, dass es ihr leidtat, dass sie Owen schon noch die Meinung geigen würde, dass sie Anne dankbar war, dass sie trotz allem mitgekommen war … Also ließ sie ein paar Plätze frei, um den beiden ihre Privatsphäre zu gönnen, und setzte sich ebenfalls in die letzte Reihe, ganz an den Rand. Zu ihrem Pech ließ sich Owen in den Sessel neben ihr fallen, so schnell schien er sich nicht abwimmeln zu lassen.

Sie sah zu Leah hinüber, die ihr den Rücken zugewandt hatte und sich angeregt mit Elvis unterhielt, dessen Lachen durch den ganzen Saal hallte.

»Meinen Bruder hat es anscheinend so richtig erwischt«, hörte sie Owen neben sich sagen. »Zumindest hält seine Schwärmerei für Leah schon länger an als bei allen anderen zuvor.«

»Scheint so.« Anne sah wieder nach vorne auf die Leinwand und atmete erleichtert auf, als eine kurzhaarige Frau mit zwei großen Eimern Popcorn die Stufen zu ihnen hinaufkam.

»Hat hier jemand Snacks bestellt?«, rief sie fröhlich und winkte Elvis zu. Das musste also Edwins Frau sein. Gerne hätte Anne Owen gefragt, woher Elvis so gute Kontakte zu den Kinobetreibern hatte, aber dann hätte sie ein Gespräch mit ihm anfangen müssen. Also begrüßte sie stattdessen die Frau und atmete tief den leckeren Duft des Popcorns ein.

»Meine Rettung«, seufzte sie wohlig und nahm ihr den Eimer ab. Den würde sie ganz bestimmt nicht mit Owen teilen. »Alles meins«, sagte sie und legte schützend den Arm darum. Die Frau lachte, reichte Elvis und Leah den anderen Eimer, dann sprang sie die Stufen auch schon wieder hinunter. »Viel Spaß!«, rief sie noch, danach waren sie allein. Im nächsten Moment ging auch schon das Licht aus, und der Vorspann begann.

»Elvis hätte wohl eher etwas Romantisches aussuchen sollen«, murmelte Owen, als die Musik einsetzte. »Oder er hofft, dass Leah Angst bekommt und sich an ihn klammert.«

»Leah ist abgehärtet und bekommt nicht so schnell Angst«, hielt Anne dagegen.

»Und was ist mit dir?«

»Kannst du nicht einfach die Klappe halten?« Anne steckte sich Popcorn in den Mund, was Owen sofort nutzte, um in den Eimer zu greifen. »Was soll das?«, fauchte Anne.

»Glaubst du echt, du hättest nach der Nummer auch noch Popcorn verdient?«

Owen ließ sich zurücksinken. »Vielleicht wollte ich auch nur mit dir reden?«

Anne biss die Zähne zusammen, damit sie nichts Unüberlegtes sagte. Sie versuchte, sich auf den beginnenden Film zu konzentrieren, aber sie spürte, wie er sie ansah, wie seine Hand nur knapp neben ihrem nackten Oberschenkel auf der Armlehne lag. Wieso musste eigentlich alles so kompliziert sein? Steigerte sie sich vielleicht in etwas hinein? Machte sie alles unnötig dramatisch? Ja, sie hatten miteinander geschlafen. Ja, er war danach einfach abgehauen, aber er war betrunken und verwirrt gewesen, und die letzten Jahre über hatte er ihr nichts gesagt, weil … Ja, warum eigentlich? Weil er sie mitverantwortlich für den Tod seiner Eltern machte, weil er sie genauso hasste wie ihren Vater, weil er es ihr an seiner Stelle heimzahlen wollte. Doch wie passte das mit dem plötzlichen Liebesgeständnis gestern in seiner Wohnung zusammen? Er hatte verletzlich, ja absolut ehrlich gewirkt.

Der Film! Sie musste sich auf den Film konzentrieren und aufs Popcorn. Anne starrte nach vorne auf die Leinwand. Sonderbar verzerrte Schatten verfolgten ein junges Paar. Wen es wohl als Erstes traf?

Die Musik schwoll an. Anne sah sich im menschenleeren Saal um. So ein Kino fast ohne Zuschauer war wirklich gruselig. Sie waren ganz allein, niemand wusste, dass sie hier waren, alle hielten das Kino für geschlossen.

Schon wieder überkam sie dieses unheilvolle Gefühl,

und sie stellte sich erneut vor, von Edwin und seiner Frau attackiert zu werden, ahnungslos, mit ihrem Popcorneimer in der Hand. Wo lagen eigentlich die Notausgänge? Gab es hier etwas, das sie als Waffe benutzen konnte?

Sie blickte nach oben zur schwarzen Decke. Über ihr verlief der Lichtstreifen des Projektors, und sie stellte sich vor, was passierte, wenn das gesamte Gebäude in sich zusammenstürzte. Könnten sie sich unter den Stühlen in Sicherheit bringen? Sie spürte, wie sich ihr Herzschlag beschleunigte. Es war allerdings ziemlich unwahrscheinlich, dass das Gebäude tatsächlich über ihnen zusammenbrechen würde, versuchte sie sich zu beruhigen, presste fest die Augen zu und versuchte, gleichmäßig weiterzuatmen.

Wieso musste sie ausgerechnet jetzt dieses klaustrophobische Gefühl bekommen? Sie saß im Kino, mit ihrer besten Freundin und deren Date, sie hatte Popcorn, alles war in Ordnung, oder nicht?

»Halt mal kurz.« Ohne zu überlegen, drückte sie Owen den Eimer in die Hand und sprang auf. »Bin gleich wieder da. Ich organisiere uns noch etwas zu trinken.« Und damit rannte sie fast schon die dunklen, nur durch kleine Lichterspots markierten Stufen hinunter zum Ausgang.

Unten angekommen, schob sie die Tür auf und wollte schon aufatmen, doch es war so dunkel, dass sie nicht die Hand vor Augen erkennen konnte. Mit zitternden Händen suchte sie nach einem Lichtschalter, wurde aber nicht fündig, und so tastete sie sich an der Wand entlang in die Richtung, aus der sie höchstwahrscheinlich gekommen waren. Plötzlich stieß sie gegen etwas Hartes, das nach hinten kippte und mit einem dumpfen Knall auf dem Boden aufschlug – vermutlich ein Pappaufsteller. Ein Fluch kam ihr über die Lippen. Wie hatte Elvis nur glauben können, es wäre romantisch, einen Horrorfilm in einem verlassenen Kino anzusehen? Wohin waren Edwin und seine Frau verschwunden?

Anne konzentrierte sich auf ihren Atem, um nicht in Panik auszubrechen und zu hyperventilieren. Allmählich gewöhnten sich ihre Augen ein wenig an die Dunkelheit. Irgendwo musste es doch einen Notausgang geben! Sie drehte sich gerade einmal im Kreis, um nach dem leuchtenden Schild Ausschau zu halten, als etwas ihre Schulter berührte.

Anne schrie auf, wirbelte herum und schlug zu. Eine Reflexhandlung.

»Au!«

Sie erkannte die Stimme sofort und holte tief Luft. »Owen, verdammt, was tust du hier?«

»Nach dir sehen.«

»Das nächste Mal häng dir ein Glöckchen um. Du hast mich fast zu Tode erschreckt.«

»Alles klar mit dir?«

»Bestens.« Sie biss die Zähne zusammen und konzentrierte sich auf ihre Atmung. Hoffentlich merkte Owen nicht, wie es um sie stand. Obwohl – im Grunde war er ihr im Moment völlig egal, sie wollte einfach nur, dass dieses beklemmende Gefühl in ihrer Brust verschwand.

»Es ist wieder der geschlossene Raum, oder?«, fragte er

leise. »Hab ich mir schon gedacht, als du neben mir angefangen hast zu hyperventilieren.«

»Hab ich nicht!«

»Und wie nennst du das, was du gerade tust?«

Anne hielt sofort die Luft an, dann zwang sie sich, normal weiterzuatmen, was ihr nicht besonders gut gelang.
Ihre Brust fühlte sich an, als würde sie jeden Moment zer-
springen.

Owen schloss seine Hand um ihren Arm und zog sie
mit sich durch die Dunkelheit, als trüge er ein Nachtsicht-
gerät. Er navigierte sie durch finstere Korridore, ohne auch
nur einmal irgendwo dagegenzustoßen, und kurz darauf
leuchtete ein Notausgangsschild vor ihnen auf.

Allein bei seinem Anblick hatte Anne das Gefühl, besser Luft zu bekommen, und als Owen die Tür aufschob
und sie sich auf einer weiträumigen Terrasse wiederfand, fiel der Druck sofort von ihr ab. Kühle Abendluft
drang in ihre Lunge. Das rötliche Licht der untergehenden Sonne blendete sie, aber es war ein derart befreiendes Gefühl, endlich aus dem dunklen Gebäude heraus
zu sein, dass sie fast in die Knie gegangen wäre vor Erleichterung.

»Besser?«

Anne nickte. Die Hände auf die Oberschenkel gestützt,
stand sie da und nahm noch ein paar tiefe Atemzüge, dann
richtete sie sich wieder auf. Sie war draußen, sie hatte es
geschafft. Sie warf Owen einen Blick zu, der sie besorgt
musterte, und diesmal war es ein anderer Schmerz, der
sich in ihrer Brust ausbreitete. Sie dachte daran, wie sie

über den Flan gelacht hatten, und spürte, wie ihr Herz schwer wurde.

Plötzlich mischte sich Zorn in ihren Schmerz. Wie hatte sie sich nur erneut in eine solche Situation hineinmanövrieren können? Allein mit Owen hier draußen zu landen, obwohl sie doch versuchte, ihm aus dem Weg zu gehen!

Aber heute würde sie nicht denselben Fehler begehen wie an jenem Abend bei der Gala, heute hatte sie auch nichts getrunken.

»Hast du schon einmal mit jemandem darüber gesprochen?«, riss Owen sie aus ihren Gedanken. Er lehnte sich gegen die Tür in seinem Rücken und sah sie ernst an. »Über dein Problem, meine ich.«

Anne sah ihn gereizt an. »Ich habe kein Problem. Ich fand den Film einfach nur gruselig.«

»Sagtest du nicht, ihr wärt Horror-Junkies, Leah und du, und würdet euch ständig solche Filme reinziehen? Außerdem hat er ja noch nicht einmal richtig angefangen.«

»Ich mochte die Musik nicht.«

»Anne ...«

Sie senkte den Blick. Sie wusste, dass es keinen Sinn hatte, ihre Angst zu leugnen, aber reden wollte sie auch nicht darüber, schon gar nicht mit Owen. »Ich gehe wieder rein«, sagte sie und strebte auf die Tür zu.

»Es tut mir leid!« Er streckte die Hand nach ihr aus. Als Anne abrupt stehen blieb, ließ er sie wieder sinken, doch von der Tür trat er nicht weg.

»Was tut dir leid?«, fauchte sie. Am liebsten hätte sie

ihm eine geknallt. »Die Jahre der Lügen und Abweisung? Dass du heute mein Date ruiniert hast?«

Owen grinste. »Dein Date, hm?«

»Ja! Dieser Kevin soll ausgesprochen sympathisch sein.«

»Gut, dann tut mir auch das leid.«

Anne funkelte ihn erbost an. Es war ihr unmöglich, ihn zu durchschauen. Mal war er besorgt um sie oder gab ihr das Gefühl, etwas Besonderes zu sein, im nächsten Moment behandelte er sie wie Dreck. Sie hasste dieses ständige Hin und Her. »Warum wolltest du heute dabei sein?«

Owen hielt ihrem Blick stand. »Ich mochte den Gedanken nicht, dass du mit einem anderen ausgehst.«

Anne schnappte nach Luft. »Das geht dich gar nichts an!«

»Da hast du recht, trotzdem bedeutet das nicht, dass mir das gefällt. Außerdem dachte ich, wir könnten die Gelegenheit nutzen und reden.«

»Du dachtest, du dachtest … An Elvis und Leah hast du dabei leider nicht gedacht. Du hast den beiden damit beinahe den Abend ruiniert, aber das ist dir anscheinend völlig egal! Wie hast du Elvis überhaupt dazu gebracht, dich mitzunehmen?«

Sein Mundwinkel zuckte leicht in die Höhe. »Ich habe ihm gedroht, Leah zu verraten, dass er Pokemon-Figuren sammelt.«

Anne starrte ihn fassungslos an. Plötzlich prustete sie los. »Das ist Erpressung!« Sie rief sich vor Augen, dass sie eigentlich wütend auf ihn sein sollte, und fügte streng hinzu: »Nun, das ist ein ziemlich kindisches Verhalten, findest du nicht?«

Owen zuckte mit den Schultern. »Ich weiß. Aber es hat immerhin dazu geführt, dass ich hier bin, oder? Ich will mich bei dir entschuldigen, Anne. Nicht für heute, sondern dafür, wie ich mich bei der Feier verhalten habe. Es tut mir leid.«

Ihr Magen verkrampfte sich, aber sie wollte sich nichts anmerken lassen. »Wir sind erwachsen, wir hatten Sex, keine große Sache.«

»Ich meine auch nicht, dass mir der Sex leidtut, sondern dass ich danach gegangen bin.«

Ihre Kehle wurde eng, sie wandte sich abrupt ab und ging vor bis zum Geländer der Terrasse, um über die kleine, menschenleere Wiesenfläche hinter dem Kino zu blicken.

»Ich war feige.« Sie hörte ihn näher kommen. »Ich hab Panik gekriegt, weil das, was ich dir gestern gesagt habe, wahr ist. Ich wusste es schon lange, wollte es mir aber nicht eingestehen. Als wir zusammen waren, wurde mir endgültig klar, wie ich für dich empfinde, und ich hatte Angst davor. Das habe ich immer noch. Aber ich will nicht länger weglaufen.« Seine Hand berührte ihre Schulter.

Anne schloss die Augen. Seine Worte durften sie nicht rühren, egal, wie sehr sie genau dem entsprachen, was sie hören wollte. Sie musste hart bleiben, denn eine Stimme in ihr pochte immer noch darauf, dass sie ihm nicht trauen konnte.

»Du brauchst dir keine Sorgen zu machen, Owen. Ich bin ziemlich sicher nicht schwanger, also kannst du dir das alles sparen.«

Owen zog hörbar die Luft ein. Schnell fügte Anne hinzu: »Okay, selbst wenn du das alles nur getan hast, weil du dir deine Gefühle nicht eingestehen konntest ... Wieso *wolltest* du sie dir denn nicht eingestehen? Was ist so schlimm daran? Du tust ja so, als wäre es eine Krankheit, Gefühle zu haben.«

»Nein. Gefühle an sich sind keine Krankheit, nur die Gefühle für dich.«

Die Worte durchdrangen sie wie Nadelstiche. Sie drehte sich zu ihm um und lehnte sich gegen das Geländer in ihrem Rücken. »Und was ist an mir so schlimm?«

Ein trauriges Lächeln umspielte seine Lippen. »Wenn an dir irgendetwas schlimm wäre, wäre es sehr viel einfacher. Als ich dich das erste Mal bei der Arbeit sah, kamen die schrecklichsten Erinnerungen meines Lebens wieder hoch. Ich hatte so lange erfolgreich verdrängt, was passiert war, aber du hast mich täglich daran erinnert. Ich konnte nicht mehr schlafen und wenn doch, dann hatte ich Albträume. Am Anfang spielte ich sogar mit dem Gedanken zu kündigen, weil ich es einfach nicht aushielt, in deiner Nähe zu sein. Dann war da noch Elvis ... Er hatte so viel durchgemacht und kam nur langsam zur Ruhe, und ich wollte nicht, dass durch dich all die alten Wunden wieder aufbrechen. Wenn ich dich bei unseren Einsätzen beobachtete, wurde mir mit jedem Male deutlicher bewusst, was ich alles aufgegeben hatte, um mich um Elvis zu küm-

mern, und ich spürte, wie ein enormer Hass in mir hochkam.«

»Auf mich.« Anne blickte über das Geländer auf die
kleine grüne Wiese, über die soeben zwei Kaninchen hop-
pelten. Der friedliche Anblick passte so gar nicht zu den
finsteren Bildern, die an ihrem inneren Auge vorbeizogen.

Er hob mit einem verzweifelten Ausdruck die Schultern. »Nicht nur auf dich – auf die ganze Situation. Mir
war klar, dass du damals ein kleines Mädchen warst, dass
du nichts dafürkonntest, aber ich konnte nicht rational
denken, hatte so viel Groll in mir. Ich war überfordert,
hatte mein Medizinstudium an den Nagel hängen müssen
und gerade so die Ausbildung zum Flugsanitäter geschafft,
weil ich mich ständig um Elvis kümmern musste, der immer wieder in Schwierigkeiten geriet. Und dann kamst du
daher, und du hattest einfach alles in meinen Augen – den
Job, den ich mir immer erträumt hatte, und eine Unbe-
schwertheit, die mir mit acht Jahren genommen wurde.
Rein rational war mir absolut klar, wie unfair das war, aber
ich konnte nichts dagegen machen.«

»Du hättest mit mir reden, mir alles erzählen können!«,
wandte Anne ein und riss ihren Blick von den Kaninchen
los.

»Ich würde gern behaupten, dass ich das nicht tat, weil
ich dir nicht wehtun wollte, weil du ohne die schrecklichen Bilder weiterleben solltest, aber in Wahrheit wollte
ich zwischen uns nichts bereinigen, wollte weiterhin
meinen Groll pflegen, denn damit hatte ich mich einge-
richtet, das war für mich bequem. Ich habe mir alle Mühe

gegeben, die Vergangenheit weiter zu verdrängen. Hätten wir darüber gesprochen, hätte ich mich damit auseinandersetzen müssen, hätte mir einen Weg überlegen müssen, wie ich in Zukunft damit umgehen wollte, und dazu war ich einfach noch nicht bereit.« Er hob resigniert die Hände. »Und dann wurden wir zusammen verschüttet, und dein Herz hat aufgehört zu schlagen. Und ehe ich mich's versah, war der Groll wegen der alten Geschichte verschwunden, doch an seine Stelle trat eine Scheißangst, weil du so großartig bist, weil du mich nicht mehr losgelassen hast. Nach der Gala wollte ich reinen Tisch machen, das hatte ich mir fest vorgenommen, aber dann war es zu spät. Ich hatte schon so lange geschwiegen, und jeder weitere Tag machte die Lüge nur noch größer. Ich hatte so viel Schiss, dich zu verlieren, noch ehe ich dich überhaupt für mich gewonnen hatte – da hab ich einfach die Flucht angetreten.« Seine Stimme klang heiser, und er musste sich mehrfach räuspern, bevor er weitersprach. »Aber wie ich schon sagte: Ich will nicht länger weglaufen.«

Anne spürte, wie sich etwas in ihr löste. Das beklemmende Gefühl, auf nahezu unaussprechliche Art und Weise gedemütigt und verraten worden zu sein, ließ ein wenig nach. Sie glaubte ihm, und sie konnte ihn sogar verstehen. Zumindest ein bisschen. Das, was er sagte, erklärte seine Einsilbigkeit ihr gegenüber, erklärte, warum er so bedacht darauf gewesen war, jegliches Freundschaftsangebot von ihrer Seite auszuschlagen, während er gleichzeitig so gütig und umsichtig war, wenn es um die Patienten ging.

Sie hatte immer gewusst, dass er kein schlechter Mensch war, hatte geahnt, dass irgendetwas nicht stimmte, dass ihn irgendetwas bedrückte. »Du hättest wissen müssen, dass die Wahrheit eines Tages ans Licht kommt.«

Er schüttelte den Kopf. »Ich konnte ja nicht ahnen, dass plötzlich dein Vater hier auftaucht.«

Ihr Vater. Der Mann, dem er für alles die Schuld gab. Sie nickte, sah auf ihre Füße hinab und überlegte, ob sie es wagen sollte, das geplante Gespräch mit ihm gleich jetzt zu führen. Einen besseren Augenblick würde es wohl nicht mehr geben. »Ich habe mich lange mit ihm unterhalten«, begann sie vorsichtig, und wie erwartet veränderte sich etwas an seiner Haltung, er trat einen Schritt zurück und zog eine unsichtbare Mauer um sich hoch.

»Spar dir das, Anne. Ich weiß, was du sagen willst, aber ich will nichts davon hören.«

»Und was ist mit Elvis? Glaubst du nicht, er verdient es, die Wahrheit über seine Vergangenheit zu erfahren? Er weiß noch nicht mal, woher er seinen Namen hat.«

Owen strich sich die Haare zurück und seufzte schwer. Er sah so gequält aus, dass sie am liebsten die Hand nach ihm ausgestreckt hätte. »Vielleicht. Ich weiß es nicht. Ich weiß nicht, wie er es aufnehmen wird.«

»Er ist erwachsen, Owen, er ist nicht mehr der Problem-Teenie, von dem du mir erzählt hast. Ich glaube eher, dass ihn die jahrelangen Lügen mehr treffen werden als die Wahrheit. Noch länger zu warten, wird es nicht besser machen.«

»Ist es so bei dir? Kannst du mir die Lügen auch nicht

verzeihen?« Er hob die Hand an ihr Gesicht und strich ihr zärtlich eine Haarsträhne hinters Ohr.

Anne schluckte, als ihr das Bild von ihnen beiden auf der Gerätetruhe vor Augen trat. »Die Lügen schon«, flüsterte sie, denn sie konnte nachvollziehen, wie schwer es für ihn gewesen war, sie wiederzusehen. »Aber alles andere ...«

Owen nickte langsam, sein Kiefer spannte sich an. »Ich habe so viel Unsinn getan und geredet, nur damit ich vermeide, dir genau das zu sagen, was mir gestern Nacht rausgerutscht ist. Und jetzt ist eh alles egal. Ich liebe dich, Anne, und zwar schon lange. Du bist der beste Mensch, den ich kenne, und auch wenn du mich zum Teufel schickst, ändert das nichts an den Tatsachen.«

Annes Herz fing an zu hämmern. Sie glaubte ihm. Jedes Wort. Seine Augen zeigten ihr, dass er die Wahrheit sagte. Auf einmal wünschte sie sich nichts sehnlicher, als seine Liebe anzunehmen und zu erwidern. Aber sie hatte Angst. Jetzt war sie der Feigling. Sie konnte sich ihm nicht noch einmal so hingeben und sich dann das Herz brechen lassen, zumal sie wusste, wie viel Groll und Hass immer noch in ihm schlummerten.

»Es war Sekundenschlaf«, platzte sie heraus.

»Ich will das nicht hören, Anne ...«

Er machte einen Schritt zurück, aber Anne stieß sich vom Geländer ab und schloss die Hände um sein T-Shirt. Notfalls würde sie ihn zwingen, ihr zuzuhören. »Verdammt noch mal, Owen! Es war kein versuchter Selbstmord, und Alkohol war auch nicht im Spiel. Mein Vater war alleinerziehend, weil meine leibliche Mutter ihn mit mir sitzen lassen hat, und er hat sich fast zu Tode geschuftet, um mich behalten zu können. Die Behörden wollten sichergehen, dass ein alleinstehender Mann seiner Rolle genauso gerecht werden konnte wie eine Frau. Wir waren im Kino, und auf dem Nachhauseweg schlief er am Steuer ein. Ich weiß, das ändert nichts an der Tatsache, dass deine Eltern gestorben sind, aber es war kein Vorsatz, es war ein Unfall, und das solltest du wissen.«

Owen sah ihr unbewegt in die Augen, kalt, ausdruckslos.

»Er wurde bestraft«, fuhr sie fort. »Er hat seine Strafe abgesessen, aber natürlich ist ihm klar, dass er seine Schuld niemals wird begleichen können. Du glaubst gar nicht, wie leid es ihm tut. Vielleicht wäre es gut, wenn du mit ihm reden würdest.«

Owen fuhr zurück. »Mit ihm reden? Glaubst du wirklich, damit wird alles gut? Wir setzen uns bei einem Bier zusammen und reden?«

Annes Hände sackten herab. »Ich glaube, es würde euch beiden guttun, um zu einem Abschluss zu kommen«, sagte sie ruhig, doch sie spürte, wie ihre Worte an seiner Mauer abprallten.

»Erzähl mir nicht, was ich brauche. Für dich ist also alles vergeben und vergessen, nur weil du mit ihm geredet hast? Wieso hat er sich all die Jahre über nie bei dir gemeldet? Wieso hat er dich im Stich gelassen, wenn er so ein Heiliger ist? Du hattest Glück mit Evelyn, aber das hätte auch anders ausgehen können. Glaubst du, du könntest ihm genauso großmütig verzeihen, wenn du wie Elvis deine ganze Kindheit lang von einer Pflegefamilie zur nächsten gependelt wärst?«

Anne biss sich auf die Unterlippe und musste sich schwer zusammenreißen, um nicht im selben zornigen Ton zu antworten. »Ich weiß es nicht. Ich weiß nur, dass er seine Gründe hatte, nicht früher zu mir zurückzukommen.«

»Ja, die kann ich mir vorstellen. Dürfte ihm nicht schwergefallen sein, sich an Evelyn zu hängen, schließlich hat sie mit Suchtkranken Erfahrung. Evelyn Meyers, die berühmte Retterin von Lliedi.«

Anne funkelte ihn wütend an. »Du weißt echt, wie du eine Frau für dich gewinnst.«

»Ich versuche nicht, dich für mich zu gewinnen, ich will dir die Augen öffnen, damit du siehst, was für ein Mensch dein Vater ist. Das kann dir großen Schmerz ersparen.«

»Du musst mich nicht beschützen, Owen.« Anne zwang sich, ruhig zu bleiben, und legte ihre Hand auf seinen Arm. Sein Zorn schien von einer Sekunde auf die andere zu verrauchen.

»Ich weiß«, seufzte er und strich sich mit beiden Händen übers Gesicht. »Lass uns einfach nicht mehr darüber reden, okay? Wenn du deinem Vater trauen willst, bitte. Ich kann nichts dagegen tun, aber verlang nicht dasselbe von mir.«

Anne nickte widerwillig, sie sah ein, dass sie hier nicht gewinnen konnte, zumindest nicht jetzt. Vielleicht hatte er recht und sie wäre tatsächlich ein völlig anderer Mensch, hätte sie ebenso schlimme Dinge erlebt wie die beiden Brüder, wäre sie nicht so geliebt und behütet aufgewachsen, ohne permanente Erinnerung an die schreckliche Nacht. Aber das konnte sie nicht wissen. Sie wusste nur, dass sie keinen Groll gegen ihren Vater hegte und nun auch nicht mehr gegen Owen. Sie waren, wer sie waren, und sie konnten nichts für ihre Gefühle. Sie hoffte nur, dass sie alle die Vergangenheit irgendwann bewältigen könnten.

»Ist es kitschig, wenn ich glaube, dass das Schicksal uns wieder zusammengeführt hat?«, fragte Owen augenzwinkernd.

Anne musste lächeln. »Nur, wenn man nicht ans Schicksal glaubt. Die Frage ist bloß, warum es uns wieder zusammengeführt hat.«

Owen sah ihr direkt in die Augen. »Vielleicht, damit du mich zu einem besseren Menschen machst? In all den Jahren hab ich nicht einmal in Erwägung gezogen, Elvis alles zu erzählen, aber du hast mich überzeugt. Ich werde mit ihm reden.«

Hoffnung stieg in ihr auf. »Das ist gut. Wirklich.« Sie fürchtete zwar, dass die beiden Brüder in einen Streit geraten und sich womöglich entzweien könnten, aber weiterzulügen war auch keine Alternative. Vor allem, da die Wahrheit ohnehin irgendwann herauskommen würde.

Owen sah sie an, so durchdringend, dass ein Kribbeln durch ihren Körper fuhr. Sie wusste nicht, was sie sagen oder tun sollte, also blickte sie an ihm vorbei zur Tür. »Ich schätze, wir sollten wieder reingehen, bevor Leah einen

Suchtrupp losschickt. Sie wird mir vermutlich ohnehin nie verzeihen, dass ich sie mit Elvis alleine gelassen habe.«

»Was ist ihr Problem?«, fragte Owen ernsthaft besorgt, aber Anne konnte es ihm nicht verraten. Ein weiteres Geheimnis, das hoffentlich zumindest zwischen Elvis und Leah nicht mehr allzu lange bestand.

»Nichts, was die Zeit nicht heilen könnte.«

»Und was ist mit dir? Schaffst du's, dich wieder in die Dunkelheit zu setzen?« Er hob die Hand an ihr Gesicht, hielt aber auf halbem Weg inne und sah sie fragend an.

Anne wusste nicht, was sie tun sollte, ihr Verstand funktionierte nicht richtig, wenn es um ihn ging, und so hörte sie einfach auf ihr Gefühl. Sie machte einen Schritt nach vorne und legte ihren Kopf an seine Brust, schmiegte sich an ihn und schloss die Augen. Sie hatte genug von all den Komplikationen, wünschte sich nichts sehnlicher, als einfach nur einen Moment lang abzuschalten. Nach einem kurzen Augenblick spürte sie, wie eine Last von ihr abfiel, wie ihr so leicht wurde, als könnte sie davonschweben, und als er seine Arme um sie legte, fühlte sie sich beschützt und geborgen und war sich sicher, dass ihr auch der dunkle Saal nichts mehr anhaben konnte.

Sie lauschte dem steten Schlagen seines Herzens, ein beruhigender Klang, und am liebsten wäre sie für eine Ewigkeit so stehen geblieben. Allerdings musste sie tatsächlich zurück zu Leah, und so befreite sie sich widerwillig aus seiner Umarmung.

Owen trat einen Schritt zurück, schob die Hände in die Hosentaschen und holte tief Luft, dann fragte er: »Vielleicht möchtest du ein andermal mit mir ins Kino gehen? Nur wir zwei?«

Anne biss sich auf die Unterlippe, um nicht allzu breit zu grinsen. »Sehr gerne. Am liebsten wäre mir ein Freiluftkino.«

Owen fasste lachend nach ihrer Hand, sichtlich erleichtert über ihre Antwort. Anne verschränkte ihre Finger mit seinen, und zusammen gingen sie wieder hinein. Diesmal fand sie die Dunkelheit nicht ganz so schlimm, denn Owen führte sie, und sie war nicht mehr allein.

Kapitel 11

Du kannst stolz auf dich sein.« Evelyn schob Josephine eine Hundert-Tage-Trocken-Marke über den Schreibtisch in ihrem Büro bei der Suchthilfe zu und spürte die vertraute Freude, die immer dann in ihr aufstieg, wenn sie einem so erfolgreichen Klienten ins Gesicht schaute. Und genau wie bei all den anderen, die es geschafft hatten, zeichnete sich zunächst Ungläubigkeit in Josephines Augen ab, gefolgt von der glückseligen Erkenntnis, dass sie den Mut aufbringen würde, es noch weitere hundert Tage und dann zweihundert und tausend zu schaffen.

»Das hätte ich nicht ohne dich überstanden, Evelyn. Dank dir werde ich auf Lenas Hochzeit tanzen.«

»Nein, das hast du ganz allein geschafft.« Sie warf einen Blick auf das Foto, das sie neben dem Computerbildschirm auf ihrem Schreibtisch stehen hatte, und dachte mit Zärtlichkeit an all die Erfolge, die Anne zu verzeichnen hatte. Jetzt war sie eine erwachsene Frau, und vielleicht würde Evelyn eines Tages auch auf ihrer Hochzeit tanzen.

»Weißt du, an manchen Tagen denke ich gar nicht daran. Andere sind schwieriger, aber die Stunden, in denen ich einfach nur … lebe, werden immer mehr. Ich glaube wirklich, ich kann der Scheiß-Sauferei in den Hintern treten.«

Evelyn lachte und dachte an ihren verstorbenen Mann zurück, der so oft das Gleiche gesagt hatte, aber in ihm hatte nie der Wille gesteckt, einen Entzug durchzuziehen. Er hatte immer nur geschwafelt, um sie zu beschwichtigen, Josephine hingegen glaubte sie jedes Wort.

Die Sonne strahlte durchs Fenster hinter ihr ins Zimmer, fiel auf Josephines verhärmtes Gesicht und betonte jede einzelne Falte, doch das Leuchten in ihren Augen ließ sie trotzdem wunderschön aussehen.

»Ich habe sogar ein Hobby für mich entdeckt!« Josephine lachte und schüttelte erstaunt den Kopf über sich selbst. »Ich stricke! Kannst du das glauben? Ich und stricken! Aber ich habe es einmal versucht, und nun bin ich süchtig.« Sie hielt inne und zog kichernd die Augenbrauen zusammen. »Hm, vielleicht ist ›süchtig‹ das falsche Wort.«

»Bereitest du dich etwa schon auf zukünftige Enkel vor und strickst ein paar Babysöckchen?«

Josephine breitete die Hände aus. »Man kann sich nie früh genug vorbereiten, findest du nicht? Und wie ich Lena kenne, wird das mit den Kindern nicht lange auf sich warten lassen. Aber weißt du was, Evelyn? Du musst auch kommen!«

Evelyn ließ sich gern von Josephines neu gewonnener Lebensfreude anstecken. »Wohin denn?«

»Na, zur Hochzeit! Ohne dich könnte ich selbst gar nicht hingehen.«

»Ach, ich bitte dich. Das ist Lenas großer Tag, den sie

mit ihrer Familie und ihren Freunden verbringen sollte – was habe ich dort zu suchen? Aber ich werde dir ein Geschenk für sie mitgeben.«

»Unsinn!« Josephine stand auf. »Du kommst zur Hochzeit, und damit hat es sich. Nimm jemanden mit. Ein Date. Du kennst doch sicher auch Männer, die nicht regelmäßig im Pub rumhängen oder Suchtpatienten sind, oder?«

Evelyn dachte kurz nach. Die Antwort war erschütternd, was Josephine ihr sofort vom Gesicht abzulesen schien. »Evelyn! Du musst wirklich mehr raus!«

Evelyn lehnte sich in ihrem Stuhl zurück und betrachtete erneut das Foto von Anne. Sie hatte nicht das Gefühl, dass ihr etwas fehlte, auch wenn sie zugeben musste, dass sie schon lange keinen Abend mehr mit einem Mann verbracht hatte, an dem nicht über dessen Probleme gesprochen wurde. Es sich einfach mal gut gehen zu lassen, noch dazu mit einem ansprechenden männlichen Begleiter …

»Nein, nein, es ist schon gut, Josephine«, wehrte sie dennoch ab. »Genieße du die Hochzeit und …«

»Keine Widerrede, du kommst mit!«

»Aber du kannst doch nicht einfach so mir nichts, dir nichts Leute zur Hochzeit deiner Tochter einladen! Da hat Lena doch sicher auch noch ein Wörtchen mitzureden.«

»Aber sie will dich unbedingt dabeihaben. Sie ist dir so dankbar, und ich bin ihr mit meiner großen Klappe nur zuvorgekommen. Komm schon. Lena macht so ein großes Ding daraus, da kommen mehrere Hundert Gäste, du kannst dich wunderbar mit deinem Date in der Menge verstecken, wenn du das willst.«

Evelyn nickte schmunzelnd. Vielleicht war es ganz gut, ein Auge auf Josephine zu haben, wenn überall um sie herum der Champagner sprudelte. Oh nein, jetzt dachte sie schon wieder nur an die Arbeit statt ans Vergnügen, aber das könnte sie wohl nie ablegen.

»Dann ist das also geklärt. Lena bringt dir noch eine schriftliche Einladung vorbei, auf der du alle nötigen Informationen findest.«

Plötzlich klopfte jemand an die Tür. Auf Evelyns »Herein!« streckte Seth den Kopf ins Zimmer.

»Ach du liebe Güte!«, rief sie. »Dich hatte ich ja ganz vergessen. Komm rein!«

»Das klingt nicht gerade vielversprechend, aber vielleicht können wir trotzdem wie vereinbart ein paar Möbel für meine neue Wohnung aussuchen und danach meinen neuen Job feiern?«, fragte er grinsend.

Josephine warf Evelyn einen fragenden Blick zu. »Sagtest du nicht, er sei nur ein Bekannter?«, murmelte sie, dann fingen ihre Augen an zu blitzen. »Na wunderbar!«, rief sie laut. »Da ist ja dein Date zur Hochzeit!«

Seth riss überrascht die Augen auf, während Evelyn schockiert »Wie bitte?« fragte.

»Problem gelöst. Ich sehe euch beide dann vor dem Traualtar.« Josephine stand auf, um Seth Platz zu machen. »Nun, vielleicht nicht direkt davor, es sei denn, ihr beide wollt auch gleich heiraten.« Sie fing an zu lachen, während Seth verwirrt von Josephine zu Evelyn und wieder zurück blickte.

»Jetzt musst du doch nicht gleich rot werden, Evelyn, du bist doch schließlich kein Teenager mehr! Also dann – wir sehen uns bei der Hochzeit!« Damit verließ sie das Büro und zog mit einem lauten Knall die Tür hinter sich zu.

»Entschuldige«, stieß Evelyn fassungslos hervor und griff nach ihrem Glas, um einen Schluck Wasser zu nehmen. »Josephine ist ganz schön aus dem Häuschen. Ihre Tochter feiert bald Hochzeit.«

Seth ließ sich auf den Stuhl fallen, auf dem eben noch Josephine gesessen hatte. »Und ich bin eingeladen?«, fragte er belustigt.

»Ich denke schon, vorausgesetzt, ich habe Josephine richtig verstanden. Aber keine Sorge«, winkte sie ab, »du musst nicht unbedingt ernstnehmen, was sie sagt.« Sie stand auf und packte ihre Sachen zusammen, bereit für eine Shoppingtour, als ihr plötzlich auffiel, dass Seth sie immer noch fragend ansah. »Es sei denn, du willst hingehen«, fügte sie eilig hinzu und spürte, wie ihr Herz schneller schlug.

Seth zuckte mit den Schultern. »Du brauchst einen Begleiter, oder?«

»Ähm … ja, aber natürlich kann ich auch allein hingehen. Josephine hat mich gerade erst eingeladen und mir angeboten, jemanden mitzubringen. Wenn du also Lust auf eine Hochzeitsfeier hast …«

Seth fuhr sich mit der Hand über den kurzgehaltenen Kinnbart. »Gibt es denn sonst niemanden, der dich bei solch einem Anlass begleiten würde?«

Evelyn stutzte und musterte ihn aufmerksam. Fragte er sie in Wirklichkeit gerade, ob sie vergeben war? Wieso hatte sie immer mehr den Eindruck, einen Zeitsprung rückwärts gemacht zu haben oder in einen albernen Teenie-Film geraten zu sein? »Nein«, war alles, was sie herausbrachte, dann wandte sie eilig den Blick ab, weil sie merkte, dass sie schon wieder rot wurde.

»Möchtest du denn, dass ich dich begleite?«, erkundigte er sich mit ernster Stimme.

Evelyn wusste nicht, was sie antworten sollte. Ja, sie war froh, dass Anne ihren Vater wiederhatte, und sie hatte den Nachmittag mit ihrer Tochter und ihm im Café sehr genossen. Und ja, sie fühlte sich in Seths Gegenwart wohl und verbrachte gern Zeit mit ihm, und zwar nicht nur, weil sie ein ausgewachsenes Helfersyndrom hatte. Nein, sie mochte ihn, weil er etwas Beruhigendes, Bodenständiges an sich hatte, was ungemein anziehend auf sie wirkte. Außerdem war er ziemlich sexy, sobald er sich ein wenig entspannte.

»Alles klar, ich hab's verstanden.« Seth winkte ab. »Josephine hat dich überrumpelt.«

»Ja.« Enttäuschung trat in seine Augen. »Ich meine, nein!«, beeilte sie sich zu versichern und stand auf. »Ich würde mich freuen, wenn du mich auf die Hochzeit begleitest. Das wird bestimmt lustig. Lena hat ein Riesenfest geplant, und obwohl sie einen Engländer heiratet, wird das alles bestimmt nicht allzu steif und aufgeblasen.«

Seth sah sie prüfend an. »Bist du dir sicher?«

Ihr Herz setzte zu einem wahren Stakkato an. Was war nur los mit ihr? Der Mann war immerhin Annes leiblicher Vater! »Nun, versprechen kann ich dir natürlich nichts«, stieß sie hervor, »du kennst ja die Engländer.«

Seth fing an zu lachen. »Ich meinte, ob du dir sicher bist, dass du mich dabeihaben willst?«

Evelyn lächelte, nahm ihre Handtasche und ging um den Schreibtisch herum zur Tür. »Hey, du bist Annes Dad, und ich bin ihre Mum. Wäre ja nur passend, oder?« Sie öffnete die Tür und trat in den Gang. »Und jetzt komm endlich, sonst machen die Läden zu, bevor wir in Fyrddin ankommen. Du willst in deiner neuen Wohnung ja nicht ewig auf dem Boden sitzen, oder?«

Kapitel 12

Häng noch eine Einheit Blut an.« Owen fuhr mit der Herzdruckmassage fort und versuchte, sich nicht von der enormen Geräuschkulisse aus der Ruhe bringen zu lassen. Er hörte das Piepsen und den schrillen Alarm der Monitore, die anzeigten, dass irgendwo der Puls eines anderen Patienten absackte, die Sirenen von weiteren Einsatzfahrzeugen, die am Unfallort eintrafen, das Weinen von Familienmitgliedern und die Rufe der Polizisten, die die Schaulustigen aufforderten, zurückzubleiben. Sein Herz raste, sein Blick haftete auf der klaffenden Halswunde eines Teenagers, aus der jedes Mal, wenn er auf die Brust drückte, ein roter Schwall herausschoss.

»Der Druckverband hält nicht!« Er durfte die Herzdruckmassage nicht unterbrechen, das Herz musste zurück in einen schockbaren Rhythmus finden, aber der Junge verblutete vor seinen Augen. Bald würde alles Drücken nichts mehr nützen, denn dann gab es nichts mehr, was durch den Körper zirkulieren konnte.

Owen befand sich auf einem Schlachtfeld – ein Wagen voller nicht angeschnallter Teenager war eine Spielstraße entlanggebrettert und hatte ein Moped gerammt, bevor der Fahrer vor Schreck das Lenkrad verrissen hatte und gegen einen Baum geknallt war. Owen hatte den Fahrer des Wagens vor sich, der bei dem Aufprall durch die Windschutzscheibe geflogen war – den dummen, dummen Heranwachsenden, der es nicht verdiente zu sterben. Die Mutter des Jungen blickte ihm über die Schulter, sie hatte den Aufprall gehört, war sofort aus dem Haus gelaufen und hatte die Rettungskräfte alarmiert. Es war ihr Auto gewesen, das der Teenager für eine Spritztour mit seinen Freunden gestohlen hatte. Weit waren sie nicht gekommen. Owen hörte, wie einer der Polizisten versuchte, ihr Fragen zu stellen.

Der Sanitäter eines der Rettungswagen presste seine Hand auf die Wunde am Hals, ein anderer beatmete den Jungen, und Owen sah sich nach Dr. Sanders um, mit dem er zu diesem Einsatz geflogen war. Anne durfte noch nicht voll arbeiten, und obwohl Dr. Sanders ebenfalls ein ausgezeichneter Arzt war, wünschte er sich Anne an seine Seite. Mit ihr war alles anders, sie könnte diesen Jungen retten, das wusste er. Aber sie war nicht hier, und Dr. Sanders kämpfte um das Leben des Moped-Fahrers. Wo blieb das zweite Team? Er brauchte einen Arzt! Der Teenager musste in Narkose versetzt und intubiert werden. Er schien schwere Kopfverletzungen davongetragen zu haben und gehörte so schnell wie möglich ins Krankenhaus. Aber zuvor musste er stabil sein.

Owen nahm die Hände von der Brust des Jungen und ließ den Defibrillator nach einem schockbaren Rhythmus suchen. Er fand einen. Endlich!

Owen vergewisserte sich, dass alle Umstehenden die

Hände vom Patienten genommen hatten, und wartete den Elektroschock ab. Er hielt die Luft an, lauschte auf die computermonotone Stimme, die »Druckmassage fortführen« verlangte, und machte weiter. In ihrem Equipment befand sich ein Brustgurt, der dem Patienten umgelegt wurde und der eine effiziente Herzmassage übernahm, aber dieser war bereits bei einem anderen Patienten in Verwendung. So musste er selbst dranbleiben, obwohl er spürte, wie seine Arme ermüdeten und sein Atem schwerer ging. Trotzdem machte er mit gleichbleibender Kraft weiter, genau zwei Minuten lang, dann ließ er den Defibrillator erneut nach einem Puls suchen. Es gab keinen. Der nächste Schock folgte, dann nahm er die Herzdruckmassage wieder auf. Das Weinen neben ihm wurde lauter. Jemand spannte ein Tuch, um den Blick auf den blutüberströmten Jungen zu verdecken.

»Wir haben einen Puls«, hörte er unvermittelt aus der Richtung des anderen Patienten und legte sich noch mehr ins Zeug.

»Packt ihn ein, wir bringen ihn über den Landweg ins Krankenhaus«, hörte er plötzlich Dr. Sanders Stimme an seiner Seite. »Wie viele Stöße hatte er bereits?«

»Zwei«, antwortete Owen, froh darüber, den Jungen von der Straße wegzubekommen. »Er bekam erst vor ein paar Minuten einen schockbaren Rhythmus zurück, die beiden Stöße bislang ohne Erfolg.«

»Okay, wir schocken ihn noch einmal, und dann ab in den Krankenwagen, dort machen wir weiter.«

Owen wusste, dass der Teenager es nicht schaffen würde,

die Verletzungen waren einfach zu schwer. Trotzdem verlor er nicht die Hoffnung. Es gab Wunder. Es gab Menschen, die entgegen jeglicher medizinischer Erklärung zurückkamen und wieder vollkommen gesund wurden. Daher machte er weiter, und auch seine Kollegen gaben nicht auf. Sie übernahmen seine Atmung und pumpten das letzte bisschen Blut in seinem Körper zu den Organen. Im Krankenwagen bekamen sie einen schwachen Puls zurück, nur um ihn zwei Minuten später wieder zu verlieren. Der Junge zeigte keine Pupillenreaktion. Vielleicht konnten sie sein Herz am Schlagen halten, aber Owen wusste, dass er höchstwahrscheinlich längst hirntot war.

Es war nicht weit bis zum Krankenhaus, nur eine Viertelstunde, und da sie für den Patienten im Wagen mehr tun konnten als im Hubschrauber, hatte sich Dr. Sanders für diesen Weg entschieden. Als sie am Krankenhaus ankamen, war keinerlei Herztätigkeit mehr zu verzeichnen, und als Joe, der andere Pilot der Flugbasis, kam, um sie abzuholen, hatten die Ärzte dort den Jungen bereits für tot erklärt.

»Gute Arbeit.« Dr. Sanders sah ihn traurig an und legte ihm die Hand auf die Schulter. »Wir haben alles getan, was wir konnten.«

Owen nickte nur und kletterte in den Hubschrauber. Er wusste, dass es zu seinem Job gehörte, Patienten zu verlieren, und der Junge war nicht der Erste, dem er nicht mehr hatte helfen können. Der letzte Verlust lag schon eine Weile zurück, doch es wurde nie leichter. Im Gegenteil. Er machte sich bewusst, wie endlich das Leben war, dass es auch für ihn beinahe schon vorbei gewesen wäre – er hatte in der Scheune mehr als nur einen Schutzengel gehabt. Hätte er mehr für den Jungen tun können, wenn er Arzt gewesen wäre und nicht nur Sanitäter? Was wäre passiert, wenn er diesen Traum nicht für Elvis auf Eis gelegt hätte? Vor allem aber fragte er sich, ob er seinen langgehegten Wunsch womöglich jetzt noch verwirklichen konnte.

Elvis ging es gut. Er brauchte ihn nicht länger. Blieb nur zu hoffen, dass sich das nicht änderte, wenn er die ganze Wahrheit erfuhr.

*

Elvis saß wie versteinert am Esstisch und sah ihn unbewegt an. Owen begann bereits zu zweifeln, ob er die langen Erklärungen über seine Herkunft überhaupt gehört hatte. Sein Bruder wirkte, als hätte er sich einfach ausgeklinkt, also holte er tief Luft, um noch einmal von vorne zu beginnen. Jetzt hatte er es endlich über sich gebracht, Elvis die Wahrheit zu erzählen, da mussten seine Worte auch ankommen. »Es war so: Annes Dad kam von der Fahrbahn ab und ...«

Plötzlich erwachte Elvis aus seiner Starre und sprang abrupt auf, wobei er sich beinahe den Kopf an der Glühbirne gestoßen hätte. »Ich habe dich schon beim ersten Mal verstanden.«

Vielleicht hätte Owen einen besseren Moment wählen sollen, um mit der Wahrheit herauszurücken, als seinen Bruder gleich nach der Arbeit zu überfallen. Aber sein

Gespräch mit Anne, die Hoffnung, dass zwischen ihnen alles gut werden konnte, die Tatsache, dass er heute bei der Arbeit einem Menschen beim Sterben hatte zusehen müssen, und das Wissen, wie begrenzt das Leben mitunter war, hatten einen Schalter bei ihm umgelegt. Denn Anne hatte recht. Elvis musste wissen, was passiert war, die Lügen machten alles nur noch schlimmer. Und nachdem er das kapiert hatte, war ihm jede weitere Sekunde des Wartens zur Qual geworden. Er hatte Elvis gleich an der Haustür abgefangen und ihm sofort alles erzählt, was vermutlich nicht das Klügste gewesen war, dem Ausdruck seines Bruders nach zu schließen.

Elvis hatte nur gewusst, dass seine richtigen Eltern bei einem Autounfall ums Leben gekommen waren, aber nicht, dass es einen Schuldigen dafür gegeben hatte. Dass Owen jahrelang Hass deswegen verspürt hatte. Und schon gar nicht, dass der Mann, der die Verantwortung dafür trug, im selben Haus wohnte und noch dazu Annes Vater war.

»Ich muss schon sagen, es gehört einiges dazu, um so viele Jahre unter einem Dach zu leben und trotzdem den Mund zu halten.« Elvis ging an Owen vorbei zur Küchenzeile, nahm sich ein Glas aus dem Oberschrank und füllte es mit Wasser aus dem Hahn. Den Blick aus dem Fenster gerichtet, den Rücken Owen zugewandt, trank er es in einem Zug leer.

»Ich wollte dich nicht belasten. Der Tod unserer Eltern verfolgt mich noch heute, dasselbe wollte ich dir nicht antun.«

»Aber du hast Erinnerungen daran, das ist etwas anderes.«

»Ich hatte einfach Angst, du könntest etwas Unüberlegtes tun. Dass es für dich noch schwerer wird, dich über Wasser zu halten, wenn du so eine Bürde mit dir herumschleppst.«

Elvis drehte sich langsam zu ihm um und sah ihn schockiert an. »Also darum geht es, ja? Du dachtest, ich bringe mich – nein, eher dich – wieder in Schwierigkeiten?«

Am liebsten hätte Owen laut »Nein!« gerufen, aber sein Bruder hatte ja recht. Genau das war seine Befürchtung gewesen. »Was hättest du getan, wenn du gewusst hättest, dass derjenige, der deine Familie auf dem Gewissen hat, frei herumläuft, dass es einen Schuldigen gibt für die vielen Jahre, die du im Pflegesystem warst?«

»Überhaupt nichts!« Elvis sah ihn perplex an. »Was hätte ich denn deiner Meinung nach tun sollen? Mich an ihm rächen? Das hätte unsere Eltern doch auch nicht zurückgebracht.« Er funkelte seinen Bruder aufgebracht an. »Du hättest es mir von Anfang an sagen müssen, Owen! So oft habe ich mich gefragt, was du mit dir herumschleppst, warum du niemanden an dich ranlässt! Du hättest mir von unserer Mutter erzählen können und wie ich zu meinem Namen gekommen bin. Denkst du etwa, das hätte ich mich nie gefragt? Egal, wohin ich komme – jeder will wissen, warum ich Elvis heiße, und ich habe keine Ahnung! Dabei wusstest du es die ganze Zeit! Wieso jetzt? Was hat sich geändert, dass du plötzlich mit der Wahrheit herausrückst? Liegt es an Anne? Weil es ihr Dad war? Der Typ, der ihre Mum nach Manorbier und ins Krankenhaus gefahren hat? Deshalb also auch das ganze Drama mit Anne, oder? Und jetzt hat sie dich überredet, mir reinen Wein einzuschenken.«

Owen senkte den Blick. »So ungefähr.« Er schwieg einen kurzen Augenblick, dann fügte er leise hinzu: »Glaub mir, ich habe Anne klargemacht, dass wir nichts mit ihrem Vater zu tun haben wollen, dass uns nicht interessiert, was er zu sagen hat ...«

»Was? Er will mit uns reden?«

»Vermutlich will er sich entschuldigen, damit es ihm besser geht, aber diesen Gefallen werden wir ihm nicht tun. Ich habe eingesehen, dass es falsch war, dich und auch Anne so lange im Ungewissen zu lassen, aber das alles ändert nichts daran, dass Graham Perry unsere Eltern auf dem Gewissen hat, dass sie grundlos sterben mussten. Sekundenschlaf! Das muss man sich mal vorstellen.« Ihm wurde übel, wenn er daran dachte – an das zerstörte Auto, die dunkle Straße und die Elvis-Musik. »Damit wird er leben müssen, genau wie wir.« Er konnte nur hoffen, dass Graham Perry nicht länger zwischen Anne und ihm stand. Dass sie nach vorn blicken konnten, ohne noch einen Gedanken an ihren Vater verschwenden zu müssen. Er wollte nichts bereinigen, er wollte einfach nur die Vergangenheit vergessen und mit Anne in die Zukunft starten.

»Wieso glaubst du, du könntest einfach für mich mitreden, Owen? Vielleicht will ich ja hören, was er zu sagen hat, hast du schon einmal daran gedacht?«

Damit hatte Owen nicht gerechnet. Einen Moment lang

wusste er gar nicht, was er erwidern sollte. »Aber er hat fahrlässig gehandelt, auch wenn kein Alkohol im Spiel war. Völlig übermüdet mit seiner kleinen Tochter durch die Gegend zu fahren …«

Elvis lachte verächtlich. »Wow, du sitzt ja auf einem ziemlich hohen Ross, Bruderherz. Hast du etwa noch nie einen Fehler gemacht? Aber nein, du bestimmt nicht. Owen Baines ist die Perfektion in Person. Bei dir müssen alle perfekt sein, aber hast du schon einmal daran gedacht, dass nicht alle so sind wie du? Ich bin es auf keinen Fall, und ich will es auch gar nicht sein. Ich will mich nicht davon auffressen lassen. Unsere Eltern sind tot, und ja, für dich war das ein traumatisches Ereignis, aber ich war noch nicht einmal geboren. Meine Eltern waren Claudia und John, bei denen bin ich aufgewachsen, sie waren meine Mum und mein Dad. Du hättest mir also von Anfang an die Wahrheit sagen können, für mich macht das keinen Unterschied. Ich wäre nicht durchgedreht, und das werde ich auch jetzt nicht tun.«

»Elvis … Ich wollte dich beschützen!«

»Ach, ich bitte dich. Du willst doch nur dich selbst beschützen und mich unter Kontrolle halten, damit ich dein Leben nicht wieder verpfusche – was du mir ja oft genug vorhältst.«

»Das ist nicht wahr.« Owen sprach ruhig, aber in seinem Inneren tobte es. Elvis' Worte trafen ihn besonders schwer, da er fürchtete, dass sie der Wahrheit entsprachen. War er tatsächlich solch ein Egoist? Ein Perfektionist? Oder war er einfach nur feige? Urteilte er wirklich so vorschnell? Er gab niemandem eine Chance, selbst denen nicht, die er von ganzem Herzen liebte.

»Vermutlich ist es besser, wenn ich ausziehe«, drang Elvis' Stimme in seine Gedanken, so ruhig und ernst, dass er seinen Bruder kaum wiedererkannte. Die Vorstellung, ohne ihn hier zu leben, behagte ihm ganz und gar nicht, auch wenn er wusste, dass ihre Wohnverhältnisse nicht ewig so bleiben konnten. Aber er wollte auf keinen Fall, dass sie im Bösen auseinandergingen.

»Ich kann verstehen, dass du dir etwas Eigenes aufbauen willst. Vielleicht sogar mit Leah.«

Die Erwähnung der Pilotin zeichnete Elvis' Züge ein wenig sanfter, aber ganz schien er seinen Zorn nicht ablegen zu können. »Owen, ich kann nicht länger mit dir zusammenleben, wenn du mich immer noch für eine tickende Zeitbombe hältst. Ich weiß, ich habe oft Mist gebaut, aber das ist schon lange her, und ich habe es so satt, dass du ständig auf der Vergangenheit herumreitest. In allen Belangen.« Er sah seinen Bruder noch ein paar lange Sekunden an, dann schüttelte er den Kopf, als sei jedes weitere Wort sinnlos, und wandte sich ab. Er ging aus der Wohnung, und Owen wartete darauf, dass er die Tür hinter sich zuschlug, wie früher. Doch das tat er nicht.

Owen schloss die Augen und atmete tief durch. War es doch ein Fehler gewesen, Elvis die Wahrheit zu sagen? Nein, Anne hatte recht: Irgendwann hätte er es ohnehin herausgefunden, und alles wäre noch viel schlimmer gekommen. Er sollte sich eher darüber ärgern, dass er den Zeitpunkt so lange hinausgezögert und Elvis nicht vertraut hatte. Ja, er hatte tatsächlich befürchtet, seinen Bruder volltrunken in einer Bar auflesen oder ihn wie so oft bei der Polizei abholen zu müssen. Aber war es wirklich ein solches Verbrechen, wenn er sich um Elvis sorgte?

Er stöhnte auf, ließ sich aufs Sofa fallen und stützte seinen Kopf in die Hände. Sowohl Anne als auch Elvis hatten in vielen Belangen recht, aber wieso konnten sie nicht verstehen, dass er nicht einfach so verzeihen konnte oder wollte? Zwei wunderbare Menschen waren aus dem Leben gerissen worden. Wieso musste er sich mit dem Mann auseinandersetzen, der dafür verantwortlich war?

Er sah sich in der leeren Wohnung um. Die Stille war ihm unerträglich, dabei genoss er es für gewöhnlich, wenn sein Bruder nicht da war. Nun aber hallten Elvis' Worte in seinem Kopf nach, und er fragte sich, ob er wirklich nichts anderes tat, als ständig allen anderen Vorwürfe zu machen. War er wirklich so verbittert, seit er sein Medizinstudium aufgeben musste? Oder war er schon vorher so gewesen?

Sein Job als Sanitäter erfüllte ihn, dennoch hatte er sich für alles in seinem Leben, was anders gelaufen war als geplant, einen Schuldigen gesucht. Machte er es sich womöglich zu einfach?

Auf einmal hatte Owen das Gefühl, hier drinnen keine Luft mehr zu bekommen. Sein Kopf schmerzte. Sein Blick fiel auf Elvis' Autoschlüssel auf dem Tisch, sein Bruder war also zu Fuß unterwegs. Gut, denn Owen wollte weg, weit weg, in die Stadt, an die Küste, irgendwohin, wo ihn niemand kannte und wo er in Ruhe seine Gedanken sortieren konnte.

Ohne weiter zu überlegen, nahm er Elvis' Schlüssel und verließ die Wohnung.

Er lenkte Elvis' aufgemotzten Sportwagen Richtung Fyrddin. Die tiefstehende Abendsonne blendete ihn, als er sich der Stadt näherte. Er klappte die Sonnenblende herunter, doch das half nicht viel. In der Stadt selbst wurde es noch schlimmer. Die Straße vor ihm sah aus wie eine gleißende Gasse, verengt durch die Schatten der am Straßenrand stehenden Häuser. Mit zusammengekniffenen Augen sah er sich im Wagen um. Hatte Elvis hier nicht irgendwo eine Sonnenbrille herumliegen?

Owen warf einen Blick auf den Beifahrersitz. Nichts. Er verstellte den Rückspiegel, um den Rücksitz sehen zu können. Ebenfalls nichts. Ohne die Augen von der Fahrbahn zu nehmen, öffnete er das Handschuhfach und warf einen kurzen Blick hinein. Volltreffer. Er beugte sich zur Seite, nahm die Brille heraus und wollte sie soeben auf die Nase schieben, als unvermittelt ein Schemen vor ihm auf der Straße auftauchte, nicht viel mehr als ein schwarzer Schatten vor dem grellen Sonnenlicht. Owen trat auf die Bremse. Das Heck brach aus. Er lenkte dagegen. Den Fuß auf der Bremse, raste er auf den dunklen Schemen zu. Ein weiterer Schatten tauchte vor ihm auf, doch im nächsten Moment waren beide verschwunden.

Der Wagen kam zum Stehen. Owen hielt die Luft an. Er hörte seinen hämmernden Herzschlag und das Blut, das in seinen Ohren rauschte, ansonsten war alles still.

Was war passiert?

Was hatte er getan?

Er schnallte sich ab, stieß die Autotür auf und sprang aus dem Wagen. Ein paar Passanten eilten herbei, andere Autos hielten an, und dann sah Owen einen Mann auf dem Boden liegen. Unter seinem Körper ragte ein kleiner Kinderschuh heraus. Owen erstarrte.

Er hörte, wie ein Laut des Entsetzens über seine Lippen drang, dann löste sich seine Starre, und er lief auf die beiden zu. Der Mann richtete sich auf und beugte sich über ein kleines Mädchen, vielleicht sechs oder sieben Jahre alt, das unter ihm begraben gewesen war. Die Kleine trug einen Gitarrenkoffer auf dem Rücken und starrte ihn mit schreckgeweiteten Augen an. Owen fiel auf die Knie. Hatte er sie etwa angefahren? Oh Gott, hatte er ein Kind angefahren?

»Nicht bewegen.« Reflexartig fasste er an seinen Hals, um sein Stethoskop abzunehmen, doch natürlich hatte er es nicht dabei.

»Ilvy!« Eine Frau in einem Sommerkleid rannte auf sie zu, das Gesicht vor Schreck und Angst verzerrt. »Ilvy! Ilvy!«, rief sie immer wieder und ging schließlich ebenfalls neben dem Mädchen auf die Knie. »Sie hat ihren Flummi verloren und ist einfach auf die Straße gerannt, dabei weiß sie genau, dass sie das nicht darf! Oh mein Gott.« Sie schlug die Hände vors Gesicht und fing an zu schluchzen. Nun fing auch die Kleine an zu weinen und versuchte sich aufzusetzen. Die Frau, die Owen für die Mutter hielt, half ihr dabei. Owen wäre es lieber gewesen, das Mädchen

376

wäre ruhig liegen geblieben, aber die Mutter hatte es schon aufgerichtet.

»Wäre dieser Mann nicht gewesen, wäre das Kind unter die Räder gekommen«, hörte er einen der Passanten sagen, aber Owen sah nicht auf, er konzentrierte sich weiterhin auf das Mädchen. »Tut dir irgendetwas weh? Hast du dir den Kopf gestoßen?« Die Kleine schüttelte den Kopf. Anscheinend hatte der Gitarrenkoffer verhindert, dass sie mit dem Hinterkopf auf den Asphalt geprallt war, außerdem schienen jede Menge Schutzengel zur Stelle gewesen zu sein, denn der Wagen war knapp vor ihr und ihrem Retter zum Stehen gekommen. »Hat jemand einen Krankenwagen gerufen?«, fragte er und klopfte seine Hose nach seiner kleinen Taschenlampe ab, mit der er die Pupillenreaktion überprüfen wollte, aber er hatte sich nach der Arbeit umgezogen.

»Glauben Sie wirklich, dass sie einen Krankenwagen braucht?«, fragte die Mutter.

»Sicher ist sicher. Nur so können wir innere Verletzungen ausschließen.« Er umfasste das Handgelenk der Kleinen, blickte auf seine Uhr und maß ihren Puls. Er war normal, es schien ihr tatsächlich gut zu gehen. »So, jetzt stehen wir langsam auf, junge Dame«, sagte er freundlich und half ihr auf die Beine. »Wie sieht's aus, hast du das Gefühl, zu wenig Luft zu bekommen?«

Das Mädchen schüttelte den Kopf und atmete wie zum Beweis tief ein.

Owen lächelte. »Okay, das machst du gut. Kannst du dich erinnern, was passiert ist?«

Ilvy warf ihrer Mutter einen schuldbewussten Blick zu, dann sagte sie kleinlaut: »Ich wollte meinen Ball einfangen und habe nicht auf die Straße geachtet. Und dann kam das Auto, und dann hat sich der Mann auf mich geworfen.«

»Wie oft habe ich dir gesagt …«, begann die Mutter, aber in diesem Moment beugte sich der Retter in der Not über das Mädchen und legte ihm die Hand auf die Schulter. »Ich glaube, du hast aus deinem Fehler gelernt, nicht wahr?«

Owen erstarrte. Er kannte die Stimme, und als er aufblickte und den Mann genauer betrachtete, stellte er verblüfft fest, dass es sich um Graham Perry handelte. Wo war der denn so plötzlich hergekommen? Perrys Jeans hatte ein Loch, und sein Ellbogen blutete – er hatte das Kind von der Straße gestoßen, Irrtum ausgeschlossen.

Owen sah sich um. Inzwischen hatten sich jede Menge Schaulustige versammelt, die darüber diskutierten, was alles hätte passieren können. Ein älterer Mann baute sich vor Owen auf. »Das nächste Mal passen Sie besser auf! Junge Leute und ihre Sportwagen! Was da alles hätte passieren können!«

Owen spürte, wie er anfing zu zittern. Er warf Perry einen Blick zu, der wie erstarrt dastand. Sein Gesicht war blass, Schweiß stand ihm auf der Stirn, und er atmete sichtlich schnell. Typische Anzeichen für einen Schock, aber auf einmal wusste Owen nicht mehr, ob er die Symptome bei Perry erkannte oder bei sich selbst. Bilder an einen lang zurückliegenden und doch so präsenten Unfall flackerten vor seinem geistigen Auge auf, »Fools rush in« dröhnte durch seinen Kopf.

»Endlich, der Krankenwagen!«, hörte er jemanden wie aus weiter Ferne rufen.

Und tatsächlich: Sirenen heulten, der Rettungswagen hielt an, und in Owen legte sich ein Schalter um, der ihn wieder funktionieren ließ. Er ging den Sanitätern entgegen, erzählte ihnen, was passiert war, und gab die Pulswerte und seine Einschätzung weiter.

»Sie kennen sich aus«, sagte einer der Sanitäter, als er die Trage aus dem Wagen schob.

Owen zuckte nur mit den Schultern und verzichtete darauf zu erzählen, dass er bei der Flugrettung arbeitete. Das war jetzt nicht wichtig. Beinahe hätte ein kleines Mädchen sein Leben verloren. Und warum? Weil es seinen Ball zurückhaben wollte? Weil die Sonne geblendet hatte? Weil er den Blick von der Fahrbahn genommen hatte?

Alles um ihn herum verschwamm zu einem Nebel. Wie durch einen milchigen Schleier sah er die Sanitäter, die dem Mädchen dieselben Fragen stellten wie er vorhin. Im nächsten Moment standen Polizisten vor ihm. Sie markierten die Bremsspuren und die Stelle, an der der Wagen zum Stehen gekommen war, dann trugen sie ihm auf, das Auto zur Seite zu fahren und zu parken, damit er ihre Fragen beantworten konnte. Owen konnte sich schon vorstellen, was sie sich dachten, wenn sie die aufgemotzte Karre sahen. Würde er jetzt direkt in den Knast wandern?

Was, wenn Perry nicht da gewesen wäre, um das Mädchen zur Seite zu stoßen? Was, wenn Owen sich weiter nach der Sonnenbrille umgesehen hätte und das Auto nicht rechtzeitig stehen geblieben wäre? Würde die kleine

Ilvy jetzt blutend auf der Straße liegen, zerquetscht von seinen Rädern?

Er beantwortete die Fragen der Polizisten, so gut es ging. Anschließend musste er sich einem Alkoholtest unterziehen, der natürlich negativ ausfiel, und da alle Zeugen bestätigten, dass ihm das Mädchen quasi vors Auto gesprungen war, blieb ihm der Weg zur Wache erspart. Die Polizei gab die Unfallstelle frei und rückte wieder ab, der Rettungswagen brachte Ilvy und ihre Mutter ins Krankenhaus, die Passanten zerstreuten sich. Alles ging weiter, als wäre nie etwas geschehen.

Owen rührte sich nicht vom Fleck. Er starrte Elvis' Auto an und hörte seinen Bruder sagen: »Wow, du sitzt ja auf einem ziemlich hohen Ross, Bruderherz. Hast du etwa noch nie einen Fehler gemacht?« Er dachte an Anne mit ihrem unauslöschlichen Optimismus, ihrer Gabe zu verzeihen und alles in ein gutes Licht zu rücken. Er hatte sie deswegen schon so oft verflucht, auch wenn er sie genau aus dem Grund so sehr liebte. Ja, er liebte sie. Es fühlte sich nicht einmal mehr ungewohnt an, sich das einzugestehen.

Und jetzt hatte er einen Fehler gemacht, einen ganz enormen Fehler. Er hatte beinahe ein Menschenleben ausgelöscht, ein Kind umgebracht. Was könnte es Schlimmeres geben? Was hätte Ilvys Mutter dazu gesagt? Für sie wäre sein Gesicht das Sinnbild ihres persönlichen Albtraums geworden, und zwar für den Rest ihres Lebens. Zweifelsohne wäre sie Tag und Nacht davon heimgesucht worden.

Owen begann erneut zu zittern. Seine Knie gaben nach.

Langsam glitt er an der Seite des Wagens zu Boden, die Arme fest um seine Mitte geschlungen, aber das Zittern wollte einfach nicht aufhören.

Eine Berührung an der Schulter ließ ihn zusammenzucken. Er blickte auf und sah Perry, der neben ihm hockte, Tränen in den Augen.

»Es ist alles gut, Junge, es war ein Unfall, es ist alles gut. Niemand ist ernsthaft zu Schaden gekommen.«

Owens Kehle schnürte sich zusammen, und ohne darüber nachzudenken, griff er nach Seths Hand. »Ja, Mr Perry. Es war ein Unfall.«

*

In der Wohnung brannte Licht. Owen wusste nicht, ob er es angelassen hatte, aber er hoffte, dass Elvis zurückgekehrt war. Als er die Tür öffnete und den Fernseher hörte, atmete er erleichtert auf.

»Kommen Sie rein.« Er bat Seth herein und wunderte sich ein wenig, dass es sich nicht seltsamer anfühlte, den Mann, den er so lange gehasst hatte, in seinem Zuhause willkommen zu heißen. Er wusste nicht, wie lange sie am Straßenrand gesessen hatten, an Elvis' Auto gelehnt, wusste nur, dass er irgendwann aufgestanden war und Seth zu sich nach Hause auf ein Bier eingeladen hatte.

»Ich hoffe, mein Auto ist noch ganz!«, hörte er Elvis rufen. »Ich kann mich gar nicht erinnern, dass ich dir den Wagen geliehen hatte!«

»Dem Auto geht's gut.« Owen ging Seth voran ins

Wohnzimmer. Elvis ließ die Fernbedienung fallen und sah perplex zwischen den beiden hin und her.

»Was soll das, Owen? Was ist hier los?«

Owen hielt sich haltsuchend an der Sessellehne fest. »Elvis, das ist …«

»Seth. Das weiß ich.« Elvis stand auf und streckte Seth die Hand entgegen. »Ich bin Elvis, wir haben uns im Krankenhaus getroffen.«

Seth schüttelte seine Hand.

»Möchten Sie auch ein Bier?«, bot er an und deutete auf den Couchtisch, auf dem bereits eine offene Flasche und eine Schale Chips standen.

»Ich mach das schon«, sagte Owen und verschwand Richtung Küchenzeile.

»Kein Bier, lieber ein Wasser«, rief Seth ihm nach.

Plötzlich musste Owen an Annes Worte denken, Seth habe seine Gründe gehabt, den Kontakt zu ihr erst so viele Jahre später wiederaufzunehmen.

»Ich war lange Zeit tablettenabhängig«, hörte er Seth sagen. »Bei meinem Entzug habe ich gelernt, auf sämtliche Suchtmittel zu verzichten, weil sie meinem Körper nicht guttun, und dazu gehören nun mal auch Alkohol und Zigaretten.«

Fassungslos lehnte Owen sich gegen die Spüle und spürte, wie tiefe Scham in ihm aufstieg. In seinem Kopf hatte er ein Monster erschaffen, einen Mörder, den er hassen konnte, eine Zielscheibe für seinen Zorn und seinen Schmerz. Und jetzt stand er hier und könnte genauso gut Seth sein, wäre der Unfall heute anders ausgegangen.

Stumm füllte er ein Glas mit Wasser und stellte es vor Seth auf den Couchtisch.

»Ehrlich gesagt bin ich überrascht, Sie hier zu sehen, Seth«, sagte Elvis und deutete einladend auf die Couch. »Aber ich freue mich.«

Owen ließ sich auf einem Stuhl am Esstisch nieder.

»Wir sind uns zufällig über den Weg gelaufen«, antwortete Seth und warf Owen einen raschen Seitenblick zu. »Ihr Bruder meinte, Sie möchten vielleicht mit mir sprechen.«

Elvis sah zu Owen hinüber. In seinen Augen stand Dankbarkeit. »Das ist wahr.«

»Zuvor möchte ich noch etwas sagen«, ließ sich Owen vernehmen und holte tief Luft. »Es tut mir leid.« Er blickte von Elvis zu Seth, die ihn überrascht ansahen. »Ich habe euch Unrecht getan, und ich hoffe, ihr könnt mir verzeihen.«

Seth griff nach seinem Wasserglas und nahm einen großen Schluck, dann räusperte er sich, als wolle er etwas sagen, aber Elvis kam ihm zuvor.

»Fahr nur fort, Bruderherz.« Schalk blitzte aus seinen Augen, und Owen hätte heulen können vor Freude darüber, dass sein Bruder offenbar wieder ganz der Alte war.

»Es war klar, dass du diesen Moment genießt.« Er strich sich seufzend durchs Haar, denn er war noch lange nicht fertig. »Es war ein Unfall«, sagte er an Seth gewandt. »Ich weiß das. Ich habe viel zu lange an meinem Zorn, an meinem Schmerz festgehalten. Das ist jetzt vorbei. Wir leben in einem kleinen Dorf, wir werden uns vermutlich öfters über den Weg laufen, und ich liebe Ihre Tochter.

Ich möchte nur, dass Sie wissen, dass von meiner Seite aus nichts zwischen uns steht.«

Elvis starrte ihn mit offenem Mund an. »Wow, so viel Großmut hätte ich dir gar nicht zugetraut, Bruderherz.«

Owen verdrehte die Augen, doch bevor er etwas erwidern konnte, klingelte es. »Ich gehe schon«, sagte Owen, warf einen Blick auf die Uhr und stand auf. Wer mochte denn jetzt noch bei ihnen vorbeischauen?

Owen öffnete die Tür und glaubte, eine Erscheinung vor sich zu sehen. »Anne! Was machst du denn hier?«

Sie atmete schnell, und ihre Wangen waren gerötet, als wäre sie die beiden Stockwerke hochgerannt. Ihr leuchtendes Haar fiel offen über ihre Schultern. Owen spürte, wie auch sein Atem schneller ging.

»Ich habe gehört, was bei der Arbeit passiert ist«, brach es atemlos aus ihr heraus. »Ich weiß nicht, ob es richtig ist, dass ich hergekommen bin, ich weiß nur, wie schlecht es mir geht, wenn ich jemanden verliere, aber ich habe meine Mutter und Leah, und sie sind immer für mich da. Alleine nach Hause zu gehen, wenn man diese Bilder im Kopf hat, ist furchtbar. Wir beide … ich habe keine Ahnung, was wir sind, und ich bin jetzt schon eine halbe Ewigkeit auf und ab gelaufen, ohne zu wissen, wie ich mich verhalten soll. Ich wollte dich anrufen, aber das kam mir so unpersönlich vor, dann dachte ich, es ist besser, wenn ich dich in Ruhe lasse.« Sie breitete die Hände aus. »Aber ich … ich konnte dich einfach nicht allein damit lassen. Nicht jetzt, da irgendwie alles zusammenkommt …«

Owen konnte nicht länger an sich halten. Er zog sie an

sich, vergrub die Hand in ihrem Haar, schlang seinen Arm um ihren Körper und küsste sie, als gäbe es kein Morgen mehr.

Anne erwiderte seinen Kuss mit derselben Leidenschaft, die in ihm brannte, und für einen Augenblick hatte er das Gefühl, sie wären die einzigen Menschen auf der Welt.

Ein Räuspern in seinem Rücken ließ ihn innehalten. Anne fuhr zurück, sah an ihm vorbei und riss die Augen auf. »Elvis! Hi! Wie geht's?«

Owen drehte sich um und sah seinen Bruder genervt an.

Elvis hob ergeben die Hände. »Ich dachte mir nur, dass ihr die Knutscherei verschieben wollt, bis dein Vater weg ist?«

Anne stöhnte entsetzt auf. »Wie bitte?« Sie schob sich an Owen und Elvis vorbei ins Wohnzimmer und blieb dann schlagartig stehen. »Seth!«

»Hi, Anne.« Seth schmunzelte.

Anne drehte sich zu Owen um. »Mein Vater ist hier.«

»Und er ist noch nicht aus dem Fenster gesprungen.«

Sie verengte die Augen und musterte ihn ausgiebig. »War das gerade ein Scherz? Von dir?«

Er spürte, wie sich seine Lippen zu einem breiten Grinsen verzogen. Am liebsten hätte er laut gejubelt. Hätte ihm vor ein paar Wochen jemand gesagt, dass er mit Seth Perry und Anne in seiner Wohnung stehen und vor Glück beinahe platzen würde, hätte er ihn wohl für verrückt erklärt. Aber als Anne auf ihn zukam, ihre Arme um ihn legte und ihn küsste, stellte er fest, dass er es liebte, verrückt zu sein.

Kapitel 13

Wie geht es Thunder?« Die klatschnasse, blutüberströmte junge Reiterin versuchte, sich aufzurichten, aber Anne drückte sie erbarmungslos zu Boden.

»Bitte bleiben Sie ruhig liegen, Sie dürfen sich nicht bewegen!«

»Aber was ist mit Thunder?«

»Ihrem Pferd geht es gut.« Sie warf Owen einen Blick zu, der bereits alles für einen Zugang vorbereitet hatte. Er schob seine Hände unter ihre, um die Reiterin weiterhin ruhig zu halten, damit Anne fortfahren konnte.

»Wissen Sie, was passiert ist?«, fragte er die Patientin, während Anne den Zugang legte. Seine Stimme klang wie immer tröstend und beruhigend. Und wahnsinnig sexy.

Die junge Reiterin schüttelte wohl den Kopf. »Nicht nicken oder den Kopf schütteln«, sagte Owen, »antworten Sie bitte nur mit Ja oder Nein.«

»Ich bin auf dem Turnier«, krächzte die Patientin.

»Wissen Sie, auf welchem?«

»Chepstow Cross Country. Aber … bei welchem Hindernis sind wir?«

»Nummer elf, beim Teich«, antwortete Owen und ließ den Blick über den Körper der Patientin wandern. Die

Frau blutete aus dem Mund, es sah so aus, als wäre ihr Kiefer gebrochen, mehrere Zähne fehlten.

Anne wusste, dass er nach weiteren Wunden Ausschau hielt. Da die Frau ins Wasser gefallen und vollkommen durchnässt war, ließ sich nur schwer lokalisieren, woher das viele Blut kam und ob es sich tatsächlich um Blut oder auch um Wasser handelte. Die Reiterin hatte sich mit ihrem Pferd über ein festes Geländehindernis überschlagen und war direkt in den Teich gestürzt. Dabei war ihr Fuß im Steigbügel hängen geblieben, und sie war unter Wasser gezogen worden. Ein Rettungsteam war bei solchen Reitturnieren stets vor Ort, aber aufgrund der Schwere des Unfalls hatte man sofort einen Hubschrauber gerufen. Anne und Owen waren gerade angekommen, als die Patientin befreit und wieder zum Atmen gebracht worden war.

Jetzt hatten sie die weitere Versorgung übernommen, und Anne wusste, dass sie die junge Frau so schnell wie möglich transportfähig machen und in ein Krankenhaus schaffen mussten. Sie hatte etwa zwei Minuten lang nicht geatmet, und obwohl es ein gutes Zeichen war, dass sie nun wach war und redete, könnte ihr Zustand schnell wieder kippen. Vor allem war eine schwere Wirbelsäulenverletzung nicht auszuschließen. Das oberste Gebot bei einem Unfall wie diesem lautete, die Wirbelsäule zu stabilisieren, aber da die Reiterin aus dem Wasser gezogen und wiederbelebt hatte werden müssen, war den Sanitätern keine andere Wahl geblieben, als sie so schnell wie möglich ans Ufer zu bringen, um ihr Leben zu retten.

»Machen Sie sich keine Sorgen.« Owen winkte einem

der Sanitäter vom anderen Team, damit er seinen Platz übernahm und er Anne weiter zur Hand gehen konnte. Ein anderer zog der Frau die Stiefel aus, die sich zum Glück mit einem Reißverschluss öffnen ließen, um auch ihre Beine zu überprüfen. Wegen des Fußes im Steigbügel war ein Bruch sehr wahrscheinlich.

»Spüren Sie das?«, fragte Anne wie beiläufig, als der Sanitäter die Füße und Unterschenkel abtastete. Sie fürchtete bereits die schrecklichen Worte: »Nein, ich kann meine Beine nicht spüren«, aber die Reiterin bejahte ihre Frage.

Anne lächelte erleichtert, legte ihr die Nasenbrille für den Sauerstoff an und ließ sich von Owen die Spritze mit dem Schmerzmittel reichen. »Das ist ein sehr gutes Zeichen. Sie werden sehen, alles wird wieder gut. Ich hatte vor gar nicht so langer Zeit selbst einen schweren Unfall und dachte, ich würde es nicht schaffen. Und jetzt sehen Sie mich an: Ich pikse Sie mit spitzen Nadeln.«

Die Reiterin versuchte zu lächeln, aber es bereitete ihr offensichtlich Schmerzen. »Und Thunder?«, fragte sie zum wiederholten Male. »Bitte, er darf nicht eingeschläfert werden!«

»Thunder ist unverletzt, er knabbert zufrieden sein Heu und wartet darauf, dass Sie wieder gesund werden.« Anne hörte noch einmal die Lunge ab, warf einen erneuten Blick auf die Vitalwerte und machte ihre Patientin für den Transport fertig. »Sie werden sehen, gleich geht es Ihnen besser.« Und tatsächlich zeigte die Spritze ihre Wirkung, und der Reiterin fielen die Augen zu.

Begleitet von Anne, brachten die Sanitäter die Trage

mit der Patientin zum Hubschrauber. Anne sah, wie ein paar Reiter am Rand des Turniergeländes ihre Pferde vorbeiführten und betroffen zu ihnen hinüberblickten. Das Turnier war während des Einsatzes unterbrochen worden und sollte nach dem Abflug fortgesetzt werden. Es gehörte schon sehr viel dazu, jetzt wieder aufs Pferd zu steigen und sich diesem schwierigen Parcours zu stellen. Anne könnte es nicht.

Leah wartete bereits im Helikopter, es war nicht weit bis Cardiff, nicht mal mit dem Auto. Aber zur Schonung der Wirbelsäule war der Hubschrauber trotzdem besser.

»Wie lange waren wir vor Ort?«, fragte Anne, als sie sich an ihrem Platz hinten anschnallte und das Headset aufsetzte.

»Zwölf Minuten«, erwiderte Leah. Die Rotoren über ihnen begannen sich bereits zu drehen.

Owen schob die Tür zu und setzte sich ebenfalls hin, ohne den Blick von der schlafenden Patientin und den Monitoren zu nehmen. Er überprüfte alle Zugänge und Kabel, um sicherzustellen, dass nirgendwo ein Knick war, dann hielt er plötzlich inne und schaute sie an. »Was ist?«

Anne versuchte, ein Grinsen zu unterdrücken. Wenn er sie so streng und genervt ansah, fühlte sie sich an ihre früheren Flüge erinnert, in denen sie versucht hatte, ein Gespräch mit ihm zu beginnen, um die Stimmung aufzulockern. »Nichts.« Sie trug die wichtigsten Daten in ihrem Bericht auf dem Klemmbrett ein. »Ich freue mich einfach nur, wieder fliegen zu können. Mit dir.«

Sie spürte, wie Owen sie anblickte, und in ihrem Bauch begann es zu kribbeln. Ehe er etwas erwidern konnte, hörte sie Leahs Stimme über Kopfhörer. »Schluss mit der Flirterei!«

Sie hoben ab, sanft und kaum spürbar. Anne liebte dieses Gefühl, hatte es während ihrer Krankheitspause so sehr vermisst. Der Bürodienst war ihr endlos lang vorgekommen, und sie hatte schon befürchtet, nie mehr fliegen zu können.

»Hey, Leah.« Owen lehnte sich auf seinem Platz zurück und zwinkerte Anne bedeutungsvoll zu. »Sag mal, war das deine Jacke, über die ich heute Morgen im Wohnzimmer gestolpert bin?«

Ein Kichern drang aus den Kopfhörern, dann war es still. Anne sah Owen aus großen Augen an. Hatte sie da eben richtig gehört? Owen nickte grinsend.

Anne schlug sich die Hand vor den Mund. »Leah hat die letzte Nacht in deiner Wohnung verbracht?«, flüsterte sie aufgeregt und quietschte begeistert auf, als Owen erneut nickte. »Wieso hat sie mir nichts davon gesagt? Das zwischen den beiden wird ja richtig ernst.«

Owen zuckte mit den Schultern. »Elvis hat wohl nicht damit gerechnet, dass ich nach Hause komme, aber als ich die Haustür aufsperrte ...«

Ein kurzes Rauschen drang aus den Kopfhörern, dann hörten sie Leahs Stimme. »Leute«, knurrte sie genervt. »Ihr wisst schon, dass ich euch hören kann, oder? Außerdem braucht ihr gar nicht zu reden. Natürlich dachte Elvis, Owen würde nicht nach Hause kommen. Ist ja kein

Wunder, wenn man bedenkt, wo er die letzten Nächte verbracht hat, Anne.«

Anne biss sich auf die Unterlippe und spürte, wie sie rot wurde.

»*Touché*, Leah.« Owen lachte, dann ließ er den Blick wieder zwischen der Patientin und den Monitoren hin und her schweifen.

Anne wusste nicht, ob sie sich je an diesen Anblick gewöhnen könnte. Es war wunderbar, ihn so fröhlich zu erleben, nachdem er jahrelang in sich gekehrt und verschlossen gewesen war. Sie hatte mehrere wunderbare Tage mit Owen verbracht, aber das war ihr Privatleben gewesen und hatte nichts mit ihrer Arbeit auf der Flugbasis zu tun gehabt. Dass sie jetzt hier saßen und gemeinsam das taten, was sie am besten konnten, und zwar ohne diese merkwürdige Distanz zwischen ihnen, erschien ihr immer noch wie ein Traum.

»Vielleicht solltest du dich lieber auf unsere Patientin konzentrieren als auf mich?«, neckte Owen, ein Funkeln in den Augen.

Anne streckte ihm die Zunge heraus. »Ich bin eine Frau und daher durchaus multitaskingfähig, schon vergessen? Ich kann dich in Gedanken ausziehen und gleichzeitig Leben retten. Ich bin einfach klasse.«

Ein Stöhnen über die Kopfhörer, dann Leahs Stimme: »Das ist ja nicht auszuhalten! Kann mich bitte jemand erschießen?« Aber sie lachte, und Anne und Owen fielen mit ein.

So musste es sein, dachte sie mit einem warmen Gefühl

in der Brust. Nur so konnten sie Leben retten und mit dem Blut und dem Schmerz umgehen. Mit einer Gemeinschaft, einem Team im Rücken, das all die Schrecken milderte. Nur so konnten sie weiter fliegen.

Kapitel 14

Evelyn schnappte sich fluchend ein Geschirrtuch, zog den überkochenden Topf mit Cawl vom Herd und verbrannte sich die Finger. Wieso wollte ihr heute auch gar nichts gelingen? Gerade an dem Tag, an dem sie alle beeindrucken wollte. Stöhnend hielt sie ihre Hand unter kaltes Wasser und schielte aufgebracht auf den Eintopf. Zumindest bei den Welsh Rarebits konnte sie nicht viel falsch machen, und der Rostbraten war nur ein wenig angebrannt, das ließ sich abschaben. Jetzt musste sie nur noch eine Prise Salz an das Kartoffelpüree geben und den Kuchen aus dem Ofen holen, dann hatte sie es geschafft.

»Brauchst du Hilfe?«

Evelyn lächelte. Beim Klang dieser Stimme bekam sie sofort bessere Laune, ganz zu schweigen davon, dass ihr Herz zu ausgelassenen Sprüngen ansetzte. Sie drehte den Wasserhahn ab und wandte sich zu Seth um, der in der Tür zum Gastraum stand.

»Keine Sorge, ich habe alles im Griff.«

»Das klang vor ein paar Sekunden aber noch ganz anders.« Seth deutete hinter sich, und Evelyn schlug erschrocken die Hand vor den Mund. Hatten die anderen sie etwa fluchen hören?

»*Jetzt* habe ich wieder alles im Griff«, korrigierte sie sich, nahm ihre Schürze ab und ging zu ihm. »Sind denn schon alle da?«

Seth nickte. »So gut wie. Nur Owen fehlt noch, er hat angerufen, er steht im Stau, aber er sollte bald hier sein.«

»Herrje, eine Verlobungsparty ohne den zukünftigen Bräutigam.«

»Nun, wenn der zukünftige Bräutigam ein Medizinstudium neben seinem Job als Flugsanitäter absolviert, sollte ihm eine Gnadenfrist gewährt werden.«

»Und seine Eltern?« Evelyn wurde ganz nervös beim Gedanken, die Pflegeeltern ihres zukünftigen Schwiegersohns zu treffen. Owen hatte ihr erzählt, wie sehr er es bedauerte, die beiden so lange Zeit aus seinem Leben ausgegrenzt zu haben – ein Fehler, den er nun wiedergutmachen wollte.

»Sind schon da und freuen sich darauf, dich kennenzulernen.«

Evelyn atmete tief durch und versuchte, nicht zu zeigen, wie aufgeregt sie war. Anne war drauf und dran zu heiraten, und sie selbst … Sie blickte in Seths dunkle Augen und dachte daran, wie sie sich auf Lenas Hochzeit zum ersten Mal geküsst hatten.

Seth lächelte, als wüsste er genau, woran sie dachte, und nahm ihre Hand in seine. »Na, dann wollen wir mal, das Essen kann ein paar Minuten ohne dich auskommen.«

Evelyn warf seufzend einen Blick auf all die Töpfe und ließ sich von ihm in den Gastraum ziehen. Sie blickte über den Bartresen zu den zusammengeschobenen Tischen, und ein warmes Gefühl breitete sich in ihrer Brust aus. Dort saß Anne, ihr leuchtend rotes Haar fiel offen über ihre Schultern, und in ihrem Gesicht lag ein strahlendes Lächeln, während sie mit Owens Pflegeeltern sprach, die einen freundlichen, warmherzigen Eindruck machten.

Neben Anne saß Leah, Elvis an ihrer Seite. Er hatte einen Arm um sie gelegt, und sie lehnte mit einem glücklichen Lächeln den Kopf an seine Schulter. Leahs Glück freute sie mindestens genauso wie Annes. Evelyn hatte die toughe Pilotin von dem Tag an, an dem sie von London zur Flugrettung nach Lliedi gekommen war, als eine der ihren adoptiert, und sie hoffte, dass auch bei Leah und Elvis bald die Hochzeitsglocken läuteten.

»Mum!« Anne sprang auf und kam um den Tisch herum auf sie zu. Der Verlobungsring an ihrem Finger funkelte, ein immer noch ungewohnter Anblick. »Ist alles in Ordnung? Das da drinnen klang …«

»Alles bestens«, beeilte Evelyn sich zu versichern und wandte sich an Tess und Jared Gibson. »Wie schön, dass Sie kommen konnten. Ich bin Evelyn.« Sie reichte zuerst Tess die Hand, dann Jared, und beide schlugen mit einem Lächeln ein.

»Nett haben Sie es hier«, sagte Tess herzlich und umfasste den Raum mit einer weit ausholenden Geste. Sie sah gut aus mit ihrem dezent geschminkten Gesicht und dem blonden, hochgesteckten Haar.

»Danke, der Pub ist mein ganzer Stolz. Neben Anne natürlich.«

»Ich habe gehört, Evelyn's sei berühmt für seinen hervorragenden Braten«, fuhr Tess fort. »Ehrlich gesagt, kann ich es kaum erwarten, ihn endlich zu kosten. Mir knurrt schon der Magen, wenn ich nur daran denke.«

»Sobald Owen eingetroffen ist, können wir mit dem Essen beginnen«, versprach Evelyn, »aber freuen Sie sich nicht zu früh – heute ist alles ein bisschen anders als sonst.«

»Wir sind wirklich unglaublich froh, dass Owen dich kennengelernt hat, Anne«, sagte Tess leise und griff nach Annes Hand auf dem Tisch. »Früher haben wir, wenn es hochkam, alle paar Monate von ihm gehört, und jetzt … jetzt ruft er an, besucht uns, und ich weiß, das haben wir dir zu verdanken.«

»Wäre bloß schön, wenn sich dein Zukünftiger bald mal blicken ließe«, schaltete sich Elvis ein. »Ich habe einen Mordskohldampf. Wo steckt der Kerl bloß?« Plötzlich ging die Pubtür auf. Erwartungsvoll hob Evelyn den Kopf, aber es war nicht Owen, der eintrat, sondern Josephine.

»Geschlossene Gesellschaft, hm?« Josephine sah sich im hell erleuchteten Gastraum um, als wittere sie eine Verschwörung. »Hast du etwa die Queen eingeladen? Wie kannst du uns nur um unseren Sunday Roast bringen, Evelyn?«

Evelyn schmunzelte. »Aber nein, Josephine. Ich hatte dir doch erzählt, dass wir heute Owens und Annes Verlobung feiern.«

»Oh.« Josephine ließ den Blick über die versammelten Gäste schweifen, dann trat sie verlegen den Rückzug an. »Richtig, das hatte ich ganz vergessen. Nun, herzlichen Glückwunsch … Aber wo ist denn der Zukünftige?«

»Hier«, erklang unvermittelt Owens Stimme, und Anne sprang auf und stürzte sich in seine Arme, als hätte sie ihn ein Jahr lang nicht gesehen.

Applaus brandete auf.

»Wenn ihr beide eure Hände für fünf Minuten voneinander lassen würdet, könntet ihr mir vielleicht dabei helfen, Evelyns wunderbares Essen rauszutragen«, sagte Seth, trat zu den beiden und legte ihnen die Arme um die Schultern.

Evelyn schnappte nach Luft und sprang hoch. »Oh mein Gott! Das Kartoffelpüree!« Sie stürmte um den Tresen herum in die Küche. Hinter sich hörte sie lautes Lachen, und obwohl das Püree ein wenig angebrannt war, konnte es diesen Tag nicht weniger perfekt machen.

Nachwort und Danksagung

Die erste Geschichte unter meinem Pseudonym Ella Simon erzählte von den mutigen Menschen, die auf See Leben retten. Schon damals blickte ich gleichzeitig gen Himmel und hegte große Faszination für die Retter der Lüfte.

Als das Buch dann erschien, hatte ich einen Unfall, der mir einen Hubschrauberflug ins Krankenhaus einbrachte. Nicht nur einmal fragte man mich schmunzelnd, ob das Absicht gewesen sei für Recherchezwecke. Das war es natürlich nicht, aber nichtsdestotrotz inspirierte mich auch diese Erfahrung zu diesem Roman. Noch war die richtige Zeit aber nicht gekommen, und die Idee schlummerte im Hintergrund vor sich hin.

Dann sah ich eines Abends einen Beitrag über die Rettungsaktionen während eines Hurrikans und wie Menschen und Tiere mit Hubschraubern aus überfluteten Gebieten evakuiert wurden. In derselben Nacht hatte ich einen Traum, der ziemlich genau Owens und Annes Momente, begraben unter der eingestürzten Scheune, zeigte. Es war ein unglaublich lebendiger, intensiver Traum, und von da an gab es kein Halten mehr. Die Idee musste ausgebaut, eine Geschichte entwickelt werden, und ich hoffe, dass Ihnen das Ergebnis gefallen hat.

Lliedi und Fyrddin basieren auf tatsächlich existierenden Orten in Wales. Da ich mir aber in Bezug auf das Dorfleben und die Menschen dort viele Freiheiten herausgenommen habe und da es sich ja um eine fiktive Geschichte handelt, entschied ich mich für eine Namensänderung.

Für diesen Roman konnte ich oft aus eigenen Erfahrungen schöpfen, meinen Hubschrauberflug damals verdankte ich zum Beispiel einem Pneumothorax. Und genau wie bei Anne entstand er durch einen Sturz mit dem Rücken auf eine Metallstange (nur katapultierte mich in meinem Fall mein Pferd und kein gut aussehender Sanitäter dahin).

Auch weiß ich genauso wie Anne, wie es ist, in einem wunderbaren kleinen Dorf mit einer starken, aufopfernden Mutter aufzuwachsen, nur hatte ich als Draufgabe noch eine beschützende große Schwester und einen supersüßen kleinen Bruder. Aber auch die Schattenseiten des Lebens, die in diesem Roman angesprochen werden, habe ich im nächsten Umfeld miterlebt, und so war die Reise durch diese Geschichte eine sehr emotionale.

In der Realität gab mir meine Familie Halt, der ich allein dafür, dass es sie gibt, schon unglaublich dankbar bin. Auch Anna bot mir wie immer ihr offenes Ohr. Und *last but not least* danke ich natürlich Frau Runge, allen vom Verlag und all denen, die am Buch mitgewirkt haben. Es hat mir wie immer großen Spaß gemacht.

Autorin

Ella Simon wuchs in einer Kleinstadt in der Steiermark auf. Nach der Matura an der Handelsakademie arbeitete sie als Studentenbetreuerin in einem internationalen College für Tourismus, ehe sie eine Familie gründete und ihre Leidenschaft, das Schreiben, zum Beruf machte. Ihre Liebe zu Wales arbeitete sie bereits in ihre historischen Romane ein, die sie mit großem Erfolg unter ihrem Klarnamen Sabrina Qunaj veröffentlicht.

Ella Simon im Goldmann Verlag:

Ein Gefühl wie warmer Sommerregen. Roman
Das Leuchten einer Sommernacht. Roman
(📖 alle auch als E-Book erhältlich)